U0636054

中國古典文學基本叢書

李太白全集

第二册

〔唐〕李　白著
〔清〕王　琦注

中華書局

李太白全集卷之六

錢塘王琦琢崖輯注
王濟魯川較

樂府三十八首

發白馬

題始於梁費昶，其辭曰「白馬今雖發，黄河未結澌」云云，太白蓋擬之。《樂府詩集》：《通曲》曰：白馬，春秋時衛國曹邑有黎陽津，一曰白馬津。酈生云「守白馬之津」是也。發白馬，言征戍而發兵於此也。

將軍發白馬〔一〕，旌節渡黄河〔二〕。簫鼓聒川岳〔三〕，滄溟湧濤（一作「洪」）波。武安有震瓦〔四〕，易水無寒歌〔五〕。鐵騎若雪山〔六〕，飲流涸滹（音呼）沱（音駝）〔七〕。揚兵獵月窟〔八〕，轉戰略朝那〔九〕。倚劍登燕然〔一〇〕，邊烽列嵯峨。蕭條萬里外〔一一〕，耕作五原多〔一二〕。一掃清大漢〔一三〕，包虎戢金戈〔一四〕。

〔一〕《史記正義》：《括地志》云：黎陽，一名白馬津，在滑州白馬縣北三十里。

〔二〕《唐六典》：旌節之制，命大將帥及遣使於四方，則請而假之。旌以專賞，節以專殺。《新唐書·車服志》：旌，以絳帛五丈，粉畫虎，有銅龍一，首纏緋幡，紫縑爲袋，油囊爲表。節，懸畫木盤三，相去數寸，隅垂赤麻，餘與旌同。

〔三〕簫鼓，軍中鼓吹之樂也。

〔四〕《史記》：秦伐韓，趙王令趙奢救之。秦軍軍武安西，鼓譟勒兵，武安屋瓦盡震。

〔五〕荆軻歌：「風蕭蕭兮易水寒，壯士一去兮不復還。」

〔六〕《晉書》：精甲耀日，鐵騎前驅。蕭士贇曰：鐵騎，馬之帶甲者。

〔七〕郭璞《山海經注》：今滹沱水出雁門鹵成縣南武夫山。《史記索隱》：滹沱，水名，并州之川也。《地理志》云：鹵城，縣名，屬代郡。滹沱河自縣東至參合，又東至文安入海。《史記正義》：滹沱出代州繁時縣東南，流經五臺山北，東南流過定州入海。

〔八〕揚雄《長楊賦》：西壓月窟。

〔九〕《韻會》：略，取也。《漢書》：張良略地。唐蒙略通夜郎。顏師古曰：凡言略地，謂行而取之。《史記》：匈奴單于十四萬騎入朝那、蕭關。《正義》曰：漢朝那，故城在原州百泉縣西七十里，屬安定郡。

〔一〇〕《後漢書》：車騎將軍竇憲出雞鹿塞，度遼將軍鄧鴻出稒陽塞，南單于出滿夷谷，與北匈奴戰於稽落山，大破之，追至和渠北鞮海。竇憲遂登燕然山，刻石勒功而還。《太平寰宇記》：郎君戍又直北三千里至燕然山，又北行千里至瀚海。

〔一一〕班固《封燕然山銘序》：蕭條萬里，野無遺寇。

〔一二〕《漢書》：元鼎五年，匈奴入五原，殺太守。《元和郡縣志》：鹽州，《禹貢》雍州之域，春秋爲戎、翟所居地，及始皇并天下，屬梁州。漢武元朔二年置五原郡，地有原五所，故號五原。五原謂龍游原、乞地千原、青嶺原、岢嵐原、横槽原也。

〔一三〕《後漢書》：醜虜破碎，遂掃厥庭。《北邊備對》：漢趙信既降匈奴，與之畫謀，令遠度幕北以要疲漢軍，故武帝必欲越漠征之，而大漠之名始通中國。幕者，漠也，言沙積廣莫，望之漠漠然也。漢以後史家變稱爲磧，磧者，沙積也，其義一也。

〔一四〕《禮記》：武王克殷反商，倒載干戈，包之以虎皮。鄭玄注：包干戈以虎皮，明能以武服兵也。《正義》曰：虎，武猛之物也，用此虎皮包裹兵器，示武王威猛能包制服天下兵戈也。或以虎皮有文，欲以現文止武也。《詩·周頌》：載戢干戈。《説文》：戢，藏兵也。

陌上桑

《樂府古題要解》：《陌上桑》古詞曰：「日出東南隅，照我秦氏樓。」舊説邯鄲女子姓秦名羅敷，爲邑人千乘王仁妻。仁後爲趙王家令，羅敷出採桑陌上，趙王登臺見而悦之，置酒欲奪焉。羅敷善彈箏，作《陌上桑》以自明不從。按：其歌辭稱羅敷採桑陌上，爲使君所邀，羅敷盛誇其夫爲侍中郎以拒之，與舊説不同。按《樂府詩集》：張永《元嘉伎録》：相和歌有十五曲，其第十五曲曰《陌上桑》。

美（一作「游」）女渭橋東（一作「湘綺衣」）〔一〕，春還（一作「還來」）事蠶作〔二〕。五馬如飛龍（一作「如花飛」，一作「飛如花」）〔三〕，青絲結金絡〔四〕。不知誰家子〔五〕，調笑來相謔。妾本秦羅敷〔六〕，玉顏豔名都〔七〕。緑條映素手，採桑向城隅。使君且不顧〔八〕，況復論秋胡〔九〕？寒螿愛碧草〔一〇〕，鳴鳳棲青梧。託心自有處，但怪旁人愚。徒令（《文苑英華》作「勞」）白日暮，高駕空踟（音池）躕（音除）〔一一〕。

〔一〕渭橋，已見五卷注。

〔二〕鮑照詩：季春梅始落，工女事蠶作。

〔三〕五馬事，古今説者不一，據《墨客揮犀》云：世稱太守五馬，罕知其故事。或言《詩》云：孑孑干旟，在浚之都，素絲組之，良馬五之。鄭注謂《周禮》「州長建旟」。漢太守比州長，法御五馬，故云。後見龐幾先朝奉云：古乘駟馬車，至漢時太守出則增一馬。事見《漢官儀》。《演繁露》云：太守五馬，莫知的據。或言《詩》有「良馬五之」，侯國事也。然上言「良馬四之」，下言「良馬六之」，則或四或六，原非定制也。漢有駟馬車，正用四馬，而鄭玄注《詩》曰：《周禮》「州長建旟」。漢太守比州長，法御五馬。玄以州長比方漢州，大小相絶遠矣。周之州，乃反統隸於縣，比漢太守品秩殊不侔，不足爲據。然鄭，後漢時人，則太守之用五馬，後漢已然矣。至唐白樂天《和春深二十首》詩曰：「五匹鳴珂馬，雙輪畫軾車。」至其自杭分司，有詩曰：「錢塘五馬留三匹，還擬騎游攬擾春。」杜詩亦曰：「使君五馬一馬驄。」則似真有五馬矣。若其制之所始，則未有知者。琦按：今本《毛詩》鄭注，但云《周禮》「州長建旟」，謂州長之屬，無「漢太守比州長，法御五馬」之文，是康成未嘗以太守比州長也。師古《杜詩注》云：王羲之出守永嘉，庭列五馬。後人遂據爲太守事。今按《晉書》及古今傳記，羲之並未嘗爲永嘉太守，則其説亦訛也。宋人《五色線集》：北齊柳元伯五子同時領郡，時五馬參差於庭，故時人呼太守爲五馬。今按《羅敷行》古詞，已有「使君從南來，五馬立踟躕」之句，則非自北齊始矣。潘子真《詩話》：《禮》：天子六馬，左右驂。三公九卿駟馬，右驂。漢制九卿則中二千石，亦右驂。太守相駟馬而已，其有功德加秩中二千石，乃右驂。故以五馬爲太守美稱。《遯齋閑覽》及《學林新編》云：《漢官儀》：朝臣出使以駟馬，太守加一馬，故爲五馬。與龐説相符，然亦無他證確然可據。唯沈約《宋書》引《逸禮·王度記》曰：天子駕六，諸侯駕五，卿駕四，大夫三，士二，庶人一。後之太守，即古之諸侯，故以五馬爲太守故實，庶幾近之。前之數説似皆未的。王融詩：車馬若飛龍，長衢無極已。

〔四〕古《羅敷行》：青絲繫馬尾，黄金絡馬頭。

〔五〕江淹詩：不知誰家子，看花桃李津。

〔六〕古《羅敷行》：羅敷善採桑，採桑城南隅。

〔七〕曹植詩：名都多妖女。

〔八〕《漢書》：使君顓生殺之柄。顔師古注：爲使者故謂之使君。

〔九〕《西京雜記》：魯人秋胡，娶妻三月而游宦，三年休還家。其婦採桑於郊，胡至郊而不識其妻也，見而悦之，乃遺黄金一鎰。妻曰：「妾有夫游宦不返，幽閨獨處三年於兹，未有被辱於今日也。」採不顧。胡慚而退。至家，問家人：「妻何在？」曰：「行採桑於郊，未返。」既還，乃向所挑之婦也。

〔一〇〕郭璞《爾雅注》：寒螀似蟬而小，青色。

〔一一〕謝脁詩：餘曲詎幾許，高駕且踟躕。踟躕，欲行不進之貌。

琦按：「使君且不顧，況復論秋胡」二句，或有非之者，謂不應以秋胡與使君較量，蓋誤解此詩專咏羅敷事耳。殊不知「妾本秦羅敷」一句，是自矜身分如羅敷之貞潔耳。觀首句云「美女渭橋東」，並不實指羅敷。又云「不知誰家子」，亦未切指使君。通首辭句不可因此而悟乎？胡孝轅謂「此當善領其意，政復何礙」。旨哉斯言！可爲讀太白樂府者發凡起例之一端矣。

枯魚過河泣

按《樂府詩集》：《枯魚過河泣》，乃雜曲歌辭。古詞曰：「枯魚過河泣，何時悔復及。作書與魴鱮，相教慎出入。」太白擬作與古意同，而以萬乘微行爲戒，更爲深切。

白龍改常服，偶被豫且（於余切，音苴）制。誰使爾爲魚？徒勞（繆本作「爲」）訴天帝〔一〕。作書報鯨（音擎）鯢（音倪）〔二〕，勿恃風濤勢。濤落歸泥沙，翻遭螻蟻噬〔三〕。萬乘慎出入，柏人以爲誡（一作「識」。胡震亨曰：誡，居吏切，作「識」者誤）〔四〕。

〔一〕《説苑》：吴王欲從民飲酒，伍子胥諫曰：「不可。昔白龍下清泠之淵，化爲魚，漁者豫且射中其目。白龍上訴天帝。天帝曰：『當是之時，若安置而形？』白龍對曰：『我下清泠之淵，化爲魚。』天帝曰：『魚固人之所射也，豫且何罪？』夫白龍，天帝貴畜也，豫且，宋國賤臣也，白龍不化，豫且不射，今棄萬乘之位而從布衣之士飲酒，臣恐其有豫且之患矣。」王乃止。

〔二〕《廣韻》：鯨，大魚也。雄曰鯨，雌曰鯢。《太平御覽》：《魏武四時食制》曰：東海有大魚如山，長五六丈，謂之鯨鯢。次有如屋者，時死岸上，膏流九頃，其鬚長一丈二三尺，厚六寸，眸子如三升碗，大骨可爲方臼。

〔三〕《淮南子》：吞舟之魚，蕩而失水，則制於螻蟻，離其居也。

〔四〕《史記》：高祖從平城過趙，趙王朝夕袒韝蔽，自上食，禮甚卑，有子壻禮。高祖箕踞詈，甚慢易之。趙相貫高怒。八年，上從東垣還，過趙，貫高等乃壁人柏人，要之置厠。上過欲宿，心動，問曰：「縣名爲何？」曰：「柏人。」「柏人者，迫於人也。」不宿而去。

丁都一作「督」護歌

《宋書》：《督護歌》者，彭城内史徐逵之爲魯軌所殺，宋高祖使府督護丁旿收斂殯埋之。逵之妻，高祖長女也，呼旿至閤下，自問斂送之事，每問輒嘆息曰：「丁督護！」其聲哀切，後人因其聲廣其曲焉。太白擬其歌調而意則另出。

雲陽上征去〔一〕，兩岸饒商賈。吴牛喘（音舛）月時〔二〕，拖船一何苦〔三〕。水濁不可飲，壺漿半成土。一唱《都護歌》，心摧淚如雨。萬人鑿（繆本作「繫」）盤石〔四〕，無由達江滸〔五〕。君看石芒（音忙）、碭（音唐，又音蕩）〔六〕，掩淚悲千古。

〔一〕《元和郡縣志》：江南道潤州丹陽縣，本舊雲陽縣。秦時，望氣者云「有王氣」，故鑿之以敗其勢，截其直道使之阿曲，故曰曲阿。天寶元年，改爲丹陽縣。馮衍《顯志賦》：泝淮、濟而上征。

〔二〕《世説》：滿奮曰：「臣猶吴牛，見月而喘。」劉孝標注：今之水牛惟生江、淮間，故謂之吴牛也。南土多暑，而此牛畏熱，見月疑是日，所以見月則喘。

〔三〕《漢書》：拕舟而入水。顔師古注：拕，曳也，音它。拖與拕同。

〔四〕成公綏《嘯賦》：坐盤石，漱清泉。李善注：《聲類》曰：盤，大石也。

〔五〕毛萇《詩傳》：水涯曰滸。

〔六〕《漢書》：高祖隱於芒、碭山澤間。應劭注：芒，屬沛國。碭，屬梁國。二縣之界有山澤之固。

此篇蕭注謂是詠秦皇鑿北阬，以壓天子氣一事。或曰爲韋堅開廣運潭而作，借秦爲喻。又引吴孫權嘗遣校尉陳勳將屯田及作士三萬人鑿句容中道，自小坻至雲陽西城，通會市，作邸閣云云。胡注謂是詠潤州埭牐牽挽之苦也。先是潤州不通江，開元中，刺史齊澣始移漕路京口塘下，直達于江，立埭收課事，詳澣本傳。澣開新河在江北瓜步者，太白嘗作詩頌美。此則獨言其苦，瓜步岸卑易開，潤州岸高難開，地勢至今猶然，白詩並紀實也。當時汴、淮運路，澣並用牛曳，即潤州可推矣。芒，石稜，碭，石文。指所鑿盤石云云。琦以全篇詩意參繹，舊注三説皆不類，即胡説亦未是。考之地誌，芒、碭諸山，實産文石。意者是時官司取石於此山，僦舟搬運，適當天旱水涸，牽挽而行，期令峻急，役者勞苦，太白憫之而作此詩。督護是指當時監督之有司。「鑿」字舊本或作「繫」字。「萬人繫盤石，無由達江滸」，詩旨益覺顯然。即作「鑿」字，謂此萬夫所鑿之盤石，爲數甚多，無由即達江滸，如此詮釋自亦無礙。「君看石芒、碭，掩淚悲千古」者，謂芒、碭産此文石，千古不絶，則千古嘗爲民累，有心者能不覩之而生悲哉？雖用《漢書》「芒、碭」字，然與漢高避匿事全然無涉也。

相逢行 一作「有贈」

樂府詩《相逢行》，乃相和歌清調六曲之一。一曰《相逢狹路間行》，亦曰《長安有狹邪行》。

朝（世本作「胡」，誤）騎五花馬〔一〕，謁帝出銀臺〔二〕。秀色誰家子，雲車（一作「中」）珠箔（音薄）開〔三〕。金鞭遥指點，玉勒近遲迴〔四〕。夾轂相借問〔五〕，疑（一作「知」）從天上來（一本下多「憐腸愁欲斷，斜日復相催。下車何輕盈，飄然似落梅」四句）。蹙（繆本、胡本作「邀」）入青綺門〔六〕，當歌共銜杯（一作「嬌羞初解珮，語笑共銜盃」）〔七〕。銜杯映歌扇，似月雲中見。相見不得（一作「相」）親，不如不相見。相見情已深，未語可知心。胡爲守空閨〔八〕，孤眠愁錦衾〔九〕。錦衾與羅幃，纏綿會有時。春風正澹蕩〔一〇〕，暮雨來何遲（一作「春風正糾結，青鳥來何遲」）。願因三青鳥〔一一〕，更報長相思。光景不待人，須臾髮成絲。當年失行樂，老去徒傷悲〔一二〕。持此道密意，無令曠佳期。

〔一〕五花馬，詳見三卷注。

〔二〕曹植詩：謁帝承明廬。按《雍録》所載《六典》、《大明宫圖》：紫宸殿側有右銀臺門、左銀臺門。李肇記曰：學士下直出門，相謔謂之小三昧。出銀臺乘馬，謂之大三昧。三昧者，釋氏語，言其去纏縛而得自在也。用此言之，則學士自出院門而至右銀臺門，皆步行。直至已出宫城銀臺門外，乃得乘馬也。

〔三〕《三輔黄圖》：金玉珠璣爲簾箔。

〔四〕薛道衡詩：卧馳飛玉勒，立騎轉銀鞍。《説文》：勒，馬頭絡銜也。

〔五〕古《相逢行》：夾轂問君家。

〔六〕《水經注》：長安東出第三門，本名霸城門，民見門色青，又名青城門，或曰青綺門，亦曰青門。

〔七〕劉伶《酒德頌》：捧罌承槽，銜杯漱醪。

〔八〕曹植詩：妾身守空閨。

〔九〕《詩·國風》：錦衾爛兮。

〔一〇〕鮑照詩：春風澹蕩俠思多。陳子昂詩：春風正澹蕩，白露已清泠。

〔一一〕《山海經·西山經》：三危之山，三青鳥居之。郭璞注：三青鳥，主爲西王母取食者，别自棲息於此山也。又《大荒西經》：沃之野有三青鳥，赤首黑目，一名曰大鶩，一名曰少鶩，一名曰青鳥。郭璞注：皆西王母所使也。

〔一二〕古《長歌行》：老大徒傷悲。

《楊升庵外集》載太白《相逢行》云：此詩予家藏《樂史》本最善，今本無「憐腸愁欲斷，斜日復相催，下車何輕盈，飄然似落梅」四句。他句亦不同數字，故備録之。太白號斗酒百篇，而其詩精鍊若此，所以不可及也。琦嘗細校其文，所謂不同數字者，「雲車」作「雲中」，「疑從」作「知從」，「蹙入青綺門，當歌共銜杯」作「嬌羞初解珮，語笑共銜杯」，「不得親」作「不相親」。他本亦有同者，若「近遲回」作「乍遲迴」，「願因」作「願言」，「更報」作「卻寄」，「當年失行樂」，作「壯年不行樂」，「老去」作「老大」，而中間又無「春風正澹蕩」二句，則諸本皆無同者。據此，《樂史》原本，明中葉時尚有存者，今則斷帙殘編，無由得覩，不深可惜乎！

胡震亨曰：《相和歌》本辭，言相逢年少，問知其家之豪盛。太白則言相逢之後，仍不得相親，恐失佳期，回環致望不已，較古詞用意尤爲婉轉。《離騷》咏不得于君，必託男女致詞，如云「初既與余成言兮，後悔遁而有他」，又云「日月忽其不淹兮，恐美人之遲暮」。太白此篇，詩題雖取之樂府，詩意實本自《離騷》，蓋有已近君而有不得終近之意焉。臣子睽隔之傷，思慕之誠，具見于是，不可僅作豔詞讀也。

千里思 一作《千里曲》

北魏祖叔辨作《千里思》，其辭曰：「細君辭漢宇，王嬙即虜衢。無因上林雁，但見邊城蕪。」蓋爲女子之遠適異國者而言。太白擬之，另以蘇、李别後相思爲辭。

李陵没胡沙〔一〕，蘇武還漢家〔二〕。迢迢五原關〔三〕，朔雪亂邊花（一作「愁見雪如花」）。一去隔絶國〔四〕，思歸但長嗟。鴻雁向西北，因（一作「飛」）書報天涯。

〔一〕《史記》：李陵將步兵五千人，出居延北千餘里，單于以兵八萬圍擊陵軍。陵軍兵矢既盡，士死者過半，而所殺傷匈奴亦萬餘人。且引且戰，連鬭八日，還，未到居延百餘里，匈奴遮狹絶道，陵食乏而救兵不到，遂降匈奴。

〔二〕琦按：《文選》有李少卿《答蘇武書》，李周翰注：《漢書》曰：李陵字少卿，以天漢二年率步卒五千人出塞與單于戰，力屈乃降。在匈奴中與蘇武相見，武得歸，爲書與陵，令歸漢，陵作書答之。此詩末聯正用其事。又按：《文苑英華》載唐人省試詩題有《李都尉重陽日得蘇屬國書》，其事他書所不見，更屬異聞，因附録之。

〔三〕《漢書·地理志》：代郡有五原關。《太平寰宇記》：鹽州五原郡，今理五原縣。唐貞觀二年，縣與州同立，以其地勢有五原，舊有五原關，因爲郡邑之稱。

〔四〕江淹《别賦》：一去絶國，詎相見期。李善注：絶國，絶遠之國也。

樹中草

梁簡文帝有《樹中草詩》，太白蓋擬之也。

鳥銜野田草〔一〕，誤入枯桑裏。客土植危根〔二〕，逢春猶不死。草木雖無情，因依尚可生。如何同枝葉，各自有枯榮？

〔一〕謝靈運詩：青青野田草。

〔二〕《漢書》：客土疏惡。潘岳《楊仲武誄》：如彼危根，當此衝飈。胡震亨曰：梁簡文帝本辭：「幸有青袍色，聊因翠幄凋。雖間珊瑚蔕，非是合歡條。」此詩雖擬舊題，而借諷同根，辭意尤微，非復宮體物色初裁矣。

君馬黄

按《宋書》：漢鼓吹鐃歌十八曲有《君馬黄歌》。

君馬黄，我馬白，馬色雖不同，人心本無隔。共作游冶盤〔一〕，雙行洛陽陌。長劍既照曜〔二〕，高冠何艴（音釋）赫〔三〕。各有千金裘，俱爲五侯客〔四〕。猛虎落陷穽〔五〕，壯士（繆本作「夫」）時屈厄。相知在急難〔六〕，獨好亦（一作「知」）何益。

〔一〕車轂《驄馬詩》：意欲驂驔走，先作野游盤。

〔二〕《後漢書》：高冠長劍，紆金懷紫。

〔三〕潘岳《射雉賦》：摛朱冠之艴赫。徐爰注：艴赫，赤色貌。

〔四〕《漢紀》：五侯群弟皆通敏人事，好士養賢，傾財施與，以相高尚。時谷永與齊人樓護，俱爲五侯上客。

〔五〕《漢書·司馬遷傳》：猛虎處深山，百獸震恐，及其在穽檻之中，摇尾而求食。

〔六〕《詩·小雅》：兄弟急難。

胡震亨曰：漢鐃歌《君馬黄》曲辭舊無其解，後之擬者，但咏馬而已。惟太白「相知」「急難」二語，似獨得其解者。按本辭云：「君馬黄，臣馬蒼，二馬同逐臣馬良。」借言我馬之良，喻我所効于友者較勝。古者君臣之稱通乎上下故也。其曰「美人歸以南，駕車馳馬，美人傷我心；佳人歸以北，駕車馳馬，佳人安終極」者，美人、佳人，亦稱其友。駕車馳馬南北，就上馬之同逐，言其分馳而去，以喻交之不終。而一則曰「傷我心」，一則曰「安終極」，雖怨之，不忍明言之，則尤有不出惡聲之意焉。蓋古交友相責望之詞，采詩者以其言之含蓄近厚，故入之于樂，非太白幾無能發明之矣。

擬古

融融白玉輝，映我青蛾眉。寶鏡似空水〔一〕，落花如風吹。出門望帝（繆本作「同」）子，蕩漾不可期〔二〕。安得黄鶴羽，一報佳人知〔三〕。

〔一〕庾信《詠鏡詩》：光如一片水。

〔二〕江淹詩：北渚有帝子，蕩漾不可期。吕延濟注：帝子，娥皇、女英。蕩漾，言隨波上下，不可與之結期。

〔三〕江淹《去故鄉賦》：願使黄鶴兮報佳人。

折楊柳

《文獻通考》：鼓角横吹十五曲中有《折楊柳》。胡震亨曰：本古横吹曲，辭亡，梁、陳後擬者，皆作閨人思遠戍之辭，太白詩亦同此意。

垂楊（一作「楊柳」）拂渌水，摇豔（一作「豔裔」）東風年。花明玉關雪，葉暖金窗烟。美人結長想，對此心淒然。攀條折春色，遠寄龍庭前（一作「沙邊」）〔一〕。

〔一〕《漢紀》：匈奴五月大會龍庭而祭其先祖、天地、鬼神。

少年子

齊王融、梁吴均皆有《少年子》。

青雲少年子，挾彈章臺左〔一〕。鞍馬四邊開，突如流星過。金丸落飛鳥（《文苑英華》作「肉」）〔二〕，夜入（《文苑英華》作「深」）瓊樓卧〔三〕。夷、齊是何人，獨守西山餓〔四〕。

〔一〕《玉海》：秦有章臺宫。《蘇秦傳》云：朝於章臺之下。揚雄云：藺生收功於章臺。

〔二〕《西京雜記》：韓嫣好彈，常以金爲丸，所失者日有十餘。長安爲之語曰：「苦饑寒，逐金丸。」京師兒童，每聞嫣出彈輒隨之，望丸所落輒拾焉。

〔三〕沈佺期詩：今春芳苑游，接武上瓊樓。

〔四〕《史記》：伯夷、叔齊隱於首陽山，采薇而食之，作歌曰：「登彼西山兮，采其薇矣。以暴易暴兮，不知其非矣。神農虞夏忽焉没兮，我安適歸矣。吁嗟徂兮，命之衰矣。」遂餓死於首陽山。《索隱》：曰：西山即首陽山。

此篇是刺當時貴家子弟驕縱侈肆者之作，末引夷、齊大節以相繩，而嘆其有天淵之隔也。「是何人」，謂彼二人亦是孤竹之貴公子，乃能棄富貴如浮雲，甘心窮餓而無悔，民到于今稱之，視彼狂童，寧免下流之誚耶？

紫騮馬

按：《樂府詩集》横吹十八曲中有《紫騮馬》。

紫騮行（一作「驕」）且嘶〔一〕，雙翻碧玉蹄〔二〕。臨流不肯渡，似惜錦障（音帳，亦音章）泥〔三〕。白雪關山（一作「城」）遠，黄雲海戍迷〔四〕。揮鞭萬里去，安（一作「何」）得念（一作「戀」）春閨。

〔一〕紫騮，赤色馬也，唐人謂之紫騮，今人謂之棗騮。

〔二〕沈佺期《驄馬詩》：四蹄碧玉片，雙眼黄金瞳。

〔三〕《晉書》：王濟善解馬性，嘗乘一馬，著連乾障泥，前有水，終不肯渡。濟云：「此必是惜障泥。」使人解去，便渡。按：障泥是披馬鞍旁者。胡三省《通鑑注》：《類篇》：馬障泥曰韂。蜀注云：擁護泥濘也。

〔四〕白雪、黄雲，皆唐時戍名。白雪戍在蜀地，與吐蕃接壤。杜詩屢用之。黄雲戍，未詳所在。戎昱詩：擒生黑山北，殺敵黄雲西。薛逢詩：豈知萬里黄雲戍，血迸金瘡卧鐵衣。按《古今樂録》：《紫騮馬》古辭曰：「十五從軍征，八十始得歸。道逢鄉里人，家中有阿誰？」又梁曲曰：「獨柯不成樹，獨樹不成林。念郎錦裲襠，恒長不忘心。」蓋從軍久戍懷歸之作也。若梁簡文帝、梁元帝、陳後主、徐陵諸作，但秖咏馬而已，太白則咏馬而兼及從軍遠戍，不戀室家之樂，仍不失古辭之意。

少年行二首

《樂府詩集》以《少年行》、《少年子》皆入雜曲歌辭中。

擊筑飲美酒，劍歌易水湄。經過燕太子〔一〕，結託并州兒〔二〕。少年負壯氣〔三〕，奮烈自有時。因聲魯句踐，爭博勿相欺（一本「因聲」作「因擊」，「爭博」作「爭情」者，非）。

〔一〕《漢書音義》：筑，應劭曰：狀似琴而大，頭安弦，以竹擊之，故名曰筑。顔師古曰：今筑形似瑟而細頸。《太平御覽》：《樂書》曰：筑者形如頌琴，施十三弦，項細肩圓，品聲按柱，鼓法以左手扼之，右手以竹尺擊之，隨調應律。唐代編入雅樂。《釋名》曰：筑，以竹鼓之也，如箏，細項。《史記》：荆軻游於邯鄲，魯勾踐與荆軻博，爭道，魯勾踐怒而叱之，荆軻嘿而逃去。至燕，愛燕之狗屠及善擊筑者高漸離，日與狗屠及高漸離飲於燕市。酒酣以往，高漸離擊筑，荆軻和而歌於市中，相樂也，已而相泣，旁若無人。魯勾踐已聞荆軻之刺秦王，私曰：「甚矣，吾不知人也。曩者吾叱之，彼乃以我爲非人也。」餘見《擬恨賦》注。

〔二〕《古襄陽歌》：舉鞭問葛彊，何如并州兒。

〔三〕徐悱詩：少年負壯氣，耿介立衝冠。

其二

此首一作「小放歌行」。

五陵年少金市東〔一〕，銀鞍白馬度春風。落花踏盡游何處，笑入胡姬酒肆中。

〔一〕《水經注》：凌雲臺西有金市，北對洛陽壘。《藝文類聚》：《西征記》曰：洛陽舊有三市，一曰金市，在宫西大城内。《太平寰宇記》：三市，《洛陽記》云：大市名金市，在大城西，南市在大城南，馬市在大城東。按：金市在臨商觀西，兑爲金，故曰金市。

白鼻騧

按《樂府詩集》：《高陽樂人歌》，《古今樂録》曰：魏高陽王樂人所作也。又有《白鼻騧》，蓋出於此。其詞曰：「可憐白鼻騧，相將入酒家。無錢但共飲，畫地作交賒。」

銀（一作「金」）鞍白鼻騧（音瓜，又音戈）〔一〕，緑地（一作「池」）障泥錦〔二〕。細雨春風花落時（一作「春風細雨落花時」），揮鞭直就胡姬飲。

〔一〕毛萇《詩傳》：黄馬黑喙曰騧。

〔二〕《西京雜記》：武帝得貳師天馬，以玫瑰石爲鞍，鏤以金銀鍮石，以緑地五色錦爲蔽泥。「緑地」字本此。楊升庵《外集》引此詩作「緑池」，又曲爲「池」字作解，甚謬。蔽泥，即障泥也。詳見前《紫騮馬》注中。

豫章行

蕭士贇曰：王僧虔《技録》：相和歌清調六曲有《豫章行》。

胡風吹代馬（一作「燕人攢赤羽」）〔一〕，北擁魯陽關〔二〕。吴兵照海雪，西討何時還。半渡上遼津〔三〕，黄雲慘無顔。老母與子別，呼天野草間。白馬（一作「百鳥」）繞旌旗，悲鳴相追攀。白楊秋月苦，早落豫章山〔四〕。本爲休明人，斬虜素不閑〔五〕。豈惜戰鬬死，爲君掃凶頑。精感石没羽〔六〕，豈云憚險艱。樓船若鯨（音擎）飛，波蕩落星灣〔七〕。此曲不可奏，三軍髮（繆本作「鬢」）成斑。

〔一〕鮑照詩：胡風吹朔雪。

〔二〕《元和郡縣志》：魯陽關在鄧州向城縣北八十里，今鄧、汝二州於此分境，荆、豫徑途，斯爲險要。張景陽詩云：朝登魯陽關，峽路峭且深。《太平寰宇記》：汝州魯山縣有魯陽關。《淮南子》云：魯陽公與韓戰酣，日暮，援戈而撝之，日爲之返三舍。即此地也。

〔三〕《水經注》：僚水，又徑海昏縣，謂之上僚水，又謂之海昏江。分爲二水，縣東津上有亭，爲濟度之要，其水東北徑昌邑而東，出豫章大江。《豫章古今記》：上遼津在海昏縣東二十里。《通典》：豫章郡建昌縣有上遼津。《江西志》：上潦水在南昌府城西北一百二十里，源出建昌縣，經奉新縣流入。僚、遼、潦三字雖異，其實一也。

〔四〕《古豫章行》：白楊初生時，乃在豫章山。鮑照《蕪城賦》：白楊早落。「白馬繞旌旗，悲鳴相追攀」，謂母子別離之時，乘馬亦爲之感動而哀嘶也。「白楊秋月苦，早落豫章山」，謂見草木之凋殘，亦若爲母子悲慟者之所感召也。總以寫從軍者離别時情景耳。

〔五〕《爾雅》：閑，習也。

〔六〕《漢紀》：李廣嘗獵，見草中石以爲伏虎，射之，入石没羽，視之，石也。他日射之，終不能入。

〔七〕《太平寰宇記》：落星山在廬山東，周圍一百五十步，高丈許。《圖經》云：昔有星墜水化爲石，當彭蠡灣中，俗呼爲落星灣。《一統志》：落星湖在江西彭蠡湖西北，湖有小山，相傳星墜水所化。陳王僧辯破侯景於落星灣，即此處。蕭士贇曰：落星灣在今南康軍城之右，唐時屬江州及洪州。《輿地廣記》曰：昔有星墜水化爲石，夏秋之交湖水方漲，則星石浮於波瀾之上。隆冬水涸，可以步涉，寺居其上曰法安院。

胡震亨曰：太白《豫章行》，蓋咏永王璘事而自悼也。古辭云：「白楊初生時，乃在豫章山。涼秋八九月，山客持斧斤。根株已斷絶，顛倒巖石間。」蓋白卧廬山爲璘脅行，及事敗，又于尋陽繫獄，其地皆屬豫章，故巧借此題爲辭，而以白楊之生落于豫章者自況，寫身名墮壞之痛，而終不言璘之累己，則猶近于厚，得風人之意焉。琦謂此詩蓋爲征戍之將士而言也。按《唐書·來瑱傳》：上元二年，破史思明餘黨于魯山，俘其賊渠，又戰汝州，獲其牛馬、槖駝。知是時汝、鄧之間爲賊兵往來之地，所謂「胡風吹代馬，北擁魯陽關」，乃安、史之兵，而非永王之兵也。集中有《中丞宋公以吴兵三千赴河南軍次尋陽》之文，又《爲宋中丞祭九江文》中有「遵奉王命，大舉天兵，樓船先濟，士馬無虞」之辭，是知所謂「吴兵」者，即宋中丞所統三千之兵；所謂「上遼津」者，即樓船所濟之津。詩之作也，當在是時無疑，與永王璘事全無干涉，而胡氏更于每段中必引璘事以强合之，牽扯支離，盡失本詩辭意矣。

沐浴子

胡震亨曰：《沐浴子》，梁、陳間曲也。古辭：「澡身經蘭氾，濯髮傃芳洲。」太白擬作，專用《楚辭·漁父》事。

沐芳莫彈冠，浴蘭莫振衣。處世忌太潔，至（一作「志」）人貴藏暉。滄浪有釣叟〔一〕，吾與爾同歸。

〔一〕《楚辭·漁父篇》：屈原既放，游於江潭，行吟澤畔，顔色憔悴，形容枯槁。漁父見而問之曰：「子非三閭大夫歟？何故至於斯！」屈原曰：「舉世皆濁而我獨清，衆人皆醉而我獨醒，是以見放。」漁父曰：「夫聖人者，不凝滯於物而能與世推移。舉世皆濁，何不淈其泥而揚其波？衆人皆醉，何不餔其糟而歠其釃？何故懷瑾握瑜而自令見放爲？」屈原曰：「吾聞之，新沐者必彈冠，新浴者必振衣，安能以身之察察，受物之汶汶者乎？寧赴湘流葬於江魚之腹中，又安能以皎皎之白而蒙世俗之塵埃乎？」漁父莞爾而笑，鼓枻而去，歌曰：「滄浪之水清兮，可以濯吾纓；

滄浪之水濁兮，可以濯吾足。」遂去，不復與言。又《雲中君篇》：浴蘭湯兮沐芳。

高句驪

《後漢書·東夷傳》：高句驪，在遼東之東千里，南與朝鮮、穢貊，東與沃沮，北與夫餘接，地方二千里。《唐書》：高麗，本扶餘别種也。地東跨海距新羅，南亦跨海距百濟，西北度遼水與營州接北靺鞨。其君居平壤城，漢東樂浪郡也。去京師五千里而贏。《石林燕語》：高麗，自三國以來見於史者，句驪，其國號；高，其姓也。隋去「句」字，故自唐以來，止稱高麗。

金花折風帽，白馬小遲回。翩翩舞廣袖〔一〕，似鳥海東來。

〔一〕《北史·高句麗傳》：人皆頭著折風，形如弁，士人加插二鳥羽。貴者其冠曰蘇骨，多用紫羅爲之，飾以金銀。服大袖衫，大口袴，素皮帶，黄革履。

静夜思

胡震亨曰：思歸之辭也，太白自製名。

牀前看月光，疑是地上霜〔一〕。舉頭望山月，低頭思故鄉。

〔一〕梁簡文帝詩：夜月似秋霜。

渌水曲

《渌水》，本琴曲名，太白襲用其題以寫所見，其實則《采菱》、《采蓮》之遺意也。

渌水明秋日（蕭本作「月」），南湖採白蘋〔一〕。荷花嬌欲語，愁殺蕩舟人〔二〕。

〔一〕《楚辭》：登白蘋兮騁望。王逸注：蘋草，秋生，今南方湖澤皆有之。《爾雅翼》：蘋，葉四方，中拆如十字，根生水底，葉敷水上，五月有花，白色，故謂之白蘋。

〔二〕《韓非子》：蔡女爲齊桓公妻，桓公與之乘舟，夫人蕩舟，桓公大懼。

鳳凰曲

與下《鳳臺曲》同意，但名不同耳。

嬴（音盈）女吹玉簫，吟弄天上春〔一〕。青鸞不獨去〔二〕，更有攜手人。影滅綵雲斷，遺聲落西秦〔三〕。

〔一〕《列仙傳》：簫史者，秦穆公時人也，善吹簫，能致孔雀、白鶴於庭。穆公有女字弄玉好之，公遂以女妻焉。日教弄玉作鳳鳴。居數年，吹似鳳聲，鳳凰來止其屋。公爲作鳳臺，夫婦止其上不下數年，一旦，皆隨鳳凰飛去。故秦人爲作鳳女祠於雍宫中，時有簫聲而已。秦，嬴姓也，故稱秦女曰嬴女。陳子昂詩：結交嬴臺女，吟弄昇天行。

〔二〕《藝文類聚》：《決疑注》曰：凡象鳳者有五：多赤色者鳳，多青色者鸞，多黄色者鵷雛，多紫色者鸑鷟，多白色者鵠。

〔三〕鮑照詩：鳳臺無還駕，簫管有遺聲。

鳳臺曲

按《樂府詩集》：梁武帝製《上雲樂》七曲，其一曰《鳳臺曲》。

嘗聞秦帝女，傳得鳳凰聲。是日逢仙子，當時别有情。人吹彩簫去，天借緑雲迎。曲（一作「心」）在身不返，空餘弄玉名。

從軍行

《樂府古題要解》：《從軍行》，皆述軍旅辛苦之詞也。按《樂府詩集》：《從軍行》乃相和歌平調七曲之一。

從軍玉門道〔一〕，逐虜金微山〔二〕。笛奏《梅花曲》〔三〕，刀開明月環。鼓聲鳴海上，兵氣擁雲間。願斬單（音蟬）于首〔四〕，長驅靜鐵關〔五〕。

〔一〕《北史》：史祥出玉門道擊虜，破之。

〔二〕《後漢書》：竇憲遣左校尉耿夔出居延塞，圍北單于於金微山，破之。

〔三〕按《白帖》：笛有《落梅花》之曲。

〔四〕顔師古《漢書注》：單于，匈奴天子之號也。

〔五〕《戰國策》：輕卒鋭兵，長驅至國。《唐書·地理志》：自焉耆西五十里過鐵門關。《法苑珠林》：自高昌至於鐵門，凡經一十六國。其鐵門者，即是漢之西屏鐵門之關，見漢門扇一竪一卧，外鐵裹木，加懸諸鈴，必掩此關，實惟天固。《釋迦方誌》：鐵門關，左右石壁，其色如鐵，鐵固門扉，懸鈴尚在，即漢塞之西門也。出鐵門關便至覩貨邏國。

秋思

春陽如昨日，碧樹鳴黃鸝（音離）〔一〕。蕪然蕙草暮，颯爾涼風吹〔二〕。天秋木葉下〔三〕，月冷莎（音梭）雞悲〔四〕。坐愁群芳歇〔五〕，白露凋華滋〔六〕。

〔一〕江淹詩：碧樹先秋落。張華《禽經注》：倉庚，今謂之黃鶯，黃鸝是也。野民曰黃栗留，語聲轉耳。其色黧黑而黃，故名黧黃。《詩》云「黃鳥」，以色呼也。北人呼爲楚雀，云此鳥鳴時，蠶事方興，蠶婦以爲候。

〔二〕《歲華紀麗》：秋風曰涼風。

〔三〕《楚辭》：洞庭波兮木葉下。

〔四〕莎雞，即今之紡績孃，詳見四卷注。

〔五〕《楚辭》：蘋蘅槁而節離兮，芳以歇而不止。詩人用「芳歇」字本此。

〔六〕《古詩》：緑葉發華滋。

春思

燕草如碧絲，秦桑低緑枝。當君懷歸日，是妾斷腸時。春風不相識，何事入羅帷〔一〕？

〔一〕蕭士贇曰：燕北地寒，生草遲，當秦地柔桑低緑之時，燕草方生，興其夫方萌懷歸之志，猶燕草之方生，妾則思君之久，猶秦桑之已低緑也。末句喻此心貞潔，非外物所能動。此詩可謂得《國風》不淫不誹之體矣。

秋思

燕支（繆本作「閼氏」）黄葉落〔一〕，妾望白（蕭本作「自」）登臺〔二〕。海上（一作「月出」）碧雲斷，單（音蟬）于（一作「蟬聲」）秋色來〔三〕。胡兵沙塞合，漢使玉關回。征客無歸日，空悲蕙草摧。

〔一〕慎蒙《名山記》：焉支山，在陝西山丹衞東南五十里，一名山丹山。漢霍去病將萬騎涉狐奴水，過焉支山，即此。燕支，即焉支也。

〔二〕《史記正義》：《括地志》云：朔州定襄縣，本漢平城縣。縣東北三十里有白登山，山上有臺，名曰白登臺。《漢書·匈奴傳》曰「冒頓圍高帝於白登七日」，即此也。服虔曰：白登，臺名，去平城七里。如淳曰：平城旁之高地，若丘陵也。李穆叔《趙記》云：平城東七里有土山，高百餘尺，方十餘里，亦謂此也。《水經注》：今平城東十七里有臺，即白登臺也。臺南對岡阜，即白登山也。故《漢書》稱「上遂至平城，上白登」者也，爲匈奴所圍處。《太平寰宇記》：白登臺在雲州雲中縣東北三十里。《山西通志》：白登山，在大同府大同縣城東一百四十里，上有白登臺，即冒頓圍漢高帝處。梁元帝《横吹曲》云「朝跋青陂道，暮上白登臺」，謂此。胡注以「自登臺」爲是，而訾「白登臺」爲誤，恐未是。

〔三〕單于本是匈奴位號，猶中國天子稱也。然在此處又作地名解。劉昫《唐書》：單于都護府，秦、漢時雲中郡地也。唐龍朔三年置雲中都護府，麟德元年改爲單于大都護府，東北至朔州五百五十七里，在京師東北二千三百五十里，去東都三千里。

子夜吴歌四首

《宋書》：《子夜歌》者，有女子名子夜造此聲。晉孝武太元中，瑯琊王軻之家，有鬼歌《子夜》。殷允爲豫章時，豫章僑人庾僧度家，亦有鬼歌《子夜》。殷允爲豫章，亦是太元中，則子夜是此時以前人也。《樂府古題要解》：《子夜》，舊史云：晉有女子曰子夜，所作聲至哀，後人因爲四時行樂之詞，謂之《子夜四時歌》，吴聲也。

秦地羅敷女，採桑緑水邊。素手青條上，紅妝白日鮮。蠶飢妾欲去，五馬莫留連〔一〕。

〔一〕《陌上桑》古辭：日出東南隅，照我秦氏樓。秦氏有好女，自名爲羅敷。羅敷善蠶桑，採桑城南隅。青絲爲籠系，桂枝爲籠鉤。頭上倭墮髻，耳中明月珠。緗綺爲下裙，紫綺爲上襦。使君從南來，五馬立踟躕。使君遣吏往，問「是誰家姝？」「秦氏有好女，自名爲羅敷。」「羅敷年幾何？」「二十尚不足，十五頗有餘。」使君謝羅敷：「寧可共載不？」羅敷前致辭：「使君一何愚！使君自有婦，羅敷自有夫。」梁武帝《子夜四時歌》：君住馬已疲，妾去蠶欲飢。胡震亨曰：清商吴曲《子夜歌》，後人更爲《子夜四時》等歌，其歌本四句，太白擬之六句爲異。然當時歌此者，亦自有送聲，有變頭，則古辭固未可拘矣。

其二

鏡湖三百里〔一〕，菡（户感切，音㦗）萏（徒感切，談上聲）發荷花〔二〕。五月西施採，人看隘若耶〔三〕。回舟不待月，歸去越王家。

〔一〕《通典》：漢順帝永和五年，馬臻爲會稽太守，創立鏡湖，在會稽、山陰兩縣界築塘蓄水，水高田丈餘，田又高海丈餘，若水少則洩湖灌田，如水多則閉湖洩田中水入海，所以無凶年。其堤塘周圍三百一十里，都溉田九千餘頃。

〔二〕毛萇《詩傳》：菡萏，荷花也。《説文》：芙蓉未發爲菡萏，已發爲芙蓉。

〔三〕《方輿勝覽》：若耶溪，在會稽縣東南二十五里，北流與鏡湖合，西施採蓮、歐冶鑄劍之所。

其三

長安一片月，萬户擣衣聲。秋風吹不盡，總是玉關情。何日平胡虜，良人罷遠征〔一〕。

〔一〕《詩·國風》：見此良人。《正義》曰：妻謂夫曰良人。

其四

明朝驛使發，一夜絮征袍。素手抽針冷，那堪把剪刀。裁縫寄遠道〔一〕，幾日到臨洮（音桃，又音叨）〔二〕。

〔一〕曹植詩：發篋造裳衣，裁縫紈與素。

〔二〕唐時臨洮郡即洮州也，屬隴右道，與吐蕃相近，有莫門軍、神策軍，在古爲西羌之地。

對酒行繆本少「行」字

《樂府詩集》：張永《元嘉伎録》：相和歌十五曲，其十《對酒行》。《樂府古題要解》：《對酒行》，闕古詞。曹魏樂奏武帝所賦「對酒歌太平」，其旨言王者德澤廣被，政理人和，萬物咸遂。若范云「對酒心自足」，則言但當爲樂，勿徇名自欺也。太白此詩以浮生若電，對酒正當樂飲爲辭，似擬《短歌行》「對酒當歌」之一篇也。

松子棲金華〔一〕，安期入蓬海〔二〕。此人古之仙，羽化竟何在〔三〕。浮生速流電，倏忽變光彩〔四〕。天地無彫換，容顔有遷改。對酒不肯飲，含情欲誰待〔五〕。

〔一〕《元和郡縣志》：金華山，在婺州金華縣北二十里，赤松子得道處。《路史》：酈氏《水經》謂赤松子游金華山，自燒而化，故今山上有赤松壇。曹植詩：虚無求列仙，松子久吾欺。阮籍詩：安期步天路，松子與世違。稱赤松子曰松子，本此。

〔二〕《抱朴子》：安期先生者，賣藥於海邊，瑯琊人傳世見之，計已千年。秦始皇請與語三日三夜，其言高，其旨遠，博而有證。始皇異之，乃賜之金璧，可值數千萬。安期受而置之於阜鄉亭，以赤玉舃一量爲報，留書曰：「復數千歲，求我於蓬萊山。」

〔三〕道家謂仙去曰羽化。

〔四〕陶潛詩：一生復能幾，倏如流電驚。費昶詩：人生百年如流電。

〔五〕陶潛詩：有酒不肯飲。王仲宣詩：今日不極歡，含情欲待誰。李善注：含情，謂含其歡情而不暢也。

估客行 繆本作「估客樂」

《通典》：《估客樂》者，齊武帝之所製也。武帝布衣時，常游樊、鄧，登祚以後，追憶往事而作歌曰：「昔經樊、鄧役，阻潮梅根渚。感憶追往事，意滿情不叙。」梁改其名爲《商旅行》。

海客乘天風，將船遠行役。譬如雲中鳥，一去無蹤跡〔一〕。

〔一〕胡震亨曰：《估客行》即西曲之《估客樂》。西曲中有「長檣鐵鹿子，布帆阿那起。詫儂安在間，一去數千里」。此云「一去無蹤跡」，更難爲情。

擣衣篇

閨裏佳人年十餘，嚬（音貧）蛾對影恨離居〔一〕。忽逢江上春歸燕，銜得雲中尺素書〔二〕。玉手開緘（音兼）長嘆息，狂（胡本作「征」）夫猶戍（音恕）交河北。萬里交河水北流〔三〕，願爲雙鳥（蕭本作「燕」）泛中洲〔四〕。君邊雲擁青絲騎，妾處苔生紅粉樓〔五〕。樓上春風日將歇，誰能攬鏡看愁髮。曉吹員（胡本作「簧」）管隨落花，夜擣戎衣向明月。明月高高刻漏長〔六〕，真珠簾箔掩蘭堂〔七〕。横垂寶幄同心結，半拂瓊筵蘇合香〔八〕。瓊筵寶幄連枝錦，燈燭熒熒照孤寢。有使（蕭本作「便」）憑將金剪刀，爲君留下相思枕〔九〕。摘盡庭蘭不見君，紅巾拭淚生（胡本、繆本作「坐」）氤氳〔一〇〕。明年若更（繆本作「更若」）征邊塞（音賽），願作陽臺一段雲〔一一〕。

〔一〕嚬蛾，蹙眉也。《古詩》：同心而離居，憂傷以終老。

〔二〕江淹詩：袖中有短書，願寄雙飛燕。《古詩》：中有尺素書。吕向注：尺素，絹也。古人爲書多書於絹。

〔三〕《漢書》：車師前國王治交河城。河水分流繞城下，故號交河，去長安八千一百五十里。《元和郡縣志》：交河縣，本漢車師前王庭也。貞觀十四年，於此置交河縣。交河出縣北天山，水分流於城下，因以爲名。按：《新唐書》隴右道有西州交河郡都督府，貞觀十四年平高昌，以其地置。開元中改曰金山都督府。天寶元年改爲郡，有縣五，一曰交河縣。自縣北出四百餘里至北庭都護府，府有瀚海軍、清海軍、神山鎮、沙鉢城、耶勒城等處十守捉。其地水皆北流入磧及入夷播海。

〔四〕《楚辭》：蹇誰留兮中洲。王逸注：中洲，洲中也，水中可居者爲洲。

〔五〕劉孝綽詩：未見青絲騎，徒勞紅粉妝。杜審言詩：紅粉樓中應計日，燕支山下莫經年。

〔六〕《毛詩正義》：漏刻，謂置箭壺内，刻以爲節而浮之水上，令水漏而刻下，以記晝夜昏明之度數也。

〔七〕《十六國春秋》：涼州人胡據盜發張駿墓，得真珠簾箔。《南都賦》：宴於蘭堂。吕延濟注：蘭者，取其芬芳也。

〔八〕沈約《爲竟陵王發講疏》：星羅寶幄，雲開梵筵。《飛燕外傳》：趙婕妤奏書於后，奉五色同心大結一盤。謝朓詩：瓊筵妙舞絶。《法苑珠林》：蘇合香，《續漢書》曰：大秦國合諸香煎其汁，謂之蘇合。《廣志》曰：蘇合香出大秦國，或云蘇合國。國人採之，笮其汁以爲香膏，乃賣其滓與賈客。或云合諸香草煎爲蘇合，非自然一種物也。《傅子》曰：西國胡言蘇合香者，獸所作也，中國皆以爲怪。

〔九〕鮑令暉詩：臨當欲去時，復留相思枕。

〔一〇〕劉孝威詩：紅巾向後結，金簪臨鬢斜。胡三省《通鑑注》：富貴之家帨巾，率以胭脂染之爲真紅色，唐之遺俗也。

〔一一〕陽臺雲，用巫山神女語，見二卷注。

少年行

君不見淮南少年游俠客，白日毬獵夜擁擲。呼盧百萬終不惜〔一〕，報讎千里如咫尺〔二〕。少年游俠好經過，渾身（蕭本作「成」）裝束皆綺羅。蘭蕙相隨喧妓女，風光去處滿笙歌。驕矜自言不可有，俠士堂中養來久。好鞍好馬乞與人，十千五千旋沽酒。赤心用盡爲知己，黄金不惜栽桃李。桃李栽來幾度春，一回花落一回新。府縣盡爲門下客，王侯皆是平交人〔三〕。男兒百年且樂命，何須徇（胡本作「讀」）書受貧病。男兒百年且榮身，何須徇節甘風塵〔四〕。衣冠半是征戰（《文苑英華》作「戰征」）士，窮儒浪作林泉民。遮莫枝根長百丈，不如當代多還往。遮莫姻親（繆本作「親姻」）連帝城，不如當身自簪纓〔五〕。看取富貴眼前者，何用悠悠身後名。

〔一〕《珊瑚鉤詩話》：樗蒱，今謂之呼盧，取純色而勝之之義以名之耳。

〔二〕《説文》：八寸謂之咫。

〔三〕徐陵《與裴之横書》：文辭簡略，禮等平交。

〔四〕《三國志》：先軫喪元，王蠋絶脰。殞身徇節，前代美之。徇，謂以身從物也。

〔五〕《鶴林玉露》：詩家用「遮莫」字，蓋今俗語所謂「儘教」是也。《漁隱叢話》：《藝苑雌黄》云：遮莫，俚語，猶言儘教也。自唐以來有之。故當時有「遮莫你古時五帝，何如我今日三郎」之説，然詞人亦稍有用之者。杜詩云：「久拚野鶴如霜鬢，遮莫鄰鷄下五更。」李太白詩云：「遮莫枝根長百丈，不如當代多還往。遮莫親姻連帝城，不如當身自簪纓。」《漢書·陳萬年傳》：即蒙子公力，得入帝城。

嚴滄浪曰：此詩只數句類太白，餘皆淺近浮俗，決非太白所作。蕭士贇曰：末章十二句辭意迫切，似非太白之作，巨眼者必能辨之。

長歌行

按《樂府詩集》：《長歌行》乃相和歌平調七曲之一。《樂府古題要解》：《長歌行》古辭「青青園中葵，朝露待日晞」，言榮華不久，當努力爲樂，無至老大乃傷悲也。曹魏文帝「西山一何高」，言仙道洪濛不可識，如王喬、赤松皆空言虚詞，迂怪難信，當觀聖道而已。晉陸士衡「逝矣經天日」，復言人運短促，當乘閑長歌，不與古文合。太白此篇乃與古意相符。

桃李得（蕭本作「待」）日開，榮華照當年。東風動百物，草木盡欲言。枯枝無醜葉，涸（音鶴）水吐清泉〔一〕。大力運天地，羲和無停鞭〔二〕。功名不早著，竹帛將何宣〔三〕。桃李務青春，誰能貰（音世，或音赦。蕭本作「貫」）白日〔四〕。富貴與神仙，蹉跎成兩失。金石猶銷鑠，風霜無久質。畏落日月後，强歡（蕭本作「飲」，非）歌與酒。秋霜不惜人，倏忽侵蒲柳〔五〕。

〔一〕《説文》：涸，竭也。

〔二〕《廣雅》：日御謂之羲和。

〔三〕竹帛，已見五卷注。

〔四〕《説文》：貰，貸也。

〔五〕《世説》：顧悦與簡文同年，而髮早白。簡文曰：「卿何以先白？」對曰：「蒲柳之姿，望秋而落；松柏之質，經霜彌茂。」

長相思

日色欲（一作「已」）盡花含烟，月明如（一作「欲」非）素愁不眠〔一〕。趙瑟初停鳳凰柱〔二〕，蜀琴欲奏鴛鴦絃〔三〕。此曲有意無人傳，願隨春風寄燕然〔四〕，憶君迢迢隔青天。昔時横波目，今作（繆本作「爲」）流淚泉〔五〕。不信妾腸斷，歸來看取明鏡前。

〔一〕王勃詩：狹路塵間黯將暮，雲開月色明如素。

〔二〕吴均詩：趙瑟鳳凰柱，吴醥金罍尊。楊齊賢曰：鳳凰柱，刻瑟柱爲鳳凰形也。

〔三〕鮑照詩：蜀琴抽白雪。

〔四〕《漢書·匈奴傳》：貳師引兵還至速邪烏燕然山。顔師古注：速邪烏，地名也，燕然山在其中。燕，音一千反。《後漢書·竇憲傳》：遂登燕然山，去塞三千餘里，刻石勒功，紀漢威德。是知燕然山爲漢北極遠之地。又唐時有燕然州，寄在靈州迴樂縣界，是突厥九姓部落所處，見劉昫《唐書·地理志》。

〔五〕傅毅《舞賦》：目流睇而横波。李善注：横波，言目邪視如水之横流也。王筠詩：淚滿横波目。

猛虎行 一作《猛虎吟》

按《樂府詩集》：王僧虔《技録》：相和歌平調七曲内有《猛虎行》，古辭云：「飢不從猛虎食，暮不從野雀棲。野雀安無巢，游子爲誰驕。」蓋取首句二字以命題也。

朝作猛虎行，暮作猛虎吟（一作「行亦猛虎吟，坐亦猛虎吟」）。腸斷非關隴頭水〔一〕，淚下不爲雍門琴〔二〕。旌旗（繆本作「旍旌」，誤。「旍」字即「旌」字也）繽紛兩河道〔三〕，戰鼓驚山欲傾（蕭本作「顛」）倒。秦人半作燕地囚〔四〕，胡馬翻銜洛陽草。一輸一失關下兵，朝降夕叛幽、薊城〔五〕。巨鼇未斬海水動，魚龍奔走安得寧。

〔一〕《隴頭歌》：隴頭流水，鳴聲幽咽。遥望秦川，肝腸斷絶。詳見二卷注。

〔二〕《説苑》：雍門子周以琴見孟嘗君，孟嘗君曰：「先生鼓琴亦能令文悲乎？」雍門子周曰：「臣之所能令悲者，窮窮焉固無樂已，臣一爲之徽膠援琴而長太息，則流涕沾襟矣。今若足下，千乘之君也，雖有善鼓琴者，固未能令足下悲也。然臣之所爲足下悲者，事也。夫聲敵帝而困秦者，君也。連五國之約，南面而伐楚者，又君也。天下未嘗無事，不從則横，從成則楚王，横成則秦帝。楚王、秦帝而報讐於弱薛，譬之摩蕭斧而伐朝菌也，必不留行矣。天下有識之士無不爲足下寒心者。千秋萬歲之後，廟堂必不血食矣。高臺既以壞，曲池既以漸，墳墓既以下而青廷矣。嬰兒豎子樵採薪蕘者，蹢躅其足而歌其上，衆人見之無不愀焉爲足下悲之曰：夫以孟嘗君尊貴乃可使若此乎？」於是孟嘗君泫然泣，涕承睫而未隕。雍門子周引琴而鼓之，徐動宫徵，微揮羽角，切終而成曲。孟嘗君涕浪汗增，欷而就之曰：「先生之鼓琴，令文若破國亡邑之人也。」

〔三〕《家語》：旌旗繽紛，下蟠於地。《韻會》：繽紛，雜亂之貌；一曰盛也。兩河道謂河南、河北兩道也。

〔四〕《太平御覽》：《三秦記》曰：荆軻入秦，爲燕太子報仇，把秦王衣袖曰：「寧爲秦地鬼，不爲燕地囚。」

〔五〕《通鑑》：天寶十四載十一月，安禄山發所部兵以同羅、奚、契丹、室韋凡十五萬衆，反於范陽。引兵而南，步騎精鋭，烟塵千里，鼓譟震地。時海内久承平，百姓累世不識兵革，猝聞范陽兵起，遠近震駭，所過州縣望風瓦解。十二月，陷東京。丙戌，高仙芝將五萬人發長安。上遣宦者邊令誠監其軍，屯于陝。會封常清戰敗，帥餘衆至陝，謂仙芝曰：「潼關無兵，若賊豕突入關，則長安危矣。陝不可守，不如引兵先據潼關以拒之。」仙芝乃帥見兵西趣潼關。賊尋至，官軍狼狽走，無復部伍，士馬相騰踐，死者甚衆。至潼關，修完守備，賊至不得入而去。臨汝、弘農、濟陰、濮陽、雲中諸郡，皆降於禄山。邊令誠入奏事，具言仙芝、常清撓敗之狀，且云：「常清以賊摇衆，而仙芝棄陝地數百里。」上大怒，遣令誠齎勅即軍中斬仙芝、常清。太白意以仙芝不戰而走，損傷士馬，既一輸矣；明皇不責以桑榆之效，而按以失律之誅，非又一失著乎？蓋高將本非孱帥，棄靈寶而守潼關，舊史謂賊騎至，關已有備，不能攻而去，仙芝之力也。是其策亦非謬。計自出軍至被戮僅僅十八日，驅烏合之兵，當鴟張之虜，爲日無多，徒以宦者一言而遽棄干城之將，太白蓋深以爲非矣。又按《通鑑》：十二月，常山太守顔杲卿起兵，命崔安石等徇諸郡云：「大軍已下井陘，朝夕當至，先平河北諸郡。先下者賞，後至者誅。」於是河北諸郡響應，凡十七郡皆歸朝廷。其附禄山者，唯范陽、盧龍、密雲、漁陽、汲、鄴六郡而已。杲卿起兵裁八日，守備未完，史思明、蔡希德引兵皆至。壬戌，城陷。史思明、蔡希德引兵擊諸郡之不從者，所過殘滅。於是廣平、鉅鹿、趙、上谷、博陵、文安、魏、信都等郡，復爲賊守。「朝降夕叛幽薊城」，當指此事。舊注引史思明歸降復叛事，非是。

頗似楚漢時，翻覆無定止。朝過博浪沙〔一〕，暮入（《文苑英華》作「宿」）淮陰市〔二〕。張良未遇韓信貧，劉、項存亡在兩臣〔三〕。暫到下邳（音批）受兵略，來投漂母作主人。賢哲（《文苑英華》作「達」）栖栖古如此，今時亦棄（《文苑英華》作「今將棄擲」）青雲士。有策不敢犯（《文苑英華》作「干」）龍鱗〔四〕，竄身南國避胡塵。寶書玉（《文苑英華》作「長」）劍挂（《文苑英華》作「束」）高閣〔五〕，金鞍駿馬散故人。昨日方爲宣城客，掣（音徹）鈴交通二千石〔六〕。有時六博快壯（一作「寸」）心，遶牀三匝呼一擲〔七〕。

〔一〕《潛夫論》：留侯張良，韓公族，姬姓也。秦始皇滅韓，良散家貲千萬爲韓報仇，擊始皇於博浪沙中，誤椎副車。秦索賊急，良乃變姓爲張，匿於下邳，遇神仙黄石公遺之兵法。及沛公之起也，良往屬焉。

〔二〕《史記》：韓信，淮陰人也。釣於城下，諸母漂，有一母見信飢，飯信，竟漂數十日。信謂漂母曰：「吾必有以重報母。」母曰：「吾哀王孫而進食，豈望報乎？」漢五年，信爲楚王，至國召所從食漂母，賜千金。韋昭曰：以水擊絮爲漂。

〔三〕《晉書·熊遠傳》：劉、項存亡，在此一舉。

〔四〕《韓非子》：夫龍之爲蟲也，可擾狎而騎也，然其喉下有逆鱗徑尺，人有嬰之，則必殺人。人主亦有逆鱗，説之者能無嬰人主之逆鱗，則幾矣。

〔五〕《春秋考異郵》：孔子使子夏等十四人求周史記，得百二十國寶書。《説苑》：襄成君衣翠衣，帶玉劍。

〔六〕唐時官署多懸鈴於外，有事報聞，則引鈴以代傳呼。掣，曳也。掣鈴，即引鈴也。《漢書》：郡守，掌治其郡，秩二千石。景帝中二年更名太守。《册府元龜》：二千石者，今之刺史也。

〔七〕《史記》：鬬雞走狗，六博蹋鞠。《索隱》曰：王逸云：博，箸也。行六棋，故云六博。《説文》：簙，局戲也。六箸十二棋也。古者烏胄作簙。《晉書》：劉毅於東府聚樗蒱大擲，一判應至數百萬，餘人並黑犢以還，惟劉毅次擲得雉，大喜，褰衣遶牀叫，謂同坐曰：「非不能盧，不事此耳！」

楚人每道張旭奇〔一〕，心藏風雲世莫知。三吴邦伯皆（一作「多」）顧眄（許本作「盻」，胡本、繆本作「眄」）。眄，普患切，攀去聲。盻，音係。眄，音免。三字音既不同，義亦各别，世多混書，非也）〔二〕，四海雄(《文苑英華》作「豪」)俠兩追隨(一作「皆相推」,胡本作「相追隨」)。蕭、曹曾(《文苑英華》作「亦」)作沛中吏〔三〕,攀龍附鳳當(《文苑英華》作「皆」)有時〔四〕。溧陽酒樓三月春〔五〕,楊花茫茫(一作「漠漠」)愁殺人。胡雛緑眼吹玉笛,吴歌《白紵》飛梁塵〔六〕。丈夫相見(一作「到處」)且爲樂,槌(與椎同,傳追切,音鎚)牛撾(職瓜切,音髽)鼓會衆賓〔七〕。我從此去釣東海,得魚笑寄情相親〔八〕。

〔一〕《宣和書譜》:張旭,蘇州人,官至長史。初爲常熟尉,時有老人持牒求判,信宿又來。旭怒而責之,老人曰:「愛公墨妙,欲家藏,無他也。」老人因復出其父書,旭視之,天下奇筆也,自是盡其法。旭喜酒,叫呼狂走方落筆。一日,酒酣,以髪濡墨作大字。既醒,視之,自以爲神,不可復得。嘗言初見擔夫爭道,又聞鼓吹,而知筆意。及觀公孫大娘舞劍,然後得其神。其名本以顛草,至於小楷、行書又復不減草字之妙。其草字雖奇怪百出,而求其源流,無一點畫不該規矩者。或謂張顛不顛者,是也。後之論書,凡歐、虞、褚、薛皆有異論,至旭,無非短者。

〔二〕《水經注》:吴後分爲三,世號「三吴」,吴興、吴郡、會稽也。《書·召誥》:命庶殷侯甸男邦伯。孔傳曰:邦伯,方伯,即州牧也。

〔三〕《史記》:曹參者,沛人也。秦時爲沛獄掾,而蕭何爲主吏,居縣爲豪吏矣。

〔四〕《漢書》:攀龍附鳳,並乘天衢。

〔五〕溧陽縣以在溧水之陽而名，本漢舊縣，屬丹陽郡。唐時屬江南道之宣州。

〔六〕《晉書》：白紵舞，按：舞辭有巾袍之言，紵本吴地所出，宜是吴舞也。晉俳歌又云：「皎皎白緒，節節爲雙。」吴音呼緒爲紵，疑白紵即白緒也。《七略》：漢興，魯人虞公善雅歌，發聲盡動梁上塵。

〔七〕《史記》：魏尚爲雲中守，五日一椎牛，饗賓客、軍吏、舍人。《説文》：椎，擊也。《韻會》：撾，擊也。

〔八〕《莊子》：任公子投竿東海，旦旦而釣。

琦按：是詩當是天寶十五載之春，太白與張旭相遇於溧陽，而太白又將遨游東越，與旭宴别而作也。於時，禄山叛逆，河北、河南州郡相繼陷没，故有「旌旗繽紛兩河道，戰鼓驚山欲傾倒」之句。又《唐書·高仙芝所率之兵，多關中子弟，今既敗走，半爲賊所擒虜，故有「秦人半作燕地囚」之句。又《唐書·李泌傳》言：「賊掠子女、玉帛，悉送范陽。」是又「燕地囚」之一證也。東京既陷，則胡騎充斥，偏於郊圻，故有「胡馬翻銜洛陽草」之句。明皇聽宦者之讒，不責仙芝以孟明之效，而即加以子玉之誅，是賊再勝而官軍再敗也，故有「一輸一失關下兵」之句。常山太守顔杲卿起兵討賊，河北十七郡皆歸朝廷，及常山破敗，河北諸郡復爲賊守，故有「朝降夕叛幽、薊城」之句。禄山方熾，未能授首，天下將帥疲於奔命，故有「巨鰲未斬海水動，魚龍奔走安得寧」之句。以下泛引張、韓未遇之事，以起己之懷長策而見棄當時，竄身南國，流寓宣城，書劍蕭條，僅寄壯心於六博，宜其有腸斷淚下之悲矣。「張旭」

以下六句，皆是美旭之詞。旭嘗爲常熟尉，故以沛中豪吏比之，而賞其胸藏風雲，知其必有遇合之時也。「溧陽酒樓」，指其相會之地，「三月」「楊花」，記其相遇之時。「丈夫相見且爲樂，槌牛撾鼓會衆賓」，想見一時在會諸人，多有四海雄俠，非齷齪儔伍，傾心倒意，其樂宜矣。而太白於此，又將有東越之游，故曰「我從此去釣東海，得魚笑寄情相親」，以示眷戀不忘之意。詩之大旨最爲明晰。楊、蕭二氏以「秦人半作燕地囚」，爲西京破後之事；「一輸一失關下兵」，爲哥舒翰靈寶敗績，潼關失守；「朝降夕叛幽、薊城」，爲史思明奉表歸降，已復背叛。此皆十五載春三月以後事，引證殊欠甄確。或謂天寶十五載以前長安未破，則與「秦人半作燕地囚」之句不合；河北十七郡雖歸朝廷，而幽州乃范陽郡，薊州乃漁陽郡，二州實爲賊守，則與「朝降夕叛幽、薊城」之句不合，似未可以舊説爲非也。琦按：劉昫《唐書》：高仙芝領飛騎、彍騎及朔方、河西、隴西應赴京兵馬，并召募關輔五萬人，繼封常清出潼關進討，是其兵多秦人也。既敗之後，半爲燕人囚執，據此引證有何不合？至於河北一道俱爲禄山所管轄之地，故舉其大勢而言曰「幽、薊」。又按《唐書·地理志》，河北道蓋古幽、冀二州之境。「薊」字或是「冀」字之訛，亦未可定。若必據文責實，則思明之以幽、薊降也，在至德二載之十二月；其叛也，在乾元元年之十月，相去一年，「朝降夕叛」之句與此亦不相合，而與杲卿起兵，八日之間而諸郡降叛相尋，則甚當矣。况思明背逆之時，在太白流夜郎之後，詩中並無一語言及，而竄身南國，作客宣城，正天寶十五載時事，乃歷歷言之，故予斷以爲是年所作而無疑耳。或曰：張旭生卒，諸書皆無考，何以知是時尚在而與白相遇耶？琦按：長史有乾元二年帖，見《山谷集》中，據此推之，則其時尚在可知矣。至蕭氏訾此詩非太白之作，以爲用事無倫理，徒爾肆爲狂誕之詞，首尾不相照，脈絡不相貫，語意斐率，悲歡失據，必是他人詩竄入集中者。蘇東坡、黄山谷於「懷素草書」、「悲來乎」、「笑矣乎」等作，嘗致辯矣。愚於此篇亦有疑焉。今細閲之，其所謂無倫理、肆狂誕者，必是「楚、漢翻覆」，「劉、項存亡」等字，疑其有高視禄山之意，而不知正是傷時之不能收攬英雄，遂使逆豎得以蒼狂耳，何爲以數字之辭而害一章之意耶？至其悲也，以時遇之艱；其歡也，以得朋之慶。兩意本不相礙，首尾一貫，脈絡分明，浩氣神行，渾然無跡，有識之士自能別之。

去婦詞

古來有棄婦，棄婦有歸處。今日妾辭君，辭君遣何去！本家零落盡，慟哭來時路。憶昔未嫁君，聞君卻周旋。綺羅錦繡段〔一〕，有贈黄金千。十五許嫁君，二十移所天。自從（二字衍文）結髮日未幾〔二〕，離君緬（音勉）山川〔三〕。家家盡歡喜，孤妾長自憐。幽閨多怨思〔四〕，盛色無十年。相思若循環〔五〕，枕席生流泉〔六〕。

〔一〕張衡《四愁詩》：美人贈我錦繡段。李善《文選注》：《蔡伯喈女賦》曰：當三春之嘉月，將言歸於所天。《列女傳》：婦人未嫁，則以父母爲天；既嫁，則以夫爲天。

〔二〕方宏静曰：《去婦辭》本五言詩，「自從」二字，必衍文也。後又云「自從離別久」，豈得重用？蘇武詩：結髪爲夫妻。李善注：結髪，始成人也。謂男年二十，女年十五時，笄冠爲義也。琦按：古人結髪事君、結髪與匈奴戰之類，皆謂髪初結起勝冠笄時。後人專指夫婦之少年諧婚者曰「結髪」，蓋祖用蘇詩耳。

〔三〕《廣韻》：緬，遠也。

〔四〕王筠詩：幽閨多怨思，停織坐嬌春。

〔五〕傅玄《怨歌行》：情思如循環，憂來不能遏。

〔六〕劉琨《扶風歌》：據鞍長嘆息，淚下如流泉。

流泉咽不掃，獨夢關山道。及此見君歸，君歸妾已老。物情（繆本作「華」）惡衰賤，新寵方妍好。掩淚出故房，傷心劇（音極）秋草。自妾爲君妻，君東妾在西。羅幃到曉恨，玉貌一生啼。自從離別久，不覺塵埃厚。常嫌玳瑁（音妹）孤〔一〕，猶羨鴛鴦偶〔二〕。歲華逐霜霰（音線）〔三〕，賤妾何能久。寒沼落芙蓉，秋風散楊柳。以（許本作「似」）此顦顇顔，空持舊物還。餘生欲何寄，誰肯相牽攀。

〔一〕《酉陽雜俎》：不再交者，虎、鴛與玳瑁也。《桂海虞衡志》：玳瑁形如龜、黿輩，背甲十三片，黑白斑文相錯鱗差，以成一背。其邊裙闌闞嗞如鋸齒。無足而有四鬣，前兩鬣長，狀如楫，後兩鬣極短，其上皆有鱗甲，以四鬣櫂水而行。

〔二〕《爾雅翼》：鴛鴦，鳧屬也。雄名爲鴛，雌名爲鴦。雌雄未嘗相捨，飛止相匹。人得其一，則其一思而死。其大如鶩，其質杏黄色，頭戴長白毛，垂之至尾，尾與翅俱黑。

〔三〕謝朓詩：歲華春有酒。《説文》：霰，稷雪也。《初學記》：雨與雪雜下曰霰。

君恩既斷絶，相見何年月？悔傾連理杯，虚作同心結〔一〕。女蘿附青松，貴欲相依投。浮萍失緑水，教作若爲流。不嘆君棄妾，自嘆妾緣業。憶昔初嫁君，小姑纔倚牀。今日妾辭君，小姑如妾長〔二〕。回頭語小姑，莫嫁如兄夫。

〔一〕江總詩：未眠解著同心結，欲醉那堪連理杯。

〔二〕《焦仲卿詩》：新婦初來時，小姑始扶牀。今日被驅遣，小姑如我長。

蕭士贇曰：此篇是顧況《棄婦辭》也，後人添增數句，竄入《太白集》中，語俗意重，斧鑿之痕，斑斑可見。

李太白全集卷之七

錢塘王琦琢崖輯注
王𤇺葆光王復曾宗武較

古近體詩共二十八首

襄陽歌

落日欲没峴（胡典切，賢上聲）山西，倒着接䍠（一作「行客辭歸」）花下迷。襄陽小兒齊拍手，攔街爭唱《白銅鞮》（音題）。傍人借問笑何事，笑殺山公（蕭本作「翁」）醉似泥〔一〕。

〔一〕峴山、接䍠、白銅鞮、山公醉，俱見五卷《襄陽曲》注。《漢官儀》：一日不齋醉如泥。

鸕鷀（音慈）杓，鸚鵡杯〔二〕，百年三萬六千日，一日須傾三百杯〔三〕。遥看漢水鴨頭緑（繆本作「渌」）〔三〕，恰似葡萄初醱（音撥）醅（音坯）〔四〕。此江若變作春酒〔五〕，壘麴便築糟丘臺〔六〕。千金駿馬换小（繆本作「少」）妾〔七〕，笑（繆本作「醉」）坐雕鞍歌《落梅》。車旁側挂一壺酒，鳳笙龍管行相催〔八〕。咸陽市中嘆黄犬〔九〕，何如月下傾金罍（音雷）〔一〇〕。

〔一〕楊齊賢曰：鸕鷀，水鳥，其頸長，刻杓爲之形。《太平廣記》：鸚鵡螺，旋尖處屈而朱，如鸚鵡觜，故以爲名。殼上青緑斑。大者可受二升，殼内光瑩如雲母，裝爲酒盃，奇而可玩。薛道衡詩：同傾鸚鵡杯。《瑯嬛記》：金母召群仙宴於赤水，坐有碧玉鸚鵡杯、白玉鸕鷀杓。杯乾則杓自挹，欲飲則杯自舉。故太白詩云「鸕鷀杓，鸚鵡杯」，非指廣南海螺杯也。《謝氏詩源》亦載此事，説頗新僻，然他書未有言及者，恐是因太白詩語而僞造此事，未可知也。

〔二〕鄭康成一飲三百杯，見三卷注。

〔三〕顔師古《急就篇注》：春草、雞翹、鳧翁，皆謂染采而色似之，若今染家言鴨頭緑、翠毛碧云。

〔四〕《博物志》：西域有蒲萄酒，積年不敗，彼俗云可十年，飲之醉，彌月乃解。《演繁露》：錢希白《南部新書》曰：太宗破高昌，收馬乳蒲萄種於苑中。並得酒法，仍自損益之，造酒，緑色，長安始識其味。太白命蒲萄之酒以爲緑者，蓋本此也。庾信《春賦》：石榴聊泛，蒲萄醱醅。《廣韻》：醱醅，酘酒也。醅，酒未漉也。《韻會》：酘謂之醱。又云：酘，重釀酒也。然則醱醅者，其重釀之酒而未漉者歟？

〔五〕《詩·國風》：爲此春酒。

〔六〕《論衡》：紂沉湎於酒，以糟爲丘，以酒爲池。《韓詩外傳》：桀爲酒池，可以運舟，糟丘足以望十里。

〔七〕《獨異志》：後魏曹彰性倜儻，偶逢駿馬，愛之，其主所惜也。彰曰：「予有美妾，可换，惟君所選。」馬主因指一妓，彰遂换之。

〔八〕《風俗通》：謹案《世本》：隨作笙，長四寸，十三簧，象鳳之身，正月之音也。

〔九〕咸陽市中嘆黄犬，李斯事，詳《擬恨賦》注。

〔一〇〕《詩·國風》：我姑酌彼金罍。孔穎達《正義》：罍制，《韓詩》説：金罍，大夫器也。天子以玉，諸侯大夫皆以金，士以梓。《毛詩》説：金罍，酒器也。諸臣之所酬，人君以黄金飾。尊大一碩，金飾龜目，蓋刻爲雲雷之象。

君不見晉朝羊公一片石（繆本作「一片古碑材」）〔一〕，龜頭剥落生莓（音梅）苔〔二〕。淚亦不能爲之墮，心亦不能爲之哀（繆本於「哀」字下多「誰能憂彼身後事，金鳬銀鴨葬死灰」二句）。清風朗月不用一錢買，玉山自倒非人推〔三〕。舒州杓〔四〕，力士鐺（音撑。一作「黄金爵，白玉瓶」）〔五〕，李白（一作「酒仙」）與爾同死生。襄王雲雨今安在〔六〕？江水東流猿夜聲。

〔一〕《世説注》：《晉諸公贊》曰：羊祜在南夏，吴人悦服，稱曰羊公，莫敢名者。《晉書》：羊祜樂山水，每風景必造峴山，置酒言咏，終日不倦。卒時年五十八。襄陽百姓於峴山祜平生游憩之所，建碑立廟，歲時享祭焉。望其碑者，莫不流涕。杜預因名爲墮淚碑。《朝野僉載》：温子昇作《韓陵山寺碑》，庾信見而寫其本。南人問信曰：「北方文字何如？」信曰：「惟有韓陵山一片石堪共語。」

〔二〕《韻會》：莓，苔也。

〔三〕《世説》：嵇叔夜之爲人也，巖巖若孤松之獨立；其醉也，傀俄若玉山之將崩。

〔四〕《新唐書·地理志》：舒州同安郡，隸淮南道。土貢酒器、鐵器。

〔五〕又《韋堅傳》有豫章力士甆飲器、茗鐺、釜。

〔六〕楚襄王與宋玉游於雲夢之臺，望高唐之觀，其上獨有雲氣。王以問玉，玉對以「巫山神女，旦爲朝雲，暮爲行雨」事。詳見一、二卷注。

南都行

《文選》有張衡《南都賦》，李善注：摯虞曰：南陽郡治宛，在京之南，故曰南都。按：南陽是光武舊里，即位之後建都洛陽，以南陽爲别都，謂之南都。

南都信佳麗，武闕横西關〔一〕。白水真人居〔二〕，萬商羅鄽（音纏）闤（音環）〔三〕。高樓對紫陌（音麥）〔四〕，甲第連青山〔五〕。此地多英豪，邈然不可攀。陶朱與五羖〔六〕，名播天壤間。麗華秀玉色〔七〕，漢女嬌朱顏。清歌遏流雲〔八〕，豔舞有餘閒。遨游盛宛、洛〔九〕，冠蓋隨風還〔一〇〕。走馬紅陽城〔一一〕，呼鷹白河灣〔一二〕。誰識卧龍客〔一三〕，長吟愁鬢斑。

〔一〕張衡《南都賦》：爾其地勢，則武闕關其西，桐柏揭其東。李善注：武闕山爲關，而在西弘農界也。

〔二〕《後漢書》：王莽簒位，忌惡劉氏，以錢文有金刀，故改爲貨泉。或以貨泉字爲白水真人。《宋書》：王莽忌惡漢，而錢文有金，乃改鑄貨泉以易之。既而光武起於春陵之白水鄉，貨泉之文爲「白水真人」也。《元和郡縣志》：後漢世祖宅在隨州棗陽縣東南三十里。宅南三里有白水，《東京賦》所謂「龍飛白水」也。

〔三〕《漢書》：南陽，其俗夸奢，上氣力，好商賈。《蜀都賦》：市鄽所會，萬商之淵。趙岐《孟子注》：鄽，市宅也。《説文》：闤，市垣也。

〔四〕劉孝綽詩：紆餘出紫陌，迤邐度青樓。

〔五〕《漢書·霍光傳》：賞賜甲第一區。《釋常談》：好宅謂之甲第，甲者，首也。

〔六〕《史記·越世家》：范蠡懷其重寶，間行以去，止於陶，以爲此天下之中，交易有無之路通，爲生可以致富矣。於是自謂陶朱公。《秦本紀》：晉獻公滅虞，虜百里傒，以爲秦穆公夫人媵於秦。百里傒亡秦走宛，楚鄙人執之。繆公聞百里傒賢，欲重贖之，恐楚人不與，乃使人謂楚曰：「吾媵臣百里傒在焉，請以五羖羊皮贖之。」楚人遂許，與之。當是時，百里傒年已七十餘。繆公釋其囚，與語國事，三日，繆公大悦，授之國政，號曰五羖大夫。《史記集解》：《素王妙論》曰：范蠡，南陽人。《史記正義》：百里奚，南陽宛人。《水經注》：百里奚，宛人也。於秦爲賢大夫，所謂「迷虞智秦」者也。又曰：宛城南三十里，有一城名三公城，城側有范蠡祠。蠡，宛人，祠即故宅也。

〔七〕《後漢書》：光烈陰皇后，諱麗華，南陽新野人。初，光武適新野，聞后美，心悦之。後至長安，見執金吾車騎甚盛，因嘆曰：「仕宦當作執金吾，娶妻當得陰麗華。」更始元年，遂納后於宛當成里。

〔八〕《列子》：薛譚學謳於秦青，未窮青之技，自謂盡之。遂辭歸，秦青勿止，餞於郊衢，撫節悲歌，聲振林木，響遏行雲。

〔九〕謝朓詩：宛、洛佳遨游，春色滿皇州。《古詩》：驅車策駑馬，游戲宛與洛。李周翰注：宛，南陽也。洛，洛陽也。

〔一〇〕曹植詩：輕裾隨風還。

〔一一〕《漢書·地理志》：南陽郡有紅陽侯國。張景陽《七命》：駕紅陽之飛燕，驂唐公之驌驦。

〔二〕《一統志》：淯水，在南陽府城東三里，俗名白河。其源出自嵩縣雙雞嶺，東南流，經南陽新野，會梅溪，洱、灌、湍水，留山黄渠，栗、鵶、泗、潦、刁等河，與泌水合流，南至襄陽入漢江。

〔三〕《三國志》：諸葛亮，字孔明，躬耕隴畝，好爲《梁父吟》。先主屯新野，徐庶謂先主曰：「諸葛孔明者，卧龍也。將軍豈願見之乎？」《漢晉春秋》：亮家於南陽之鄧縣，在襄陽城西二十里，號曰隆中。《出師表》所謂「臣本布衣，躬耕南陽」是也。

江上吟 一作《江上游》

木蘭之枻（以制切，音曳）沙棠舟〔一〕，玉簫金管坐兩頭〔二〕。美酒樽（一作「當」）中置千斛〔三〕，載妓隨波任去留（繆本作「流」，非）〔四〕。仙人有待乘黄鶴〔五〕，海客無心隨（一作「狎」）白鷗〔六〕。屈平詞賦懸日月〔七〕，楚王臺榭（音謝）空山丘〔八〕。興酣落筆摇五岳，詩成笑（繆本作「嘯」）傲凌滄洲。功名富貴若長在，漢水亦應西北流。

〔一〕《楚辭》：桂櫂兮蘭枻。王逸注：枻，船旁板也。《韻會》：枻，楫也，一曰柂。劉逵《蜀都賦注》：木蘭，大樹也。葉似長生，冬夏榮。常以冬花，其實如小柿，甘美，南人以爲梅，其皮可食。《述異記》：漢成帝與趙飛燕游太液池，以沙棠木爲舟，其木出崑崙山，食其實，入水不溺。

〔二〕沈約詩：金管玉柱響洞房。

〔三〕《穆天子傳》：獻酒千斛。《吴書》：鄭泉博學，有奇志，而性嗜酒。其閑居，每曰：「願得美酒滿五百斛船，以四時甘脆置兩頭，反覆没飲之，憊即住而啖肴膳。酒有斗升減，隨即益之，不亦快乎？」太白詩意蓋出於此。

〔四〕郭璞《山海經贊》：安得沙棠，制爲龍舟，聊以逍遥，任波去留。

〔五〕蕭士贇曰：黄鶴樓，在鄂州西南隅黄鶴山上。《南齊志》云：仙人子安乘黄鶴過此。《一統志》：黄鶴樓，在武昌府城西黄鶴磯上，世傳仙人子安乘黄鶴過此。又云：費文禕登仙，駕黄鶴返憩於此。唐閻伯珵作記，以文禕爲信。或者又引《述異記》，謂駕鶴之賓是荀叔偉，後人誤作費文禕。今按《述異記》：荀瓌，字叔偉，嘗東游，憩江夏黄鶴樓上，望西南有物飄然降自霄漢，俄頃已至，乃駕鶴之賓也。鶴止户側，仙者就席，羽衣虹裳。賓主歡對，已而辭去，跨鶴騰空而滅。是言叔偉於此遇駕鶴之仙，非謂駕鶴之仙即叔偉也。又或以與蜀漢之大將軍費禕字文偉者，其姓字相同，遂駁其既爲降人郭循所害，何以又能登仙駕黄鶴返憩此樓？夫古今同姓名者甚多，安得謂此二人即是一人？以此相難，更屬孟浪。

〔六〕《列子》：海上之人有好鷗鳥者，每旦之海上，從鷗鳥游，鷗鳥之至者百住而不止。

〔七〕班孟堅《離騷經序》：屈原之文，弘博麗雅，爲辭賦宗。後世莫不斟酌其英華，則象其從容。自宋玉、唐勒、景差之徒，漢興，枚乘、司馬相如、劉向、揚雄，騁極文辭，好而悲之，自謂不能及也。

劉歆《答揚雄書》：是懸諸日月，不刊之書也。

〔八〕楚王臺榭，若章華臺、陽雲臺之類，皆楚君所嘗游憩者。鄭康成《禮記注》：闍者謂之臺，有木者謂之榭，是榭乃臺上有屋者也。

琦按：「仙人」一聯，謂篤志求仙，未必即能沖舉，而忘機狎物，自可縱適一時。「屈平」一聯，謂留心著作，可以傳千秋不刊之文，而溺志豪華，不過取一時盤游之樂。有孰得孰失之意。然上聯實承上文泛舟行樂而言，下聯又照下文興酣落筆而言也。特以四古人事排列於中，頓覺五色迷目，令人驟然不得其解。似此章法，雖出自逸才，未必不少加慘淡經營，恐非斗酒百篇時所能搆耳。

侍從宜春苑奉詔賦龍池柳色初青聽新鶯百囀歌

《雍録》：天寶中，即東宫置宜春北苑。《唐詩紀事》：龍池，興慶宫池也，明皇潛龍之地。《長安志》：龍池，在躍龍門南，本是平地，自垂拱、載初後，因雨水流潦，成小池，後又引龍首渠支分溉之，日以滋廣。至神龍、景雲中，彌亘數頃，澄澹皎潔，深至數丈，嘗有雲氣，或見黄龍出其中。本以坊名池，俗呼五王子池，置宫後，謂之龍池。

東風已緑瀛洲草，紫殿紅樓覺春好〔一〕。池南柳色半青青，縈烟裊娜拂綺城。垂絲百尺挂雕楹〔二〕，上有好鳥相和鳴，間關早得春風情〔三〕。春風卷入碧雲去，千門萬户皆春聲〔四〕。

是時君王在鎬（音浩）京，五雲垂暉耀紫清〔五〕。仗出金宫隨日轉，天回玉輦繞花行〔六〕。始向蓬萊看舞鶴〔七〕，還過茝（音止）若（蕭本作「石」）聽新鶯〔八〕。新鶯飛繞上林苑〔九〕，願入《簫韶》雜鳳笙〔一〇〕。

〔一〕謝朓詩：紫殿肅陰陰。江總詩：紅樓千愁色。

〔二〕《西京賦》：雕楹玉碣。吕延濟注：雕，刻也。楹，柱也。

〔三〕張駿《東門行》：鳩鵲與鶖黄，間關相和鳴。

〔四〕《史記》：作建章宫，度爲千門萬户。

〔五〕鎬京、紫清，俱見三卷注。又，紫清，似謂紫微清都之所，天帝之所居也。五雲，五色雲也。《宋書》：雲有五色，太平之應也。又曰：若雲非雲，若烟非烟，五色紛緼，謂之慶雲。

〔六〕潘岳《藉田賦》：天子乃御玉輦。李善注：玉輦，大輦也。《通典》：輦，秦爲人君之乘。漢因之，以雕玉爲之，方徑六尺，或使人挽，或駕果下馬。

〔七〕《雍録》：唐東内大明宫，宫南端門名丹鳳，門北三殿相沓，皆在山上。至紫宸，又北，則爲蓬萊殿。殿北有池，亦名蓬萊池。

〔八〕《三輔黄圖》：未央宫有芷若殿。《西都賦》作茝若。芷、茝，古字通用。

〔九〕又《三輔黄圖》：漢武帝建元三年，開上林苑，東南至藍田，宜春鼎湖，御宿昆吾，旁南山而西，至長楊、五柞，北繞黄山，瀕渭水而東，周袤三百里，離宫七十所，皆容千乘萬騎。

〔一〇〕《尚書》：《簫韶》九成，鳳凰來儀。孔傳曰：《韶》，舜樂名。言簫見細器之備。《公羊傳疏》：鄭注云：《簫韶》，舜所制樂。宋均注：《樂説》云：簫之言肅，舜時民樂其肅敬，而紹堯道，故謂之《簫韶》。或云：《韶》，舜樂名。舜樂者其秉簫乎？《説文》：笙，十三簧，象鳳之身也。梁簡文帝詩：行潦承椒奠，按歌雜鳳笙。

玉壺吟

烈士擊玉壺，壯心惜暮年〔一〕。三盃拂劍舞秋月，忽然高詠涕泗漣（二句一作「三盃拂劍舞，秋月忽高懸」）〔二〕。鳳凰初下紫泥詔〔三〕，謁帝稱觴登御筵。揄揚九重萬乘主〔四〕，謔浪赤墀青瑣賢〔五〕。朝天數換飛龍馬〔六〕，勅賜珊瑚白玉鞭〔七〕。世人不識東方朔，大隱金門是謫仙〔八〕。西施宜笑復宜嚬，醜女效之徒累（繆本作「集」）身〔九〕。君王雖愛蛾眉好，無奈宫中妒殺人。

〔一〕《世説》：王處仲每酒後，輒咏「老驥伏櫪，志在千里；烈士暮年，壯心不已」。以如意擊吐壺，壺口盡缺。

〔二〕《詩·國風》：涕泗滂沱。毛傳曰：自目曰涕，自鼻曰泗。

〔三〕鳳凰詔，見五卷注。《太平寰宇記》：《隴右記》云：武都紫水有泥，其色亦紫而黏，貢之用封璽書，故詔誥有紫泥之美。《東漢會要》：《漢舊儀》曰：璽皆玉螭虎紐，凡六璽，皆以武都紫泥封之。

〔四〕班固《兩都賦序》：雍容揄揚，著於後嗣。李善注：揄，引也。揚，舉也。

〔五〕《爾雅》：謔浪笑傲，戲謔也。《漢書·元后傳》：曲陽侯根驕奢僭上，赤墀青瑣。孟康注：青瑣，以青畫户邊鏤中，天子制也。如淳注：門楣格再重，如人衣領再重，裹者青，名曰青瑣，天子門制也。顔師古注：孟説是。青瑣者，刻爲連瑣文而以青塗之也。又《梅福傳》：涉赤墀之塗。應劭注：以丹掩泥塗殿上也。李善《文選注》：《説文》曰：墀，塗地也。《禮》：天子赤墀也。

〔六〕胡三省《通鑑注》：仗内六厩，飛龍厩最，爲上乘馬。元微之詩自注：學士初入，例借飛龍馬。《錦繡萬花谷》：學士新入院，飛龍厩賜馬一匹，銀鬧鞍裝轡。

〔七〕何遜詩：玉羈瑪瑙勒，金絡珊瑚鞭。

〔八〕《史記》：東方朔行殿中，郎謂之曰：「人皆以先生爲狂。」朔曰：「如朔者，所謂避世於朝廷間者也。古之人，乃避世於深山中。」時坐席中，酒酣，據地歌曰：「陸沉於俗，避世金馬門。宮殿中可以避世全身，何必深山之中，蒿廬之下。」金馬門者，宦署門也。門旁有銅馬，故謂之金馬門。王康琚詩：小隱隱林藪，大隱隱朝市。

〔九〕梁簡文帝《鴛鴦賦》：亦有佳麗自如神，宜羞宜笑復宜嚬。《莊子》：西施病心而嚬，其里之醜人美之，亦捧心而嚬。詳見二卷注。

豳歌行上新平長史兄粲

《輿地廣記》：邠州，古豳國。西魏置豳州，後周及隋皆因之。煬帝初，州廢。義寧二年，復置豳州。唐開元十三年，以字類「幽」，改作「邠」焉。天寶三載，以爲新平郡。唐制：州之佐職有長史一人，上州者從五品上，中州者正六品上，下州則不設。其位在别駕之下，司馬之上，如今之通判是也。

豳谷稍稍振庭柯〔一〕，涇（音京）水浩浩揚湍波〔二〕。哀鴻酸嘶（音西）暮聲急〔三〕，愁雲蒼慘寒氣多。憶昨去家此（許本作「早」）爲客，荷花初紅柳條碧。中宵出（許本作「長」）飲三百杯〔四〕，明朝歸揖二千石〔五〕。寧知流寓變光輝，胡霜蕭颯繞客衣。寒灰寂寞憑（繆本作「竟」）誰暖〔六〕，落葉飄揚何處歸。吾兄行樂窮曛旭〔七〕，滿堂有美顔如玉〔八〕。趙女長歌入彩雲，燕姬醉舞嬌紅燭〔九〕。狐裘獸炭酌流霞〔一〇〕，壯士悲吟寧見嗟。前榮後枯相翻覆，何惜餘光及棣（音弟）華〔一一〕。

〔一〕《太平寰宇記》：古豳地，在邠州三水縣西南三十里，有古豳城，在龐川水西，蓋古公劉之邑，即此城也。《國都城記》：豳國者，后稷之曾孫曰公劉，始都焉。豳，谷名也，與故栒邑城相去約五十餘里。《漢志》注云豳鄉是也。何大復《雍大記》：豳谷在邠州東北三十里故三水縣，公劉立國處。《陝西通志》：三水廢城，在邠州三水縣東五里，故豳谷。謝朓詩：稍稍枝早勁。吕向注：稍稍，樹枝勁强無葉之貌。陶潛《歸去來辭》：眄庭柯以怡顔。

〔二〕郭璞《山海經注》：涇水出安定朝那縣西筓頭山，東南經新平、扶風，至京兆高陵縣入渭。《詩地理考》：涇水出原州百泉縣涇谷，東南流，至涇州臨涇、保定二縣，又東南流，至邠州之宜禄、新平、永壽三縣，又東北流，至京兆之醴泉、高陵、雲陽三縣，以入渭。

〔三〕僧寶月詩：君不見孤雁關外發，酸嘶度越揚空城。

〔四〕鄭康成一飲三百杯，見三卷注。

〔五〕《後漢書》：每郡置太守一人，二千石。

〔六〕《三國志》：起烟於寒灰之上，生華於已枯之木。

〔七〕《廣韻》：曛，日入也。又，黄昏時。旭，日旦出貌。《初學記》：日初出日旭。

〔八〕《古詩》：燕趙多佳人，美者顔如玉。

〔九〕吴均詩：燕姬及趙女，挾瑟夜經過。

〔一〇〕《晉書》：羊琇性豪侈，屑炭和作獸形以温酒，洛下豪貴咸競效之。江總《瑪瑙盌賦》：翠羽流霞之杯。

〔一二〕《史記》：甘茂之亡秦奔齊，逢蘇代。代爲齊使於秦。甘茂曰：「臣得罪於秦，懼而逃遁，無所容跡。臣聞貧人女與富人女會績，貧人女曰：『我無以買燭，而子之燭光幸有餘，子可分我餘光，無損子明而得一斯便焉。』今臣困，而君方使秦而當路矣。茂之妻子在焉，願君以餘光振之。」《詩·小雅》：常棣之華，鄂不韡韡。鄭箋曰：承花者鄂。「不」當作「拊」。拊，鄂足也。鄂足得華之光明，則韡韡然盛興者，喻弟以敬兄，兄以榮覆弟，恩義之顯亦韡韡然。

西岳雲臺歌送丹丘子

《爾雅》：華山爲西岳。在今陝西西安府華陰縣南十里，高數千仞，石壁層疊，有如削成。上有芙蓉、落雁、玉女三峰，又有八卦池、太乙池、白蓮池、菖蒲池、二十八宿池、細辛坪、玉女洗頭盆、老君洞、仙棊臺、蒼龍嶺、日月崖、仙掌巖諸勝。所謂雲臺者，乃其東北之峰也。兩巘競高，四面懸絶，崔嵬獨秀，有若臺形。下有穴，昔有人入此穴，出東方山而行，云經黄河底，聞上有流水之聲。

西岳崢嶸何壯哉！黄河如絲天際來〔一〕。黄河萬里觸山動，盤渦（音窩）轂（一作「谷」）轉秦地雷〔二〕。榮光休氣紛五彩〔三〕，千年一清聖人在〔四〕。巨靈咆哮擘（音劈）兩山〔五〕，洪波噴流射東海（一作「箭流射東海」）。三峰卻立如欲（許本作「玉」）摧，翠崖丹谷高掌開〔六〕。白帝金精運元氣〔七〕，石作蓮花雲作臺〔八〕。雲臺閣道連窈冥（一作「人不到」），中有不死丹丘生。明星玉女備灑掃〔九〕，麻姑搔背指爪輕〔一〇〕。我皇手把天地户〔一一〕，丹丘談天與天語〔一二〕。九重出入生光輝，東求（蕭本作「來」）蓬萊復西歸。玉漿儻惠（蕭本作「或」）故人飲，騎二茅龍上天飛〔一三〕。

〔一〕《癸辛雜識》：五岳惟華岳極峻，直上四十五里。遇無路處，皆挽鐵絙以上。有西岳廟在山頂，望黃河一衣帶水耳。

〔二〕郭璞《江賦》：盤渦轂轉，凌濤山頹。李善注：渦，水旋流也。張銑注：盤渦，言水深風壯，流急相衝，盤旋作深渦，如轂之轉。

〔三〕《尚書中候》：堯即政七十載，修壇河、洛。仲月辛日昧明，禮備，至於日稷，榮光出河，休氣四塞。鄭玄注：榮光，五色，從河水中出。休，美也。四塞，炫燿四方也。

〔四〕《拾遺記》：黃河千年一清，至聖之君以爲大瑞。

〔五〕《西京賦》：綴以二華，巨靈贔屭，高掌遠蹠，以流河曲，厥跡猶存。薛綜注：巨靈，河神也。華山對河東首陽山，黃河流於二山之間。古語云：此本一山，當河，河水過之而曲行。河之神以手擘開其上，以足踏離其下，中分爲二，以通河流。手足之跡，於今尚在。《遁甲開山圖》曰：有巨靈胡者，徧得坤元之道，能造山川，出江河。

〔六〕《太平寰宇記》：《名山記》云：華岳有三峰，直上數千仞，基廣而峰峻，自下小岑疊秀，迄於嶺表，有如削成。今博山香爐，形實象之。《華山記》：太華山削成而四方，直上至頂，列爲三峰，其西爲蓮花峰，峰之石龕隆不一，皆如蓮葉倒垂，故名是峰曰蓮花。其南曰落雁峰，上多松檜，故亦曰松檜峰。白帝宫在其間，俯眺三秦，曠莽無際，黄河如一縷水，繚繞岳下。其東峰曰朝陽峰，峰之左脇中有一峰，狀甚秀異，如爲東峰所抱者，曰玉女峰，乃東峰之支峰也。世之談三峰者，數玉女而不數朝陽，非矣。山之東北則爲仙人掌，即所謂巨靈掌也。巖壁黑色，石膏自壘中流出，凝結成痕，黄白相間，遠望之見其大者五岐如指，好奇者遂傳爲巨靈劈山之掌跡。掌長三十丈許，五指參差，中指直冠峰頂，長二十丈。唐王涯作《太華仙掌辨》，謂太華之首峰有五崖，比壑破巖而列，自下遠望之，偶爲掌形，俗傳則曰巨靈劈剖，掌跡猶存。《賈氏談録》：華岳掌，其色丹紫，正如肉色。每太陽對照則盡見之，及日暮則漸隱而不見。樵者曰：仙掌者，蓋絶地之上，群壑聚會之所，石色頳然，望之適類於掌耳。其説皆闢巨靈掌跡之訛，似矣，而猶不得其體狀。明王履游華山，坐玉女峰東北巖上，細察而後得之。乃曰：王涯所辨似得於傳聞，未嘗如吾之近觀也。蓋山石本黑，膏出於壘，從上溜下，作淡黄微白色，間之黑壁中，上則五岐，下則片屬，岐者如指，屬者如掌。復有細溜無數，雜五岐間，自遠望之，細者不見，惟見其大者，故五岐如指耳，寧有五崖比壑破巖而列哉？且膏所溜處，比比皆有，豈惟此掌爲然？此掌之外，日月巖最多，其次則東峰西壁近於楊氏石室者，其色狀與此掌漏痕不殊，但彼不類物形，故不以爲異而見稱耳。

〔七〕《枕中書》：金天氏爲白帝，治華陰山。

〔八〕慎蒙《名山記》：李白詩「石作蓮花雲作臺」，今觀山形外羅諸山如蓮瓣，中間三峰特出如蓮心，其下爲雲臺峰，自遠望之，宛如青色蓮花開於雲臺之上也。

〔九〕郭璞《山海經注》：太華山上有明星玉女，持玉漿，得上服之，即成仙。道險僻不通。

〔一〇〕《詩含神霧》云：《神仙傳》：麻姑手爪似鳥，蔡經見之，心中念曰：「背大癢時，得此爪以爬背，當佳也。」王遠已知經心中所言，即使人牽經，鞭之曰：「麻姑，神人也，汝何忽謂其爪可爬背耶？」

〔一一〕《漢武帝内傳》：王母命侍女法安嬰歌《元靈之曲》，曰：「天地雖廓寥，我把天地户。」

〔一二〕李善《文選注》：《史記》：齊人爲諺曰：「談天衍。」劉向《别録》曰：鄒衍之所言五德終始，天地廣大，書言天事，故曰談天。

〔一三〕《列仙傳》：呼子先者，漢中關下卜師也，老壽百餘歲。臨去，呼酒家老嫗曰：「急裝，當與嫗共應中陵王。」夜有仙人持二茅狗來，至，呼子先，子先持一與酒家嫗，得而騎之，乃龍也。上華陰山，常於山上大呼，言子先、酒家母在此云。

元丹丘歌

元丹丘，愛（一作「好」）神仙，朝飲潁（音潁）川（一作「水」）之清流[一]，暮還嵩岑（音近層）之紫烟，三十六峰常周旋[二]。長周旋，躡星虹[三]，身騎飛龍耳生風，橫河跨海與天通，我知爾游心無窮。

〔一〕《水經》：潁水出潁川陽城縣西北少室山。酈道元注：《山海經》曰：潁水出少室山。《地理志》曰：出陽城縣陽乾山。今潁水有三源岐發：右水出陽乾山之潁谷，其水東北流；中水導源少室通阜，東南流逕負黍亭東，與右水合；左水出少室南溪，東合潁水。

〔二〕《河南通志》：嵩山，居四岳之中，故謂之中岳。其山二峰，東曰太室，西曰少室。南跨登封，北跨鞏邑，西跨洛陽，東跨密縣，綿亘一百五十餘里。少室山，潁水之源出焉，其山有三十六峰，曰朝岳，曰望洛，曰太陽，曰少陽，曰石城，曰石筍，曰檀香，曰丹砂，曰鉢盂，曰香爐，曰連天，曰紫霄，曰羅漢，曰七佛，曰來仙，曰清涼，曰寶勝，曰瑞應，曰璚璧，曰紫蓋，曰翠華，曰藥室，曰紫微，曰白道，曰帝宇，曰卓劍，曰白雲，曰金牛，曰明月，曰凝璧，曰迎霞，曰玉華，曰寶柱，曰繫馬，曰白鹿，曰靈隱。

〔三〕星虹，字出劉孝標《辨命論》「星虹樞電，昭聖德之符」。然彼是用《春秋元命苞》「大星如虹，下流華渚，女節夢意，感生朱宣」事，太白則指星宿虹霓而言，文同而義殊矣。

扶風豪士歌

按《唐書·地理志》：關内道扶風郡，本岐州也。至德元載，更郡名曰鳳翔，二載，復名扶風郡。蕭士贇曰：此太白避亂東土時詩。扶風乃三輔郡，意豪士亦必同時避亂於東吴，而與太白銜杯酒接殷勤之歡者。

洛陽三月飛胡沙，洛陽城中人怨嗟。天津流水波赤血〔一〕，白骨相撑（抽庚切，音瞠）如亂麻〔二〕。我亦東奔向吴國（一作「來奔溧溪上」），浮雲四塞道路賒（音奢）〔三〕。東方日出啼早鴉，城門人開掃落花〔四〕。梧桐楊柳拂金井，來醉扶風豪士家。扶風豪士天下奇，意氣相傾山可移〔五〕。作人不倚將軍勢〔六〕，飲酒豈顧尚書期〔七〕。雕盤綺食會衆客〔八〕，吴歌趙舞香風吹。原、嘗、春、陵六國時，開心寫意君所知。堂中各有三千士〔九〕，明日報恩知是誰？撫長劍，一揚眉〔一〇〕，清水白石何離離〔一一〕。脱吾帽，向君笑；飲君酒，爲君吟。張良未逐赤松去，橋邊黄石知我心〔一二〕。

〔一〕天津，橋名，駕洛水上。詳見二卷注。

〔二〕陳琳詩：君獨不見長城下，死人骸骨相撐拄。《説文》：撐，邪柱也。《史記》：死人如亂麻。

〔三〕司馬相如《長門賦》：浮雲鬱而四塞。《韻會》：賒，遠也。

〔四〕《詩辯坻》：《扶風豪士歌》方叙東奔，忽著「東方日出」二語，奇宕入妙。此等乃真太白獨長。蕭士贇曰：言道路艱阻，京國亂離，而東土之太平自若也。

〔五〕鮑照詩：握君手，執杯酒，意氣相傾死何有。江總詩：太山言應可轉移。

〔六〕辛延年詩：昔有霍家奴，姓馮名子都，依倚將軍勢，調笑酒家胡。

〔七〕《漢書》：陳遵嗜酒，每大飲，賓客滿堂，輒關門，取客車轄投井中，雖有急，終不得去。嘗有部刺史奏事，過遵，值其方飲，刺史大窮，候遵沾醉時，突入見遵母，叩頭，自白當對尚書有期會狀，母乃令從後閤出去。

〔八〕劉楨《瓜賦》：承之以雕盤，幕之以纖絺。何遜詩：玉盤傳綺食。

〔九〕《論衡》：齊之孟嘗，魏之信陵，趙之平原，楚之春申，待客下士，招會四方，各三千人。

〔一〇〕江暉詩：恐君不見信，撫劍一揚眉。

〔一一〕古《豔歌行》：語卿且勿眄，水清石自見。「清水白石何離離」，即水清石見之意。蕭氏注：以清水喻目，白石喻齒，恐未是。

〔一二〕《高士傳》：黄石公者，下邳人也，遭秦亂，自隱姓名，時人莫知者。張良易姓爲長，自匿下邳，步游沂水圯上，與黄石公相遇。黄石公故墜履圯下，顧謂良曰：「孺子取履！」良素不知誰，諤然欲毆之，爲其老人也，强忍下取履，因跪進焉。公以足受，笑而去。良殊驚。公行里所還，謂良曰：「孺子可教也。後五日平明與我期此。」良愈怪之，復跪曰：「諾。」五日平明，良往，公已先在，怒曰：「與老人期，何後也！後五日早會。」良雞鳴往，公又先在，復怒曰：「何後也！後五日早會。」良夜半往，有頃，公亦至，喜曰：「當如是。」乃出一編書與良，曰：「讀是則爲王者師矣。後十三年，孺子見我濟北，穀城山下黄石即我矣。」遂去不見。良旦視其書，乃《太公兵法》。良異之，因講習以説他人，皆不能用。後與沛公遇於陳留，沛公用其言，輒有功。後十三年，從高祖過濟北，穀城下得黄石，良乃寶祠之。及良死，與石并葬焉。《史記》：漢六年正月，封功臣，封張良爲留侯。留侯乃稱曰：「家世相韓，及韓滅，不愛萬金之資，爲韓報仇强秦，天下振動。今以三寸舌爲帝者師，封萬户，位列侯，此布衣之極，於良足矣。願棄人間事，欲從赤松子游耳。」乃學辟穀、道引、輕身。

同族弟金城尉叔一作「升」卿燭照山水壁畫歌

按《唐書·地理志》：京兆興平縣，本名始平。景龍二年，中宗送金城公主降吐蕃至此，改曰金城。至德二載更名興平。延州敷政縣，本名固城，武德二年徙治金城鎮，更名金城。天寶元年更名敷政。蘭州五泉縣，咸亨二年更名金城，天寶元年復名五泉。蘭州廣武縣，乾元二年更名金城。凡金城更名者有四處，未知孰是。李季卿《三墳記》：先侍郎之子曰叔卿，字萬。天質琅琅，德光文蔚，識度標邁。弱冠以明經擢國，授薦邑虞、樂二尉，魏守崔公沔洎相國晉公甲科第之進等舉之，轉金城尉，吏不敢欺。

高堂粉壁圖蓬、瀛，燭前一見滄洲清。洪波洶湧山崢嶸，皎若丹丘隔海望赤城〔一〕。光中乍喜嵐（盧含切，音婪）氣滅〔二〕，謂逢山陰晴後雪〔三〕。迴谿碧流寂無喧〔四〕，又如秦人月下窺花源〔五〕。了然不覺清心魂，祇將疊嶂（音帳）鳴秋猿〔六〕。與君對此歡未歇，放歌行吟達明發〔七〕。卻顧海客揚雲帆〔八〕，便欲因之向溟渤〔九〕。

〔一〕《楚辭》：仍羽人於丹丘。王逸注：丹丘，晝夜常明也。《太平御覽》：孔靈符《會稽記》曰：赤城山，土色皆赤，巖岫連沓，狀似雲霞。懸溜千仞，謂之瀑布，飛流洒散，冬夏不竭。山谷絶澗，崢嶸無底，長松葛藟，幽藹其上。《方輿勝覽》：赤城山，在台州天台縣北六里，一名燒山，其上石壁皆如霞色，望之如雉堞然，故人以此名山。《天台山志》：赤城山，天台山之一小山也，石皆赤色，壁立如城。

〔二〕《韻會》：嵐，山氣也。

〔三〕《新唐書·地理志》：會稽郡有山陰縣，以其在會稽山之北，故名。《水經注》：山陰縣川明土秀，亦爲勝地，故王逸少云：「從山陰道上，猶如鏡中行也。」

〔四〕謝朓詩：下屬帶回溪。吕延濟詩：回，曲也。

〔五〕花源，謂武陵之桃花源，見二卷注。

〔六〕任昉詩：疊嶂易成響，重以夜猿悲。劉良注：疊嶂，重山也。

〔七〕明發，見二卷注。

〔八〕馬融《廣成頌》：張雲帆。

〔九〕鮑照詩：穿池類溟渤。李善注：溟、渤，二海名。郭璞《山海經注》：渤海，海岸曲崎頭也。

白毫子歌

淮南小山白毫子，乃在淮南小山裏〔一〕。夜卧松下雲（繆本作「雪」），朝飡石中髓〔二〕。小山連（一作「聯」）綿向江開〔三〕，碧峰巉巖渌水迴。余配白毫子，獨酌流霞杯〔四〕。拂花弄琴坐青苔，緑蘿樹下春風來。南窗蕭颯松聲起，憑崖一聽清心耳。可得見，未（一作「不」）得親，八公攜手五雲去〔五〕，空餘桂樹愁殺人〔六〕。

〔一〕王逸《楚辭序》：《招隱士》者，淮南小山之所作也。昔淮南王安好古，招懷天下俊偉之士，自八公之徒咸慕其德而歸其仁，各竭才智，著作篇章，分造辭賦，以類相從，故或稱大山，或稱小山，其意猶詩有《大雅》、《小雅》也。《古今注》：《淮南王》，淮南小山之所作也。淮南服食求仙，徧禮方士，遂與八公相攜俱去，莫知所在。小山之徒思戀不已，乃作《淮南王》之曲焉。琦按：上句之「淮南小山」，本《楚辭序》以贊美白毫子之才，下句之「淮南小山」則指白毫子隱居之地而言。白毫子，蓋當時逸人。嚴滄浪以爲太白呼八公爲白毫子，非矣。

〔二〕《列仙傳》：邛疏者，周封史也。能行氣鍊形，煑石髓而服之，謂之石鍾乳。《神仙傳》：王烈獨之太行山中，忽聞山東崩，地殷殷如雷聲。烈往視之，乃見山破石裂數百丈，兩畔皆是青石，石中一穴，口徑闊尺許，中有青泥流出如髓，烈取泥試丸之，須臾成石，如投熱蠟之狀，隨手堅凝，氣如粳米飯，嚼之亦然。烈合數丸如桃大，用攜少許歸，與嵇叔夜曰：「吾得異物。」叔夜甚喜，取而視之，已成青石，擊之琤琤如銅聲。叔夜即與烈往視之，斷山已復如故。烈曰：「叔夜未合得道故也。」按《神仙經》曰：神山五百年輒開，其中石髓出，得而食之，壽與天相畢。烈前得者必是也。

〔三〕謝靈運詩：洲縈渚連綿。劉良注：連綿，不絶貌。

〔四〕《論衡》：項曼都曰：有數仙人將我上天，口飢欲食，仙人輒飲我以流霞一杯。每飲一杯，數月不飢。

〔五〕《水經注》：淮南王劉安折節下士，篤好儒學，養方術之徒數十人，皆爲俊異焉，多神仙秘法鴻寶之道。忽有八公，皆鬚眉皓素，詣門希見，門者曰：「吾王好長生，今先生無住衰之術，未敢相聞。」八公咸變成童，王甚敬之。八士並能鍊金化丹，出入無間，乃與安登山，埋金於地，白日升天，餘藥在器，雞犬舐之者俱得上昇。

〔六〕淮南王《招隱士》：桂樹叢生兮山之幽。

梁園吟 一作《梁苑醉酒歌》

《一統志》：梁園，在河南開封府城東南，一名梁苑。漢梁孝王游賞之所。

我浮（一作「乘」）黄河（一作「雲」）去京闕（繆本作「關」），挂席欲進（一作「往」）波連山〔一〕。天長水闊厭遠涉，訪古始及平臺間。平臺爲客憂思多，對酒（一作「醉來」）遂作《梁園歌》〔二〕。卻憶蓬池阮公詠，因吟渌水揚洪波〔三〕。

〔一〕謝靈運詩：挂席拾海月。木華《海賦》：波如連山。

〔二〕《漢書》：梁孝王大治宫室，爲複道，自宫連屬於平臺。如淳注：平臺在大梁東北，離宫所在也。顔師古注：今其城東二十里所，有故臺基，其處寛博，土俗云平臺也。《水經注》：晉灼曰：平臺在城中東北角，亦或言兔園在平臺側。如淳曰：平臺，離宫所在，今城東二十里有臺，寛廣而不甚極高，俗謂之平臺。予按《漢書·梁孝王傳》稱：王以功親爲大國，築東苑，方三百里，廣睢陽城七十里，大治宮室，爲複道，自宮連屬於平臺三十餘里。複道自宮東出左陽門，即睢陽東門也。連屬於平臺則近矣，屬之城隅則不能，是知平臺不在城中也。梁王與鄒、枚、司馬相如之徒極游於其上，故齊隨郡王《山居序》所謂「西園多士，平臺盛賓，鄒、馬之客咸在，《伐木》之歌屢陳。是用追芳昔娱，神游千古，故亦一時之盛事。」謝氏《雪賦》亦云：「梁王不悦，游於兔園。」今也歌堂淪宇，律管埋音，孤基塊立，無復曩日之望矣。《元和郡縣志》：平臺，在宋州虞城縣西四十里。《左傳》：宋皇國父爲宋平公所築。漢梁孝王大治宮室，爲複道，自宮連屬於平臺三十餘里，與鄒、枚、相如之徒並游其上，即此也。

〔三〕阮籍《詠懷詩》：徘徊蓬池上，還顧望大梁。渌水揚洪波，曠野莽茫茫。走獸交横馳，飛鳥相隨翔。是時鶉火中，日月正相望。朔風厲嚴寒，陰氣下微霜。羇旅無儔匹，俛仰懷哀傷。

洪波浩蕩迷舊國，路遠西歸安可得？人生達命豈暇（繆本作「假」）愁，且飲美酒登高樓。平頭奴子摇大扇〔一〕，五月不熱疑（一作「如」）清秋。玉（一作「素」）盤楊（一作「青」）梅爲君設，吴鹽如花皎白（一作「如」）雪。持鹽把酒但飲之，莫學夷、齊事高潔（一作「何用孤高比雲月」，一作「咄咄書空字還滅」）。

〔一〕梁武帝詩：平頭奴子擎履箱。

昔人豪貴信陵君〔一〕，今人耕種信陵墳〔二〕。荒城虛（一作「遠」）照碧山月，古木盡入蒼梧雲〔三〕。梁王宮闕（一作「賓客」）今安在？枚、馬先歸不相待〔四〕。舞影歌聲散渌池，空餘汴水東流海〔五〕。

〔一〕按《史記》：魏公子無忌，封信陵君，仁而下士，士無賢不肖皆謙而禮交之，不敢以其富貴驕士。士以此方數千里爭往歸之，致食客三千人。諸侯以公子賢，多客，不敢加兵謀魏。後奪晉鄙兵，進擊秦軍，秦軍解去，遂救邯鄲存趙。又率五國之兵，破秦軍於河外，乘勝逐秦軍至函谷關，抑秦兵，秦兵不敢出，當是時，公子威震天下。

〔二〕《太平寰宇記》：信陵君墓，在開封府浚儀縣南十二里。

〔三〕《藝文類聚》：《歸藏》曰：有白雲出自蒼梧，入於大梁。

〔四〕《漢書》：枚乘，淮陰人，游梁，梁客皆善屬詞賦，乘尤高。司馬相如，成都人。爲武騎常侍，非其好也。是時梁孝王來朝，從游説之士鄒陽、枚乘之徒，相如見而説之，因病免，客游梁，得與諸侯游士居。

〔五〕《一統志》：汴河，舊自滎陽縣東，經開封府城南，又東合蔡河，名蒗若渠，又名通濟渠，東注泗州，下入於淮。

作《梁園歌》而忽間以信陵數語，意謂以信陵之賢，名震一世，至今日而墓域且不克保，況梁孝王之賢不及信陵，其歌臺舞榭又焉能保其常在乎？此文章襯托法，不是爲信陵致慨，乃是爲梁王釋恨，并爲自己解愁，以見不如及時行樂之爲得也。故下遂接以「沉吟此事淚滿衣」云云。

沉吟此事淚滿衣，黄金買醉未能（一作「莫言」）歸。連呼五白行（一作「投」）六博，分曹賭酒酣（一作「看」）馳暉〔一〕。歌且謡〔二〕，意方遠，東山高卧時（一作「還」，一作「忽」）起來，欲濟蒼生未應晚〔三〕。

〔一〕《招魂》：菎蔽象棊，有六簙些。分曹並進，遒相迫些。成梟而牟，呼五白些。王逸注：投六箸、行六棊，故爲六簙也。倍勝爲牟。五白，簙齒也。言己棊已梟，當成牟勝，射張食棊，下逃於窟，故呼五白以助投也。吴曾《漫録》：五木之戲，其四爲玉采，貴也。其八爲珉采，賤也。五木之中，有采曰白，蓋五木俱白也。《楚辭》：成梟而牟呼五白。梟二，爲珉采。牟者，勝也。欲勝其梟，必呼五白也。《海録碎事》：六博，用十二棊，分黑白各半擲之。分曹賭酒，分爲二曹，以賭酒之勝負也。謝朓詩：馳暉不可接。李善注：馳暉，日也。

〔二〕《詩・國風》：我歌且謡。毛傳曰：曲合樂曰歌，徒歌曰謡。

〔三〕《世説》：謝公在東山，朝命屢降而不動，後出爲桓宣武司馬，將發新亭，朝士咸出瞻送。高靈時爲中丞，亦往相祖。先時，多少飲酒，因倚如醉，戲曰：「卿屢違朝旨，高卧東山，諸人每相與言：『安石不肯出，將如蒼生何？』今亦蒼生將如君何？」謝笑而不答。

鳴臯歌送岑徵君 原注：時梁園三尺雪，在清泠池作。

《元和郡縣志》：鳴臯山，在河南府陸渾縣東北十五里。《河南通志》：鳴臯山，在河南府嵩縣東北五十里，一名九臯山，昔有白鶴鳴其上，故名。《太平寰宇記》：清泠池，在宋州宋城縣東北二里。梁孝王故宫有釣臺，謂之清泠臺，今號清泠池。《神州古史考》：清泠池，在歸德府城東梁園内。

若有人兮思鳴臯〔一〕，阻積雪兮心煩勞〔二〕。洪河凌競不可以徑度〔三〕，冰龍鱗兮難容舠〔四〕。邈仙山（一作「神仙」）之峻極兮，聞天籟之嘈嘈〔五〕。霜崖縞（音稿）皓以合沓兮〔六〕，若長風（一作「虹」）扇海湧滄溟之波濤〔七〕。玄猿緑羆，舔（音餂）舕（音演）崟（音吟）岌（繆本作「岌危」，一作「岑危」）〔八〕，危（繆本作「咆」）柯振石，駭膽慄魄，群呼而相號。峰崢嶸以路絶，挂星辰於巖嶅〔九〕。

〔一〕《楚辭》：若有人兮山之阿。

〔二〕《四愁詩》：何爲懷憂心煩勞。

〔三〕《西都賦》：帶以洪河、涇、渭之川。吕向注：洪河，大河也。《甘泉賦》：馳閶闔而入凌兢。服虔注：凌兢，恐懼也。顔師古注：凌兢者，言寒涼戰栗之處也。

〔四〕冰龍鱗者，冰有鋸齒，參差如鱗也。《韻會》：舠，小船也，形如刀。《集韻》：或作舠，通作刀。《詩》：曾不容刀。《釋名》云：二百斛以下曰艇，三百斛曰刀。

〔五〕《莊子》：子游曰：「地籟則衆竅是已，人籟則比竹是已，敢問天籟？」子綦曰：「夫吹萬不同，而使其自已也。」天籟，謂空中因風氣作聲，不假物而成者也。《埤蒼》：嘈嘈，聲衆也。

〔六〕鮑照詩：霜崖滅土膏。謝朓詩：合沓與雲齊。吕向注：合沓，高貌。

〔七〕袁宏《三國名臣贊》：洪飈扇海，二溟揚波。

〔八〕《上林賦》：玄猿素雌。李善注：玄猿，猿之雄者，玄色也。《西京雜記》：熊羆毛有緑光皆長二尺者，直百金。舔談，吐舌貌。

〔九〕木華《海賦》：戛巖敖。《釋名》：山多小石曰嶅。嶅，堯也。每石堯堯獨處而出見也。

送君之歸兮，動鳴皋之新作。交鼓吹兮彈絲，觴清泠之池閣。君不行兮何待，若返顧之黄鵠〔一〕。掃梁園之群英〔二〕，振《大雅》於東洛。巾征軒兮歷阻折〔三〕，尋幽居兮越巇（語蹇切，年上聲）嶨（音譻）〔四〕。盤白石兮坐素月〔五〕，琴松風兮寂（一作「昪」）萬壑〔六〕。

〔一〕蘇武詩：黄鵠一遠别，千里顧徘徊。庾信詩：黄鵠一反顧，徘徊應悽然。

〔二〕《史記》：梁孝王築東苑，方三百餘里，招延四方豪傑，自山以東游説之士，莫不畢至。江淹《别賦》：金閨之諸彦，蘭臺之群英。

〔三〕《孔叢子》：巾車命駕。鄭玄《周禮·巾車》注：巾，猶衣也。李善《文選注》：軒，車通稱也。巾征軒者，以帷蒙征車之上也。

〔四〕謝靈運詩：連嶂疊巘嶨。李善注：巘嶨，崖之别名。

〔五〕謝莊《月賦》：素月流天。

〔六〕《白帖》：琴曲有《風入松》。《樂府詩集》：《琴集》曰：《風入松》，晉嵇康所作也。

望不見兮心氛（音分，又音焚）氲（於云切，醖平聲）〔一〕，蘿冥冥兮霰紛紛〔二〕。水横洞以下渌，波小聲而上聞。虎嘯谷而生風，龍藏溪而吐雲〔三〕。冥（一作「寡」）鶴清唳（音麗），飢鼯嚬呻〔四〕。塊（蕭本作「魂」）獨處此幽默兮，愀（音悄，又音秋）。一作「啼」）空山而（一作「兮」）愁人。

〔一〕謝惠連《雪賦》：氛氲蕭索。李善注：氛氲，盛貌。

〔二〕毛萇《詩傳》：霰，暴雪也。鄭箋曰：將大雨雪，始必微温，雪自上下遇温氣而摶，謂之霰；久而寒勝，則大雪矣。

〔三〕《淮南子》：虎嘯而谷風至，龍舉而景雲屬。《管輅别傳》：龍者陽精，以潛爲陰，幽靈上通，和氣感神，二物相扶，故能興雲。虎者陰精，而居於陽，依木長嘯，動於巽林，二氣相感，故能運風。

〔四〕謝朓詩：獨鶴方朝唳，飢鼯此夜啼。《韻會》：唳，鶴鳴也。按《本草》：鼯鼠，鳥名，一名鸓鼠，一名夷由，一名飛生鳥。狀如蝙蝠，肉翅連尾，大如鴟鳶，毛紫色，好夜飛，但能向下不能向上，恒夜鳴，鳴聲如人呼，湖嶺山中多有之。

雞聚族以爭食，鳳孤飛而無鄰。蝘（音偃）蜓（音殄）嘲龍〔一〕，魚目混珍〔二〕。嫫（音模）母衣錦〔三〕，西施負薪〔四〕。若使巢、由桎梏於軒冕兮〔五〕，亦奚異於夔龍蹩（匹滅切，篇入聲，又音别）躠（音薩，又音屑）於風塵〔六〕？哭何苦而救楚〔七〕，笑何誇而卻秦〔八〕！吾誠不能學二子沽名矯節以耀世兮，固將棄天地而遺身。白鷗兮飛來，長與君兮相親。

〔一〕《爾雅翼》：蝘蜓，似蜥蜴，灰褐色，在人家屋壁間，狀雖似龍，人所玩習。故《淮南》云：「禹南濟於江，黄龍負舟，禹視龍猶蝘蜓，龍亡而去。」比之蝘蜓，言不足畏。《揚子》云：「執蝘蜓而嘲龜龍。」蓋陋之也。一名守宮，又名壁宮，特善捕蝎，俗號蝎虎。

〔二〕李善《文選注》：《雒書》曰：秦失金鏡，魚目入珠。鄭玄曰：魚目亂珍珠。

〔三〕《尚書大傳》：黄帝妃嫫母，於四妃之班最下，貌甚醜而最賢，心每自退。高誘《淮南子注》：嫫母，古之醜女。

〔四〕《吴越春秋》：越王使相者於國中，得苧蘿山鬻薪之女，曰西施、鄭旦。

〔五〕鄭玄《禮記注》：桎梏，今械也。在足曰桎，在手曰梏。

〔六〕《莊子》：蹩躠爲仁，踶跂爲義。《廣韻》：蹩躠，旅行貌，一曰跛也。巢、由以隱居自樂爲志，夔龍以行道濟時爲志。若使巢、由羈身於軒冕之中，與夔龍廢棄於風塵之内無異，是皆不適其志願也。

〔七〕《戰國策》：吴與楚戰於柏舉，三戰入郢。棼冒勃蘇曰：「吾披堅執鋭，赴强敵而死，此猶一卒也，不若奔諸侯。」於是嬴糧潛行，上峥山，踰深溪，蹠穿膝暴，七日而薄秦王之朝。鶴立不轉，晝吟宵哭，七日不得告，水漿無入口，瘨而殫悶，旄不知人。秦王聞而走，冠帶不相及，左捧其首，右濡其口，勃蘇乃蘇。秦王身問之：「子孰誰也？」棼冒勃蘇對曰：「臣非異，楚使新造執丘棼冒勃蘇。吴與楚戰於柏舉，三戰入郢，寡君身出，大夫悉屬，百姓離散，使下臣來告亡，且求救。」秦王遂出革車千乘、卒萬人，屬之子蒲、子虎，下塞以東，與吴人戰於濁水，而大敗之。

〔八〕左太冲詩：吾慕魯仲連，談笑卻秦軍。詳見二卷注。

晁補之曰：李白天才俊麗，不可矩矱，然要長於詩，而文非其所能也。賦近於文，故白《大鵬賦》辭非不壯，不若其詩盛行於世。至《鳴皋歌》一篇，本末《楚辭》也，而世誤以爲詩，因爲出之。其略曰：「蝘蜓嘲龍，魚目混珍，嫫母衣錦，西施負薪。」此諄諄放屈原《卜居》及賈誼《弔屈原》語，而白才自逸蕩，故或離而去之云。《楚辭後語》曰：白天才絶出，尤長於詩，而賦不能及晉、魏。獨此篇近《楚辭》，然歸來子猶以爲「白才自逸蕩，故或離而去之」，亦爲知言云。

鳴皋歌奉餞從翁清歸五崖山居

憶昨（繆本作「昨憶」）鳴皋夢裏還〔一〕，手弄素月清潭間。覺時枕席非碧山，側身西望阻秦關〔二〕。麒麟閣上春還早〔三〕，著書卻憶伊陽好。青松來風吹古（繆本作「石」）道，緑蘿飛花覆烟草。我家仙翁（繆本作「公」）愛清真，才雄草聖淩古人〔四〕，欲卧鳴皋絶世塵。鳴皋微茫在何處，五崖峽（一作「溪」，蕭本作「狹」）水横樵路。身披翠雲裘〔五〕，袖拂紫烟（一作「雲」）去。去時應過嵩少間〔六〕，相思爲折三花樹〔七〕。

〔一〕《太平寰宇記》：鳴皋山，在河南府伊陽縣東三十五里。伊陽縣本陸渾地，唐先天元年十二月，割陸渾縣置伊陽縣，在伊水之陽，去伊水一里。

〔二〕張衡詩：側身西望涕沾裳。

〔三〕《太平御覽》：《漢宫殿疏》曰：麒麟閣，蕭何造，以藏秘書，畫賢臣。

〔四〕《宋書》：沈儀篤學，有雄才，以儒素自業。《北齊書》：才雄氣猛，英略蓋世。《法書要録》：弘農張芝高尚不仕，善草書，精勁絶倫，家之衣帛，必先書而後練。臨池學書，池水盡墨。每書云：「匆匆不暇草書。」人謂之草聖。

〔五〕宋玉《諷賦》：主人之女，翳承日之華，披翠雲之裘。

〔六〕《水經》：嵩高爲中岳，在潁川陽城縣西北。酈道元注：《爾雅》曰：山大而高曰嵩。合而言之爲嵩高，分而名之爲二室，西南爲少室，東北爲太室。

〔七〕三花樹，即貝多樹也。《齊民要術》：《嵩山記》曰：嵩寺中忽有思惟樹，即貝多也。昔有人坐貝多樹下思惟，因以名焉。漢道士從外國來，將子於西山腳下種，極高大，今有四樹，一年三花。

勞勞亭歌

原注：在江寧縣南十五里，古送別之所，一名臨滄觀。

《太平御覽》：《輿地志》曰：丹陽郡秣陵縣新亭隴上有望遠樓，又名勞勞亭，宋改爲臨滄觀，行人分别之所。《一統志》：勞勞亭在應天府治西南，吴時置。

金陵勞勞送客堂，蔓草離離生道旁。古情不盡東流水，此地悲風愁白楊〔一〕。我乘素舸（音歌，又音哿）同康樂〔二〕，朗咏清川飛夜霜〔三〕。昔聞牛渚吟五章，今來何謝袁家郎〔四〕。苦竹寒聲動秋月〔五〕，獨宿空簾歸夢長。

〔一〕《古詩》：白楊多悲風，蕭蕭愁殺人。

〔二〕《韻會》：舸，大船也。謝靈運詩：可憐誰家郎，緣流乘素舸。康樂即靈運，以其襲封康樂公，故世稱之曰謝康樂。

〔三〕孫綽《天台山賦》：朗詠長川。胡震亨曰：「清川飛夜霜」，疑引謝詩，今謝集無此句，或亡之耳。

〔四〕《世説注》：《續晉陽秋》曰：袁虎少有逸才，文章絶麗，曾有《咏史詩》，是其風情所寄。少孤而貧，以運租爲業。鎮西謝尚時鎮牛渚，乘秋佳風月，率爾與左右微服泛江，會虎在運租船中諷詠，聲既清會，辭又藻拔，非尚所曾聞，遂往聽之。乃遣問訊，答曰：「是袁臨汝郎，誦詩即其《咏史》之作也。」尚佳其率有興致，即遣要迎，談話申旦，自此名譽日茂。

〔五〕竹有淡竹、苦竹二種，莖葉不異，以其笋味之苦淡而名。

此詩大意：太白自誇山水之趣既同康樂，而吟咏之妙又不減袁宏，惜無相賞之人與之談話申旦，空簾獨宿，殊覺寂寥。兩事並用，各不相妨。楊注謂康樂乃謝靈運，邀袁虎者乃謝尚，疑太白誤作一事用者，非也。

横江詞六首

《太平寰宇記》：横江浦，在和州歷陽縣東南二十六里。孫策自壽春欲經略江東，揚州刺史劉繇遺將樊能、于糜屯横江，孫策破之於此。對江南岸之采石，往來濟渡處，隋將韓擒虎平陳，自采石濟，亦此處也。

人道（繆本作「言」）横江好，儂道横江惡〔一〕。一風三日吹倒山（一作「猛風吹倒天門山」），白浪高於瓦官閣〔二〕。

〔一〕胡三省《通鑑注》：吴人率自稱曰儂。

〔二〕《幽怪録》：上元縣有瓦棺寺，寺上有閣，倚山瞰江，萬里在目，亦江湖之極境，游人弭棹，莫不登眺。《江南通志》：昇元閣，在江寧城外，一名瓦官閣，即瓦官寺也。閣乃梁朝所建，高二百四十尺，南唐時猶存，今在城之西南角。楊、吴未城時，正與越臺相近，長干之西北也。唐以前江水逼石頭，李白詩「白浪高于瓦官閣」，以此。

其二

海潮南去過尋陽〔一〕，牛渚由來險馬當〔二〕。横江欲渡風波惡，一水牽愁萬里長。

〔一〕唐時江南西道有九江郡，即江州也，治潯陽縣。天寶元年改名潯陽郡，乾元初復爲江州，今爲江西之九江府。江水經其中，下至揚州入海。

〔二〕《方輿勝覽》：牛渚山，在太平州當塗縣北三十里。山下有磯，古津渡也，與和州横江渡相對，隋師伐陳，賀若弼從此北渡。六朝以來，爲屯戍之地。陸放翁《入蜀記》：采石，一名牛渚，與和州對岸，江面比瓜州爲狹，故隋韓擒虎平陳，及本朝曹彬下江南，皆自此渡。然微風輒浪作，不可行。劉賓客云「蘆葦晚風起，秋江鱗甲生」，王文公云「一風微吹萬舟阻」，皆謂此磯也。《太平府志》：牛渚磯，屹然立江流之衝，水勢湍急，大爲舟楫之害。《元和郡縣志》：馬當山，在江州彭澤縣東北一百里，横入大江，甚爲險絶，往來多覆溺之懼。《太平御覽》：《九江記》曰：馬當山，高八十丈，周迴四里，在古彭澤縣北一百二十里。其山横枕大江，山象馬形，回風急擊，波浪涌沸，舟船上下多懷憂恐，山際立馬當山廟以祀之。

其三

横江西望阻西秦，漢水東連（一作「楚水東流」）揚子津〔一〕。白浪如山那可渡，狂風愁殺峭帆人。

〔一〕漢水出漢中之嶓冢山，至漢口與岷江合流，東至揚州爲揚子江，入海。胡三省《通鑑注》：揚子津，在今真州揚子縣南，是往來横渡處。

其四

海神來（《文苑英華》作「東」）過惡風迴，浪打天門石壁開〔一〕。浙江八月何如此，濤似連山噴雪來〔二〕。

〔一〕《方輿勝覽》：天門山，在太平州當塗縣西南三十里，又名蛾眉山，夾大江對峙，東曰博望，西曰梁山。

〔二〕《水經注》：錢塘縣東有定、包諸山，皆西臨浙江，水流於兩山之間，江川急濬，兼濤水晝夜再來，來應時刻，常以月晦及望尤大，至二月、八月最高，峨峨二丈有餘。木華《海賦》：波如連山。

其五

横江館前津吏迎〔一〕，向余東指海雲生。郎今欲渡緣何事，如此風波不可行〔二〕。

〔一〕《太平府志》：采石驛，在采石鎮，濱江，即唐時之横江館也。在明爲皇華驛。按《唐書·百官志》：津尉，掌舟梁之事。永徽後，廢津尉置津吏，上關八人，中關六人，下關四人，無津者不置。

〔二〕梁簡文帝詩：采菱渡頭擬黄河，郎今欲渡畏風波。

范德機云：絶句，一句一絶，乃其大本。其次，句少意多，極四詠而反覆議論。此篇氣格合歌行之風，使人咏歎而有無窮之思，乃唐人所長也。諸家詩非不佳，然視李、杜，氣格音調特異，熟讀自見。

其六

月（《文苑英華》作「日」）暈天風霧不開〔一〕，海鯨東蹙百（一作「衆」）川迴〔二〕。驚波一起三山動〔三〕，公無（一作「莫」）渡河歸去來〔四〕。

〔一〕日暈主雨，月暈主風。

〔二〕木華《海賦》：魚則横海之鯨，突扤孤游，噏波則洪漣踧蹐，吹澇則百川倒流。

〔三〕山謙之《丹陽記》：江寧縣北十二里，濱江，有三山相接，即名爲三山，舊時津濟道也。《永樂一統志》：三山，在應天府西南五十七里，下臨大江，三峰排列，故名。

〔四〕《古樂府》：公無渡河，公竟渡河。

金陵城西樓月下吟

金陵夜寂（一作「靜」）涼風發，獨上高（一作「西」）樓望吴越。白雲映水摇空城（一作「秋城」，《文苑英華》作「秋光」），白露垂珠滴秋月（《文苑英華》作「如珠滴秋月」，一作「沾衣濕秋月」）〔一〕。月下沉（一作「長」）吟久不歸，古來（一作「今」）相接眼中稀。解道澄江淨如練，令人長（一作「還」，《文苑英華》作「卻」）憶謝玄暉〔二〕。

〔一〕江淹《别賦》：秋露如珠。

〔二〕謝玄暉《晚登三山還望京邑詩》：餘霞散成綺，澄江淨如練。

東山吟

一作《醉過謝安東山》。原注：土山，去江寧城三十五里，晉謝安攜妓之所。

《太平寰宇記》：土山，在昇州上元縣南三十里。按《丹陽記》：晉太傅謝安舊隱會稽東山，因築土像之，無巖石，故謂土山也。有林木、臺觀、娱游之所，安常請朝中賢士、子姓親屬會宴於此。《江南通志》：東山，在江寧府城東南三十里，一名土山。晉謝安先隱居會稽東山，既出，心嘗思憶，因築土爲山擬之，寄懷欣賞。《晉書》云：謝安于土山營墅，樓館林竹甚盛，每攜中外子姪往來游集，即此地也。

攜妓東土山（胡本作「東山去」），悵然悲謝安。我妓今朝如花月，他妓古墳荒草寒。白雞夢後三（一作「五」）百歲〔一〕，洒酒澆君同所懽。酣來自作青海舞，秋風吹落紫綺冠。彼亦一時，此亦一時，浩浩洪流之（一作「高」）詠何必奇〔二〕。

〔一〕《晉書》：謝安雖受朝寄，然東山之志始末不渝，每形於言色。及鎮新城，盡室而行，造汎海之裝，欲須經略粗定，自江道還東，雅志未就，遂遇疾篤，悵然謂所親曰：「昔桓温在時，吾懼不全，忽夢乘温輿行十六里，見一白雞而止。乘温輿者，代其位也；十六里止，今十六年矣。白雞主酉，今太歲在酉，吾病殆不起乎！」乃上疏遜位，尋薨。楊齊賢曰：自安至太白時，三百餘歲耳，一本作「五百」，非是。

〔二〕《世説》：桓公伏甲設饌，廣延朝士，因此欲誅謝安、王坦之。王甚遽，問謝曰：「當作何計？」謝神意不變，謂文度曰：「晉祚存亡，在此一行。」相與俱前，王之恐狀，轉見於色，謝之寬容，愈表於貌，望階趨席，方作洛生咏，諷「浩浩洪流」。桓憚其曠遠，乃趣解兵。

僧伽具牙切，音茄歌

《太平廣記》：僧伽大師，西域人，姓何氏。唐龍朔初來游北土，隸名於楚州龍興寺。後於泗州臨淮縣信義坊乞地施標，將建伽藍，於標下掘得古《香積寺銘記》，并金像一軀，上有「普照王佛」字，遂建寺焉。景龍二年，中宗皇帝遣使迎師，入内道場，尊爲國師，尋出居薦福寺。嘗獨處一室，其頂上有一穴，恒以絮塞之，夜則去絮，香從頂穴中出，烟氣滿房，非常芳馥。及曉，香還入頂穴中，又以絮窒之。師嘗濯足，人取其水飲之，痼疾皆愈。一日，中宗於内殿語師曰：「京師無雨，已是數月，願師慈悲，解朕憂迫。」師乃將瓶水泛洒，俄頃陰雲驟起，甘雨大降。中宗大悦，詔賜所修寺額以「臨淮寺」爲名。師請以「普照王」字爲名，蓋欲依金像上字也。中宗以「照」字是天后廟諱，乃改爲「普光王寺」，御筆親書以賜焉。至景龍四年三月二日，端坐而終。中宗即令於薦福寺起塔供養，俄而大風欻起，臭氣滿長安。中宗問曰：「是何祥也？」近臣奏曰：「僧伽大師化緣在臨淮，恐是欲歸彼處，故現此變。」中宗心許，其臭頓息，頃刻之間，奇香馥烈，即以其年五月，送至臨淮，起塔供養。中宗問萬迴師曰：「僧伽大師何人？」萬迴曰：「是觀音化身也，如《法華經·普門品》云『應以比丘身得度者，即見比丘身而爲説法』，此即是也。」《傳燈録》：泗州僧伽大師，世謂觀音大士應化也，但此土有緣之衆乃謂大師自西國來，唐高宗時至長安、洛陽行化，歷吳、楚間，身執楊枝，混於緇流。或問：「師何姓？」答曰：「我姓何。」又問：「師是何國人？」師曰：「我何國人。」尋於泗上欲搆伽藍，因宿州民賀跋氏捨所居，師曰：「此本爲佛宇。」令掘地，果得古碑云香積寺，即齊李龍建所創。又獲金像，衆謂然燈如來，師曰：「普光王佛也。」因以爲寺額。景龍二年，中宗遣使迎大師至輦轂，深加禮異，命住大薦福寺。三年三月三日，大師示滅。

真僧法號號僧伽，有時與我論三車〔一〕。問言誦咒幾千偏，口道恒河沙復沙〔二〕。此僧本住南天竺〔三〕，爲法頭陀來此國〔四〕。戒得長天秋月明〔五〕，心如世上青蓮色〔六〕。意清淨，貌稜稜〔七〕，亦不減，亦不增〔八〕。瓶裏千年舍利（蕭本作「鐵柱」）骨〔九〕，手中萬歲胡孫藤〔一〇〕。嗟予落泊（蕭本作「魄」）江淮久，罕遇真僧説空有〔一一〕。一言懺（叉鑑切，攙去聲。許本作「散」）盡波羅夷，再禮渾除犯輕垢〔一二〕。

〔一〕三車，謂羊車、鹿車、牛車也。《法華經》：長者告諸子言：「羊車、鹿車、牛車，今在門外，可以游戲。汝等於此火宅，宜速出來。」注云：羊車，喻聲聞乘；鹿車，喻緣覺乘；牛車，喻菩薩乘。俱以運載爲義，方便設施。舊説，聲聞不能化他，如羊不顧後群，故以羊車譬聲聞乘。緣覺是法行人，從他聞法少，自推義多，故以鹿車譬緣覺乘，鹿不依人故也。或云譬鹿猶有回顧之慈。菩薩慈悲化物，如牛之安忍運載，故以牛車譬菩薩乘。琦謂：當是以三獸之力有大小，三車之所載有多寡，喻三乘諸賢聖道力之淺深耳。

〔二〕恒河，西域中水名。釋典謂西域香山頂上有無熱惱池，四方流出四水，其東方之水謂之殑伽河，即恒河也。廣四十里，水中之沙微細如麪，佛説法之處皆與此河相近，故常取以爲喻，云，如恒河中所有沙數，蓋言其數之極多，非算數所能知者耳。

〔三〕劉昫《唐書》：天竺國，即漢之身毒國，或云婆羅門地也，在葱嶺西北，周三萬餘里，其中分爲五天竺：一曰中天竺，二曰東天竺，三曰南天竺，四曰西天竺，五曰北天竺。地各數千里，城邑數百。南天竺際大海。北天竺拒雪山，四周有山爲壁，南面一谷通爲國門。東天竺東際大海，與扶南、林邑鄰接。西天竺與罽賓、波斯相接。中天竺據四天竺之會，其都城周圍七十餘里，北臨禪連河云。

〔四〕《法苑珠林》：西云頭陀，此云抖擻，能行此法即能抖擻煩惱，去離貪著，如衣抖擻能去塵垢，是故從喻爲名。《錦繡萬花谷》：頭陀，梵語云杜多，漢言抖擻，謂三毒如塵坌真心，此人能振捍除去，故今訛稱頭陀。

〔五〕陳永陽王《解講疏》：戒與秋月共明，禪與春池共潔。

〔六〕《華嚴經》：菩提心者，猶如蓮花不染一切諸罪垢故。僧肇《維摩詰經注》：天竺有青蓮花，其葉修廣，青白分明。

〔七〕《世説》：孫興公見林公，稜稜露其爽。

〔八〕《心經》：是諸法空相，不生不滅，不垢不淨，不減不增。

〔九〕《魏書》：佛既謝世，香木焚尸，靈骨分碎，大小如粒，擊之不壞，焚亦不焦，或有光明神驗，胡言謂之舍利。弟子收奉，置之寶瓶，竭香花，致敬慕。《法苑珠林》：舍利者，西域梵語，此云骨身，恐濫凡夫死人之骨，故存梵本之名。舍利有三種：一是骨舍利，其色白；二是髮舍利，其色黑；三是肉舍利，其色赤。是佛舍利，椎打不碎；是弟子舍利，椎擊便破矣。

〔一〇〕楊齊賢曰：胡孫藤，乃藤杖，手所執者。

〔一一〕《後漢書・西域傳》：清心釋累之訓，空有兼遣之宗。章懷太子注：不執着爲空，執着爲有，兼遣謂不空不有，虚實兩忘也。鳩摩羅什《維摩詰經注》：佛法有二種：一者有，二者空。若常在有，則累於想着；若常在空，則捨於善本。若空、有迭用，則不設二過，猶日月代明，萬物以成。

〔一二〕胡三省《通鑑注》：釋氏以面陳悔過爲懺。波羅夷者，華言「棄」，謂犯此罪者，永棄佛法邊外。《法苑珠林》云：波羅夷者，此云極重罪是也。輕垢罪者，比重減輕一等，凡玷汙淨行之類皆是。據《梵網經》：重戒有十，犯者得波羅夷罪；輕戒有四十八，犯者爲輕垢罪。

《廣川書跋》：《僧伽傳》，蔣穎叔作，其謂李太白嘗以詩與師論三車者，誤也。詩鄙近，知非太白所作。世以昔人類在集中，信而不疑，且未嘗深求其言而知其不類。予爲之校其年，始知之。太白死在代宗元年，上距大足二年壬寅爲六十年而白生，當景龍四年，白生九歲，固不與僧伽接。然則其詩爲出於世俗而復不考歲月，殆湼其服者托白以爲重，而儒者信之，又增異也。

白雲歌送劉十六歸山

楚山、秦山皆白雲，白雲處處長隨君。長隨君，君入楚山裏，雲亦隨君渡湘水〔一〕。湘水上，女蘿衣〔二〕，白雲堪卧君早歸。

〔一〕《通鑑地理通釋》：湘水出全州清湘縣陽朔山，東入洞庭，北至衡州衡陽縣入江。

〔二〕《楚辭》：被薜荔兮帶女蘿。

方弘靜曰：太白賦《新鶯百囀》與《白雲歌》，無咏物句，自是天仙語。他人稍有擬象，即屬凡辭。

金陵歌送别范宣

石頭巉巖如虎踞〔一〕，凌波欲過滄江去。鍾山龍盤走勢來〔二〕，秀色横分歷陽樹〔三〕。四十餘帝三百秋〔四〕，功名事跡隨東流。白馬小兒誰家子〔五〕，泰清之歲來關囚（一作「白馬金鞍誰家子，吹唇虎嘯鳳凰樓」）〔六〕。金陵昔時何壯哉！席卷英豪天下來〔七〕。冠蓋散爲烟霧盡，金輿玉座成寒灰〔八〕。扣劍悲吟空咄嗟〔九〕，梁、陳白骨亂如麻。天子龍沉景陽井〔一〇〕，誰歌

《玉樹後庭花》〔一〕？ 此地傷心不能道，目（一作「日」）下離離長春草。送爾長江萬里心，他年來訪南山皓（蕭本作「老」）〔二〕。

〔一〕張勃《吴録》：劉備曾使諸葛亮至京，因觀秣陵山阜，乃嘆曰：「鍾山龍蟠，石頭虎踞，帝王之宅也。」《景定建康志》：石頭山，在城西二里。按《輿地志》：環七里一百步，緣大江南抵秦淮口，去臺城九里。自六朝以來，皆守石頭以爲固，以王公大臣領戍軍爲鎮。其形勝，蓋必爭之地也。《一統志》：石頭山，在應天府西二里，蜀漢諸葛亮云「石頭虎踞」，是也。陸放翁《入蜀記》：望石頭山不甚高，然峭立江中，繚繞如垣牆，凡舟皆由此下至建康，故江左有變，必先固守石頭，真控扼要地也。

〔二〕《元和郡縣志》：鍾山，在潤州上元縣西北十八里。按《輿地志》：古金陵山也，邑縣之名由此而立。吴大帝時，蔣子文發神異於此，封爲蔣侯，改山曰蔣山，宋復名鍾山。江表上巳常游於此，爲衆山之傑。《六朝事跡》：鍾阜，《圖經》云：在縣東北，周迴六十里，高一百五十八丈，東連青龍山，西臨青溪，南自鍾浦，下入秦淮，北接雉亭山。漢末，秣陵尉蔣子文逐盜死於鍾山，吴大帝爲立廟，封曰蔣侯。大帝祖諱鍾，因改名曰蔣山。按《丹陽記》云：京師南北並連山嶺，而蔣山岧嶤嶷異，其形象龍，實作揚都之鎮。諸葛亮嘗至京，觀秣陵山阜，云「鍾山龍蟠」，蓋謂此也。

〔三〕楊齊賢曰：和州歷陽郡治歷陽縣。《建康圖經》：西至本府界十里，自界首至和州八十三里，從采石而濟，蓋南北往來要津。

〔四〕又曰：按紀年，自孫權定都建鄴，傳四主，五十九年而晉并之；元帝渡江，傳十一主，一百三年而宋代之；宋傳八主，六十年而齊代之；齊傳七主，二十四年而梁代之；梁傳四主，五十六年而陳代之；陳傳五主，三十三年而隋并之：凡三十九主，三百三十五年。蕭士贇曰：按史書自吴大帝建都金陵後，歷晉、宋、齊、梁、陳，凡六代，共三十九主，此言四十餘帝者，併其推尊者而混言之也。自吴大帝黄武元年壬寅歲，至陳禎明三年己酉，共三百六十八年。吴亡後，歇三十六年，只三百三十二年，此言三百秋者，舉成數而言耳。按：六代建都之歲，只三百三十二年，楊氏於宋、齊、梁交代之歲各重數一年，故誤爲三百三十五也。

〔五〕白馬小兒，謂侯景。《隋書》：大同中童謡曰：「青絲白馬壽陽來。」其後，侯景破丹陽，乘白馬，以青絲爲羈勒。

〔六〕《梁書》：太清二年八月，侯景舉兵反。十月己亥，景自横江濟於采石。辛亥，景師至京。三年三月，攻陷宫城。《南齊書》：元嘉七年，太一在八宫，關囚惡歲。《南史》：侯景矯詔禪位，將登太極殿，醜徒數萬，同共吹唇唱吼而上。

〔七〕《後漢書》：雷震四海，席卷天下。章懷太子注：席卷，言無餘也。

〔八〕江淹《恨賦》：喪金輿及玉乘。謝莊《孝武宣貴妃誄》：金缸曖兮玉座寒。

〔九〕曹植《酒賦》：或揚袂屢舞，或扣劍清歌。

〔一〇〕《陳書》：後主聞兵至，後宫人十餘出後堂景陽殿，將自投於井，袁憲侍側，苦諫不從。後閤舍人夏侯公韻又以身蔽井，後主與爭久之，方得入焉。及夜，爲隋軍所執。《六朝事跡》：景陽井，臺城中景陽宫井也。按：《南史》：隋克臺城，陳後主與張麗華、孔貴嬪俱入井，隋軍出之。故杜牧之詩云「三人出眢井」，謂此也。其井有石欄，上多題字。舊傳云：欄有石脈，以帛拭之，作臙脂痕。或云：石脈之色類臙脂，故云。

〔一一〕《陳書》：後主每引賓客對貴妃等游宴，使諸貴人及女學士與狎客共賦新詩，互相贈答，採其尤豔麗者以爲曲詞，被以新聲，選宫女有容色者以千百數，令習而歌之，分部迭進，持以相樂。其曲有《玉樹後庭花》、《臨春樂》等，大指所歸，皆美張貴妃、孔貴嬪之容色也。其略曰：「璧月夜夜滿，瓊樹朝朝新。」《通典》：《玉樹後庭花》、《堂堂黄鸝留》、《金釵兩臂垂》，並陳後主所造，恒與宫中女學士及朝臣相唱和爲詩，太樂令何胥採其尤輕豔者以爲此曲。

〔一二〕南山皓，謂漢之四皓，四皓在秦時始入藍田山，後又入地肺山，漢時匿終南山。終南山，廣八百餘里，横亘關中南面，故亦謂之南山。凡藍田、地肺諸山，亦南山之支脈矣。四皓事，詳後廿二卷注。

笑歌行

笑矣乎，笑矣乎！君不見曲如鈎，古人知爾封公侯。君不見直如絃，古人知爾死道邊〔一〕。張儀所以只掉（條上聲，又去聲二音）三寸舌〔二〕，蘇秦所以不墾二頃田〔三〕。

〔一〕《後漢書》：順帝之末，京師童謡曰：直如絃，死道邊；曲如鈎，反封侯。《後漢紀》載此謡，作「曲如鈎，封公侯」。

〔二〕《漢書》：酈生一士，伏軾掉三寸舌，下齊七十餘城。顔師古注：掉，摇也。太白借用其語，作張儀游説事用。

〔三〕《史記》：蘇秦曰：「使我有洛陽負郭田二頃，吾豈能佩六國相印乎？」

笑矣乎，笑矣乎！君不見滄浪老人歌一曲，還道滄浪濯吾足。平生不解謀此身，虚作《離騷》遺人讀。笑矣乎，笑矣乎！趙有豫讓楚屈平，賣身買得千年名。巢、由洗耳有何益〔一〕？夷、齊餓死終無成。君愛身後名，我愛眼前酒。飲酒眼前樂，虚名何處有〔二〕？男兒窮通當有時，曲腰向君君不知。猛虎不看机上肉，洪爐不鑄囊中錐〔三〕。

〔一〕屈平、漁父、豫讓、巢、由，俱見前注。

〔二〕《晉書》：張翰曰：使我有身後名，不如即時一杯酒。

〔三〕《後漢書》：鼓洪爐燎毛髮。《史記》：譬若錐之處囊中。

笑矣乎，笑矣乎！甯武子、朱買臣，叩角行歌背負薪〔一〕。今日逢君君不識，豈得不如佯狂人！

〔一〕《呂氏春秋》：甯戚欲干齊桓公，窮困無以自進，於是爲商旅，將任車以至齊，暮宿於郭門之外。桓公郊迎客，夜開門，辟任車，爝火甚盛，從者甚衆。甯戚飯牛車下，望桓公而悲，擊牛角疾歌。桓公聞之，撫其僕之手曰：「異哉，之歌者非常人也！」命後車載之。桓公反，至，從者以請，桓公賜之衣冠見之。甯戚説桓公以治境内，明日復見，説桓公以爲天下，桓公大悦。此詩以甯戚爲武子，恐誤。然《太平御覽》：尸子曰：鮑叔爲桓公祝曰：「使臣無忘在莒時，管子無忘在魯時，甯武子無忘車下時。」則前此已有稱甯戚爲武子者矣。豈武子是戚之字耶？《晉書》：或叩角以干齊。《漢書》：朱買臣家貧，好讀書，不治産業，常艾薪樵，賣以給食，擔束薪，行且讀書。其妻亦負戴相隨，數止買臣無歌謳道中。買臣愈益疾歌，妻羞之，求去。買臣曰：「我年五十當富貴，今已四十餘矣。汝苦日久，待我富貴報汝功。」妻恚怒曰：「如公等終餓死溝中耳，何能富貴！」買臣不能留，即聽去。其後，買臣獨行歌道中，負薪墓間。

悲歌行

悲來乎，悲來乎！主人有酒且莫斟，聽我一曲悲來吟。悲來不吟還不笑，天下無人知我心。君有數斗酒，我有三尺琴〔一〕，琴鳴酒樂兩相得，一杯不啻千鈞金〔二〕。

〔一〕《博雅》：神農氏琴，長三尺六寸六分。

〔二〕《説文》：鈞，三十斤也。

悲來乎，悲來乎！天雖長，地雖久〔一〕，金玉滿堂應不守〔二〕。富貴百年能幾何？死生一度人皆有。孤猿坐啼墳上月，且須一盡杯中酒。

〔一〕《老子》：天長地久，天地所以能長且久者，以其不自生，故能長生。

〔二〕又《老子》：金玉滿堂，莫之能守。

悲來乎，悲來乎！鳳鳥（蕭本作「凰」）不至河無圖，微子去之箕子奴。漢帝不憶李將軍，楚王放卻屈大夫。悲來乎，悲來乎！秦家李斯早追悔，虚名撥向身之外。范子何曾愛五湖〔一〕，功成名遂身自退〔二〕。劍是一夫用，書能知姓名〔三〕。惠施不肯干萬乘〔四〕，卜式未必窮一經〔五〕。還須黑頭取方伯〔六〕，莫謾白首爲儒生。

〔一〕李廣、屈原、李斯、范蠡事，俱見前注。

〔二〕《老子》：功成名遂身退，天之道也。

〔三〕《史記》：項籍少時，學書不成，去學劍，又不成，項梁怒之。籍曰：「書足以記名姓而已，劍一人敵，不足學。」

〔四〕《吕氏春秋》：魏惠王謂惠子曰：「上世之有國必賢者也，今寡人實不若先生，願得傳國。」惠子辭，王又固請，曰：「寡人莫有之國於此者也，而傳之賢者，民之貪爭之心止矣，欲先生之以此聽寡人也。」惠子曰：「若王之言，則施不可而聽矣。王固萬乘之主也，以國與人猶尚可；今施布衣也，可以有萬乘之國而辭之，此其止貪之心愈甚也。」

〔五〕《漢書》：卜式，河南人，以田畜爲事。會渾邪等降，縣官費衆，倉府空，貧民大徙，皆仰給縣官，無以盡贍。式持錢二十萬與河南太守，以給徙民。上乃賜式外繇四百人，式又盡復與官。上乃召拜式爲郎中，賜爵左庶長，田十頃，布告天下，尊顯以風百姓。試使治民，拜緱氏令，緱氏便之。遷成皋令，將漕最。拜爲齊王太傅，轉爲相。會吕嘉反，式上書，願與子男及臨菑習弩、博昌習船者請行，死之以盡臣節。上賢之，賜式爵關内侯，黄金四十斤，田十頃。元鼎中，代石慶爲御史大夫。明年當封禪，式不習文章，貶秩爲太子太傅，以壽終。

〔六〕《漢書·何武傳》：刺史，古之方伯，上所委任一州表率也。

蘇東坡曰：今《太白集》中有「悲來乎」、「笑矣乎」及「贈懷素草書」數詩，決非太白作，蓋唐末五代間貫休、齊己輩詩也。予舊在富陽，見國清院太白詩絶凡近，過彭澤唐興院，又見太白詩，亦非是。良由太白豪俊，語不甚擇，集中往往有臨時率然之句，故使妄庸敢爾。若杜子美，世豈復有僞撰者耶！

李太白全集卷之八

錢塘王琦琢崖輯注
趙樹元石堂較

古近體詩共五十三首

秋浦歌十七首

唐池州有秋浦縣，其地有秋浦水，故取以立名，隸江南西道。

秋浦長似秋，蕭條使人愁。客愁不可度（繆本作「渡」），行上東大樓〔一〕。正西望長安，下見江水流。寄言向江水，汝意憶儂不（方鳩切，音近浮）〔二〕？遥傳一掬（音菊）淚〔三〕，爲我達揚州。

〔一〕《江南通志》：大樓山在池州府城南六十里。

〔二〕自稱我爲儂，吴語也。

〔三〕《小爾雅》：兩手謂之掬。

其二

秋浦猿夜愁，黄山堪白頭。青溪非隴水，翻作斷腸流〔一〕。欲去不得去，薄游成久游〔二〕。何年是歸日，雨淚下孤舟。

〔一〕《江南通志》：黄山，在池州府城南九十里，高百餘丈。清溪，在池州府城北五里，源出考溪，與上路嶺水合流，經郡城至大江。《隴頭歌》：隴頭流水，鳴聲幽咽。遥望秦川，肝腸斷絶。

〔二〕謝靈運詩：薄游似邴生。

其三

秋浦錦駝鳥〔一〕，人間天上稀。山雞羞渌水，不敢照毛衣〔二〕。

〔一〕《太平寰宇記》：歙州土産駝鳥。《郡國志》云：翎下青黄相映若垂綬，其狀如蜀雞，背如朱。《祥符新安圖經》：鴕鳥，一名楚雀，尤愛其羽，中矰弋則守死不動。《海録碎事》：鴕鳥出秋浦，如吐綬雞。

〔二〕《博物志》：山雞有美毛，自愛其色，終日映水，目眩則溺死。

其四

兩鬢入秋浦，一朝颯已衰。猿聲催白髮，長短盡成絲。

陸放翁曰：李太白往來江東池州，所賦尤多，如《秋浦歌》十七首及《九華山》、《清溪》、《白笴陂》、《玉鏡潭》諸詩是也。《秋浦歌》云：「秋浦長似秋，蕭條使人愁。」又云：「兩鬢入秋浦，一朝颯已衰。猿聲催白髮，長短盡成絲。」則池州之風物可見矣。然觀太白此歌高妙乃爾，則知《姑熟十咏》決爲贋作也。杜牧之池州諸詩，正爾觀之，亦清婉可愛。若與太白詩並讀，醇醨異味矣。

其五

秋浦多白猿，超騰若飛（蕭本作「冰」）雪〔一〕。牽引條上兒，飲弄水中月。

〔一〕《新序》：子獨不見夫玄猿乎？從容游戲，超騰往來。

其六

愁作秋浦客（一作「曲」）〔一〕，强看秋浦花。山川如剡（音閃）縣，風日似長沙〔二〕。

〔一〕《一統志》：秋浦在池州府城西南八十餘里，闊三十里，四時景物宛如瀟湘、洞庭。

〔二〕《九域志》：剡縣在越州會稽郡東南一百八十里。唐時潭州治長沙縣，亦謂之長沙郡，隸江南西道，瀟湘、洞庭皆在其境内。

其七

醉上山公馬〔一〕，寒歌甯戚牛。空吟白石爛〔二〕，淚滿黑貂裘〔三〕。

〔一〕山公騎馬事見五卷《襄陽曲》注。

〔二〕《藝文類聚》：琴操曰：甯戚飯牛車下，叩角而商歌曰：「南山矸，白石爛，生不逢堯與舜禪。短布單衣裁至骭，長夜冥冥何時旦？」齊桓公聞之，舉以爲相。

〔三〕《戰國策》：蘇秦説秦王，書十上而説不行，黑貂之裘敝。

其八

秋浦千重嶺，水車嶺（一作「人行路」）最奇〔一〕。天傾欲墮石，水拂寄生枝〔二〕。

〔一〕《一統志》：水車嶺在池州府齊山。胡震亨曰：《貴池志》：縣西南七十里有姥山，又五里爲水車嶺，陡峻臨淵，奔流沖激，恒若桔槔之聲。舊注以爲在齊山者，誤。

〔二〕《名醫别録》：寄生，松上、楊上、楓上皆有，形類一般，但根津所因處爲異，則各隨其樹名之。生樹枝間，根在肢節之内，葉圓青赤，厚澤易折，旁自生枝節，冬夏生，四月花白，五月實，赤大如小豆，處處皆有。《蜀本草》：諸樹多有寄生，莖葉並相似，云是烏鳥食一物子，糞落樹上，感氣而生。葉如橘而厚軟，莖如槐而肥脆。

其九

江祖一片石〔一〕，青天掃畫屏。題詩留萬古，緑字錦苔生。

〔一〕《一統志》：江祖山，在池州府城西南二十五里，有一石突然出水際，其高數丈，上有仙人蹟，名曰江祖石。

其十

千千石楠樹〔一〕，萬萬女貞林〔二〕。山山白鷺（一作「鷴」）滿，澗澗白猿吟。君莫向秋浦，猿聲碎客心。

〔一〕《唐本草》：石楠，葉似茵草，凌冬不凋。關中者葉細，江以南者葉長，大如枇杷。

〔二〕顔師古《漢書注》：女貞樹，冬夏常青，未嘗凋落，若有節操，故以名焉。首四句皆疊二字，蓋仿《古詩》中「青青河畔草」一體。

其十一

邏（郎佐切，羅去聲，又音羅）人（胡本作「叉」）横鳥道，江祖出魚梁〔一〕。水急客舟（胡本作「行」）疾，山花拂面香。

〔一〕胡震亨曰：《貴池志》：城西六十里李陽河，出李陽大江，中流有石，槎牙横突，爲攔江、羅叉二磯。「羅叉」今本作「邏人」，誤。琦按：鳥道是高山峭嶺人迹稀到之處，而邏叉横其間，今以水中磯石當之，亦恐未是。又魚梁，論其跡亦當在池州，注者或以徽州之魚梁當之，不知徽州之水南流入於浙江，池州之水北流入於安慶大江，源流各異，未可混也。

其十二

水如一疋練〔一〕，此地即平天。耐可乘明月〔二〕，看花上酒船。

〔一〕《論衡》：見其上若一匹練狀。練，熟素繒也。

〔二〕田汝成曰：杭人言「寧可」曰「耐可」，音如「能可」。《漢書》：揚越之人耐暑。注：與能同。李太白詩「耐可乘明月」，又「耐可乘流直上天」，皆讀如「能」。鄭康成《禮記注》：耐，古書能字也。

其十三

渌水淨素月，月明白鷺飛。郎聽採菱女，一道夜歌歸〔一〕。

〔一〕《爾雅翼》：吴楚風俗，當菱熟時，士女相與采之，故有采菱之歌以相和，爲繁華流蕩之音。

其十四

爐火照天地，紅星亂紫烟〔一〕。赧（乃版切，赧上聲。面慚而赤也。亦作赧，義同）郎明月夜，歌曲動寒川〔二〕。

〔一〕爐火，楊注以爲煉丹之火，蕭注以爲漁人之火，二火俱不能照及天地，其説固非。胡注謂山川藏丹處，每夜必發火光，所在有之。《輿地紀勝》：宣州有朱砂山，石竅中每發紅色，其大如月。又，赤溪，神龍初，有赤氣衝天，詔鑿之，溪水盡赤。第難定其所咏何處。此解亦未是。琦考《唐書·地理志》，秋浦固産銀、産銅之區，所謂「爐火照天地，紅星亂紫烟」者，正是開礦處冶鑄之火，乃足當之。

〔二〕郎，亦即指冶夫而言，于用力作勞之時，歌聲遠播，響動寒川，令我聞之，不覺愧赧。蓋其所歌之曲適有與心相感者故耳。赧字，當屬己而言，舊注謂赧郎爲吴音歌者助語之詞，或謂是土語呼其所歡之詞，俱屬强解。

其十五

白髮三千丈，緣愁似箇長。不知明鏡裹，何處得秋霜。

起句奇甚，得下文一解，字字皆成妙義。洵非仙才，那能作此。

其十六

秋浦田舍翁，採魚水中宿。妻子張白鷴〔一〕，結罝（洛邪切，音嗟）映深竹〔二〕。

〔一〕《圖經本草》：白鷴出江南，雉類也，白色而背有細黑文，可畜。

〔二〕《西京賦》：結罝百里。薛綜注：罝，網也。

其十七

桃波一步地〔一〕，了了語聲聞。闇（音陰，又音菴）與山僧别〔二〕，低頭禮白雲。

〔一〕本集二十卷内有《清溪玉鏡潭宴别詩》，注云：潭在秋浦桃胡陂下。是「桃波」乃「桃陂」之訛無疑矣。

〔二〕闇，默也。

當塗趙炎少府粉圖山水歌

唐時宣城郡有當塗縣，隸江南西道。少府，縣尉之稱。《清波雜志》：古治百里之邑，令附其俗，尉督其奸，故令曰明府，尉曰少府。《嬾真子》：令呼明府，故尉呼少府，以亞於縣令。

峨眉高出西極天（《文苑英華》作「西出高極天」）〔一〕，羅浮直與南溟連〔二〕。名工（蕭本作「公」）繹（《英華》作「逸」）思揮綵筆，驅（《英華》作「馳」）山走海置眼前。滿堂空翠如可掃〔三〕，赤城霞（《英華》作「日」）氣蒼梧烟〔四〕。洞庭瀟湘意渺綿〔五〕，三江七澤情洄沿（音延）〔六〕。驚濤洶湧向何處？孤舟一去迷歸年。征帆不動亦不旋，飄如隨風落天邊。心搖目斷興難盡（《英華》作「窮」），幾時可到三山巔〔七〕？西峰崢嶸噴流泉，橫石蹙水波潺湲〔八〕。東崖合沓蔽（《英華》作「開」）輕霧〔九〕，深林雜樹空芊綿（《英華》作「眠」）〔一〇〕。此中冥昧失晝夜〔一一〕，隱几寂聽無鳴蟬〔一二〕。長松之下列羽客，對座不語南昌仙〔一三〕。南昌仙人趙夫子，妙年歷落青雲士。訟庭無事羅衆賓，杳然如在丹青（一作「霄」）裏。五色粉圖安足珍，真山（蕭本作「仙」，誤）可以全吾身。若待功成拂衣去，武陵桃花笑殺人〔一四〕。

〔一〕《四川通志》：峨眉山，在嘉定州峨眉縣南一百里，兩山相對，狀如蛾眉，故名。周圍千里，高八十里，有石龕一百十二，大小洞四十。南北有臺，重巖複澗，莫測遠近，爲蜀山第一。佛刹以千百計，昔西竺僧謂其高出五岳，秀甲九州，爲震旦國第一山。

〔二〕《元和郡縣志》：羅浮山，在循州博羅縣西北二十八里。羅山之西有浮山，蓋蓬萊之一阜，浮海而至，與羅山並體，故曰羅浮。高三百六十丈，周迴三百二十七里，峻天之峰四百三十有二。

〔三〕《莊子》：南溟者，天池也。李洪範曰：廣大窕冥，故以溟爲名。

〔三〕謝靈運詩：空翠難强名。

〔四〕薛應旂《浙江通志》：赤城山，在台州天台縣北六里，土皆赤色，狀似雲霞，望之如雉堞然。右有玉京洞，道書第六洞天也。蒼梧烟，用蒼梧白雲事，見七卷注。

〔五〕洞庭、瀟湘，俱見一卷《惜餘春賦》注。

〔六〕三江之名不一，以岷山之江爲中江，嶓冢之江爲北江，豫章之江爲南江，此説《禹貢》之三江也。或以松江、錢塘江、浦陽江爲三江，或以松江、東江、婁江爲三江，此説吴越之三江也。或以岷江爲西江，澧江爲中江，湘江爲南江，此説岳陽之三江也。此詩從畫意泛説，不必定指一處。

《子虚賦》：楚有七澤。後只稱雲夢一澤，其六皆未詳所在。謝靈運詩：水涉盡洄沿。逆流而上曰洄，順流而下曰沿。

〔七〕三山，蓬萊、方丈、瀛洲三仙山也。

〔八〕謝靈運詩：石淺水潺湲。李善注：潺湲，水流貌。吕延濟注：潺湲，水聲。

〔九〕謝朓詩：兹山亘百里，合沓與雲齊。吕向注：合沓，高貌。

〔一〇〕謝朓詩：阡眠起雜樹。吕延濟注：阡眠，遠望貌。芊綿，即阡眠也。

〔一一〕王弼《易注》：造物之始，始於冥昧。

〔一二〕鮑照《蕪城賦》：凝思寂聽。

〔一三〕《水經注》：漢成帝時，九江梅福爲南昌尉，後一旦捨妻子去九江，傳云得仙。

〔一四〕武陵桃花，見二卷注。

永王東巡歌十一首

劉昫《唐書》：永王璘，玄宗第十六子也。天寶十四載十一月，安禄山反范陽。十五載六月，玄宗幸蜀，至漢中郡下詔，以璘爲山南東路及嶺南、黔中、江南西路四道節度、採訪等使，江陵郡大都督。七月，璘至襄陽。九月，至江陵，召募士將數萬人，恣情補署。江淮租賦山積於江陵，破用鉅億，因有異志。肅宗聞之，詔令歸覲於蜀，璘不從。十二月，擅引舟師東下，甲仗五千人趨廣陵。璘生於宮中，不更人事，其子襄城王偒勇而有力，握兵權，爲左右眩惑，遂謀狂悖。

永王正月東出師，天子遥分龍虎旗。樓船一舉風波靜〔一〕，江漢翻爲雁鶩（有木、務二音）池〔二〕。

〔一〕駱賓王《蕩子從軍賦》：樓船一舉爭沸騰。

〔二〕《漢書·嚴助傳》：陛下以四海爲境，九州爲家，八藪爲圃，江、漢爲池。《太平御覽》：《圖經》曰：梁孝王有雁鶩池，周圍四里，梁王所鑿。王筠詩：日照鴛鴦殿，萍生雁鶩池。

蕭士贇曰：咏永王出師而表之以「天子遥分龍虎旗」，夫子作《春秋》書王之意也。百世而下，未有發明之者。

其二

三川北虜亂如麻〔一〕，四海南奔似永嘉〔二〕。但用東山謝安石，爲君談笑靜胡沙。

〔一〕《漢書音義》：應劭曰：三川，今河南郡也。韋昭曰：有河、洛、伊，故曰三川也。

〔二〕晉懷帝永嘉五年，劉曜陷洛陽，百官士庶死者三萬餘人，中原衣冠之族相率南奔，避亂江左。天寶十四年，安禄山起兵北地，遂破兩京，士君子多以家渡江東，與永嘉時事極相似。

其三

雷鼓嘈嘈喧武昌〔一〕，雲旗獵獵過尋陽〔二〕。秋毫不犯三吴悦〔三〕，春日遥看五色光〔四〕。

〔一〕《荀子》：雷鼓在側而耳不聞。楊倞注：雷鼓，大鼓聲如雷者。鮑照詩：嘈嘈晨鼓鳴。李善注：《埤蒼》曰：嘈嘈，聲衆也。武昌，縣名，唐時屬鄂州江夏郡，東至尋陽郡六百里。尋陽，亦縣名，唐屬江州尋陽郡，以在尋水之陽，故名。

〔二〕《上林賦》：靡雲旗。張揖注：畫熊虎於旒爲旗，似雲氣。鮑照詩：獵獵曉風遒。吕延濟注：獵獵，風聲。

〔三〕《後漢紀》：鄧禹佐命，位冠諸臣，嘗言曰：「我嘗將百萬衆，秋毫不犯，未嘗妄殺一人，子孫必當大興。」范成大《吴郡志》：三吴之説，世未有定論。《十道四番志》以吴郡及丹陽、吴興爲三吴，又以義興、吴興及吴郡爲三吴。《郡國志》謂吴興、義興、吴郡爲三吴。又云：丹陽亦曰三吴。《元和郡國圖志》亦曰吴郡與吴興、丹陽爲三吴。酈道元注《水經》云：永建中，陽羨周嘉上書，以縣遠，赴會至難，求得分置，遂以浙江西爲吳，東爲會稽。後分爲三，號三吳，吳興、吳郡、會稽其一焉。

〔四〕《越絶書》：軍上有氣，五色相連，與天相抵，此天應，不可攻，攻之無後。《南史·王僧辯傳》：賊望官軍上有五色雲。

其四

龍盤虎踞帝王州，帝子金陵訪古丘〔一〕。春風試暖昭陽殿，明月還過鳷鵲樓〔二〕。

〔一〕《一統志》：南京，古金陵之地，自周末時已有王氣，秦始皇謂「東南有天子氣」，諸葛亮謂「龍蟠虎踞，真帝王之都」，即此地也。謝朓詩：金陵帝王州。

〔二〕《南齊書》：羊貴嬪居昭陽殿西，范貴妃居昭陽殿東。《隋書》：侯景作亂，遂居昭陽殿。《一統志》：昭陽殿乃太后所居，在臺城内。吳均詩：春生鳷鵲樓。是皆謂金陵之昭陽殿、鳷鵲樓也。舊注以爲在長安者，非是。

其五

二帝巡游俱未迴〔一〕，五陵松柏使人哀〔二〕。諸侯不救河南地〔三〕，更喜賢王遠道來。

〔一〕時玄宗在蜀，肅宗即位靈武，故云「二帝巡游俱未迴」。

〔二〕五陵，高祖、太宗、高宗、中宗、睿宗之陵也。《唐會要》：高祖葬獻陵，在京兆府三原縣界。太宗葬昭陵，在京兆府醴泉縣界。高宗葬乾陵，在京兆府奉天縣界。中宗葬定陵，在京兆府富平縣界。睿宗葬橋陵，在京兆府奉先縣界。

〔三〕楊齊賢曰：河南，洛陽也。時禄山據洛陽。

其六

丹陽北固是吳關〔一〕，畫出樓臺雲水間。千巖烽火連滄海，兩岸旌旗繞碧山。

〔一〕唐時江南東道有丹陽郡，即潤州也，領丹徒、丹陽、金壇、延陵四縣，今爲鎮江府。《太平寰宇記》：北固山，在潤州丹徒縣北一里。《南徐州記》云：城西北有别嶺，斜入江，三面臨水，高數十丈，號曰北固。劉禎《京口記》云：回嶺入江，懸水峻壁。舊北顧作「固」字，梁高祖云「作鎮作固」，誠有其語，然北望海口，實爲壯觀，以理而推，宜改爲顧望之「顧」。《輿地志》云：天清景明登之，望見廣陵城如在青霄中，相去鳥道五十餘里。《方輿勝覽》：北固山，在鎮江府州北一里迴嶺，下臨長江，其勢險固，即府治所據及甘露寺基。《建康實録》：梁武帝幸京口，登北固樓，改名北顧。

其七

王出三江（蕭本作「山」）按五湖〔一〕，樓船跨海次揚（蕭本、胡本作「陪」，非）都〔二〕。戰艦（音檻）森森羅虎士〔三〕，征帆一一引龍駒〔四〕。

〔一〕《周禮》：東南曰揚州，其川三江，其浸五湖。賈公彦疏：按《禹貢》云：九江，今在廬江尋陽南，皆東合爲大江。揚州所以得有三江者，江至尋陽南合爲一，東行至揚州，入彭蠡，復分爲三道而入海，故得有三江也。《韻會》：徐按：江出岷山，至楚都名南江，至潯陽爲九道，名中江，至南徐州名北江，入海。琦按：《禹貢》以岷江之委爲中江，漢水之委爲北江，三江僅有其二，鄭康成以彭蠡之水爲南江，以備三江之數。其説近是，而駁者紛紛然。詳其水道，辨其大小，則諸説未免近訛，不可爲據。若他書所稱三江之名亦多，各隨地而分，與《禹貢》、《周禮》所記之三江不必相同，學者或據其一説而爭以相難，其何以異於扣盤捫燭之見也歟？《玉海》：五湖在蘇州西四十里。《太平寰宇記》：太湖者，以其廣大名之，又名五湖。韋昭《三吴郡國志》云：太湖邊有游湖、莫湖、胥湖、貢湖，就太湖爲五湖。又云：胥湖、蠡湖、洮湖、滆湖，就太湖爲五也。又云：天下如此者五。虞仲翔《川瀆記》云：太湖東通長洲松江水，南通烏程霅溪水，西通義興荆溪水，北通晉陵滆湖水，西南通嘉興韭溪水，凡五道，謂之五湖。

〔二〕徐陵《陳王九錫文》：馳御樓船，直跨滄海。《左傳》：凡師一宿爲舍，再宿爲信，過信爲次。

〔三〕《釋名·釋船篇》：上下重牀曰艦，四方施板以禦矢石，其内如牢檻也。《周禮》：虎士八百人。鄭玄注：虎士，徒之選有勇力者。

〔四〕徐陵詩：白馬號龍駒，雕鞍名鏤衢。

其八

長風挂席勢難迴〔一〕，海動山傾古月摧〔二〕。君看帝子浮江日，何似龍驤出峽來〔三〕。

〔一〕謝靈運詩：挂席拾海月。

〔二〕古月，胡字隱語也，出《十六國春秋》，見四卷注。

〔三〕《晉書·武帝紀》：咸寧五年十一月，大舉伐吴，遣龍驤將軍王濬、廣武將軍唐彬，率巴蜀之卒，浮江而下。

其九

祖龍浮海不成橋〔一〕，漢武尋陽空射蛟〔二〕。我王樓艦輕秦、漢〔三〕，卻似文（蕭、楊本作「天」，非）皇欲渡遼〔四〕。

〔一〕祖龍，秦始皇也。事見二卷注。《水經注》：《三齊略記》曰：始皇于海中作石橋，海神爲之豎柱。始皇求與相見，神曰：「我形醜，莫圖我形，當與帝相見。」及入海四十里見海神。左右莫動手，工人潛以腳畫其狀，神怒曰：「帝負約，速去。」始皇轉馬還，前腳猶立，後腳隨奔，僅得登岸，畫者溺死於海。

〔二〕《漢書·武帝紀》：元封五年冬，行南巡狩，自尋陽浮江，親射蛟江中，獲之。

〔三〕《陳書》：樓艦馬步，直指臨川。胡三省《通鑑注》：樓艦即樓船，兩面施重板，列戰格，故謂之樓艦。

〔四〕文皇帝，即太宗也。劉昫《唐書·太宗本紀》：貞觀十九年二月庚戌，上親統六軍發洛陽。四月癸卯，誓師於幽州城南，因大享六軍以遣之。五月丁丑，車駕渡遼。

蕭士贇曰：合十一篇觀之，此篇用事非倫，句調鄙俗，僞贋無疑，識者必能辨之。

其十

帝寵賢王入楚關，掃清江漢始應還。初從雲夢開朱邸（音底）〔一〕，更（胡本作「直」）取金陵作小山〔二〕。

〔一〕《爾雅》：楚有雲夢。郭璞注：今南郡華容縣東南巴丘湖是也。邢昺疏：《周禮》：荆州其澤藪曰雲瞢。鄭注云：雲瞢在華容。《禹貢》云：雲土夢作乂。又昭三年《左傳》：楚子與鄭伯田於江南之夢。又定四年，楚子涉睢濟江，入於雲中。杜預云：南郡枝江縣西有雲夢城，江夏安陸縣東南亦有夢城。或曰：南郡華容縣東南有巴丘湖，江南之夢也。雲夢一澤而每處有名者，司馬相如《子虚賦》云：雲夢者，方九百里。則此澤跨江南北，亦得單稱雲，單稱夢。瞢即夢也。鄭樵注：江北爲雲，江南爲夢。雲，今之玉沙、監利、景陵等縣是。夢，今之公安、石首、建寧等縣是。《太平寰宇記》：雲夢澤，在安州安陸縣東南，闊數里，南接荆、襄。謝朓詩：黄旗映朱邸。

李善注：《史記》曰：諸侯朝天子，於天子之所立宅舍，曰邸。諸侯王朱户，故曰朱邸。

〔三〕《方輿勝覽》：鍾山在今上元縣東北十八里。《輿地志》：古曰金陵山。小山，用淮南王小山事，然借作山嶺用，與古説不同。

其十一

試借君王玉馬鞭，指揮（胡本作「麾」）戎虜坐瓊筵〔一〕。南風一掃胡塵靜，西入長安到日邊〔二〕。

〔一〕《太平御覽》：《語林》曰：諸葛武侯與司馬宣王在渭濱，將戰，宣王戎服涖事，使人視武侯，素輿葛巾，持白羽扇指麾，三軍皆隨其進止。宣王聞而歎曰：「可謂名士。」謝朓詩：端儀穆金殿，敷教藻瓊筵。

〔二〕日邊，楊、蕭二注皆引晉明帝「不聞人從日邊來」之語，以爲後人稱帝都爲日邊因此。琦按：《晉書·陸雲傳》已有「雲間陸士龍，日下荀鳴鶴」之對，似不始於東晉。蓋日爲君象，故邦畿之地有「日邊」、「日下」之名耳。

《漁隱叢話》：蔡寬夫《詩話》云：太白之從永王璘，世頗疑之，《唐書》載其事甚略，亦不明辨其是否。獨其詩自序云：「半夜水軍來，尋陽滿旌旃。空名適自誤，迫脅上樓船。徒賜五百金，棄之若浮烟。辭官不受賞，翻謫夜郎天。」太白豈從人爲亂者哉！蓋其學本出縱横，以氣俠自任，當中原擾攘時，欲藉之以立奇功。故其《東巡歌》有「但用東山謝安石，爲君談笑靜胡沙」之句，其卒章云：「南風一掃胡塵靜，西入長安到日邊。」亦可見其志矣。大抵才高意廣如孔北海之徒，固未必有成功。而知人料事，尤其所難。議者或責以璘之猖獗，而欲仰以立事，不能如孔巢父、蕭穎士察於未萌，是矣。若其志，亦可哀矣。

上皇西巡南京歌十首

天寶十五載六月，安禄山兵破潼關，帝出幸蜀。七月庚辰，帝次蜀郡。八月癸巳，皇太子即皇帝位於靈武，尊帝曰上皇天帝。至德二載十月丁巳，皇帝復京師。癸亥，遣太子太師韋見素迎上皇天帝於蜀郡。十二月丙午，上皇天帝至自蜀郡。戊午大赦，以蜀郡爲南京。蜀地於天下近西，而謂之南京者，以其在長安之南故也。

胡塵輕拂建章臺〔一〕，聖主西巡蜀道來。劍壁門高五千尺〔二〕，石爲樓閣九天開〔三〕。

〔一〕《三輔黄圖》：建章宫有神明臺。應德璉有《侍五官中郎將建章臺集詩》，庾肩吾有《過建章故臺詩》。

〔二〕張載《劍閣銘》：惟蜀之門，作鎮作固，是曰劍閣，壁立千仞。吕延濟注：劍閣，言其峰如劍，其勢如閣。《元和郡縣志》：大劍鎮，在劍州普安縣東四十八里，本姜維拒鍾會壘也，去開遠戍東十一里，其山峭壁千丈，下瞰絶澗，飛閣以通行旅。

〔三〕《老學菴筆記》：劍門關皆石，無寸土。

其二

九天開出一成都〔一〕，萬户千門入畫圖〔二〕。草樹雲山如錦繡，秦川得及此間無〔三〕。

〔一〕《漢書·地理志》：蜀郡有成都縣。然唐時統謂蜀郡爲成都。

〔二〕《魯靈光殿賦》：千門相似，萬户如一。

〔三〕胡三省《通鑑注》：秦地四塞以爲固，渭水貫其中。渭川左右沃壤千里，世謂之秦川。

其三

華（繆本作「德」）陽春樹似（蕭本作「號」）新豐，行入新都若舊宫〔一〕。柳色未饒秦地緑，花光不減上陽（繆本作「林」）紅〔二〕。

〔一〕《華陽國志·蜀志》云：地稱天府，原曰華陽。是稱蜀地爲華陽，其來舊矣。或以《唐書·地理志》蜀郡有華陽縣，有新都縣，爲實指二縣而云，不知華陽縣舊名蜀縣，至乾元二年始更名，至德中尚無此稱，而新都以舊宫相比，則非實指二縣可知。若夫德陽乃漢州之郡名，南至蜀郡百里，玄宗未嘗駐蹕於此，何得以新豐相擬耶？《西京雜記》：太上皇徙長安，居深宫，悽愴不樂。高祖因左右問其故，以平生所好皆屠販少年，酤酒、賣餅、鬬雞、蹴踘，以此爲歡，今皆無此，故以不樂。高祖乃作新豐，移諸故人實之，太上皇乃悦。高祖既作新豐，并移舊社，衢巷、棟宇，物色惟舊。士女老幼相攜路首，各知其室，放牛、馬、雞、鴨於通途，亦競識其家，匠人吴寬所營也。移者皆悦其似而德之，故競加賞贈，月餘致累百金。蕭士贇曰：肅宗即位靈武，尊明皇爲太上皇，故用此事。

〔二〕上陽，宫名，見二卷注。

其四

誰道君王行路難，六龍西幸萬人歡〔一〕。地轉錦江成渭水〔二〕，天迴玉壘作長安〔三〕。

〔一〕天子駕六，《書》稱「若朽索之馭六馬」，《漢書·袁盎傳》「今陛下騁六飛」是也。何休《公羊傳注》：天子馬曰龍，高七尺以上。稱車駕爲六龍，其義疑出於此。或謂取「時乘六龍以御天」之義，又或謂《韓非子》「黄帝駕象車而六蛟龍」，《春秋命曆序》「有神人右耳蒼色，大肩，駕六龍出輔，號曰神農」，六龍字義本此者，非也。

〔二〕錦江，即岷江也。劉逵《蜀都賦注》：譙周《益州志》曰：成都織錦既成，濯於江水，其文分明，勝於初成。他水濯之，不如江水也。《太平寰宇記》：濯錦江即蜀江，水至此濯錦，錦彩鮮潤於他水，故曰濯錦江。《九域志》：筰橋江水亦名濯錦江。俗云：以此水濯錦鮮明。渭水，出今臨洮府渭源縣之鳥鼠山，東流遶西安府城之北。西安府，即唐之西京也。又東流至華陰縣入於河。凡秦地諸水，若灞、若滻、若涇、若灃、若鎬、若潏、若澇、若彪，莫不入之，而後同歸於河，故秦中諸水惟渭爲大。

〔三〕《元和郡縣志》：玉壘山，在彭州導江縣西北二十九里。《蜀都賦》曰：包玉壘而爲宇。《方輿勝覽》：玉壘山，在茂州汶川縣東四里，出璧玉。《名山志》：玉壘山，在成都府灌縣，衆峰叢擁，遠望無形，惟雲表崔嵬稍露。山石瑩潔可爲器，亦碔砆之類。

其五

萬國同風共一時〔一〕，錦江何謝曲江池〔二〕。石鏡更明（蕭本作「名」）天上月〔三〕，後宫親（一作

「新」）得照娥眉。

〔一〕《漢書·終軍傳》：今天下爲一，萬里同風。

〔二〕《劇談録》：曲江池本秦世隑洲，開元中疏鑿，遂爲勝景。其南有紫雲樓、芙蓉苑，其西有杏園、慈恩寺，花卉環周，烟水明媚。都人游翫，盛於中和、上巳之節，綵幄翠幬，匝於隄岸，鮮車健馬，比肩擊轂。上巳即賜宴臣僚，京兆府大陳筵席。長安、萬年兩縣以雄盛相較，錦繡珍玩無所不施。百辟會於山亭，恩賜太常及教坊聲樂。池中備綵舟數隻，唯宰相、三使、北省官與翰林學士登焉。每歲傾動皇州，以爲盛觀。入夏則菰蒲葱翠，柳陰四合。碧波紅蕖，湛然可愛。好事者賞芳晨，翫清景，聯騎攜觴，亹亹不絶。《長安志》：昇道坊龍華尼寺南有流水屈曲，謂之曲江，其深處下不見底。司馬相如賦云「臨曲江之隑州」，蓋其所也。

〔三〕《華陽國志》：武都有一丈夫化爲女子，美而豔，蜀王納爲妃。不習水土，欲去，王必留之，乃爲《東平之歌》以樂之。無幾，物故。蜀王哀念之，乃遣五丁之武都擔土，爲妃作冢，蓋地數畝，高七丈，上有石鏡。《太平寰宇記》：蜀王妃冢上有一石，厚五寸，徑五尺，瑩徹，號曰石鏡。

其六

濯錦清江萬里流〔一〕，雲帆龍舸下揚州〔二〕。北地雖誇上林苑〔三〕，南京還有散花樓〔四〕。

〔一〕岷江過成都爲錦江，至三峽爲峽江，至漢口爲漢江，至揚州爲揚子江，東流入海。《漢書·地理志》：《禹貢》：岷山在西徼外，江水所出，東南至江都入海，過郡七，行二千六百六十里。此云萬里者，蓋侈言其流之遠耳。左思詩：振衣千仞岡，濯足萬里流。

〔二〕馬融《廣成頌》：張雲帆，施蜺幬。《方言》：南楚江、湘，凡船大者謂之舸。龍舸，畫龍於大舟之首及兩旁者也。

〔三〕上林苑，見七卷注。

〔四〕《一統志》：散花樓，在成都府城東北隅。楊齊賢曰：《成都志》：宣華苑城上有散花樓，隋蜀王秀所立。

其七

錦水東流繞錦城〔一〕，星橋北挂象天星〔二〕。四海此中朝聖主，峨眉山上（一作「下」）列仙庭〔三〕。

〔一〕《太平御覽》：《成都記》曰：府城本呼爲錦城，秦滅蜀，張儀所築也。每面各三里，周迴十二里，高七丈。

〔二〕《華陽國志》：蜀郡有七橋：直西門郫江中沖治橋，西南石牛門曰市橋，城南曰江橋，南渡流曰萬里橋，西上曰夷里橋，亦曰笮橋，從沖治橋西出折曰長昇橋，郫江上西有永平橋。長老傳言：李冰造七橋，上應七星。《太平寰宇記》：漢州雒縣七星橋，昔秦李冰開江置七星橋，橋各一鐵鎖，上應七星，故世祖謂吴漢曰：「安軍宜在七星間。」謂五星日月云。李膺記：一、長星橋，今名萬里。二、圓星橋，今名安樂。三、璣星橋，今名建昌。四、夷星橋，今名笮橋。五、尾星橋，今名禪尼。六、沖星橋，今名永平。七、曲星橋，今名昇仙。

〔三〕《華陽國志》：犍爲郡南安縣有峨眉山，山去縣八十里。《孔子地圖》言有仙藥。《名山洞天福地記》：峨眉山，周圍三百里，名靈陵太妙之天，在蜀嘉州。

其八

秦開蜀道置金牛〔一〕，漢水元通星漢流〔二〕。天子一行遺聖跡，錦城長作帝王州。

〔一〕《水經注》：秦惠王欲伐蜀而不知道，作五石牛，以金置尾下，言能屎金。蜀王負力，令五丁引之成道。秦使張儀、司馬錯尋路滅蜀，因曰石牛道。

〔二〕《韻會》：漢水出興元府嶓冢山，至漢陽爲漾水，至武都爲漢水，一名沔水。《地理今釋》：漾水出今陝西漢中府寧羌州北嶓冢山，東至漢中府南鄭縣南爲漢水。「漢水元通星漢流」者，言其所出高遠，如從星漢而來，即「水從銀漢落」及「黄河之水天上來」意也。

琦按：興元府，即今漢中府，爲自秦入蜀咽喉要道。金牛峽，在沔縣西一百七十里，是五丁開道引石牛之處。嶓冢山，在沔縣西一百二十里，爲漢水發源之所，皆屬漢中地，首二句用此，見蜀地自昔與中國隔遠，未嘗爲帝王巡幸，以反起下文今得天子一行，遂成都邑之美也。一行，猶一游、一豫之意。舊注以僧一行奏讖語「當行萬里」事解之，非是。

其九

水渌（蕭本作「緑」）天青不起塵，風光和暖勝三秦〔一〕。萬國烟花隨玉輦〔二〕，西來添作錦江春。

〔一〕《三輔黄圖》：項籍滅秦，分其地爲三：以章邯爲雍王，都廢丘；司馬忻爲塞王，都櫟陽；董翳爲翟王，都高奴。謂之三秦。《通典》：三秦，今關中秦川也。

〔二〕玉輦，見七卷注。

其十

劍閣重關蜀北門，上皇歸馬若雲屯（音豚）〔一〕。少帝長安開紫極〔二〕，雙懸日月照乾坤。

〔一〕陸機詩：胡馬如雲屯，越旗亦星羅。

〔二〕潘岳《西征賦》：厭紫極之閑敞。李善注：紫極，星名，王者爲宫以象之。曹植上表曰：情注於皇居，心存乎紫極。

嚴滄浪曰：以中一句對上二句，以下一句收上三句，是一法。十首皆於蕭條奔寄中作壯麗語，是爲得體。舉秦、蜀形勢，不忘故都，是爲用意。

峨眉山月歌

峨眉山月半輪秋，影入平羌江水流。夜發清溪向三峽，思君不見下渝州〔一〕。

〔一〕楊齊賢曰：峨眉山在嘉州峨眉縣羅目鎮。平羌江在嘉州龍游縣，縣中有平羌山。資州清溪縣乾德五年省入内江，内江在州東九十八里。資州東至昌州二百二十八里，昌州南至渝州三百里，自渝州明月峽至夔州西陵峽四千里。巴峽、明月峽、巫峽，是爲三峽。蕭士贇曰：《圖經》：平羌江，在雅州嚴道縣東北城下，至嘉州亦號平羌江。《一統志》：平羌江，在雅州城北，舊傳羌夷入寇，諸葛亮於此平之，故名。琦按：後周保定間置平羌郡及平羌縣，以其境内有平羌山，郡縣皆依之以立名。其地在今嘉定州之南十八里。隋初郡廢，改縣曰峨眉，别置一平羌縣，在今嘉定州之東六十里。唐屬嘉州，宋熙寧間省入龍游縣。唐之嘉州，即今之嘉定州。龍游縣，即今之夾江縣。平羌山，今在夾江縣地，可考。平羌江者，即經流平羌縣中之水也，因其流而及其源，故自雅州至嘉州一水通流，皆謂之平羌江。太白所指乃嘉州之江，非雅州之江，蓋峨眉山在嘉州之南，而清溪又與嘉州相近。若雅州，則在峨眉山之上流，去清溪又遠，故知其非也。《輿地紀勝》：清溪驛，在嘉州犍爲縣。王阮亭曰：清溪，在納溪縣西五里，太白詩「夜發清溪向三峽」即此。或謂李詩本三溪，三溪在嘉州平羌峽，非是。楊注以清溪爲資州縣名。按《新唐書·地理志》：劍南道資州有清溪縣，本名牛鞞，天寶元年始更名清溪。此詩約是開元中太白未出蜀以前之作，則指清溪爲縣名者，亦恐未是。左思《蜀都賦》：經三峽之崢嶸。劉淵林注：巴東永安縣有高山相對，相去可二十丈，左右崖甚高，人謂之峽，江水過其中。《太平御覽》：庾仲雍《荆州記》曰：巴陵，楚之世有三峽，明月峽，兹不峽，東突峽，即今之巫峽，秭歸峽，歸鄉峽。《峽程記》曰：三峽者，明月峽、巫山峽、廣溪峽，其他瞿塘、灩澦、燕子、屏風之類皆不預三峽之數。琦按：書記或以西峽、巫峽、歸峽爲三峽，或以廣溪峽、巫峽、西陵峽爲三峽，或以巫峽、巴峽、明月峽爲三峽，或以瞿塘、灩澦、巫山爲三峽，或以明月、黄牛、西陵爲三峽，蓋川河之中峽谷甚多，然據古歌「巴東三峽巫峽長」一語推之，知古之所稱三峽者皆在巴東，大抵起自夔州府奉節、巫山二縣之東，達於歸州夷陵州之西，連山疊嶂，隱天蔽日，凡六七百里，水極險迅。在巫山下者爲巫峽，巫峽之上爲廣溪峽，巫峽之下爲西陵峽，過西陵峽則水漫爲平流而險始平矣。或以瞿塘爲三峽之門，或以瞿塘即西陵峽，或以明月峽即廣溪峽，紛紜傳指，難可憑依矣。

渝州，周時爲巴子國，秦、漢爲巴郡之地，至唐爲渝州，以渝水得名。後改南平郡，今爲重慶府巴縣地。

王鳳洲曰：此是太白佳境，二十八字中有峨眉山、平羌江、清溪、三峽、渝州，使後人爲之，不勝痕跡矣，可見此老鑪錘之妙。王麟洲曰：談藝者有謂七言律一句中不可入兩故事，一篇中不可重犯故事，此病犯者固多，拈出亦見精嚴，吾以爲皆非妙悟也。作詩到精神傳處，隨分自佳，下得不覺痕跡，使一句兩入，兩句重犯，亦自無傷，如太白《峨眉山月歌》，四句入地名者五，古今目爲絶唱，殊不厭重。蜂腰、鶴膝、雙聲、疊韻，沈休文三尺法也，古今犯者不少，寧盡汰之耶？

峨眉山月歌送蜀僧晏入中京

《唐書・肅宗本紀》：至德二載十二月，以蜀郡爲南京，鳳翔郡爲西京，西京爲中京。胡三省曰：以長安在洛陽、鳳翔、蜀郡、太原之中，故爲中京。

我在巴東三峽時，西看明月憶峨眉〔一〕。月出峨眉（一作「峨眉山月」）照滄海，與人萬里長相隨。黄鶴樓前月華白〔二〕，此中忽見峨眉客。峨眉山月還送君，風吹西到長安陌。長安大道横九天，峨眉山月照秦川〔三〕。黄金師（蕭本作「獅」）子乘（繆本作「承」）高座〔四〕，白玉麈尾談重玄〔五〕。我似浮雲滯（蕭本作「殢音膩」）吴越，君逢聖主游丹闕。一振高名滿帝都，歸時（一作「來」）還弄峨眉月。

〔一〕《通典》：唐武德二年，分夔州秭歸、巴東二縣置歸州，後爲巴東郡。三峽、峨眉，俱見上首注。

〔二〕《元和郡縣志》：江夏城西臨大江，西南角因磯爲樓，名黄鶴樓。《太平寰宇記》：黄鶴樓在鄂州江夏縣西二百八十步，昔費禕登仙，每乘黄鶴於此樓憇駕，故號爲黄鶴樓。陸放翁《入蜀記》：黄鶴樓，舊傳費禕飛昇於此，後忽乘黄鶴來歸，故以名樓，號爲天下絶景。崔顥詩最傳，而太白奇句得於此者尤多。今樓已廢，故址亦不復存，問老吏，云在石鏡亭、南樓之間，正對鸚鵡洲，猶可想見其地。據此，則南宋之初，基址已不可考，今之所立，後人想像其處而爲之者也。

〔三〕胡三省《通鑑注》：自大散關以北達於岐、雍，夾渭川南北岸，沃野千里，謂之秦川。

〔四〕《法苑珠林》：龜兹王造金師子座，以大秦錦褥鋪之，令鳩摩羅什升而説法。《釋氏要覽》：《智度論》：問云：「何名師子座？爲佛化作爲實師子，爲金、銀、木、石作耶？」答云：「是號師子座，非實也。佛爲人中師子，凡佛所坐，若牀、若地，皆名師子座。夫師子，獸中獨步無畏，能伏一切。佛亦如是，於九十六種外道一切，人、天中一切，降伏得無所畏，故稱人中師子。」

〔五〕《世説》：王夷甫容貌整麗，妙於談玄，恒捉白玉柄麈尾，與手都無分别。重玄，即《老子》「玄之又玄」之義。《晉書·索襲傳》：味無味於慌惚之間，兼重玄於衆妙之内。

嚴滄浪曰：是歌當識其主、伴變幻之法，題立峨眉作主，而以巴東、三峽、滄海、黄鶴樓、長安陌、秦川、吴越伴之，帝都又是主中主。題用月作主，而以風雲作伴，我與君又是主中主。迴環散見，映帶生輝，真有月映千江之妙。巧轉如蠶，活變如龍，迴身作繭，嘘氣成雲，不由思議造作。

赤壁歌送别

《元和郡縣志》：赤壁山，在鄂州蒲圻縣西一百二十里，北臨大江，其北岸即烏林，與赤壁相對，是周瑜用黄蓋策焚曹公舟船敗走處。故諸葛亮論曹操「危於烏林」是也。楊齊賢曰：盛弘之《荆州記》：蒲圻縣沿江一百里，南岸赤壁，周瑜、黄蓋乘大艦破魏武兵於烏林，烏林、赤壁東西一百六十里也。予嘗往來江、漢間，研求赤壁所在，正在今鄂州上流八十里，與百人山相對，江邊石皆赤色，故號爲赤壁磯。東坡賦所謂「東望夏口，西望武昌」，非曹公之赤壁也。《一統志》：赤壁山在武昌府城東南九十里。《唐元和志》：在蒲圻縣西一百二十里。圖經云：在嘉魚縣西七十里。其地今屬嘉魚。宋蘇軾指黄州赤鼻山爲赤壁。按：劉備居樊口，進兵逆操，遇於赤壁，則赤壁當在樊口之上。又赤壁初戰，操兵不利，引次江北，則赤壁當在江南，亦不應在江北。今江、漢間言赤壁者五，漢陽、漢川、黄州、嘉魚、江夏，惟江夏之説合於史。

二龍爭戰決雌雄，赤壁樓船掃地空。烈火張天照雲海，周瑜於此破曹公〔一〕。君去滄江望（一作「弄」）澄碧，鯨鯢唐突留餘跡〔二〕。一一書來報故人，我欲因（一作「觀」）之壯心魄〔三〕。

〔一〕《通鑑》：孫權以周瑜、程普爲左右督，將兵與劉備并力逆曹操，進與操遇於赤壁。時操軍衆已有疾疫，初一交戰，操兵不利，引次江北。瑜等在南岸，部將黄蓋曰：「操軍方連船艦，首尾相接，可燒而走也。」乃取蒙衝鬭艦數十艘，載燥荻、枯柴，灌油其中，裹以帷幕，上建旌旗，豫備走舸，繫於其尾。先以書遺操，詐云欲降。時東南風急，蓋以艦最著前，中江舉帆，餘船以次俱進。去北軍二里餘，同時發火，火烈風猛，船往如箭，燒盡北船，延及岸上營落，烟炎張天，人馬燒溺死者甚衆。瑜等率輕鋭繼其後，雷鼓大震，北軍大壞。操引軍從華容道步走。《漢書・彭越傳》：兩龍方鬭，且待之。《項羽傳》：羽使人謂漢王曰：「天下匈匈，徒以吾兩人。願與王挑戰，決雌雄，毋徒罷天下父子爲也。」《宋書・高祖本紀》：因命縱火，烟燄張天。

〔二〕《左傳》：古者明王伐不敬，取其鯨鯢而封之，以爲大戮。杜預注：鯨鯢，大魚名，以喻不義之人吞食小國。《後漢書》：轉相招結，唐突諸郡。唐突，犯觸也。

〔三〕《楞嚴經》：摧碎心魄。

江夏行

唐時，鄂州亦謂之江夏郡，有江夏縣，屬江南西道。今之武昌府江夏縣是。

憶昔嬌小姿，春心亦自持。爲言嫁夫壻，得免長相思。誰知嫁商賈，令人卻愁苦。自從爲夫妻，何曾在鄉土。去年下揚州，相送黄鶴樓。眼看帆去遠，心逐江水流〔一〕。只言期一載，誰謂歷三秋。使妾腸欲斷，恨君情悠悠。東家西舍同時發，北去南來不逾月。未知行李游何方〔二〕，作箇音書能斷絶〔三〕。適來往南浦〔四〕，欲問西江船。正見當壚女〔五〕，紅妝二八年。一種爲人妻，獨自多悲悽。對鏡便垂淚，逢人只欲啼。不如輕薄兒〔六〕，旦暮長追（一作「相」）隨。悔作商人婦，青春長别離〔七〕。如今正好同歡樂，君去容華誰得知。

〔一〕黄鶴樓，見《峨眉山月歌》注。《莫愁樂》古辭：聞歡下揚州，相送楚山頭。探手抱腰看，江水斷不流。

〔二〕《演繁露》：今人謂出行資裝爲行李。琦按：杜氏《左傳注》：行李，行人也。後人多據之，而皆以行裝爲行李者爲非是。方密之云：使人行，必有裝，鄭當時之治行，孟子之治任是已。則以行李爲隨行之物何不可耶？

〔三〕胡震亨注：能，善也，吴音有此。

〔四〕《太平寰宇記》：南浦，在鄂州江夏縣南三里。《離騷》云：送美人兮南浦。其源出京首山，西入大江，秋冬涸竭，春夏泛漲，商旅往來皆於浦停泊。以其在郭之南，故曰南浦。

〔五〕《古樂府》：胡姬年十五，春日獨當壚。詳見三卷注。

〔六〕沈約詩：洛陽繁華子，長安輕薄兒。

〔七〕江淹詩：君行在天涯，妾身長别離。

胡震亨曰：太白《江夏行》及《長干行》，並爲商人婦咏，而其源似出《西曲》。蓋古者吴俗好賈，荆、郢、樊、鄧間尤盛，男女怨曠，哀吟清商，諸《西曲》所由作也。第其辭，五言二韻，節短而情有未盡。太白往來襄、漢、金陵，悉其人情土俗，因采而演之爲長什。一從長干上巴峽，一從江夏下揚州，以盡乎行賈者之程，而言其家人失身誤嫁之恨，盼歸遠望之傷，使夫謳吟之者足動其逐末輕離之悔。雖其才思足以發之，而踵事以增華，自從《西曲》本辭得來，取材固有在也。凡太白樂府皆非泛然獨造，必參觀本曲之辭與所借用之曲之詞，始知其源流之自，點化奪换之妙，不獨此二篇爲然，聊發凡資讀者觸解云。

懷胡本作「憶」仙歌

一鶴東飛過滄海〔一〕，放心散漫知何在？仙人浩歌望我來〔二〕，應攀玉樹長相待。堯、舜之事不足驚，自餘囂囂直（繆本作「囂囂真」）可輕。巨鰲莫載（許本作「戴」）三山去〔三〕，我（一作「吾」）欲蓬萊頂上行。

〔一〕《十洲記》：滄海島，在北海中，地方三千里，去岸二十一萬里，海四面繞島，各廣五千里。水皆蒼色，仙人謂之滄海也。

〔二〕《楚辭》：望美人兮未來，臨風怳兮浩歌。

〔三〕巨鰲事，見四卷注。

玉真仙人詞

胡震亨曰：玉真公主，睿宗女也。太極元年出家爲道士，築觀京師以居。魏顥言：太白爲公主所薦達，而太白亦有《客公主別館詩》，此詞豈其所獻於公主者歟？

玉真之仙（一作「真」）人，時往（一作「西上」）太華峯〔一〕。清晨鳴天鼓〔二〕，飊（音標）欻（音忽）騰雙龍。弄電不輟手〔三〕，行雲本無蹤。幾時入少室〔四〕，王母應相逢〔五〕。

〔一〕《元和郡縣志》：太華山，在華州華陰縣南八里。

〔二〕《雲笈七籤》：《九真高上寶書神明經》曰：扣齒之法，左相扣名曰打天鐘，右相扣名曰槌天磬，中央上下相扣名曰鳴天鼓。若卒遇凶惡不祥，當打天鐘三十六遍；若經凶惡辟邪威神大咒，當槌天磬三十六遍；若存思念道致真招靈，當鳴天鼓，以正中四齒相扣，閉口緩頰，使聲虚而深響也。

〔三〕《漢武帝内傳》：東方朔昔爲太上使，令到方丈助三天司命收録仙家。朔到方丈，但務游戲，了不共營和氣，擅弄雷電，激波揚風，風雨失時，陰陽錯迕。謝靈運詩：弄波不輟手，玩景豈停目。

〔四〕《元和郡縣志》：少室山，在河南府告成縣西北五十里，登封縣西十里，高十六里，周回三十里，潁水源出焉。

〔五〕《太平廣記》：西王母者，九靈太妙龜山金母也，位配西方，母養群品，天上天下三界十方女子之登仙者、得道者，咸所隸焉。

清溪行 一作《宣州清溪》

清溪，在池州。已見本卷首頁注中。

清溪清我心，水色異諸水。借問新安江，見底何如此〔一〕？人行明鏡中〔二〕，鳥度屏風裏。向晚猩猩啼〔三〕，空悲遠游子。

〔一〕《元和郡縣志》：新安江，自歙州黟縣界流入桐廬縣，東流入浙江。蕭士贇曰：《圖經》：清溪屬宣城。新安，即今徽州，在唐爲歙州，在隋爲新安郡。凡水發源於徽者皆曰新安江。自歙者出黟山，自休寧者出率山，自績溪者出大嶂山，自婺源者出浙山。自浙江泝休寧爲灘三百六十。沈約有《新安江水至清淺見底詩》。

〔二〕陳釋惠標《咏水詩》：舟如空裏泛，人似鏡中行。

〔三〕江淹詩：夜聞猩猩啼。詳見三卷注。

酬殷明佐繆本作「佐明」見贈五雲裘歌

楊齊賢注：五雲裘者，五色絢爛如雲，故以五雲名之。

我吟謝朓（音眺）詩上語，朔風颯颯吹飛雨〔一〕。謝朓已没青山空〔二〕，後來繼之有殷公。粉圖珍裘五雲色〔三〕，曄（音葉）如晴天散綵虹〔四〕。文章彪炳光陸離〔五〕，應是素娥玉女之所爲〔六〕。輕如松花落金粉，濃似錦苔含碧滋〔七〕。遠山積翠横海島〔八〕，殘霞飛（一作「霏」）丹映江草。凝毫採掇（都活切，端入聲）花露（一本作「霧」）容，幾年功成奪天造。

〔一〕謝朓《觀朝雨詩》：朔風吹飛雨，蕭條江上來。

〔二〕原注：謝朓宅，在當塗青山下。《江南通志》：青山，在太平府城東南三十里，齊宣城太守謝朓嘗築室山南，又名謝公山，有謝公井、白雲泉。

〔三〕《帝王世紀》：西戎渠搜國服禹之德，獻其珍裘。盧諶詩：崇臺非一幹，珍裘非一腋。

〔四〕魏文帝詩：丹霞蔽日，彩虹垂天。

〔五〕鍾嶸《詩品》：文體相輝，彪炳可翫。《淮南子》：五彩争勝，流漫陸離。高誘注：陸離，美好貌。

〔六〕謝莊《月賦》：集素娥於後庭。李周翰注：嫦娥竊藥奔月，月色白，故云素娥。《太上飛行九神玉經》：凡行玉清之道，出則諸天侍軒，給玉童玉女各三千人。行上清之道，出則五宿侍衛，給玉童玉女各一千五百人。行太清之道，則五帝侍衛，給玉童玉女各八百人。

〔七〕江淹詩：閨草含碧滋。張銑注：碧滋，謂草色翠而滋繁。

〔八〕顔延年詩：積翠亦葱芊。

故人贈我我不違，著令山水含清（繆本作「晴」）暉。頓驚謝康樂，詩興生我衣。襟前林壑斂暝色，袖上雲（繆本作「烟」）霞收夕霏〔一〕。

〔一〕謝靈運《石壁精舍還湖中詩》：昏旦變氣候，山水含清輝。林壑斂暝色，雲霞收夕霏。李善注：霏，雲飛貌。言裘上所畫具此詩意。

群仙長嘆驚此物，千崖萬嶺相縈鬱。身騎白鹿行飄颻，手翳紫芝笑披拂〔一〕。相如不足誇鷫鸘〔二〕，王恭鶴氅（昌兩切，昌上聲）安可方〔三〕。瑶臺雪花數千點〔四〕，片片吹落春風香。爲君持此凌蒼蒼，上朝三十六玉皇〔五〕。下窺夫子不可及，矯手（蕭本作「首」）相思空斷腸〔六〕。

〔一〕曹植詩：忽逢二童，顔色鮮好，乘彼白鹿，手翳芝草。《廣韻》：翳，隱也，奄也，鄣也。

〔二〕《西京雜記》：司馬相如以所著鷫鸘裘，就市人楊昌貰酒。張華《禽經注》：鷫鸘，鳥名，其羽可爲裘以辟寒。

〔三〕《世説》：孟昶未達時，家在京口，嘗見王恭乘高輿，披鶴氅裘。於時微雪，昶於籬間窺之，嘆曰：「此真神仙中人。」鶴氅，析鶴羽而爲衣也。

〔四〕鮑照詩：胡風吹朔雪，千里度龍山。集君瑶臺裏，飛舞兩楹間。張銑注：瑶，玉也。以玉飾臺也。

〔五〕蕭士贇曰：三十六玉皇，即所謂三十六天帝也。詳見三卷注。

〔六〕矯手，舉手也。陸機詩：矯手頓世羅。

臨路歌

按：李華《墓誌》謂太白賦《臨終歌》而卒，恐此詩即是。「路」字蓋「終」字之譌。胡震亨以爲擬琴操之《臨河歌》，非是。

大鵬飛兮振八裔〔一〕，中天摧兮力不濟。餘風激兮萬世，游扶桑（胡本作「榑桑」）兮挂石（當作「左」）袂〔二〕。後人得之傳此，仲尼亡兮（繆本作「乎」）誰爲出涕？

〔一〕木華《海賦》：迆延八裔。李善注：八裔，猶八方也。

〔二〕嚴忌《哀時命》：衣攝葉以儲與兮，左袪挂於榑桑。王逸注：袪，袖也。言己衣服長大，攝葉儲與不得舒展，德能弘廣不能施用，東行則左袖挂於榑桑，無所不覆也。

琦按：詩意謂西狩獲麟，孔子見之而出涕。今大鵬摧於中天，時無孔子，遂無有人爲出涕者，喻己之不遇於時，而無人爲之隱惜。太白嘗作《大鵬賦》，實以自喻，茲于臨終作歌，復借大鵬以寓言耳。

古意

君爲女蘿草，妾作兔絲花〔一〕。輕條不自引，爲逐春風斜。百丈託遠松，纏綿成一家。誰言會面（一作「合」）易，各在青山崖。女蘿發馨香，兔絲斷人腸。枝枝相糾結，葉葉竟（一作「競」）飄揚。生子不知根，因誰共芬芳。中巢雙翡翠，上宿紫鴛鴦。若（繆本作「君」）識二草心，海潮亦可量。

〔一〕兔絲、女蘿，見四卷注。

山鷓音蔗鴣音姑詞

按《教坊記》：《山鷓鴣》是曲名。鄭谷詩：「座中亦有江南客，莫向清風唱鷓鴣。」知《山鷓鴣》者，乃當時南地之新聲。

苦竹嶺頭秋月輝〔一〕，苦竹南枝鷓鴣飛〔二〕。嫁得燕山胡雁壻，欲銜我向雁門歸〔三〕。山雞翟雉來相勸〔四〕，南禽多被北禽欺。紫塞嚴霜如劍戟，蒼梧欲巢難背違〔五〕。我心（蕭本作

〔今〕）誓死不能去，哀鳴驚叫淚沾（繆本作「霑」）衣。

〔一〕《江南通志》：苦竹嶺，在池州原三保，李白嘗讀書於此。

〔二〕《太平廣記》：鷓鴣，吴、楚之野悉有，嶺南偏多。臆前有白圓點，背上間紫赤毛，其大如野雞，多對啼。《南越志》云：鷓鴣雖東西回翔，然開翅之始，必先南翥。

〔三〕《水經注》：《山海經》曰：雁門之水，出於雁門之山。雁出其間，在高柳北。高柳在代中，其山重巒疊巘，霞舉雲高，連山隱隱，東出遼塞。

〔四〕《禽經》：首有彩毛曰山雞。張華注：山雉長尾，尤珍護之。林木之森鬱者不入，恐觸其尾也。雨則避於巖石之下，恐滯濕也。久雨亦不出而求食，死者甚衆。《水經注》：鵕鸃，山雞也，光采鮮明，五色眩耀，利距善鬭。《博物志》：翟雉長尾，雨雪降，惜其尾，棲高樹杪，不敢下食，往往餓死。

〔五〕紫塞、蒼梧，俱見三卷注。

胡震亨曰：意當時有勸白北依誰氏者，而白安于南不欲去，托爲鷓鴣之言以謝之。其作于客雲夢及岳陽之日乎？琦按：此詩當是南姬有嫁爲北人婦者，悲啼誓死而不肯去。太白見而悲之，故作此詩。

歷陽壯士勤將軍名思齊歌并序

歷陽壯士勤將軍〔一〕，神力出於百夫，則天太后召見，奇之，授游擊將軍〔二〕，賜錦袍玉帶，朝野榮之。後（蕭本少「後」字）拜橫南將軍。大臣慕義，結十友，即燕公張説、館陶公郭元振爲首〔三〕。余壯之，遂作詩。

〔一〕唐時歷陽郡，即和州也，隸淮南道，蓋古揚州之域。勤將軍之名不載史册，然考《許渾集》，有《題勤尊師歷陽山居詩》，序云師即思齊之孫，然則其名亦震耀一時者矣。楊升庵述希姓引之，作勒思齊者，誤也。

〔二〕《通典》：游擊將軍，爲五品以上武散官。

〔三〕張説，字道濟，洛陽人，武后時爲相，玄宗時再爲相，封燕國公。郭元振，名振，魏州人，以字顯，睿宗時爲相，封館陶縣男，後又封代國公。

太古歷陽郡，化爲洪川在〔一〕。江山猶鬱盤，龍虎秘光彩。蓄洩數千載，風雲何霮（徒感切，潭上聲）䨴（音兑）〔二〕。特生勤將軍，神力百夫倍。

〔一〕《搜神記》：歷陽之郡，一夕淪入地中而爲水澤，今麻湖是也。《述異記》：和州歷陽淪爲湖。昔有書生遇一老姥，姥待之厚，生謂姥曰：「此縣門石龜眼血出，此地當陷爲湖。」姥後數往視之，門吏問姥，姥具答之。吏以硃點龜眼，姥見，遂走上北山，顧城，遂陷焉。

〔二〕《魯靈光殿賦》：雲覆霮䨴。吕延濟注：霮䨴，繁雲貌。

草書歌行

少年上人號懷素，草書天下稱獨步〔一〕。墨池飛出北溟魚〔二〕，筆鋒殺盡中山兔〔三〕。八月九月天氣涼，酒徒詞客滿高堂。牋麻素絹排數箱〔四〕，宣州石硯墨色光。吾師醉後倚繩牀〔五〕，須臾掃盡數千張。飄風驟雨驚颯颯，落花飛雪何茫茫。起來向壁（繆本作「筆」）不停手，一行數字大如斗。怳怳如聞神鬼驚，時時只見龍蛇走。左盤右蹙如驚電，狀同楚、漢相攻戰。湖南七郡凡幾家〔六〕，家家屏障書題徧。王逸少〔七〕，張伯英〔八〕，古來幾許浪得名。張顛老死不足數〔九〕，我師此義（胡本作「藝」）不師古。古來萬事貴天生，何必要公孫大娘渾脱舞〔一〇〕。

〔一〕《國史補》：長沙僧懷素好草書，自言得草聖三昧。棄筆堆積埋於山下，號曰「筆塚」。《宣和書譜》：釋懷素，字藏真，俗姓錢，長沙人，徙家京兆。初勵律法，晚精意於翰墨，追倣不輟，秃筆成冢。一夕，觀夏雲隨風，頓悟筆意，自謂得草書三昧。斯亦見其用志不分，乃凝於神也。當時名流如李白、戴叔倫、竇臮、錢起之徒，舉皆有詩美之，狀其勢以爲若「驚蛇走虺，驟雨狂風」，人不以爲過論。又評者謂張長史爲顛，懷素爲狂。及其晚年益進，則復評其與張芝逐鹿，兹亦有加無已，故其譽之者亦若是耶？考其平日得酒發興，要欲字字飛動，圓轉之妙，宛若有神。《一統志》：懷素，零陵人，覩二王真跡及二張草書而學之，書漆盤三面俱穴。贈之歌者三十七人，皆當世名流，顔真卿作序。《北齊書》：雕蟲之美，獨步當時。

〔二〕《太平寰宇記》：墨池，王右軍洗硯池也，并舊宅在蕺山下，去會稽縣二里餘。《方輿勝覽》：紹興府戒珠寺，本王羲之故宅，門外有二池，曰墨池、鵝池。

〔三〕《元和郡縣志》：中山在宣州溧水縣東南十五里，出兔毫，爲筆精妙。《太平寰宇記》：溧水縣中山，又名獨山，在縣東南十里，不與群山連接。古老相傳，中山有白兔，世稱爲筆最精。

〔四〕箋、麻，皆紙也。以五色染成，或砑光，或金銀泥。畫花式者爲箋紙，其以麻爲之爲麻紙，唐時詔書用黄麻、白麻是也。絹、素，皆繒名。繒中至下者謂之絹，絹之精白者謂之素。

〔五〕《十六國春秋》：佛圖澄坐繩牀，燒安息香。胡三省《通鑑注》：程大昌《演繁露》曰：今之交牀，制本自虜來，始名胡牀，隋改名交牀。唐穆宗於紫宸殿御大繩牀見群臣，則又名繩牀矣。余按：交牀、繩牀，今人家有之，然二物也。交牀以木交午爲足，足前後皆施横木，平其底，使措之地而安。足之上端，其前後亦施横木而平其上，横木列竅以穿繩絛，使之可坐。足交午處復爲圓穿，貫之以鐵，斂之可挾，放之可坐，以其足交，故曰交牀。繩牀，以板爲之，人坐其上，其廣前可容膝，後有靠背，左右有托手，可以擱臂，其下四足著地。《錦繡萬花谷》：繩牀，以繩穿爲坐器，即俗之交椅也。

〔六〕湖南七郡，謂長沙郡、衡陽郡、桂陽郡、零陵郡、連山郡、江華郡、邵陽郡，此七郡皆在洞庭湖之南，故曰湖南。

〔七〕《世説注》：《文字志》曰：王羲之，字逸少，琅邪臨沂人，善草隸。累遷江州刺史、右軍將軍、會稽内史。

〔八〕《後漢書》：張芝，字伯英，善草書。衛恒《四體書勢》：漢興而有草書，不知作者姓名。至章帝時，齊相杜度號稱善作篇，後有崔瑗、崔實，亦皆稱工。杜氏結字甚安，而書體微瘦。崔氏甚得筆勢，而結字小疏。弘農張伯英者因而轉精其巧，凡家之衣帛，必書而後練之。臨池學書，池水盡黑。下筆必爲楷則，常曰「匆匆不暇草書」，寸紙不見遺。至今世尤實其書。韋仲將謂之草聖。

〔九〕《國史補》：張旭草書得筆法，後傳崔邈、顏真卿。旭言：「始吾見公主、擔夫爭路，而得筆法之意。後見公孫氏舞劍器，而得其神。」旭飲醉，輒草書，揮筆大叫，以頭揾水墨中而書之，天下呼爲張顛。醒後自視，以爲神異不可復得。後輩言筆札者歐、虞、褚、薛，或有異論，至張長史則無間言矣。《舊唐書》：吴郡張旭善草書，而好酒，每醉後，號呼狂走，索筆揮洒，變化無窮，若有神助。時人號爲張顛。

〔一〇〕杜甫《觀公孫大娘弟子舞劍器行序》：開元三載，予尚童稺，記於郾城觀公孫氏舞劍器渾脱，瀏灕頓挫，獨出冠時。自高頭宜春、梨園二教坊内人，洎外供奉，曉是舞者，聖文神武皇帝初，公孫一人而已。往時吴人張旭，善草書帖，數嘗於鄴縣見公孫大娘舞西河劍器，自此草書長進，豪蕩感激。《樂府雜録》：開元中有公孫大娘善舞劍器。僧懷素見之，草書遂長，蓋准其頓挫之勢也。渾脱，唐時舞名，《唐書·山惲傳》「將作大匠宗晉卿爲渾脱舞」是也。

蘇東坡謂《草書歌》決非太白所作，乃唐末、五代效禪月而不及者，且訾其「牋麻絹素排數廂」之句村氣可掬。《墨池編》云：此詩本藏真自作，駕名太白者。琦按：以一少年上人而故貶王逸少、張伯英以推奬之，大失毁譽之實。至張旭與太白既同酒中八仙之游，而作詩稱詡有「胸藏風雲世莫知」之句，忽一旦而訾其「老死不足數」，太白決不没分别至此。斷爲僞作，信不疑矣。

和盧侍御通塘曲

君誇通塘好，通塘勝耶溪〔一〕。通塘在何處？遠（繆本作「宛」）在尋陽西。青蘿嫋嫋挂（胡本、繆本作「拂」）烟樹，白鷴處處聚沙堤〔二〕。石門中斷平湖出，百丈金潭照雲日〔三〕。何處滄浪垂釣翁，鼓棹（直教切，巢去聲）漁歌趣非一〔四〕。相逢不相識，出没繞通塘。浦邊清水明素足，别有浣（音换）紗吴女郎。行盡緑（繆本作「渌」）潭潭轉幽〔五〕，疑是武陵春碧流〔六〕。秦人雞犬桃花裏，將比通塘渠見羞。通塘不忍别，十去九遲迴。偶逢佳境心已醉〔七〕，忽有一鳥從天來。月出青山送行子〔八〕，四邊苦竹秋聲起。長吟白雪望星河，雙垂兩足揚素波〔九〕。梁鴻、德耀會稽日〔一〇〕，寧知此中樂事多。

〔一〕施宿《會稽志》：若耶溪，在會稽縣南二十五里，北流與鏡湖合。

〔二〕鄭樵《爾雅注》：白鷳似鴿而大，白色紅臉，可愛。

〔三〕江淹詩：碧鄣常周流，金潭恒澄澈。吕延濟注：潭水澄澈，下有金沙，故曰金潭。

〔四〕陶潛詩：鼓棹路崎曲。棹，楫也，在舟之旁，撥水以進舟者也。一説短者曰楫，長者曰棹。

〔五〕梁簡文帝詩：緑潭倒雲氣，青山銜月規。

〔六〕武陵桃花，見二卷注。

〔七〕《莊子》：鄭有神巫曰季咸，列子見之而心醉。

〔八〕鮑照詩：居人掩閨卧，行子夜中飯。

〔九〕王襃《洞簫賦》：揚素波而揮連珠。吕向注：素，白也。

〔一〇〕《後漢書》：梁鴻東出關，與妻子居齊、魯之間。有頃，又去適吴，依大家皋伯通，居廡下，爲人賃春。每歸，妻爲具食，不敢於鴻前仰視，舉案齊眉。伯通察而異之，曰：「彼庸能使其妻敬之如是，非凡人也。」琦按：梁鴻所適之地在今蘇州，而云會稽者，蓋其地古屬吴國，秦屬會稽郡，漢仍其舊不改。至後漢順帝永建四年，始分置吴郡。鴻在肅宗朝，尚未有吴郡之名，史臣本古國名而言，故曰吴，與上齊、魯一例通稱，太白則指其本時之郡而言，故曰會稽，似乎乖異，而實不相妨也。

李太白全集卷之九

錢塘王琦琢崖輯注
王縉端臣王思謙藴山較

古近體詩共四十三首

贈孟浩然

吾愛孟夫子〔一〕，風流天下聞。紅顔棄軒冕，白首卧松雲〔二〕。醉月頻中（中聖之「中」，本作去聲讀，協音當讀平聲）聖〔三〕，迷花不事君。高山安可仰〔四〕，徒（繆本作「從」）此揖清芬。

〔一〕《唐書》：孟浩然，襄州襄陽人。少好節義，喜拯人患難。隱鹿門山，年四十，乃游京師。嘗於太學賦詩，一座歎服，無敢抗。張九齡、王維雅稱道之。維私邀入内署，俄而玄宗至，浩然匿牀下，維以實對，帝喜曰：「朕聞其人，而未見也，何懼而匿？」詔浩然出。帝問其詩，浩然再拜，自誦所爲，至「不才明主棄」之句，帝曰：「卿不求仕，而朕未嘗棄卿，奈何誣我。」因放還。採訪使韓朝宗約浩然偕至京師，欲薦諸朝，會故人至，劇飲歡甚。或曰：「君與韓公有期。」浩然曰：「業已飲，遑恤他。」卒不赴。朝宗怒，辭行，浩然不悔也。張九齡爲荆州，辟置於府，府罷。開元末病疽背卒。

〔二〕《南史》：眷戀松雲，輕迷人路。

〔三〕《三國志》：徐邈爲尚書郎，時科酒禁，而邈私飲至於沉醉。校事趙達問以曹事，邈曰：「中聖人。」達白之太祖，太祖甚怒。鮮于輔進曰：「平日醉客，謂酒清者爲聖人，濁者爲賢人。邈性修慎，偶醉言耳。」

〔四〕《詩·小雅》：高山仰止，景行行止。

贈從兄襄陽少府皓一作「晧」

《唐書·地理志》山南東道襄州有襄陽縣。

結髮未識事〔一〕，所交盡豪雄。卻秦不受賞〔二〕，擊晉（一作「救趙」）寧爲功（繆本此下多「託身白刃裏，殺人紅塵中。當朝揖高義，舉世欽英風」四句）〔三〕。小節豈足言〔四〕，退耕舂陵東〔五〕。歸來無産業，生事如轉蓬〔六〕。一朝烏（一作「狐」）裘敝〔七〕，百鎰黄金空〔八〕。彈劍徒激昂〔九〕，出門悲路窮。吾兄青雲士，然諾聞諸公。所以陳片言，片言貴情通。棣華儻不接〔一〇〕，甘與秋草同。

〔一〕《漢書·李廣傳》：結髮與匈奴戰。顔師古注：言始勝冠，即在戰陣也。

〔二〕魯仲連不肯令趙尊秦爲帝，秦將聞之，爲卻軍五十里。平原君欲封之，魯仲連不肯受。詳二卷注。

〔三〕朱亥從魏公子無忌袖鐵錐錐殺晉鄙，奪其軍以救邯鄲存趙。詳見三卷注。

〔四〕《晉書》：阮渾少慕通達，不修小節。

〔五〕《元和郡縣志》：春陵故城，在隨州棗陽縣東南三十五里。

〔六〕曹植詩：吁嗟此轉蓬，居世何獨然。楊齊賢曰：蓬花，北土有之，團欒如毬。風起則隨地而轉，不能自止。

〔七〕《戰國策》：蘇秦説秦王，書十上而説不行，黑貂之裘敝，黄金百斤盡。

〔八〕《韻會》：《國語》：二十四兩爲鎰。趙岐、孟康皆曰二十兩。鄭玄曰三十兩。

〔九〕《漢書》：不自激昂，乃反涕泣。

〔一〇〕《左傳》：召穆公思周德之不類，故糾合宗族於成周，而作詩曰：「常棣之華，鄂不韡韡。凡今之人，莫如兄弟。」杜預注：常棣，棣也。鄂鄂然花外發。不韡韡，言韡韡，以喻兄弟和睦，則强盛而有光輝韓韓然。

淮海對雪贈傅靄 一作《淮南對雪贈孟浩然》

《禹貢》：淮海惟揚州。謂揚州之域，北至淮，東南至海也。後人稱揚州曰淮海，本此。

朔雪落吴（一作「潮」）天，從風渡溟渤〔一〕。海（蕭本作「梅」）樹（一作「木」）成陽春〔二〕，江沙皓明月（繆本下多「飄飖四荒外，想象千花發。瑶草生階墀，玉塵散庭闕」四句）。興從剡（音閃）溪起〔三〕，思繞梁園（繆本作「山」）發〔四〕。寄君郢中歌〔五〕，曲罷心斷絶（後四句一作「剡溪興空在，郢路歌未歇。寄君《梁父吟》，曲盡心斷絶」）〔六〕。

〔一〕鮑照詩：胡風吹朔雪。又：穿池類溟渤。

〔二〕江總詩：海樹一邊出，雲山四面通。

〔三〕《世説》：王子猷居山陰，夜大雪，眠覺開室，命酌酒，四望皎然。因起彷徨，咏左思《招隱》詩。忽憶戴安道，時戴在剡，即便夜乘小船就之，經宿方至，造門不前而返。人問其故，王曰：「吾本乘興而行，興盡而反，何必見戴。」《一統志》：剡溪，在紹興府嵊縣治南，一名戴溪，即晉王徽之雪夜訪戴逵處。

〔四〕謝惠連《雪賦》：歲將暮，時既昏，寒風積，愁雲繁。梁王不悦，游於兔園。乃置旨酒，命賓友，召鄒生，延枚叟。相如末至，居客之右。俄而微霰零，密雪下，王乃歌《北風》於衞詩，咏《南山》於周雅。授簡於司馬大夫，曰：「抽子秘思，騁子妍詞，侔色揣稱，爲寡人賦之。」

〔五〕《新序》：客有歌於郢中者，其爲《陽春白雪》，國中屬而和者數十人。

〔六〕鮑照詩：涕零心斷絶。

贈徐安宜

唐時淮南道楚州有安宜縣，上元三年，以其地得定國寶十三枚，因改元寶應，乃改安宜縣爲寶應縣。徐蓋爲安宜令者也。

白田見楚老〔一〕，歌咏徐安宜。製錦不擇地，操刀良在兹〔二〕。清風動百里，惠化聞京師〔三〕。浮人若雲歸〔四〕，耕種滿郊岐。川光淨麥隴〔五〕，日色明桑枝。訟息但長嘯〔六〕，賓來或解頤〔七〕。青橙（繆本作「槐」）拂户牖，白（一作「碧」）水流園池。游子滯安邑〔八〕，懷恩未忍辭〔九〕。翳（音伊。繆本作「緊」）君樹（蕭本作「獨」）桃李〔一〇〕，歲晚託深期。

〔一〕白田，安宜地名。楚老，楚地父老也。《江南通志》：白田渡，在寶應縣南門外。

〔二〕《左傳》：子皮欲使尹何爲邑，子産曰：「少，未知可否。」子皮曰：「愿，吾愛之，使夫往而學焉，夫亦愈知治矣。」子産曰：「人之愛人，求利之也。今吾子愛人則以政，猶未能操刀而使割也，其傷實多。子有美錦，不使人學製焉。大官大邑，身之所庇也，而使學者製焉，其爲美錦，不亦多乎？」杜預注：製，裁也。

〔三〕《宋書》：劉道産之在漢南，歷年踰十，惠化流於樊、沔。《公羊傳》：京師者何？天子之居也。京者何？大也。師者何？衆也。天子之居，必以衆大之詞言之。

〔四〕楊齊賢注：浮人，流人也。

〔五〕王僧達詩：麥隴多秀色。

〔六〕鄭康成《毛詩箋》：嘯，蹙口而出聲也。

〔七〕《漢書》：諸儒爲之語曰：「無説詩，匡鼎來，匡説詩，解人頤。」如淳注：使人笑不能止也。

〔八〕李陵詩：游子暮何之。安邑，即安宜也。

〔九〕吴均詩：懷恩未忍去，非無江海心。

〔一〇〕緊，惟也，又發語聲。《左傳》：緊我獨無。《説苑》：陽虎得罪於魯，北見簡子，曰：「自今以後不復樹人矣。」簡子曰：「夫樹桃李者，夏得休息，秋得其實焉。樹蒺藜者，夏不得休息，秋得其刺焉。今子之所樹，蒺藜也，自今以來，擇人而樹之，毋已樹而擇之。」

贈任城盧主簿潛蕭本少「潛」字

《唐書·地理志》河南道兖州有任城縣。唐官制，縣令之佐有主簿，其位在丞之下，尉之上。京縣二人，從八品。畿縣、上縣者正九品，中縣、下縣者從九品，各一人。

海鳥知天風，竄身魯門東。臨觴不能飲〔一〕，矯翼思凌空〔二〕。鐘鼓不爲樂，烟霜誰與同〔三〕。歸飛未忍去，流淚謝鴛鴻。

〔一〕《莊子》：昔者海鳥止於魯郊，魯侯御而觴之於廟。詳見《大鵬賦》注。

〔二〕揚雄《解嘲》：矯翼厲翮。李周翰注：矯，舉也。

〔三〕《南齊書》：孝感烟霜。

早秋贈裴十七仲堪

遠海動風色，吹愁（一作「秋」）落天涯。南星變大火〔一〕，熱氣餘丹霞〔二〕。光景不可迴〔三〕，六龍轉天車〔四〕。荆人泣美玉〔五〕，魯叟悲匏瓜〔六〕。功業若夢裏（一作「中」），撫（一作「推」）

琴發長嗟[七]。裴生信（一作「實」）英邁，屈（繆本作「崛」）起多才華[八]。歷抵海岱豪[九]，結交魯朱家（一作「歷游趙、魏豪，結交列如麻」。繆本下多「良圖竟未展，意欲飛丹砂。破産且救人，遺身不爲家」四句）[一〇]。復攜兩少妾（一作「女」）[一一]，豔色驚荷葩（普巴切，怕平聲。繆本作「花」）[一二]。雙歌入青雲，但惜白日斜。窮（一作「滄」）溟出寶貝，大澤饒龍蛇[一三]。明主儻（一作「必」）見收，烟霄路非賒[一四]。時命若不會，歸應鍊丹砂（一作「知飛萬里道，勿使歲寒嗟」）。

〔一〕南星，南方之星也。大火，心星也。初昏之時，大火見南方，於時爲夏。若轉而西流，則爲秋矣。郭璞《爾雅注》：大火，心也，在中最明，故時候主焉。

〔二〕江淹詩：丹霞蔽陽影。劉良注：丹霞，赤雲也。

〔三〕曹植詩：白日西南馳，光景不可攀。

〔四〕六龍，見三卷注。天車，即日車也。

〔五〕荆人卞和泣玉事，見四卷注。

〔六〕孔子曰：吾豈匏瓜也哉？焉能繫而不食。何晏注：匏，瓠也。言瓠瓜得繫一處者，不食故也。吾自食物，當東西南北，不得如不食之物，繫滯一處。

〔七〕王粲詩：攝衣起撫琴。

〔八〕《後漢書》：至於扶翼王運，皆武人屈起。章懷太子注：屈起，猶勃起也。音其勿反。

〔九〕《禹貢》：海岱惟青州。孔傳曰：東北據海，西南距岱。

〔一〇〕《史記》：魯朱家者，與高祖同時。魯人皆以儒教，而朱家用俠聞。所藏活豪士以百數，其餘庸人不可勝言。然終不伐其能，歆其德，諸所嘗施，惟恐見之。振人不贍，先從貧賤始。家無餘財，衣不完采，食不重味，乘不過軥牛。專趨人之急，甚己之私。既陰脱季布之厄，及布尊貴，終身不見也。自關以東，莫不延頸願交焉。

〔一一〕鮑照詩：會得兩少妾。

〔一二〕《説文》：葩，花也。

〔一三〕木華《海賦》：翔天沼，戲窮溟。又曰：豈徒積大顛之寶貝。《左傳》：深山大澤，實生龍蛇。

〔一四〕《韻會》：賒，遠也。

贈范金鄉蕭本作「卿」二首

《唐書·地理志》河南道兗州有金鄉縣。

君子枉清盼，不知東走迷〔一〕。離家未幾月，絡緯鳴中閨〔二〕。桃李君不言，攀花願成蹊〔三〕。那能吐芳信〔四〕，惠好相招攜〔五〕。我有結緑珍〔六〕，久藏濁水泥〔七〕。時人棄此物，乃與燕石（一作「珉」）齊〔八〕。摭（音炙。繆本作「拂」）拭欲贈之〔九〕，申眉路無梯〔一〇〕。遼東慙白豕〔一一〕，楚客羞山雞〔一二〕。徒有獻芹心〔一三〕，終流泣玉（一作「血」）啼〔一四〕。祇應自索漠〔一五〕，留舌示山妻〔一六〕。

〔一〕《淮南子》：狂者東走，逐者亦東走，東走則同，所以東走則異。《抱朴子》：此亦東走之迷，忘葵之甘也。

〔二〕絡緯，見三卷注。

〔三〕《漢書》：桃李不言，下自成蹊。顔師古注：蹊，謂徑道也。言桃李以其花實之故，非有召呼，而人争歸趨，來往不絶，其下自然成徑。以喻人懷誠信之心，故能潛有所感也。

〔四〕顔延年詩：君子吐芳訊，感物測予衷。謝瞻詩：烟熅吐芳訊。李周翰注：芳訊，芳言也。

〔五〕《詩·國風》：惠而好我。《左傳》：招攜以禮。

〔六〕《史記》：周有砥砨，宋有結緑，梁有懸黎，楚有和璞。此四寶者，土之所生，良工之所失也。

〔七〕曹植詩：妾若濁水泥。

〔八〕燕石，見二卷注。

〔九〕《説文》：摭，拾也。

〔一〇〕應瑒詩：良遇不可值，伸眉路何階。

〔一二〕《後漢書》：往時遼東有豕，生子白頭，異而獻之。行至河東，見群豕皆白，懷慙而還。

〔一三〕《尹文子》：楚客擔山雉，路人問何鳥也，擔雉者欺之，曰：「鳳凰也。」路人曰：「我聞鳳凰，今直見之，汝販之乎？」曰：「然。」酬十金勿與。請加倍，乃與之。將欲獻楚王，經宿而鳥死，路人不遑惜金，惟恨不得以獻楚王。國人傳之，咸以爲真鳳凰，貴，欲以獻之，遂聞楚王。王感其欲獻於己，召而厚賜之，過於買鳥之金十倍。

〔一四〕稽康《絶交書》：野人有快炙背而美芹子者，欲獻之至尊，雖有區區之意，亦已疏矣。

〔一五〕卞和泣玉，見四卷注。

〔一六〕《文心雕龍》：思不環周，索莫乏氣。

〔一七〕《史記》：張儀嘗從楚相飲，已而楚相亡璧，門下意張儀，曰：「儀貧無行，此必盜相君之璧。」共執張儀，掠笞數百，不服，釋之。其妻曰：「嘻，子無讀書游説，安得此辱乎？」張儀謂其妻曰：「視吾舌尚在否？」其妻笑曰：「舌在也。」儀曰：「足矣。」

其二

范宰不買名，絃歌對前楹〔一〕。爲邦默自化〔二〕，日覺冰壺清〔三〕。百里雞犬靜，千廬機杼（音紵）鳴〔四〕。浮人少蕩析〔五〕，愛客多逢迎〔六〕。游子覩嘉政，因之聽頌聲〔七〕。

〔一〕《淮南子》：絃歌鼓舞，緣飾《詩》、《書》，以買名譽於天下。

〔二〕《老子》：我無爲而民自化。

〔三〕鮑照詩：清如玉壺冰。

〔四〕《古詩》：札札弄機杼。機杼，織具也。機以轉軸，杼以持緯。

〔五〕《書·盤庚》：今我民用蕩析離居。孔穎達《正義》：播蕩分析。

〔六〕《蜀志·費禕傳》：丞相亮南征還，群寮於數十里逢迎。

〔七〕《公羊傳》：什一行而頌聲作矣。何休注：頌聲者，太平歌頌之聲。

贈瑕丘王少府

《唐書·地理志》河南道兖州有瑕丘縣。

皎皎鸞鳳姿，飄飄神仙氣。梅生亦何事，來作南昌尉〔一〕。清風佐鳴琴，寂寞道爲（一作「爲誰」）貴。一見過所聞，操持難與群。毫揮魯邑訟，目送瀛洲雲〔二〕。我隱屠釣下〔三〕，爾當玉石分。無由接高論，空此仰清芬。

〔一〕《漢書》：梅福，字子真，九江壽春人。爲郡文學，補南昌尉，後去官歸壽春。至元始中，王莽專政，福一朝棄妻子，去九江，至今傳以爲仙。

〔二〕瀛洲，海中三山之一，詳見四卷注。

〔三〕《晉書》：梁國張偉，志趣不常，自隱於屠釣。

東魯見狄博通

按《唐書·宰相世系表》，博通，梁公狄仁傑之曾孫，户部郎中光濟之孫。

去年別我向何處，有人傳道游江東。謂言挂席度滄海〔一〕，却來應是無長風〔二〕。

〔一〕謝靈運詩：挂席拾海月。

〔二〕《宋書·宗慤傳》：願乘長風破萬里浪。

見京兆韋參軍量移東陽二首

按《唐書·地理志》：京兆府京兆郡，本雍州，屬關内道。婺州東陽郡，屬江南東道。《日知録》：唐朝人得罪貶竄遠方，遇赦改近地，謂之量移。《舊唐書·玄宗紀》：開元二十年十一月庚午，祀后土於脽上，大赦天下，左降官量移近處。二十七年二月己巳，加尊號，大赦天下。左降官量移近處。「量移」字始見於此。

潮水還歸海，流人卻到吴〔一〕。相逢問愁苦，淚盡日南珠〔二〕。

〔一〕《莊子》：子不聞夫越之流人乎？陸德明注：流人，有罪自流徙者也。

〔二〕《吴都賦》：淵客慷慨而泣珠。劉淵林注：俗傳鮫人從水中出，曾寄寓人家，積日賣綃。綃者，竹孚俞也。鮫人臨去，從主人索器，泣而出珠滿盤，以與主人。《洞冥記》：吠勒國，去長安九千里，在日南。人長七尺，被髮至踵。乘犀象之車，乘象入海底取寶，宿於鮫人之舍。得淚珠，則鮫人所泣之珠也。庾信《擬連珠》：日南枯蚌，猶含明月之珠。

其二

聞説金華渡，東連五百灘〔一〕。全勝若耶好〔二〕，莫道此行難。猿嘯千谿合，松風五月寒。他年一攜手，摇艇（音挺）入新安〔三〕。

〔一〕《一統志》：五百灘，在金華府城西五里，灘之最大者。俗傳舟行挽牽五百人方可渡。

〔三〕又，若耶溪，在紹興府城南二十五里，下與鏡湖合。西施採蓮，歐冶鑄劍於此。

〔三〕又，新安江，一名青溪，出徽州，自歙縣經淳安縣界，至嚴州府城南，合婺港，東入浙江。《廣韻》：艇，小船也。

贈丹陽横山周處士惟長

《唐書·地理志》潤州丹陽郡有丹陽縣，本曲阿，天寶元年更名。《太平御覽》：山謙之《丹陽記》曰：丹陽縣東十八里有横山，連亘數十里。傳云「楚子重至於横山」，是也。《江南通志》：横山在江寧府江寧縣東南一百二十里，高淳縣東二十里。其山四方望之皆横，故曰横山，亦名横望山。《太平府志》：横山在當塗縣東六十里，高二百丈，周八十里，穹窿嵁峻，蒼翠亘天際，四望皆横，故名横山。與江寧溧水接壤。丹陽湖在其南。春秋楚子重伐吴所至之地。

周子横山隱，開門臨城隅。連峰入户牖，勝概凌方壺〔一〕。時枉（一作「作」）《白紵詞》〔二〕，放歌丹陽湖〔三〕。水色傲溟渤〔四〕，川光秀菰蒲〔五〕。當其得意時，心與天壤俱〔六〕。閑雲隨舒卷（蕭本作「卷施」），安識身有無。抱石耻獻玉〔七〕，沉泉笑探珠〔八〕。羽化如可作，相攜上（一作「攜手止」）清都〔九〕。

〔一〕方壺，方丈也，海中三神山之一。見《明堂賦》注。

〔二〕《白紵詞》，見四卷注。

〔三〕《江南通志》：丹陽湖在江寧府高淳縣西南三十里，太平府當塗縣東南七十里，以湖之中流分界。其源有三，徽州高淳、寧國、廣德諸溪皆匯之。通爲三湖，一曰石臼、一曰固城、一曰丹陽，而丹陽最大，蓋總名也。周圍三百餘里。

〔四〕鮑照詩：穿池類溟渤。

〔五〕謝靈運詩：菰蒲冒清淺。《本草》：蘇頌曰：菰根，江湖陂澤中皆有之，生水中，葉如蒲葦，刈以秣馬甚肥。春末生白芽如筍，即菰菜也，又謂之茭白，生熟皆可啖，甜美。其中心如小兒臂者，名菰手，作菰首者，非矣。寇宗奭曰：菰乃蒲類，河朔邊人止以飼馬作薦，八月開花如葦，結青子，合粟爲粥食，甚濟飢。李時珍曰：蒲叢生水際，似莞而褊，有脊而柔。二三月生苗，八九月收葉以爲席，亦可作扇，軟滑而溫。

〔六〕張協詩：清風激萬代，名與天壤俱。

〔七〕抱石獻玉，用卞和事，見四卷注。

〔八〕《莊子》：人有見宋王者，錫車十乘，以其十乘驕穉莊子。莊子曰：「河上有家貧恃緯蕭而食者，其子没於淵，得千金之珠。其父謂其子曰：『取石來鍛之，夫千金之珠，必在九重之淵而驪龍頷下，子能得珠者，必遭其睡也。使驪龍而寤，子尚奚微之有哉！』今宋國之深，非直九重之淵也；宋王之猛，非直驪龍也。子能得車者，必遭其睡也。使宋王而寤，子爲韲粉夫。」

〔九〕羽化，成仙而去也。清都，上帝所都。見二卷注。

玉真公主别館苦雨贈衛尉張卿二首

按《唐書·公主列傳》：玉真公主，睿宗之第十女也，始封崇昌縣主。太極元年，出家爲道士，以方士史崇玄爲師，改稱玉真公主，築玉真觀於京師，俄進號上清玄都太洞三景師。天寶三載上言：「先帝許妾捨家，今仍叨主第，食租賦，願去公主號，罷邑司歸之王府。」玄宗不許。又言：「妾高宗之孫，睿宗之女，陛下之女弟，於天下不爲賤，何必名繫主號，資湯沐，然後爲貴。請入數百家之産，延十年之命。」帝知主意，乃許之。薨寶應時。《古樓觀紫雲衍慶集》：玉真公主與金仙公主俱入道。今樓觀南山之麓，有玉真公主祠堂存焉。俗傳其地曰邸宫，以爲主家别館之遺址也。然碑誌湮没，圖經廢舛，惟開元中戴璇《樓觀碑》有「玉真公主師心此地」之語，而王維、儲光羲皆有玉真公主山莊、山居之詩，則玉真祠堂爲觀之别館審矣。因盡録唐人題詠，刻之祠中。元祐二年，歲在丁卯，七月望日，河東薛紹彭題。所謂别館，疑即此地是歟。《埤雅》：雨久曰苦雨。《唐書·百官志》：衛尉寺卿一人，從三品；少卿二人，從四品。掌器械文物。

秋（繆本作「愁」）坐金、張館〔一〕，繁陰晝不開。空烟迷（繆本作「送」）雨色，蕭颯望中來。翳翳（音衣）昏墊（音店）苦〔二〕，沉沉憂恨催。清秋何以慰，白酒盈吾杯。吟詠思管、樂，此人已成灰〔三〕。獨酌聊自勉，誰貴經綸才。彈劍謝公子，無魚良可哀〔四〕。

〔一〕《漢書》：功臣之後，惟有金氏、張氏，親近寵貴，比於外戚。左思詩：朝集金、張館，暮宿許、史廬。

〔二〕《尚書·益稷》：下民昏墊。謝靈運詩：久痗昏墊苦。張銑注：昏霧墊溺也，言病此霖雨之苦也。

〔三〕《論衡》：人死血脈竭，竭而精氣滅，滅而形體朽，朽而成灰土。

〔四〕《史記》：馮驩彈其劍而歌曰：「長鋏歸來乎，食無魚。」

其二

苦雨思白日，浮雲何由卷。稷、卨和天人〔一〕，陰陽（許本作「霾」）乃（繆本作「仍」）驕蹇〔二〕。秋霖劇倒井〔三〕，昏霧横絶巘〔四〕。欲往咫尺塗，遂成山川限。潨潨（音叢）奔溜聞（繆本作「瀉」）〔五〕，浩浩驚波轉。泥沙塞中途，牛馬不可辨〔六〕。飢從漂母食〔七〕，閑綴（音拙，又音贅）

羽陵（一作「林」）簡〔八〕。園家逢秋蔬，藜藿不滿眼〔九〕。蠨蛸（音梢）結思幽〔一〇〕，蟋蟀傷褊淺〔一一〕。厨竈無青烟，刀机生緑蘚（音癬）〔一二〕。投箭解鸕鷀，换酒醉北堂〔一三〕。丹徒布衣者，慷慨未可量。何時黄金盤，一斛薦檳榔〔一四〕。功成拂衣去，摇曳（繆本作「裔」）滄洲傍。

〔一〕卨，即契字。《東都賦》：統和天人。

〔二〕《公羊傳》：爲其驕蹇。

〔三〕《左傳》：凡雨，自三日已往爲霖。《楚辭》：皇天淫溢而秋霖。《韻會》：劇，尤甚也。傅玄詩：霖雨如倒井。

〔四〕《韻會》：巘，山峰也。駱賓王詩：薄烟横絶巘，輕凍澀回湍。

〔五〕《韻會》：潨，水會也。鮑照詩：蹀蹀寒葉離，潨潨秋水積。

〔六〕《莊子》：秋水時至，百川灌河，涇流之大，兩涘渚涯之間不辨牛馬。陸德明注：辨，别也，言廣大，故望不分别也。

〔七〕漂母，見六卷注。

〔八〕《廣韻》：綴，連補也。《穆天子傳》：天子東游，次於雀梁，蠹書於羽陵。

〔九〕《漢書・司馬遷傳》：糲粱之食，藜藿之羹。顔師古注：藜，草似蓬也。藿，豆葉也。《史記正義》：藜似藿而赤表。《本草綱目》：藜，處處有之，即灰藋之紅心者，莖葉稍大。河朔人名落藜，南人名臙脂菜，亦曰鶴頂草，皆因形色名也。嫩時亦可食，昔人謂藜藿與膏粱不同。老則莖可爲杖。

〔一〇〕《詩・國風》：蠨蛸在户。《埤雅・釋蟲》云：蠨蛸長踦。蕭梢，長踦之貌，因以名云。郭璞曰：今小蜘蛛長腳者，俗呼喜子，亦如蜘蛛布網，垂絲著人衣，當有親客至。荆州河内之人，謂之喜母。

〔一一〕陸璣《詩疏》：蟋蟀，似蝗而小，正黑，有光澤如漆，有角翅。一名蛬，一名蜻蛚，楚人謂之王孫，幽州人謂之趣織，督促之言也。里語曰「趣織鳴，嬾婦驚」，是也。

〔一二〕《太平御覽》：《古今注》曰：苔蘚，空室無人行則生，或紫、或青，一名圓蘚，一名緑錢，一名緑蘚。

〔一三〕《西京雜記》：司馬相如以所著鷫鸘裘就市人楊昌貰酒。

〔一四〕《南史・劉穆之傳》：諸葛長民有異謀，穆之厚爲之備。謂所親曰：「貧賤常思富貴，富貴必踐危機，今日思爲丹徒布衣，不可得也。」穆之少時家貧，誕節，嗜酒食，不修拘撿。好往妻兄家乞食，多見辱，不以爲恥。江氏後有慶會，屬令勿來，穆之猶往。食畢求檳榔，江氏兄弟戲之曰：「檳榔消食，君乃常飢，何忽須此。」及穆之爲丹陽尹，將召妻兄弟，妻泣而稽顙以致謝，穆之曰：「本不匿怨，無所致憂。」及至醉，穆之乃令厨人以金盤貯檳榔一斛以進之。

贈韋秘書子春

《唐書·百官志》秘書省有監一人，少監二人，丞一人，秘書郎三人，校字郎十人，正字二人。未詳子春爲省中何職。

谷口鄭子真，躬耕在巖石。高名動京師〔一〕，天下皆籍籍〔二〕。斯（繆本作「其」）人竟不起，雲卧從所適〔三〕。苟無濟代心，獨善亦何益。惟君家世者，偃息逢休明〔四〕。談天信浩蕩〔五〕，説劍紛縱横〔六〕。謝公不徒然，起來爲蒼生〔七〕。秘書何寂寂，無乃羈豪英。且復歸碧山，安能戀金闕。舊宅樵漁地，蓬蒿已應没。卻顧女几峰〔八〕，胡顔見雲月〔九〕。徒爲風塵苦，一官已白髮（蕭本作「鬢」）。氣同萬里合，訪我來瓊都〔一〇〕。披雲覩青天〔一一〕，捫虱話良圖〔一二〕。留侯將綺里（繆本作「季」）〔一三〕，出處未云殊。終與安社稷，功成去五湖〔一四〕。

〔一〕《高士傳》：鄭樸，字子真，谷口人也。修道静默，世服其清高。成帝時，大將軍王鳳以禮聘之，遂不屈。揚雄盛稱其德，曰：「谷口鄭子真，耕於巖石之下，名振京師。」《雍録》：谷口在雲陽縣西四十里，鄭子真隱於此。

〔二〕《漢書》：國中口語籍籍。顔師古注：籍籍，喧聒之意。

〔三〕鮑照詩：雲卧恣天行。

〔四〕《三國志·管寧傳》：環堵蓽門，偃息窮巷。

〔五〕《史記》：齊人頌曰：談天衍，雕龍奭。裴駰注：劉向《别録》曰：鄒衍之所言五德終始，天地廣大，盡言天事，故曰談天。

〔六〕《莊子》有《説劍篇》。

〔七〕《世説》：謝公屢違朝旨，高卧東山，諸人每相與言：「安石不肯出，將如蒼生何？」

〔八〕《元和郡縣志》：女几山在河南府福昌縣西南三十四里。《一統志》：女几山在河南宜陽縣西九十里。唐李賀集：杜蘭香神女上昇，遺几在焉，故名。

〔九〕曹植《上詩表》：忍垢苟全，則犯詩人胡顔之譏。

〔一〇〕江淹《爲蕭領軍拜侍中刺史章》：寰海順典，瓊都咸光。又淹《齊太祖誄》：杳鬱遠域，清麗瓊都。

〔一一〕《世説》：衛伯玉爲尚書，見樂廣與中朝名士談議，命子弟造之。曰：「此人，人之水鏡也。見之若披雲霧，覩青天。」

〔一二〕《晉書》：桓温入關，王猛被褐詣之，一面談當世之事，捫虱而言，旁若無人。

〔一三〕綺里季，見四卷注。

〔一四〕《吴越春秋》：范蠡乃乘扁舟，出三江，入五湖，人莫知其所適。

蕭本自「徒爲風塵苦」以下五聯，另作一首。髪字作「鬢」，叶下韻也。今按此詩一氣貫注，不能斷乙，通作一首爲是，故校從古本。

贈韋侍御黄裳二首

《因話録》：御史臺三院，一曰臺院，其僚曰侍御史，衆呼爲端公。二曰殿院，其僚曰殿中侍御史，衆呼爲侍御。三曰察院，其僚曰監察御史，衆呼亦曰侍御。

太華生長松〔一〕，亭亭凌霜雪〔二〕。天與百尺高，豈爲微飈折。桃李賣陽（繆本作「摇」）豔，路人行且迷。春光掃地盡，碧葉成黄泥。願君學長松，慎勿作桃李。受屈不改心，然後知君子。

〔一〕太華，即華山也。王應麟《詩地理考》：太華山，在華州華陰縣南八里。

〔二〕劉楨詩：亭亭山上松。吕向注：亭亭，高貌。

其二

見君乘驄（音聰）馬〔一〕，知上太行（舊本皆作「山」，今依《文苑英華》本校作「行」）道。此地果摧輪〔二〕，全身以爲寶。我如豐年玉〔三〕，棄置秋田草。但勗冰壺心〔四〕，無爲歎衰老。

〔一〕《後漢書》：桓典拜侍御史，是時宦官秉權，典執正無所回避。常乘驄馬，京師畏憚，爲之語曰：「行行且止，避驄馬御史。」《説文》：驄馬，青白雜毛也。

〔二〕魏武帝詩：北上太行山，艱哉何巍巍。羊腸坂詰屈，車輪爲之摧。

〔三〕《世説》：世稱庾文康爲豐年玉，稚恭爲荒年穀。

〔四〕鮑照詩：清如玉壺冰。

贈薛校書

按《唐書·百官志》，弘文館有校書郎二人，集賢殿書院有校書四人，秘書省有校書郎十人，著作局有校書郎二人，崇文館有校書郎二人，司經局有校書四人，皆九品。

我有吴越（繆本作「趨」）曲〔一〕，無人知此音。姑蘇成蔓草〔二〕，麋鹿空悲吟〔三〕。未誇觀濤作〔四〕，空鬱釣鼇心〔五〕。舉手謝東海，虚行歸故林。

〔一〕《古今注》：《吴趨曲》，吴人以歌其地也。陸機詩：四坐並清聽，聽我歌《吴趨》。劉良注：趨，步也，此曲吴人歌其土風也。

〔二〕《吴越春秋》：吴宫爲墟，庭生蔓草。

〔三〕《漢書·伍被傳》：子胥諫吴王，吴王不用，乃曰：「臣今見麋鹿游姑蘇之臺也。」

〔四〕枚乘《七發》：將以八月之望，與諸侯遠方交游兄弟，並往觀濤乎廣陵之曲江。

〔五〕釣鼇，見四卷注。

贈何七判官昌浩

有時忽惆（音抽，又音儔）悵，匡坐至夜分〔一〕。平明空嘯咤（丑亞切，嗏去聲）〔二〕，思欲解世紛。心隨長風去，吹散萬里雲。羞作濟南生，九十誦古文〔三〕。不然拂劍起，沙漠收奇勳。老死阡（繆本作「田」）陌間，何因揚清芬。夫子今管、樂，英才冠三軍〔四〕。終與同出處，豈將沮、溺群〔五〕。

〔一〕《莊子》：匡坐而絃。司馬彪注：匡，正也。《後漢書》：清河孝王慶，常夜分嚴裝，衣冠待明。章懷太子注：分，半也。

〔二〕《漢書·張良傳》：後五日平明，與我期此。《南齊書》：一朝嘯咤，事功可立。

〔三〕《漢書》：伏生，濟南人也，故爲秦博士。孝文時，求能治《尚書》者，天下無有。聞伏生治之，欲召，時伏生年九十餘，老不能行。於是詔太常，使掌故晁錯往受之。

〔四〕《史記》：名冠三軍。

〔五〕《水經注》：南陽葉、方城邑西有黄城山，是沮、溺耦耕之所。朱异詩：雖有遨游美，終非沮、溺群。

讀諸葛武侯傳書（蕭本少「書」字）懷贈長安崔少府叔封昆季

按《唐書·地理志》京兆府有長安縣。

漢道昔云季〔一〕，群雄方戰爭〔二〕。霸圖各未立〔三〕，割據資豪英〔四〕。赤伏起頹運〔五〕，卧龍得孔明。當其南陽時，隴畝躬自耕。魚水三顧合，風雲四海生。武侯立岷蜀，壯志（繆本作「士」）吞咸京。何人先見許，但有崔州平〔六〕。余亦草間人（一作「士」），頗懷拯物情。晚途值子玉〔七〕，華髮同衰榮〔八〕。託意在經濟，結交爲弟兄。無令管與鮑〔九〕，千載獨知名。

〔一〕季，末也。楊炯詩：漢氏昔云季，中原爭逐鹿。

〔二〕《宋書》：芟夷鯨鯢，驅騁群雄。

〔三〕《晉書》：肇兹王業，光啟霸圖。

〔四〕陸機《辨亡論》：割據山川，跨制荆吴。《淮南子》：齊桓、晉文，五霸之豪英也。

〔五〕《後漢書》：光武先在長安時，同舍生彊華自關中奉赤伏符曰：「劉秀發兵捕不道，四夷雲集龍鬬野，四七之際火爲主。」《魏書》：入匡頹運，出勦元凶。

〔六〕《蜀志》：諸葛亮，字孔明，琅琊陽都人也。躬耕隴畝，好爲《梁父吟》，身長八尺，每自比於管仲、樂毅，時人莫之許也。惟博陵崔州平、潁川徐元直與亮友善，謂爲信然。時先主屯新野，徐庶謂先主曰：「諸葛孔明者，卧龍也，將軍豈願見之乎？」先主曰：「君與俱來。」庶曰：「此人可就見，不可屈致也，將軍宜枉駕顧之。」由是先主遂詣亮，凡三往乃見。先主於是與亮情好日密，關羽、張飛等不悦，先主解之曰：「孤之有孔明，猶魚之有水也。願諸君勿復言。」羽、飛乃止。孔明《出師表》：臣本布衣，躬耕南陽。

〔七〕《後漢書》：崔瑗，字子玉，早孤，鋭志好學，盡能傳其父業。與扶風馬融、南陽張衡特相友好。

〔八〕又《文苑列傳》：華髪舊德。章懷太子注：華髪，白首也。

〔九〕《史記》：管仲少時嘗與鮑叔牙游，鮑叔知其賢。管仲貧困，嘗欺鮑叔，鮑叔終善遇之，不以爲言。已而鮑叔事齊公子小白，管仲事公子糾。及小白立爲桓公，公子糾死，管仲囚焉。鮑叔遂進管仲，以身下之。

贈郭將軍

將軍少年出武威（一作「豪蕩有天威」）〔一〕，入掌銀臺護紫微〔二〕。平明拂劍朝天去，薄暮垂鞭醉酒歸〔三〕。愛子臨風吹玉笛，美人向（一作「騰」，一作「嬌」）月舞羅衣。疇昔雄豪如夢裏〔四〕，相逢且欲醉春暉（一作「今日相逢俱失路，何年灞上弄春暉」）。

〔一〕唐時涼州亦謂之武威郡，隸隴右道。

〔二〕《大明宫圖》：紫宸殿側有右銀臺門、左銀臺門。紫微，天子所居之宫也。天有紫微宫，王者象之，故亦謂之紫微。

〔三〕《藝文類聚》：日將暮曰薄暮。

〔四〕《左傳》：疇昔之羊子爲政。杜預注：疇昔，猶前日也。《晉書》：劉琨與范陽祖納俱以雄豪著名。

駕去温泉宫蕭本缺「宫」字後贈楊山人

《唐書》：京兆府昭應縣有宫在驪山下，貞觀十八年置，咸亨二年始名温泉宫，天寶六載更曰華清宫。治湯井爲池，環山列宫室。又築羅城，置百司及十宅。

少年落魄（音薄。繆本作「托」）楚、漢間〔一〕，風塵蕭瑟多苦顔。自言管、葛（一作「介蔓」）竟誰許，長吁莫錯還閉關〔二〕。一朝君王垂拂拭，剖心輸丹雪胸臆。忽蒙白日迴景光〔三〕，直上青雲生羽翼。幸陪鸞輦出鴻都〔四〕，身騎飛龍天馬駒〔五〕。王公大人借（蕭本作「惜」）顔色〔六〕，金章（蕭本作「璋」）紫綬來相趨〔七〕。當時結交何紛紛，片言道合唯有君。待吾盡節報明主〔八〕，然後相攜（一作「攜手滄洲」）卧白雲。

〔一〕《漢書》：酈食其家貧落魄，無衣食業。《北史》：楊素少落拓，有大志，不拘小節。琦按：揚雄《解嘲》：何爲官之拓落也。顔師古曰：拓落，不耦也。落拓，蓋倒用以取新耳。楚，戰國時楚王所據之地。漢，漢水之濱。

〔二〕江淹《恨賦》：閉關卻掃，塞門不仕。

〔三〕鮑照詩：白日迴清景。

〔四〕《後漢書》：光和元年，始置鴻都門學生。章懷太子注：鴻都，門名也，於内置學。時其中諸生，皆勑州、郡、三公舉召，能爲尺牘、詞賦及工書鳥篆者，相課試，至千人焉。

〔五〕《翰林志》：唐制，學士初入院，賜中廄馬一匹，謂之長借馬。《漁隱叢話》：唐學士例借飛龍廄馬。《唐書·兵志》：其後禁中增置飛龍廄。《漢書·西域傳》：大宛國多善馬，馬汗血，言其先天馬子也。顔師古注：大宛國有高山，其上有馬，不可得，因取五色母馬置其下，與集，生駒，皆汗血，因號曰天馬子云。傅玄詩：寄言飛龍天馬駒。

〔六〕《吕氏春秋》：王公大人，從而禮之。

〔七〕《北山移文》：紐金章，綰墨綬。李善注：金章，銅印也。《宋書》：太宰、太傅、太保、丞相、司徒、司空；大司馬、大將軍、太尉、凡將軍位從公者；驃騎、車騎將軍、凡諸將軍加大者，征、鎮、安、平、中軍、鎮軍、撫軍、前、左、右、後將軍，征虜、冠軍、撫國、龍驤將軍，皆金章紫綬。

〔八〕《梁書》：蕭子恪與弟子範等，嘗因事入謝，高祖在文德殿引見之。從容謂曰：「望卿兄弟盡節報我耳。」

温泉侍從歸逢故人

《雍録》：漢世之謂侍從者，以其職掌近君也。行幸則隨從，在宫則陪侍，故總撮凡最，而以侍從名之。武帝詔嚴助曰：「君厭直承明之廬，勞侍從之事。」

漢帝長楊苑，誇胡羽獵歸。子雲叨侍從，獻賦有光輝〔一〕。激賞摇天筆〔二〕，承恩賜御衣〔三〕。逢君奏明主，他日共翻飛。

〔一〕《長楊》、《羽獵》、子雲獻賦事，詳《大獵賦》注。庾信詩：校獵長楊苑。

〔二〕《陳書》：後主即位，雅尚文詞，每臣下表疏，及獻上賦頌者，躬自省覽。其有辭工，則神筆激賞，加其爵位。《南齊書》：聖照玄覽，斷自天筆。

〔三〕楊齊賢曰：太白爲宫詞，明皇賞賜以宫錦袍。

贈裴十四

朝見裴叔則，朗如行玉山〔一〕。黄河落天走東海〔二〕，萬里寫入胸懷間。身騎白黿不敢度〔三〕，金高南山買君顧。徘徊六合無相知，飄若浮雲且西去。

〔一〕《世説》：裴令公有儁容儀，脱冠冕，粗服亂頭皆好，時人以爲玉人。見者曰：「見裴叔則如玉山上行，光映照人。」

〔二〕楊齊賢注：黄河，出崑崙山，在唐吐蕃中，隸大羊同國。極西爲最高，其流入中國，勢猶從天而落也。

〔三〕《楚辭》：乘白黿兮逐文魚。

贈崔侍御蕭本作「郎」

黄河三（蕭本作「二」）尺鯉，本在孟津居。點額不成龍〔一〕，歸來伴（一作「作」）凡魚。故人東海客，一見借吹噓〔二〕。風濤儻相因（蕭本作「見」），更欲凌崑墟（音區。繆本下多「何當赤車使，再往召相如」二句）〔三〕。

〔一〕《水經注》：《爾雅》云：鱣，鮪也。出鞏穴，三月則上度龍門，得度則爲龍矣，否則點額而還。《白氏六帖》：大鯉魚登龍門化爲龍，不登者點額暴腮矣。《太平廣記》：龍門山在河東界，禹鑿山斷如門一里餘，黄河自中流下，兩岸不通車馬。每暮春之際，有黄鯉魚逆流而上，得上者便化爲龍。林登云：龍門之下，每歲季春有黄鯉魚自海及諸川爭來赴之，一歲中登龍門者不過七十二。初登龍門，即有雲雨隨之，天火自後燒其尾，乃化爲龍矣。其龍門水浚箭湧，下流七里，深三里，出《三秦記》。《水經注》：《魏土地記》曰：梁山北有龍門山，大禹所鑿，通孟津河口，廣八十步，巖際鐫跡，遺功尚存。《尚書正義》：孟津，孟是地名，津是津處，在孟地置津，謂之孟津。杜預云：盟津，河内河陽縣南孟津也，在洛陽城北，都道所湊，古今常以爲津。武王渡之，近世以來呼爲武濟。

〔二〕盧思道《孤鴻賦》：剪拂吹嘘，長其光價。

〔三〕《山海經》：海内崑崙之墟，在西北，帝之下都。崑崙之墟，方八百里，高萬仞。《初學記》：《楚國先賢傳》曰：神龍朝發崑崙之墟，暮宿於孟諸，超騰雲漢之表，婉轉四瀆之裏。

述德兼陳情上哥舒大夫

《唐書》：哥舒翰，其先蓋突騎施酋長，哥施部之裔。能讀《左氏春秋》、《漢書》，通大義。疏財多施予，故士歸心。爲大斗軍副使，遷左衛郎將。吐蕃盜邊，與翰遇苦拔海。吐蕃枝其軍爲三行，從山差池下。翰持半段槍迎擊，所向輒披靡，名蓋軍中。擢授右武衛將軍、副隴右節度，爲河源軍使。翰嘗逐虜，馬驚，陷於河。吐蕃三將欲刺翰，翰大呼，皆擁矛不敢動。救兵至，追殺之。拜鴻臚卿，爲隴右節度副大使。踰年，築神威軍青海上，吐蕃攻破之，更築於龍駒島。翰相其川原宜畜牧，謫罪人二千戍之，由是吐蕃不敢近青海。天寶八載，詔翰以朔方、河東群牧兵十萬攻吐蕃石堡城，數日未克，捽其將高秀巖、張守瑜，將斬之。秀巖請三日期，如期而下，遂以赤嶺爲西塞，開屯田，備軍實。加特進，賜賚彌渥。十一載，加開府儀同三司。久之，封涼國公，兼河西節度使，進封西平郡王。胡三省《通鑑注》：唐中世以前，率呼將帥爲大夫，白居易詩所謂「武官稱大夫」是也。

天（蕭本作「人」）爲國家孕英才，森森矛戟擁靈臺〔一〕。浩蕩深謀噴江海，縱横逸氣走風雷〔二〕。丈夫立身有如此，一呼三軍皆披靡〔三〕。衛青謾（繆本作「漫」）作大將軍〔四〕，白起真成一豎子〔五〕。

〔一〕《晉書》：裴楷嘗目鍾會如觀武庫森森，但見矛戟在前。《莊子》：不可納於靈臺。郭象注：靈臺，心也。

〔二〕《晉書》：桓温挺雄豪之逸氣，韞文武之奇才。

〔三〕《史記·項羽紀》：於是項王大呼馳下，漢軍皆披靡。

〔四〕《衛青傳》：天子使使者持大將軍印即軍中拜車騎將軍青爲大將軍，諸將皆以兵屬大將軍。

〔五〕《白起傳》：白起者，郿人也，善用兵，事秦昭王。《平原君傳》：毛遂曰：「白起，小豎子耳，率數萬之衆，興師以與楚戰，一戰而舉鄢郢，再戰而燒夷陵，三戰而辱王之先人。」劉世教曰：按此詩，述德有之，而無陳情之詞，疑有闕文。胡震亨以爲上大帥只此數言，亦太潦草，不如杜之長律爲得體者，非也。

雪讒詩贈友人

嗟余沉迷，猖獗（繆本作「蹶」）已久〔一〕。五十知非〔二〕，古人常有。立言補過，庶存不朽〔三〕。

包荒匿瑕〔四〕，蓄此煩（繆本作「頑」）醜。《月出》致譏〔五〕，貽愧皓首〔六〕。感悟遂晚，事往日遷。白璧何辜，青蠅屢前〔七〕。群輕折軸，下沉黄泉。衆毛飛骨〔八〕，上淩（繆本作「陵」）青天。萋斐（繆本作「菲」）暗成，貝錦粲然〔九〕。泥沙聚埃（音哀），珠玉不鮮（蕭本作「憐」）。洪焱（繆本作「炎」）爍（式灼切，音鑠）山，發自纖烟。滄（蕭本作「蒼」）波蕩日，起於（繆本作「乎」）微涓〔一〇〕。交亂四國〔一一〕，播於八埏〔一二〕。拾塵掇蜂，疑聖猜賢〔一三〕。哀哉悲夫，誰察予之貞堅。

〔一〕丘遲《與陳伯之書》：沉迷猖獗，以至於此。

〔二〕《淮南子》：蘧伯玉年五十而知四十九年非。

〔三〕《左傳》：太上有立德，其次有立功，其次有立言，雖久不廢，此之謂不朽。又曰：能補過者，君子也。

〔四〕《周易》：包荒用馮河。王弼注：能包含荒穢，受納馮河者也。《左傳》：瑾瑜匿瑕。杜預注：匿，藏也。雖美玉之質，亦或居藏瑕穢。鄭康成《禮記注》：瑕，玉之病也。《説文》：瑕，玉小赤也。

〔五〕毛萇《詩傳》：《月出》，刺好色也。在位不好德而悦美色焉。

〔六〕李陵詩：皓首以爲期。

〔七〕《埤雅》：青蠅糞，尤能敗物，雖玉猶不免，所謂蠅糞點玉是也。蓋青蠅善亂色，故詩人以刺讒。《爾雅翼》：説者以青蠅點白爲黑，點黑爲白，自昔相傳如此。今青蠅之行，好遺矢於物上，遇物之潔者則見。《論衡》曰：清受塵，白受垢，青蠅所污，常在練素。此所謂點白爲黑也。

〔八〕《漢書》：叢輕折軸，羽翮飛肉。顔師古注：言積載輕物，物多至令車軸毀折；而鳥之所以能飛翔者，以羽翮扇揚之故也。《淮南子》：積羽沉舟，群輕折軸。

〔九〕《詩·小雅》：萋兮斐兮，成是貝錦。彼譖人者，亦已太甚。毛傳曰：萋斐，文章相錯也。貝錦，錦文也。鄭箋曰：錦文者，文如餘泉、餘蚔之貝文也。興者，喻讒人集作己過，以成於罪，猶女工之集采色，以成錦文。

〔一〇〕《説文》：涓，小流也。

〔一一〕《詩·小雅》：讒人罔極，交亂四國。

〔一二〕《封禪書》：下泝八埏。孟康注：八埏，地之八際也。張銑注：八埏，八方也。

〔一三〕《家語》：孔子厄於陳、蔡，從者七日不食。子貢以所齎貨竊犯圍而出，告糴於野人，得米一石。顔回、仲由炊之於壞屋之下，有埃墨墮甑中，顔回取而食之。子貢自井望見之，不悦，以爲竊食也，以告孔子。子曰：「吾信回之爲仁久矣，雖汝有云，弗以疑也，其或者必有故乎？我將問之。」召顔回，曰：「疇昔予夢見先人，豈或啟佑我哉？子炊而進飯，吾將進焉。」對曰：「有埃墨墮飯中，欲置之則不潔，欲棄之則可惜，回即食之，不可祭也。」孔子曰：「然乎，吾亦食之。」顔回出，孔子顧謂二三子曰：「吾之信回也，非特今日也。」二三子由此乃服之。《琴操》：尹吉甫，周上卿也，有子伯奇。伯奇母死，更娶後妻，生伯邦，乃譖伯奇於吉甫曰：「見妾有美色，然有欲心。」吉甫曰：「伯奇爲人慈仁，豈有此也。」後妻曰：「試置妾空居中，君登樓而察之。」後妻知伯奇仁孝，乃取毒蜂緣衣領，伯奇前持之，於是吉甫大怒，放伯奇於野。宣王出游，吉甫從，伯奇乃作歌，感之於宣王。宣王曰：「此放子詞。」吉甫乃收伯奇，射殺後妻。陸機詩：掇蜂滅天道，拾塵惑孔、顔。

彼（繆本下多一「婦」字）人之猖狂，不如鵲之彊彊；彼婦人之淫昏，不如鶉之奔奔〔一〕。坦蕩（一作「皎皎」）君子〔二〕，無悦簧言〔三〕。擢髮續罪〔四〕，罪乃孔多〔五〕。傾海流惡，惡無以過〔六〕。人生實難〔七〕，逢此織羅。積毁銷金〔八〕，沉憂作歌〔九〕。天未喪文，其如予何〔一〇〕。

〔一〕《詩·國風》：鶉之奔奔，鵲之彊彊。鄭箋曰：奔奔、彊彊，言其居有常匹，飛則相隨之貌。孔穎達《正義》曰：言鶉則鶉自相隨奔奔然，鵲則鵲自相隨彊彊然，各有常匹，不亂其類。

〔二〕何晏《論語注》：坦蕩蕩，寬廣貌。

〔三〕《詩·小雅》：巧言如簧。孔穎達《正義》：巧爲言語，結構虚辭，速相待合，如笙中之簧，聲相應和。

〔四〕《史記》：須賈曰：擢賈之髮以續賈之罪，尚未足。按：續、贖古通用。

〔五〕《詩·小雅》：謀夫孔多。

〔六〕祖君彦《爲李密檄洛州文》：罄南山之竹，書罪無窮；決東海之波，流惡難盡。

〔七〕《左傳》：人生實難，其有不獲死乎！

〔八〕《漢書》：衆口鑠金，積毀銷骨。顔師古注：美金見毁，衆共疑之，數被燒煉，以至銷鑠。江淹《上建平王書》：積毁銷金，積讒磨骨。吕向注：言毁讒之深，能銷磨金石之堅。

〔九〕劉鑠詩：沉憂懷明發。張銑注：沉，深也。

〔一〇〕孔子曰：天之未喪斯文也，匡人其如予何。何晏注：如予何者，猶言奈我何也。天之未喪斯文，則我當傳之，匡人欲奈我何。

妲己滅紂〔一〕，褒（博毛切，音包。作薄侯切抔音讀者，非）女惑周〔二〕。天維蕩覆〔三〕，職此之由〔四〕。漢祖吕氏，食其（音異基）在傍〔五〕。秦皇太（蕭本作「成」）后，毐（音靄）亦淫荒〔六〕。螮蝀作昬〔七〕，遂掩太陽。萬乘尚爾，匹夫何傷。辭殫意窮，心切理直。如或妄談，昊天是殛〔八〕。子野善聽〔九〕，離婁至明〔一〇〕。神靡遁響，鬼無逃形。不我遐棄〔一一〕，庶昭忠誠。

〔一〕《史記·殷本紀》：紂好酒淫樂，嬖於婦人，愛妲己，妲己之言是從。周武王率諸侯伐紂，紂兵敗，走入，登鹿臺，衣其寶玉衣，赴火而死。周武王遂斬紂頭，懸之白旗，殺妲己。

〔二〕《周本紀》：幽王嬖愛褒姒，褒姒生子伯服，幽王竟廢申后及太子，以褒姒爲后，伯服爲太子。褒姒不好笑，幽王欲其笑萬方，故不笑。幽王爲烽燧大鼓，有寇至則舉烽火。諸侯悉至，而無寇，褒姒乃大笑。幽王説之，爲數舉烽火。其後不信，諸侯亦不至。申侯與繒、西夷犬戎攻幽王，幽王舉烽火徵兵，兵莫至，遂殺幽王驪山下，虜褒姒，盡取周賂而去。

〔三〕《後漢書》：天維陵弛，民鬼慘愴。《西京賦》：振天維。薛綜注：維，綱也。

〔四〕《左傳》：蓋言語漏洩，則職汝之由。杜預注：職，主也。

〔五〕《史記・呂后紀》：呂太后稱制，以辟陽侯審食其爲左丞相，不治事，令監宮中，如郎中令。食其故得幸太后，常用事，公卿皆因而決事。

〔六〕《説苑》：秦始皇帝太后不謹，幸郎嫪毐，封以爲長信侯，爲生兩子。毐專國事，浸益驕，與侍中左右貴臣俱博飲。酒醉爭言而鬬，瞋目大叱曰：「吾乃皇帝之假父也，窶人子何敢乃與我亢！」所與鬬者走，行白皇帝，皇帝大怒。毐懼誅，因作亂，戰咸陽宮。毐敗，始皇乃取毐四肢車裂之，取其兩弟，囊撲殺之。取皇太后遷之於萯陽宮。

〔七〕鄭玄《禮記注》：螮蝀謂之虹。孔穎達《正義》：虹是陰陽交會之氣，純陰、純陽則虹不見。若雲薄漏日，日照雨滴，則虹生。

〔八〕毛萇《詩傳》：元氣廣大，則稱昊天。

〔九〕李善《文選注》：子野，師曠字，曉音曲者。

〔一〇〕《纏子》：董無心曰：離婁之目，察秋毫之末於百步之外，可謂明矣。

〔一二〕《詩・國風》：既見君子，不我遐棄。毛傳：遐，遠也。

贈參寥子

參寥子，當時逸士，其姓名無考，蓋取莊子之説以爲號也。《莊子》：玄冥聞之參寥，參寥聞之疑始。崔云：皆古人姓名，或寓之耳，無其人。李云：參，高也。高邈寥曠，不可名也。

白鶴飛天書，南荊訪高士〔一〕。五雲在峴山〔二〕，果得參寥子。骯（下黨切，杭上聲）髒（音葬）辭故園〔三〕，昂藏入君門〔四〕。天子分玉帛，百官接話言〔五〕。毫墨時灑落〔六〕，探玄（繆本作「元」）有奇作。著論窮天人〔七〕，千春秘麟閣〔八〕。長揖不受官，拂衣歸林巒。余亦去金馬〔九〕，藤蘿同所攀（繆本作「歡」）。相思在何處，桂樹青雲端〔一〇〕。

〔一〕陸機《演連珠》：南荊有寡和之歌。李善注：南荊，謂楚也。

〔二〕《水經注》：京房《易飛候》曰：何以知賢人隱？師曰：視四方常有大雲，五色具而不雨，其下賢人隱矣。《輿地廣記》：襄陽縣有峴山，羊祜與鄒湛嘗登之，今墮淚碑在焉。

〔三〕趙壹詩：骯髒倚門邊。章懷太子注：骯髒，高亢倖直之貌。

〔四〕陸機《孝侯周處碑》：汪洋廷闕之旁，昂藏寮寀之上。

〔五〕《詩·大雅》：告之話言。

〔六〕鮑照《四賢咏》：陵令無人事，毫墨時灑落。

〔七〕《世説》：何平叔注《老子》始成，詣王輔嗣，見王注精奇，乃神服曰：「若斯人，可與論天人之際矣。」因以所注爲《道》、《德》二論。

〔八〕梁簡文帝詩：千春誰與樂。《三輔黄圖》：《漢宫殿疏》云：麒麟閣，蕭何造，以藏秘書、處賢才也。

〔九〕金馬，門名，見二卷注。

〔一〇〕吴均詩：山中自有宅，桂樹籠青雲。

贈饒陽張司户燧繆本作「璲」

唐時深州亦謂之饒陽郡，屬河北道，係上州。上州之佐有司户參軍事二人，從七品下。

朝飲蒼梧泉，夕棲碧海煙。寧知鸞鳳意，遠託椅（音衣，協音借讀音倚）桐前〔一〕。慕藺（音吝）豈曩古〔二〕，攀嵇（音奚）是當年〔三〕。愧非（蕭本作「此」）黄石老〔四〕，安識子房賢。功業嗟落日，容華棄徂川。一語已道意，三山期著鞭〔五〕。蹉跎人間世，寥落壺中天〔六〕。獨見游物祖〔七〕，探玄窮化先〔八〕。何當共攜手，相與排冥（一作「罝」）筌（音詮）〔九〕。

〔一〕陸璣《詩疏》：梓實桐皮曰椅。

〔二〕《史記》：司馬相如少時，其親名之曰犬子。相如既學，慕藺相如之爲人，更名相如。

〔三〕顏延年詩：交呂既鴻軒，攀嵇亦鳳舉。嵇，謂嵇康也。

〔四〕黄石公，見七卷注。

〔五〕三山，見一卷注。

〔六〕《後漢書》：費長房者，汝南人，曾爲市掾。市中有老翁賣藥，懸一壺於肆頭。及市罷，輒跳入壺中，市人莫之見，惟長房於樓上覩之，異焉。因往，再拜奉酒脯。翁知長房之意其神也，謂之曰：「子明日可更來。」長房旦日復詣翁，翁乃與俱入壺中，唯見玉堂嚴麗，旨酒甘肴，盈衍其中，共飲畢而出，翁約不聽與人言之。後乃就樓上候長房曰：「我神仙之人，以過見責，今畢當去。」

〔七〕《莊子》：浮游乎萬物之祖，物物而不物於物。《文子》：虚無恬愉者，萬物之祖也。

〔八〕陳子昂詩：探玄觀群化。顏延年詩：開冬眷徂物，殘悴盈化先。

〔九〕江淹詩：一時排冥筌。李善注：筌，捕魚之器，言魚之在筌，猶人之處塵俗。今既排而去之，超在塵埃之外。李周翰注：冥，理也。筌，跡也。

贈清漳明府姪聿繆本少「聿」字

唐時清漳縣隸河北道之洺州，南濱漳水，因以爲名。《賓退録》：明府，漢人以稱太守，唐人以稱縣令。

我李百萬葉〔一〕，柯條布中州〔二〕。天開青雲器〔三〕，日爲蒼生憂。小邑且割雞〔四〕，大刀佇烹牛。雷聲動四境，惠與清漳流〔五〕。絃歌詠唐堯〔六〕，脱落隱簪組〔七〕。心和得天真〔八〕，風俗猶（一作「獨」。繆本作「由」）太古〔九〕。牛羊散阡陌，夜寢不扃（音駉）户〔一〇〕。問此何以然？賢人宰吾土。舉邑樹桃李，垂陰亦流芬。河堤繞渌（蕭本作「緑」）水，桑柘連青雲。趙女不冶容〔一一〕，提籠晝成群。繰絲鳴機杼（音紵），百里聲相聞。訟息鳥下階〔一二〕，高卧披道帙（音姪）〔一三〕。蒲鞭挂簷枝，示恥無撲抶（音叱）〔一四〕。琴清月當户，人寂風入室。長嘯無一言，陶然上皇逸〔一五〕。白玉壺冰水〔一六〕，壺中見底清。清光洞毫髪，皎潔照群情。趙北美嘉（繆本作「佳」）政，燕南播高名〔一七〕。過客覽行謡〔一八〕，因之誦德（一作「得頌」。繆本作「頌德」）聲。

〔一〕蕭士贇曰：《史·老子傳》：老子者，姓李氏，名耳，字伯陽，謚曰聃。《正義》云：《玄妙内篇》云：

李母懷胎八十一載，逍遥李樹下，乃剖左腋而生，生而指李樹，因以爲姓。唐以老子爲祖，白與聿皆帝室之胄，故用李樹事。葉，世也。

〔二〕柯條，猶枝分派别之義。

〔三〕顔延年詩：仲容青雲器。

〔四〕《史記》：子游爲武城宰，孔子過，聞絃歌之聲，莞爾而笑曰：「割雞焉用牛刀？」

〔五〕《水經》：清漳水，出上黨沾縣西北少山大黽谷，南過縣西，又從縣南屈，東過涉縣，西屈從縣南，東至武安縣南黍窖邑，入於濁漳。

〔六〕嵇康《琴賦》：雅昶唐堯，終咏微子。吕向注：《唐堯》、《微子》，操名也。

〔七〕《説文》：組，綬屬，其小者以爲冕纓。蕭士贇曰：隱簪組，謂隱於簪組之間，即吏隱之意。

〔八〕《晉書》：粲和履順，以保天真。

〔九〕鄭玄《禮記注》：唐虞以上曰太古。

〔一〇〕《宋書》：餘糧棲畝，户不夜扃，蓋東西之極盛也。《説文》：扃，外閉之關也。

〔一一〕《周易》：冶容誨淫。《正義》云：女子妖冶其容。

〔一二〕謝靈運詩：虚館絶諍訟，空庭來鳥雀。

〔一三〕《北山移文》：道帙常殯。《説文》：帙，書衣也。

〔一四〕《後漢書》：劉寬遷南陽太守，吏人有過，但用蒲鞭罰之，示辱而已，絶不加苦。《南史》：崔景真爲平昌太守，有惠政，常懸一蒲鞭，而未嘗用。《説文》：抶，笞擊也。

〔一五〕鄭玄《詩譜序》：詩之興也，諒不於上皇之世。《正義》云：上皇，謂伏羲，三皇之最先者，故謂之上皇。

〔一六〕鮑照詩：清如玉壺冰。

〔一七〕《後漢書》：燕南垂，趙北際，中央不合大如礪。

〔一八〕班固《幽通賦》：考遘愍以行謡。《初學記》：《爾雅》曰：聲比於琴瑟曰歌，徒歌曰謡，亦謂之咢。《韓詩章句》曰：有章曲曰歌，無章曲曰謡。

贈臨洺縣令皓弟 原注：時被訟停官。

唐時臨洺縣隸河北道之洺州，以北濱洺水爲名。

陶令去彭澤，茫然太（繆本作「元」）古心。大音自成曲，但奏無絃琴〔一〕。釣水路非遠，連鼇意何深。終期龍伯國〔二〕，與爾（繆本作「余」）相招尋。

〔一〕《晉書》：陶潛爲彭澤令，素簡貴，不私事上官。郡遣督郵至縣，吏白應束帶見之，潛嘆曰：「我豈能爲五斗米折腰，拳拳事鄉里小人。」即解印去縣，乃賦《歸去來》。性不解音，而畜素琴一張，絃徽不具，每朋酒之會，則撫而和之，曰：「但識琴中趣，何勞絃上聲。」《老子》：大音希聲。

〔二〕龍伯國人一釣而連六鼇，見四卷注。

贈郭季鷹

河東郭有道〔一〕，於世若浮雲。盛德無我位，清光獨映君〔二〕。耻將雞並食〔三〕，長與鳳爲群。一擊九千仞，相期凌紫氛〔四〕。

〔一〕《後漢書》：郭太，字林宗，太原界休人也。司徒黄瓊辟太常，趙典舉有道，並不應。卒於家，同志者共刻石立碑，蔡邕爲文。既而謂盧植曰：「吾爲碑銘多矣，皆有慙德，唯郭有道無愧色耳。」

〔二〕《漢書》：莫能望陛下清光。

〔三〕《楚辭》：將與雞鶩爭食乎？《韻會》：將，與也。

〔四〕《春秋後語》：宋玉曰：鳳凰上擊九千里，翱翔乎窈冥之上。劉楨詩：鳳凰集南岳，徘徊孤竹根。於心有不厭，奮翅凌紫氛。

鄴中贈蕭本缺「贈」字王大勸入高鳳石門山幽居

鄴中即鄴郡，唐時屬河北道，又謂之相州。《後漢書·高鳳傳》：鳳，南陽葉人，後教授業於西唐山中。注曰：山在今唐州湖陽縣。不言石門山事。庾信作《高鳳贊》有「石門雲度，銅梁雨來」云云，後人注者亦未詳其地在何處。豈石門山即西唐山之異名耶？

一身竟無託，遠與孤蓬征〔一〕。千里失所依，復將落葉并。中途偶良朋，問我將何行。欲獻濟時策，此心誰見明。君王制六合〔二〕，海塞無交兵〔三〕。壯士伏草間，沉憂亂縱横〔四〕。飄飄不得意，昨發南都城〔五〕。紫燕櫪上嘶〔六〕，青萍匣中鳴〔七〕。投軀寄天下〔八〕，長嘯尋豪英。恥學瑯邪人，龍蟠事躬耕〔九〕。富貴吾自取，建功及春榮。我願執爾手，爾方達我情。相知同一己，豈唯弟與兄。抱子弄白雲，琴歌發清聲。臨别意難盡，各希存令名〔一〇〕。

〔一〕鮑照《蕪城賦》：孤蓬自振。吕向注：孤蓬，草也，無根而隨風飄轉者。

〔二〕賈誼《過秦論》：履至尊而制六合。

〔三〕曹植詩：四海無交兵。

〔四〕陸機詩：沉憂萃我心。張銑注：沉，深也。

〔五〕鄭樵《通志》：光武以南陽爲别都，謂之南都。

〔六〕沈約詩：緑幘文照曜，紫燕光陸離。李善注：《尸子》曰：我得民而治，則馬有紫燕、蘭池。吕延濟注：紫燕，良馬也。

〔七〕陳琳《答東阿王牋》：秉青萍、干將之器。吕延濟注：青萍，劍名也。

〔八〕《北史》：投軀萬死之地，以邀一旦之功。

〔九〕《後漢紀》：琅邪陽都人諸葛亮，字孔明，躬耕隴畝，好爲《梁父吟》。習鑿齒《通諸葛論》：諸葛武侯，龍蟠江南，託好管、樂，有匡漢之望。

〔一〇〕《孝經》：士有爭友，則身不離於令名。

贈華州王司士

唐時華州又謂之華陰郡，屬關内道，係上州。上州之佐，有司士參軍事一人，從七品下。

淮水不絶波（蕭本作「濤」）瀾高〔一〕，盛德未泯生英髦〔二〕。知君先負廟堂器，今日還須贈寶刀〔三〕。

〔一〕《晉書·王導傳》：初，導渡淮，使郭璞筮之。卦成，璞曰：「吉，無不利。淮水絶，王氏滅。」其後子姓繁衍，竟如璞言。

〔二〕傅亮《修張良廟教》：盛德不泯，義存祀典。《爾雅》：髦，選也，俊也。郭璞注：俊，士之選也。士中之俊，如毛中之髦也。邢昺疏：毛中之長毫曰髦。

〔三〕《晉書·王祥傳》：吕虔有佩刀，工相之，以爲必登三公，可服此刀。虔謂祥曰：「苟非其人，刀或爲害，卿有公輔之量，故以相與。」

贈盧徵君昆弟

《後漢書》：黄憲初舉孝廉，又辟公府。友人勸其仕，憲亦不拒之，暫到京師而還，竟無所就。年四十八終，天下號曰徵君。後世「徵君」名始此。蕭注以盧徵君即是盧鴻，考《唐書》及他書所載鴻事，都不言其有弟同隱，恐此盧又是一人。

明主訪賢逸，雲泉今已空。二盧竟不起，萬乘高其風。河上喜相得〔一〕，壺中趣每同〔二〕。滄洲即此地，觀化游無窮〔三〕。木落海水清（蕭本作「水落海上清」），鼇背覩方、蓬〔四〕。與君弄倒影，攜手凌星虹〔五〕。

〔一〕《神仙傳》：河上公者，莫知其姓字。漢文帝時，公結草爲庵於河之濱。帝讀《老子經》，頗好之，有所不解數事，時人莫能道之。聞時皆稱河上公解《老子經》義，乃使齎所不決之事以問，公曰：「道尊德貴，非可遥問也。」帝即幸其庵，躬問之。帝曰：「普天之下，莫非王土；率土之濱，莫非王臣。子雖有道，猶朕民也。」公即撫掌坐躍，冉冉在虚空中，去地數丈。俛而荅曰：「予上不至天，中不累人，下不居地，何臣民之有？」帝下車稽首，公乃授素書二卷與帝，曰：「予注此經以來，一千二百餘年，凡傳三人，連子四矣。」言畢，失所在。

〔二〕壺中，見本卷注。

〔三〕《莊子》：吾與子觀化，而化及我，我又何惡焉。陳子昂詩：平生倦游者，觀化久無窮。

〔四〕鼇背、方、蓬，見四卷注。

〔五〕倒影，見二卷注。星虹，見七卷注。

贈新平一作「豐」少年

新平，郡名，即邠州也，見七卷注。新豐，縣名，隸京兆府，見五卷注。

韓信在淮陰，少年相欺凌〔一〕。屈體若無骨〔二〕，壯心有所憑。一遭龍顔君〔三〕，嘯吒從此興。千金答漂母〔四〕，萬古共嗟稱。而我竟何（一作「胡」）爲，寒苦坐相仍〔五〕。長風入短袂，内（一作「兩」）手如懷冰〔六〕。故友不相恤，新交寧見矜。摧殘檻中虎〔七〕，羈（音雞）紲（音屑）韝（音鈎）上鷹〔八〕。何時騰風雲〔九〕，搏擊申（蕭本作「中」）所能。

〔一〕韓信爲淮陰少年所辱，見三卷注。

〔二〕張纘《讓尚書僕射表》：吐言如傷，屈體無骨。

〔三〕《漢書》：高祖爲人，隆準而龍顔。應劭曰：顔，額顙也。

〔四〕漂母事，見六卷注。

〔五〕鮑照詩：猜恨坐相仍。

〔六〕古《善哉行》：自惜袖短，内手知寒。張華詩：挾纊如懷冰。

〔七〕《漢書》：猛虎處深山，百獸震恐。及其在穽檻之中，摇尾而求食，積威約之漸也。

〔八〕鮑照詩：昔如韝上鷹。劉良注：韝，以皮蔽手而臂鷹也。

〔九〕班固《答賓戲》：振拔洿塗，跨騰風雲。

贈崔侍御（蕭本作「郎」）

長劍一杯酒，男兒方寸心。洛陽因劇孟〔一〕，託（一作訪）宿話胸襟。但仰山岳秀，不知江海深。長安復攜手，再顧重千金〔二〕。君乃輶（音由）軒（蕭本作「軒轅」）佐〔三〕，余叨翰墨林〔四〕。高風摧秀木〔五〕，虚彈落驚禽（繆本作「驚彈落虚禽」）〔六〕。不取回舟興〔七〕，而來命駕尋〔八〕。扶摇應借力（一作「便」）〔九〕，桃李願成陰。笑吐張儀舌〔一〇〕，愁爲莊舄吟〔一一〕。誰憐明月夜，腸斷聽秋砧（音斟）〔一二〕。

〔一〕《漢書》：劇孟者，洛陽人也。周人以商賈爲資，劇孟以俠顯。

〔二〕曹植詩：一顧千金重，何必珠玉賤。李充詩：願爾降玉趾，一顧重千金。

〔三〕《風俗通》：周、秦常以歲八月遣輶軒之使，求異代方言，還奏籍之，藏於秘室。按：太白作《崔公澤畔吟詩序》，有「中佐憲車」之語，是崔嘗以事爲使副，故曰「君乃輶軒佐」，作「軒轅」者非是。

〔四〕張協詩：寄辭翰墨林。張銑注：翰，筆也，謂寄文辭於筆墨之林，言林者，謂多也。

〔五〕李康《運命論》：木秀於林，風必摧之。李善注：秀，出也。劉良注：木高出於林上者，故風吹而先折也。

〔六〕隋袁朗詩：危絃斷客心，虚彈落驚禽。用《戰國策》更羸事，見四卷注。

〔七〕回舟，用王子猷訪戴安道事，見本卷注。

〔八〕《世説》：嵇康與吕安善，每一相思，千里命駕。

〔九〕《莊子》：摶扶摇而上者九萬里。詳後《上李邕》詩注。

〔一〇〕桃李，用《説苑》趙簡子事，與張儀舌，俱見本卷注。

〔一一〕《史記》：越人莊舃仕楚執珪，有頃而病，楚王曰：「舃，故越之鄙人也，今仕楚執珪，富貴矣，亦思越否？」中謝曰：「凡人之思故，在其病也。彼思越則越聲，不思越則楚聲。」使人往聽之，猶尚越聲也。王粲《登樓賦》：莊舃顯而越吟。「笑吐張儀舌」，喻談笑之美。「愁爲莊舃吟」，喻思家之切。

〔一三〕《韻會》：砧，擣繒石也。

走筆贈獨孤駙馬

《唐書》：玄宗女信成公主下嫁獨孤明。《初學記》：駙馬都尉，漢武置也，掌御馬。歷兩漢，多宗室及外戚與諸公子孫任之。至魏何晏，以主壻拜駙馬都尉。其後杜預尚晉宣帝女高陸公主，拜駙馬都尉。王濟尚晉文帝女常山公主，拜駙馬都尉。後代因晉、魏以爲恒，每尚公主，則拜駙馬都尉。《通典》：唐駙馬都尉從五品，皆尚主者爲之。開元三年八月敕駙馬都尉從五品階，宜依令式，仍借紫金魚袋。天寶以前，悉以儀容美麗者充選。

都尉朝天躍馬歸，香風吹人花亂飛。銀鞍紫鞚（苦貢切，空去聲）照雲日〔一〕，左顧右盼生光輝〔二〕。是時僕在金門裏，待詔公車謁天子〔三〕。長揖蒙垂國士恩〔四〕，壯心剖出酬知己。

一別蹉跎朝市間，青雲之交不可攀〔五〕。儻其公子重迴顧，何必侯嬴長抱關〔六〕。

〔一〕薛道衡詩：臥駞飛玉勒，立馬轉銀鞍。吴均詩：朱輪玳瑁車，紫鞚連錢馬。《韻會》：鞚，馬勒也。

〔二〕曹植《與吴質書》：左顧右盼，謂若無人。

〔三〕《漢書·哀帝紀》：待詔夏賀良等。應劭注：諸以才技徵召，未有正官，故曰待詔。又《東方朔傳》：朔上書，高自稱譽，上偉之，令待詔公車。顔師古注：公車令，屬衛尉，上書者所詣也。《舊唐書》：翰林院，天子在大明宫，其院在右銀臺門内；在興慶宫，院在金明門内；若在西内，院在顯福門内；若在東都、華清宫，皆有待詔之所。其待詔有詞學、經術、合鍊、僧道、卜祝、術藝、書弈，各别院以廩之，日晚而退，其所重者詞學。

〔四〕《戰國策》：豫讓曰：「智伯以國士遇臣，臣故以國士報之。」

〔五〕江淹《袁叔明傳》：友人袁炳，與余有青雲之交，非直銜杯酒而已。

〔六〕《史記·信陵君傳》：魏有隱士曰侯嬴，年七十，家貧，爲大梁夷門監者。公子數厚遺之，不肯受。公子於是乃置酒大會賓客，坐定，公子從車騎虚左自迎侯生，侯生攝敝衣冠，直上載公子上坐，不讓。又謂公子曰：「臣有客在市屠中，願枉車騎過之。」公子引車入市，侯生下，見其客朱亥，俾倪故久立，與其客語。微察公子，公子顔色愈和，乃謝客就車。至家，公子引侯生坐上坐，偏贊賓客。酒酣，侯生謂公子曰：「嬴乃夷門抱關者也，而公子親枉車騎自迎嬴於衆人廣坐之中，不宜有所過，今公子故過之。然嬴欲就公子之名，故久立公子車騎市中，過客以觀公子，公子愈恭。市人皆以嬴爲小人，而以公子爲長者能下士也。」於是罷酒，侯生遂爲上客。

贈嵩山焦鍊師并序

《孔帖》：道士修行，德高思精者，謂之鍊師。

嵩山（繆本作「丘」）有神人焦（蕭本缺「焦」字）鍊師者，不知何許婦人也。又云：生於齊、梁時，其年貌可稱五六十。常胎息絶穀〔一〕，居少室廬，游行若飛，倏忽萬里。世或傳其入東海，登蓬萊，竟莫（繆本作「不」）能測其往也。余訪道少室，盡登三十六峰〔二〕，聞風有寄，灑翰遥贈。

〔一〕《漢武内傳》：王真，字叔經，上黨人。習閉氣而吞之，名曰胎息。習嗽舌下泉而咽之，名曰胎食。真行之，斷穀二百餘日，肉色光美，力并數人。《抱朴子》：得胎息者，能不以口鼻噓吸，如在胞胎之中，則道成矣。

〔二〕少室山有三十六峰，詳見七卷注。

二室凌（一作「倚」）青天〔一〕，三花含（一作「明」）紫（一作「緑」）烟〔二〕。中有蓬海客，宛疑麻姑仙〔三〕。道在喧莫染，跡高想已綿。時餐金鵝蕊（一作「金蛾蕊」。繆本作「金鵝蘂」）〔四〕。屢讀青（蕭本作「古」）苔篇〔五〕。八極恣游憩〔六〕，九垓（音該）長周旋〔七〕。下瓢酌潁水〔八〕，舞鶴來伊川〔九〕。還歸東（繆本作「空」）山上，獨拂秋霞眠。蘿月挂朝鏡，松風鳴夜絃〔一〇〕。潛光隱嵩岳〔一一〕，鍊魄棲雲幄〔一二〕。霓裳（繆本作「衣」）何飄颻（繆本作「飄飄」，一作「葳蕤」）〔一三〕，鳳吹（一作「羽駕」）轉綿邈〔一四〕。願同西王母，下顧東方朔〔一五〕。紫書儻可傳〔一六〕，銘（一作「冥」）骨誓相學。

〔一〕《初學記》：嵩高山者，五岳之中岳也。戴延之《西征記》云：其山東謂太室，西謂少室，相去十七里。嵩，其總名也。謂之室者，以其下各有石室焉。少室高八百六十丈，上方十里，與太室相埒，但小耳。

〔二〕《述異記》：少室山有貝多樹，與衆木有異。一年三放花，其花白色香美。俗云，漢世野人將子種此。

〔三〕麻姑，已見四卷注。

〔四〕楊升庵曰：金鵝蕊，桂也。《藝文類聚》：《臨海記》曰：郡東南有白石山，高三百餘丈，望之如雪。山上有湖，古老相傳云：金鵝所集，八桂所植。

〔五〕陳子昂《潘尊師碑頌》：道逢真人昇玄子，授以寶書青苔紙。

〔六〕《淮南子》：八紘之外，乃有八極。

〔七〕《初學記》：九天之外，次有九垓。垓，階也，言其階次有九。

〔八〕《山海經》：潁水出少室山。郭璞注：今潁水出河南陽城縣乾山東南，經潁川、汝陰，至淮南下蔡入淮。《吕氏春秋》：許由遂之箕山之下，潁水之陽，耕而食，終身無經天下之色。《太平御覽》：《琴操》曰：許由無有杯器，常以手捧水。人見由無器，以一匏瓢遺之，由操飲，飲訖，挂瓢於樹。風吹樹，瓢動歷歷有聲，由以爲煩擾，遂取捐之。

〔九〕伊川舞鶴，用王子晉事，已見五卷注。薛道衡詩：驚鴻出洛水，翔鶴下伊川。《左傳》：辛有適伊川。杜預注：伊川，伊水也。

〔一〇〕《北山移文》：春蘿罷月。盧照鄰《五悲文》：蘿月寡色，風泉罷聲。宋之問詩：夜絃響松月，朝楫弄苔泉。

〔一一〕《後漢書》：潛光隱耀，世嘉其高。

〔一二〕《太微靈書》：每月朔望晦日，七魄流蕩，交通鬼神。制檢還魄之法，當此夕，仰眠伸足，掌心掩兩耳，令指相接於項上。閉息七遍，叩齒七通，心存鼻端白氣如小指大，須臾漸大冠身，上下九重。氣忽變成兩青龍在兩目中，兩白虎在兩鼻孔中，朱雀在心上，蒼龜在左足下，靈蛇在右足下。兩玉女著錦衣，手把火光，當兩耳門。畢，咽液七過，呼七魄名：尸狗、伏矢、雀婴、天賊、非毒、除穢、臭肺。即呪曰：「素氣九還，制魄邪奸。天獸守門，嬌女執關。鍊魄和柔，與我相安。不得妄動，看察形源。若有飢渴，聽飲月黄日丹。」謝惠連詩：寂寥雲幄空。李周翰注：幄，帳也。

〔一三〕《楚辭》：青雲衣兮白霓裳。

〔一四〕丘遲詩：馳道聞鳳吹。吕延濟注：鳳吹，笙也。

〔一五〕《博物志》：漢武帝祭祀名山大澤，以求神仙之道。時西王母遣使乘白鹿告帝當來，乃供帳九華殿以待之。七月七日，夜漏七刻，王母乘紫雲車而至於殿西南，面東向，頭上戴七種青氣，鬱鬱如雲。時東方朔竊從殿南廂朱鳥牖中窺母，母顧之，謂帝曰：「此窺牖小兒，嘗三來盜吾桃。」帝乃大怪之。由此，世人謂方朔神仙也。

〔一六〕《漢武内傳》：地真素訣，長生紫書。《真誥》：道有青要紫書，金根衆文。《雲笈七籤》：紫書，紫筆繕文也。

口號贈楊繆本作「陽」徵君原注：此公時被徵。

詩題有「口號」，始於梁簡文帝《和衛尉新渝侯巡城口號》，庾肩吾、王筠俱有此作。至唐遂相襲用之，即是口占之義。蕭本作《口號贈徵君鴻》，而注云「見前《贈盧徵君》題注」，蓋以爲即盧鴻矣，未詳是否。注中「被徵」一作「被召」。

陶令辭彭澤，梁鴻入會稽〔一〕。我尋《高士傳》〔二〕，君與古人齊。雲卧留丹壑〔三〕，天書降紫泥〔四〕。不知楊伯起，早晚向關西〔五〕。

〔一〕陶令事，已見九卷注。梁鴻事，見八卷注。

〔二〕《隋書》：《高士傳》六卷，皇甫謐撰。又《高士傳》二卷，虞槃佐撰。《册府元龜》：嵇康爲中散大夫，撰《高士傳》三卷。

〔三〕鮑照詩：雲卧恣天行。又照詩：妍容逐丹壑。

〔四〕紫泥，用以封璽書者，見七卷注。

〔五〕《後漢書》：楊震，字伯起，弘農華陰人。少好學，受《歐陽尚書》於太常桓郁，明經博覽，無不窮究。諸儒爲之語曰：「關西孔子楊伯起。」

上李邕

《舊唐書》：李邕，廣陵江都人，少知名。開元中，爲陳州刺史。十三年，玄宗車駕東封迴，邕於汴州謁見，累獻詞賦，甚稱上旨，由是頗自矜衒。張説爲中書令，甚惡之。俄而陳州贓汙事發，貶爲欽州遵化尉，累轉括、淄、滑三州刺史，上計京師。邕素負美名，頻被貶斥，皆以邕能文養士，賈生、信陵之流，執事忌勝，剥落在外。人間素有聲稱，後進不識，京、洛阡陌聚觀，以爲古人。或傳眉目有異，衣冠望風尋訪門巷。又中使臨問，索其新文。復爲人陰中，竟不得進。天寶初，爲汲郡、北海二太守。嘗與左驍衛兵曹柳勣馬一匹，及勣下獄，吉温令勣引邕議及休咎，厚相賂遺。詞狀連引，敕就郡決殺之，時年七十餘。

大鵬一日同風起，摶（霏玉本作「扶」）摇直上九萬里〔一〕。假令風歇時下來，猶能簸（繆本作「㩳」）卻滄溟水。時（繆本作「世」）人見我恒（蕭本作「指」）殊調，見（霏玉本作「聞」）余大言皆冷笑。宣父猶能畏後生〔二〕，丈夫未可輕年少。

〔一〕《莊子》：鵬之徙於南冥也，水擊三千里，摶扶摇而上者九萬里。陸德明注：司馬云：上行風謂之扶摇。《爾雅》云：扶摇謂之飈。郭璞云：暴風從下上也。

〔二〕《唐書·禮樂志》：貞觀十一年，詔尊孔子爲宣父。

蕭士贇曰：此篇似非太白之作。

贈張公洲革處士

楊齊賢曰：張公洲，在上元縣。琦按《景定建康志》：張公洲，在城西南五里，周圍三里。《湖廣通志》：張公洲在武昌府城南二十里，晉隱士張公灌園處，因名。是有二張公洲。觀詩中所云楚人、云漢水，則是謂武昌之張公洲，而非在上元者矣。

列子居鄭圃，不將衆庶分〔一〕。革侯遁南浦〔二〕，常恐楚人聞。抱甕灌秋蔬，心閑游天雲。每將瓜田叟，耕種漢水濱（一作「濆」）。時登張公洲，入獸不亂群〔三〕。井無桔槔事〔四〕，門絶刺繡文〔五〕。長揖二千石，遠辭百里君〔六〕。斯爲真隱者，吾黨慕清芬。

〔一〕《列子》：子列子居鄭圃四十年，人無識者。國君卿大夫視之，猶衆庶也。《韻會》：將，與也。

〔二〕南浦，即張公洲，以在城之南，故曰南浦。

〔三〕《莊子》：孔子逃於大澤，衣裘褐，食杼栗。入獸不亂群，入鳥不亂行。鳥獸不惡，而況人乎！

〔四〕又《莊子》：子貢南游於楚，反於晉，過漢陰。見一丈人，方將爲圃畦，鑿隧而入井，抱甕而出灌，搰搰然用力甚多，而見功寡。子貢曰：「有械於此，一日浸百畦，用力甚寡，而見功多，夫子不欲乎？」爲圃者仰而視之，曰：「奈何？」曰：「鑿木爲機，後重前輕，挈水若抽，數如泆湯，其名曰槔。」爲圃者笑曰：「吾聞之吾師，有機械者必有機事，有機事者必有機心。機心存於胸中，則純白不備。純白不備，則神生不定。神生不定者，道之所不載也。吾非不知，羞而不爲也。」陸德明注：槔，桔槔也。《説文》：桔槔，汲水器也。

〔五〕《史記》：刺繡文，不如倚市門。

〔六〕二千石，謂太守。百里君，謂縣令。

李太白全集卷之十

錢塘王琦琢崖輯注
王濟魯川較

古近體詩共二十四首

秋日鍊藥院鑷白髮贈元六兄林宗

《韻會》：鑷，箝也。音與涅同。

木落識歲秋，瓶冰知天寒〔一〕。桂枝日已緑，拂雪凌雲端。弱齡接光景〔二〕，矯翼攀鴻鸞。投分三十載〔三〕，榮枯同所歡。長吁望青雲，鑷白坐相看。秋顔入曉鏡，壯髮凋危冠〔四〕。窮與鮑生賈〔五〕，飢從漂母飡。時來極（胡本作「拯」）天人，道在豈吟嘆。樂毅方（蕭本作「豈」）適趙〔六〕，蘇秦初説韓〔七〕，卷舒固在我，何事空摧殘。

〔一〕《淮南子》：見一葉落而知歲之將暮，覩瓶中之冰而知天下之寒。

〔二〕陶潛詩：弱齡寄事外。

〔三〕潘岳詩：投分寄石友。李善注：阮瑀《爲魏武與劉備書》曰：披懷解帶，投分寄意。分，猶志也。

〔四〕《莊子》：去其危冠。楊縉詩：壯髮危冠下，匕首地圖中。

〔五〕《史記》：管仲曰：吾始困時，嘗與鮑叔賈，分財利多自與，鮑叔不以我爲貪，知我貧也。

〔六〕《史記》：燕昭王問伐齊之事。樂毅對曰：「齊，霸國之餘業也，地大人衆，未易獨攻也。王必欲伐之，莫如與趙及楚、魏。」於是使樂毅約趙惠文王，别使連楚、魏，令趙啖秦以伐齊之利。諸侯害齊湣王之驕暴，皆爭合從，與燕伐齊。燕昭王悉起兵，使樂毅爲上將軍，趙惠文王以相國印授樂毅。樂毅於是并護趙、楚、韓、魏、燕之兵以伐齊，破之濟西。

〔七〕按《史記·蘇秦列傳》，其游説六國，先説燕文侯，二説趙肅侯，三説韓宣惠王，四説魏襄王，五説齊宣王，六説楚威王。今引樂毅適趙、蘇秦説韓二事，皆言功業未成就之意。

書情贈蔡舍人雄

嘗高謝太傅（一作「嘗聞謝安石」），攜妓東山門〔一〕。楚舞醉碧雲，吴歌斷清猿。暫因蒼生起〔二〕，談笑安黎元〔三〕。余亦愛此人，丹霄冀飛翻〔四〕。遭逢聖明主〔五〕，敢進興亡言（繆本下多「蛾眉積讒妒，魚目嗤璵璠」）〔六〕。白璧竟何辜（一作「本無瑕」），青蠅遂成冤〔七〕。一朝去京國，十載客梁園〔八〕。猛犬吠九關〔九〕，殺人憤精魂。皇穹雪冤（繆本作「天」）枉，白日開昏氛（繆本作「氛昏」）〔一〇〕。太階得夔龍〔一一〕，桃李滿中原。倒海索明月〔一二〕，凌山採芳蓀〔一三〕。愧無橫草功〔一四〕，虛負雨露恩。跡謝雲臺閣，心隨天馬轅（蕭本作「鞍」）〔一五〕。

〔一〕《世説》：謝安在東山畜妓，簡文曰：「安石必出，既與人同樂，不得不與人同憂。」劉孝標注：宋明帝《文章志》曰：安縱心事外，疏略常節，每畜女妓，攜持游肆。

〔二〕蒼生事，已見七卷注。

〔三〕《封禪書》：以浸黎元。吕延濟注：黎元，百姓也。

〔四〕王粲詩：苟非鴻鵰，孰能飛翻。

〔五〕范雲詩：遭逢聖明后，來棲桐樹枝。

〔六〕王僧達詩：聊訊興亡言。

〔七〕陳子昂詩：青蠅一相點，白璧遂成冤。

〔八〕梁園，梁地也。在唐爲汴州，今爲開封府，其地有漢梁王之園。太白在天寶中，游梁最久，故詩中屢以梁園爲言。

〔九〕宋玉《九辯》：豈不鬱陶而思君兮，君之門以九重。猛犬狺狺而迎吠兮，關梁閉而不通。《招魂》：虎豹九關啄害下人。

〔一〇〕謝靈運詩：盛明盪氛昏。

〔一一〕孟康《漢書注》：泰階，三台也。每台二星，凡六星。《晉書》：三台，三公之位也。在人曰三公，在天曰三台。

〔一二〕《文心雕龍》：倒海探珠。

〔一三〕謝靈運詩：浥露馥芳蓀。江總詩：徐步採芳蓀。

〔一四〕《漢書·終軍傳》：軍無橫草之功。顔師古注：言行草中，使草偃卧，故云橫草也。

〔一五〕《後漢書》：臣願與坐雲臺之下，考試圖國之道。又樊曄與光武少游舊，建武初，徵爲侍御史，遷河東都尉，引見雲臺。《玉海》：《五行志》：雲臺，周家所造，圖書、術籍、珍玩、寶怪所藏。《東京賦》：南則前殿雲臺。《洛陽記》：雲臺高閣十四間。高誘《淮南子注》：臺高際於雲，故曰雲臺。「跡謝雲臺閣，心隨天馬轅」，即身在江湖，心存魏闕之意。

夫子王佐才〔一〕，而今復誰論。層飆振六翮〔二〕，不日思騰騫（音軒）〔三〕。我縱五湖棹〔四〕，烟濤恣崩奔〔五〕。夢釣子陵湍，英風（繆本作「氛」）緬猶存〔六〕。徒（蕭本作「彼」）希客星隱，弱植不足援〔七〕。千里一迴首，萬里一長歌。黄鶴不復來，清風奈愁（蕭本作「愁奈」）何。舟浮瀟湘月（一作「江横羅刹石」），山倒洞庭波〔八〕。投汨（音覓）笑古人〔九〕，臨濠得天和〔一〇〕。閑時田畝中，搔背牧雞鵝。別離解相訪，應在武陵多〔二〕。

〔一〕《漢書》：劉向稱董仲舒有王佐之材，雖伊、吕無以加。《後漢書》：南陽何顒名知人，見荀彧而異之曰：「王佐才也。」

〔二〕層飈，高風也。《古詩》：昔我同門友，高舉振六翮。《韻會》：翮，鳥之勁羽也。《韓詩外傳》：鴻鵠一舉千里，所恃者，六翮耳。蓋鳥翅之勁者，左右各六，飛時全藉其力。鎩其六翮，則不能飛矣。

〔三〕《説文》：騫，飛貌。

〔四〕《國語》：越滅吴，返至五湖，范蠡辭於王曰：「君王勉之，臣不復入越國矣。」遂乘輕舟，以浮於五湖，莫知其所終極。

〔五〕謝靈運詩：圻岸屢崩奔。

〔六〕章懷太子《後漢書注》：顧野王《輿地志》曰：桐廬縣南，有嚴子陵漁釣處。今山邊有石，上平，可坐十人，臨水，名爲嚴陵釣壇也。《廣韻》：緬，遠也。《藝文類聚》：《會稽典録》曰：嚴遵，字子陵，與世祖俱受業長安。建武五年，下詔徵遵，設樂陽明殿，命宴會，暮留宿，遵以足荷上，其夜客星犯天子宿。明旦，太史以聞，上曰：「此無異也，昨夜與嚴子陵俱卧耳。」

〔七〕《左傳》：其君弱植。孔穎達《正義》：《周禮》謂草木爲植物。植謂樹立，君志弱，不樹立也。

〔八〕瀟湘、洞庭，見《惜餘春賦》注。《一統志》：秦望山，在杭州府城南一十里，山東南有羅刹石，横截江濤，後更名鎮江石。五代開平中，爲潮沙所没。《錢塘縣志》：浙江，一名羅刹江，取風濤險惡意。江中有羅刹石，風濤至此倍險，唐郡守仲秋設祭迎潮於此。

〔九〕《史記》：屈原懷石，自投汨羅以死。應劭注：汨水在羅，故曰汨羅也。《史記索隱》：《荆州記》云：長沙羅縣北帶汨水，去縣四十里，是原自沉處，北岸有廟也。《楚辭章句》：汨水在長沙羅縣，下注湘水中。《通典》：岳州湘陰縣北有汨水，即屈原懷沙自沉之處，俗謂之羅江。

〔一〇〕《莊子》：莊子與惠子游於濠梁之上，莊子曰：「儵魚出游從容，是魚樂也。」惠子曰：「子非魚，安知魚之樂？」莊子曰：「子非我，安知我不知魚之樂？」《通典》：濠州鍾離縣有濠水，即莊、惠觀魚之處。《莊子》：若正汝形，一汝視，天和將至。《淮南子》：交被天和，食於地德。

〔一一〕唐時之武陵郡，即朗州也，屬山南東道。

憶襄陽舊游贈繆本下多「濟陰」二字馬少府巨

唐時之襄陽郡，即襄州也，屬山南東道。濟陰郡，即曹州也，屬河南道。

昔爲大堤客〔一〕，曾上山公樓〔二〕。開窗碧幛（音帳）滿〔三〕，拂鏡滄江流。高冠佩雄劍，長揖韓荆州〔四〕。此地别夫子，今來思舊游。朱顔君未老，白髮我先秋。壯志恐蹉跎，功名若雲浮（一作「有意未得言，懷賢若沉憂」）。歸心結遠夢，落日懸春愁。空思羊叔子，墮淚峴山頭（一作「何時共攜手，更醉峴山頭」）〔五〕。

〔一〕襄陽郡城外有大堤，有峴山，已見五卷注。

〔二〕晉時山簡爲襄陽太守，山公樓是其遺跡，今亡所在。

〔三〕《韻會》：嶂，山之高險者。《增韻》：山峰如屏障者。

〔四〕韓荆州，名朝宗，開元中爲荆州長史，太白謁見，長揖不拜。詳見後《與韓荆州書》及魏顥《李翰林集序》。

〔五〕《太平御覽》：《荆州圖記》曰：羊叔子與鄒潤甫嘗登峴山，嘆曰：「自有宇宙，便有此山，由來賢達登此遠望，如我與卿者多矣，皆湮没無聞，念此令人悲傷。」潤甫曰：「公德冠四海，道嗣前哲，令聞令望，必與此山俱傳。若潤甫輩，當如公語耳。」後參佐爲立碑著故望處，百姓每行望碑，莫不悲感，杜預名爲墮淚碑。

對雪獻從兄虞城宰

唐時，宋州睢陽郡有虞城縣，隸河南道。

昨夜梁園裏（繆本作「雪」）〔一〕，弟寒兄不知。庭前看玉樹〔二〕，腸斷憶連枝〔三〕。

〔一〕梁園，已見七卷注。

〔二〕玉樹，雪中樹也。

〔三〕蘇武詩：況我連枝樹，與子同一身。

訪道安陵遇蓋寰音環，蕭本作「還」爲予造真籙臨別留贈

唐時，德州平原郡有安陵縣，隸河北道。《隋書》：道經者云其受道之法：初受《五千文籙》，次受《三洞籙》，次受《洞玄籙》，次受《上清籙》。籙皆素書，紀諸天曹、官屬、佐吏之名有多少，又有諸符錯在其間。文章詭怪，世所不識。受者必先潔齋，然後齎金環一并諸贄幣，以見於師。師受其贄，以籙授之，仍剖金環，各持其半，云以爲約。弟子得籙，緘而佩之。

清水見白石〔一〕，仙人識青童〔二〕。安陵蓋夫子，十歲與天通。懸河與微言〔三〕，談論安可窮？能令二千石，撫背驚神聰。揮毫贈新詩，高價掩山東〔四〕。至今平原客〔五〕，感激慕清風。學道北海仙〔六〕，傳書蕊珠宮〔七〕。丹田了玉闕〔八〕，白日思雲空。爲我草真籙，天人慚妙工。七元洞豁落〔九〕，八角輝星虹〔一〇〕。三災蕩璿璣〔一一〕，蛟龍翼微躬。舉手謝天地，虛無

齊始終〔一一〕。黄金滿（繆本作「獻」）高堂，答荷難克充〔一三〕。下笑世上士（繆本作「事」），沉魂北羅酆〔一四〕。昔日萬乘墳，今成一科蓬。贈言若可重〔一五〕，實此輕華、嵩。

〔一〕古《豔歌行》：語卿且勿眄，水清石自見。

〔二〕《太平廣記》：漢元壽二年八月己酉，南岳真人赤君、西城王君及諸青童，並從王母降於茅盈室。

〔三〕《晉書》：郭象能清言，太尉王衍每云：「聽象語，如懸河瀉水，注而不竭。」《漢書》：昔仲尼没而微言絶。顔師古注：精微要妙之言耳。《漢武帝内傳》：此元始天王，在丹房之中所説微言。

〔四〕鮑照詩：奇聲振朝邑，高價服鄉村。

〔五〕平原客，謂平原郡中賓客。

〔六〕北海仙，謂北海高天師如貴。太白於齊州請高天師授道籙，故蓋寰爲之書造真籙也。

〔七〕《西昇經》：遂遍歷九天，上昇上清白闕丹城蕊珠宫。梁丘子《黄庭内景經注》：蕊珠，上清境宫闕名也。《真靈位業圖》：有太和殿、寥陽殿、蕊珠宫。

〔八〕《黄庭外景經》：丹田之中，精氣微。梁丘子注：臍下三寸是也。《黄庭内景經》：肺部之宫似華蓋，下有童子坐玉闕。梁丘子注：玉闕者，腎中白氣，上與肺連也。

〔九〕《雲笈七籤》：《太微黄書》八卷，素訣乃含於九天元母結文空胎。歷歲數劫，以成自然之章。太皇中歲，成《洞真金真玉光八景飛經》，元始天王名之爲《八景飛經》，廣生太真名之爲《八素上經》，青真小童名之爲《豁落七元》。

〔一〇〕《隋書》：道經者，云元始天尊所説之經，亦禀元一之氣，自然而有，非所造爲，亦與天尊常在不滅。天地不壞，則藴而莫傳；劫運若開，其文自見。凡八字盡道體之奥，謂之《天書》。字方一丈，八角垂芒，光輝照耀，驚心眩目。雖諸天仙，不能省視。

〔一一〕《樓炭經》：天地有三災變：一者火災變，二者水災變，三者風災變。《法苑珠林》：二十小劫中間有小三災，次第輪轉。一疾疫災，二刀兵災，三饑饉災。劉昭《後漢書補》：璇璣者，謂北極星也。《晉書·天文志》：魁四星爲璇璣，杓三星爲玉衡。「三災蕩璿璣」，謂斗神覆護，三災不能爲害也。

〔一二〕王康琚詩：與物齊終始。李善注：孫卿子曰：生，人之始也；死，人之終也。

〔一三〕顔延年詩：美價難克充。

〔一四〕《真誥》：羅酆山在北方癸地，山高二千六百里，周圍三萬里，其山下有洞天，在山之中，周圍一萬五千里，其上其下並有鬼神宫室。山上有六洞，洞中有六宫，輒周圍千里，是爲六天鬼神之宫也。注云：此即應是北酆，鬼王決斷罪人住處。《白帖》：羅酆山之洞，周一萬五千里，名曰北帝死生之天。皆鬼神所治，五帝之宫，考謫之府也。

〔一五〕《荀子》：贈人以言，重於金石珠玉。

贈崔郎中宗之

崔祐甫《齊昭公崔府君集序》：公嗣子宗之，學通古訓，詞高典册，才氣聲華，邁時獨步。仕於開元中，爲起居郎，再爲尚書禮部員外郎，遷本司郎中。時文國禮，十年三入，終於右司郎中。年位不充，海内嘆息。按《唐書》，崔宗之乃宰相日用之子，襲封齊國公，好學，寬博有風檢，與李白、杜甫以文相知。

胡雁（一作「鷹」）拂海翼〔一〕，翺翔鳴素秋〔二〕。驚雲辭沙朔〔三〕，飄蕩迷河洲（一作「胡鷹度日邊，兩龍天地秋。哀鳴沙塞寒，風雪迷河洲」）。有（一作「乃」）如飛蓬人〔四〕，去逐（一作「一去」）萬里游〔五〕。登高望浮雲，彷彿如舊丘〔六〕。日從海旁没，水向天邊流。長嘯倚孤劍，目極心悠悠〔七〕。歲晏歸去來〔八〕，富貴安可（繆本作「所」）求。仲尼七十説，歷聘莫見收〔九〕。魯連逃千金，珪組豈可（一作「不足」）酬〔一〇〕。時哉苟不會，草木爲我儔。希君同攜手，長往南山幽。

〔一〕鮑照詩：胡雁已矯翼。

〔二〕《初學記》：梁元帝《纂要》曰：秋曰素秋。張華詩：星火既夕，忽焉素秋。李周翰注：西方色白，故曰素秋。

〔三〕沙朔，謂朔方沙漠之地。薛道衡《高祖文皇帝誄》：運天策於帷扆，播神威於沙朔。《北史》：洎乎有魏，定鼎沙朔。

〔四〕《商子》：飛蓬遇飄風而行千里。

〔五〕江淹詩：渺然萬里游。

〔六〕鮑照詩：復得還舊丘。吕向注：舊丘，舊里也。

〔七〕《楚辭》：目極千里兮傷春心。《詩·國風》：悠悠我心。

〔八〕《楚辭》：歲既晏兮孰華予。王逸注：晏，晚也。

〔九〕《淮南子》：孔子欲行王道，東西南北，七十説而無所偶。《論衡》：孔子不能容於世，周流游説七十餘國，未嘗得安。

〔一〇〕魯連逃千金，詳見二卷注。左思詩：吾慕魯仲連，談笑卻秦軍。功成恥受賞，高節卓不群。臨組不肯緤，對珪寧肯分。

贈崔諮議

《唐書·百官志》：王府官，有諮議參軍事一人，正五品上，掌訏謀議事。

騄（蕭本作「緑」）驥本天馬，素非伏櫪駒〔一〕。長嘶向（一作「起」）清風，倏忽凌九區〔二〕。何言西北至，卻走（繆本作「是」）東南隅〔三〕。世道有翻覆，前期（一作「程」，一作「途」）難預圖。希君一（一作「前」，一作「相」）剪拂（一作「拂便」）〔四〕，猶可騁中衢〔五〕。

〔一〕張衡《南都賦》：騄驥齊鑣。李善注：騄驥，駿馬名也。《穆天子傳》：八駿有赤驥、騄耳。魏武帝詩：老驥伏櫪，志在千里。

〔二〕《楚辭·招魂》：往來倏忽。王逸注：倏忽，疾急貌。

〔三〕《史記》：初，天子發書，《易》云：「神馬當從西北來。」庾肩吾詩：渥水出騰駒，湘川實應圖。來從西北道，去逐東南隅。

〔四〕九區、剪拂，俱見三卷《天馬歌》注。

〔五〕中衢，猶中道也。《淮南子》：猶中衢而致尊耶？傅玄《正都賦》：灑奔駟於中衢。

贈昇州王使君忠臣

《唐書·地理志》：江南道昇州江寧郡，至德二載，以潤州之江寧縣置，上元二年廢。《太平寰宇記》：安禄山亂，肅宗以金陵自古雄據之地，時遭艱難，不可縣統之，因置昇州，仍加節制，實資鎮撫。時方艱弊，力難興造，因舊縣宇以爲州城。禄山平後，復廢州，依舊爲縣。

六代帝王國，三吴佳麗城〔一〕。賢人當重寄〔二〕，天子借高名。巨海一邊静，長江萬里清。應須救趙策，未肯棄侯嬴〔三〕。

〔一〕楊齊賢曰：唐昇州，吴、晉、宋、齊、梁、陳所都，東極於海，西帶長江。胡三省《通鑑注》：漢置吴郡，吴分吴郡置吴興郡，晉又分吴興、丹陽置義興郡，是爲三吴。酈道元曰：世謂吴郡、吴興、會稽爲三吴。杜佑曰：晉、宋之間，以吴郡、吴興、丹陽爲三吴。謝朓詩：江南佳麗地。

〔二〕《北史》：足下宿當重寄，早預心膂。

〔三〕侯嬴事，見三卷注。

贈别從甥高五

魚目高太山〔一〕，不如一璵（音余）璠（音煩）〔二〕。賢甥即明月，聲價動天門。能成吾宅相，不減魏陽元〔三〕。自顧寡籌略〔四〕，功名安所存？五木思一擲〔五〕，如繩繫窮猨〔六〕。櫪中駿馬空，堂上醉人喧。黄金久已罄，爲報故交恩。聞君隴西行〔七〕，使我驚（一作「清」）心魂。與爾共飄飖，雪天各飛翻〔八〕。江水流或卷，此心難具論。貧家羞好客，語拙覺辭繁。三朝空錯莫〔九〕，對飯卻慚寃。自笑我非夫〔一〇〕，生事多契闊〔一一〕。積蓄（繆本作「蓄積」）萬古憤，向誰得開豁〔一二〕？天地一浮雲，此身乃毫末。忽見無端倪〔一三〕，太虛可包括。去去何足道，臨歧空復愁。肝膽不楚、越〔一四〕，山河亦衾幬（音儔）〔一五〕。雲龍若（蕭本作「將」）相從，明主會見收。成功解相訪，溪水桃花流〔一六〕。

〔一〕魚目：魚之目睛似珠者也。明月珠，夜光珠也。俱見二卷注。

〔二〕《説文》：璵璠，魯之寶玉。孔子曰：美哉璵璠，遠而望之，奂若也；近而視之，瑟若也。《左傳》：陽虎將以璵璠斂。杜預注：璵璠，美玉也。

〔三〕《晉書》：魏舒，字陽元，少孤，爲外家甯氏所養。甯氏起宅，相宅者曰：「當出貴甥。」舒曰：「當爲外祖成此宅相。」

〔四〕《三國志注》：《江表傳》曰：公瑾文武籌略，萬人之英。

〔五〕《世説》：桓宣武與袁彦道摴蒱，袁彦道齒不合，遂厲色擲去五木。元革《五木經》：摴蒱，古戲。其投有五，故白呼爲五木。以木爲之，因謂之木。今則以牙、角，尚飾也。《演繁露》：古惟斲木爲子，一具凡五子，故名五木。後世轉而用石、用玉、用象、用骨，故《列子》謂之投瓊，《律文》謂之出玖。

〔六〕《世説》：窮猿奔林，豈暇擇木。

〔七〕唐隴右道有隴西郡。按：《通典》：渭州，《禹貢》曰「導渭自鳥鼠同穴」，即其地也。春秋爲羌戎之居，秦置隴西郡，以居隴坻之西爲名。唐爲渭州，亦謂之隴西郡，領襄武、隴西、渭源、障四縣。

〔八〕沈約詩：短翮屢飛翻。

〔九〕班固《東都賦》：春王三朝。章懷太子注：三朝，元日也。謂歲之朝、月之朝、日之朝。李善注：三朝，歲首朔日也。然此詩所謂三朝，即三日之義，與《東都賦》所言不同。鮑照詩：今朝見我顔色衰，意中錯莫與先異。

〔一〇〕《左傳》：成師以出，聞敵强而退，非夫也。杜預注：非丈夫也。

〔一一〕《詩·國風》：死生契闊。毛傳云：契闊，勤苦也。

〔一二〕夏侯湛《東方朔畫贊》：明濟開豁，包含弘大。

〔一三〕《莊子》：號物之數謂之萬，人處一焉。此其比萬物也，不似毫末之在於馬體乎？又云：反覆終始，不知端倪。

〔一四〕又《莊子》曰：自其異者視之，肝膽楚、越也；自其同者視之，萬物皆一也。

〔一五〕《詩·國風》：抱衾與裯。毛傳曰：衾，被也；裯，禪被也。鄭箋曰：裯，牀帳也。孔穎達《正義》：鄭既以衾爲被，不宜復云禪被也。漢世名帳爲裯，蓋因於古，故以爲牀帳。

〔一六〕溪水、桃花，用武陵桃花源事，見二卷注。

贈裴司馬

按《唐書·百官志》，刺史之僚佐，有司馬一人，位在别駕、長史之下，上州者從五品下，中州者正六品下，下州者從六品上。

翡翠黄金縷，繡成歌舞衣。若無雲間月〔一〕，誰可比光輝？秀色一如此，多爲衆女譏。君恩移昔愛，失寵秋風歸。愁苦不窺鄰〔二〕，泣上流黄機〔三〕。天寒素手冷，夜長燭復微。十日不滿匹，鬢蓬亂若絲。猶是可憐人，容華世中稀。向君發皓齒〔四〕，顧我莫相違。

〔一〕古《白頭吟》：皚如山上雪，皎若雲間月。

〔二〕宋玉《登徒子好色賦》：此女登牆窺臣三年，至今未許也。

〔三〕梁元帝詩：網綴流黄機。李善《文選注》：《環濟要略》曰：間色有五，紺、紅、縹、紫、流黄也。《禮記正義》：皇氏云：正謂青、赤、黄、白、黑，五方正色也。不正謂五方間色，緑、紅、碧、紫、騮黄是也。黄是中央正，騮黄是中央間。中央爲土，土克水，水色黑，故騮黄之色，黄黑也。騮黄即流黄之義。

〔四〕曹植詩：誰爲發皓齒？

叙舊贈江陽宰陸調

唐時，淮南道之揚州有江陽縣。

太伯讓天下，仲雍揚波濤〔一〕。清風蕩萬古〔二〕，跡與星辰高。開吴食東溟，陸氏世英髦。多君秉古節（一作「夫子特峻秀」）〔三〕，岳立冠人曹〔四〕。風流少年時，京、洛事游遨〔五〕。腰間延陵劍〔六〕，玉帶明珠袍〔七〕。我昔鬭雞徒〔八〕，連延五陵豪〔九〕。邀遮相組織〔一〇〕，呵嚇來煎熬。君開萬叢人，鞍馬皆辟（繆本作「闢」）易〔一一〕。告急清憲臺〔一二〕，脱余北門厄。間宰江陽邑，剪棘樹蘭芳（一本自「腰間延陵劍」以下作：「騣驔紅陽燕，玉劍明珠袍。一諾許他人，千金雙錯刀。滿堂青雲士，望美期丹霄。我昔北門厄，摧如一枝蒿。有虎挾雞徒，連延五陵豪。邀遮來組織，呵嚇相煎熬。君披萬人叢，脱我如狴牢。此恥竟未刷，且食綏山桃。非天雨文章，所祖託《風》、《騷》。蒼蓬老壯髮，長策未逢遭。别君幾何時，君無相思否？鳴琴坐高樓，渌水淨窗牖。政成聞《雅》、《頌》，人吏皆拱手。投刃有餘地，迴車攝江陽。錯雜非易理，先威挫豪强。」下俱相同。又繆本「特峻秀」作「時峻季」，「狴牢」作「貔牢」，「託《風》、《騷》」作「記《風》、《騷》」）〔一三〕。城門何肅穆〔一四〕，五月飛秋霜。好鳥集珍木，高才列華堂〔一五〕。時從府中歸，絲管儼成行。但苦隔遠道，無由共銜觴。江北荷花開，江南楊梅鮮（繆本作「熟」，又下多「正好飲酒時，懷賢在心目」二句）〔一六〕。挂席候海色（蕭本作「拾海月」）〔一七〕，乘（繆本作「當」）風下長川〔一八〕。多酤新豐醁（音録）〔一九〕，滿載剡溪船〔二〇〕。中途不遇人，直到爾門前。大笑同一醉，取樂平生年。

〔一〕《漢書》：周太王長子太伯，次曰仲雍，次曰公季。公季有聖子昌，太王欲傳國焉。太伯、仲雍辭行采藥，遂奔荆蠻。公季嗣位，至昌爲西伯，受命而王。故孔子美而稱曰：「太伯可謂至德也已矣。三以天下讓，民無得而稱焉。」太伯初奔荆蠻，荆蠻歸之，號曰句吴。太伯卒，仲雍立，至曾孫周章，而武王克殷，因而封之。陸機詩：太伯導仁風，仲雍揚其波。

〔二〕《晉書》：激清風於萬古，厲薄俗於當年。

〔三〕鮑照詩：誰令乏古節？張銑注：古節，古人高尚之節。

〔四〕陸機詩：吴實龍飛，劉亦岳立。《華陽國志》：谷口子真秉箕潁之操，湛然岳立。

〔五〕謝靈運詩：仲春喜游遨。

〔六〕《新序》：延陵季子將西聘晉，帶寶劍以過徐君。

〔七〕王僧孺詩：落日映珠袍。

〔八〕鬬雞徒，詳見二卷注。

〔九〕五陵豪，見五卷注。

〔一〇〕《漢紀》：邀遮前後，危殆不測。

〔一一〕辟易，見二卷注。

〔一二〕潘正叔詩：迴迹清憲臺。李善注：《漢官儀》曰：御史爲憲臺。

〔一三〕袁宏《三國名臣贊》：思樹芳蘭，剪除荆棘。李善注：芳蘭以喻君子，荆棘以喻小人。

〔一四〕《晉書》：賀循歷試二城，刑政肅穆。

〔一五〕嵇康《琴賦》：華堂曲宴。

〔一六〕張揖《上林賦注》：楊梅，其實似穀子而有核，其味酸，出江南。《齊民要術》：楊梅，《臨海異物志》云：其子大如彈丸，正赤，五月熟，似梅味甜酸。

〔一七〕謝靈運詩：挂席拾海月。

〔一八〕《洛神賦》：浮長川而忘反。

〔一九〕《説文》：酤，買酒也。新豐酒，見四卷注。《廣韻》：醁，美酒也。

〔二〇〕剡溪船，用王子猷訪戴安道事，詳見九卷注。

贈從孫義興宰銘

唐時，常州晉陵郡有義興縣，屬江南東道。

天子思茂宰，天枝得英才〔一〕。朗然清秋月，獨山映吴臺。落筆生綺繡，操刀振風雷〔二〕。蠖屈雖百里，鵬騫（音軒）望三台〔三〕。退食無外事，琴堂向山開〔四〕。緑水寂以閑〔五〕，白雲有時來。河陽富奇藻〔六〕，彭澤縱名杯〔七〕。所恨不見之，猶如仰昭回〔八〕。

〔一〕謝朓詩：茂宰深遐睠。王僧孺文：天枝峻密，帝葉英芬。

〔二〕操刀，用子産語，見九卷注。

〔三〕潘尼詩：蠖屈固小往。《晉書》：三台六星，兩兩而居。起文昌，列抵太微。一曰天柱，三公之位也。在人曰三公，在天曰三台，主開德宣符也。西近文昌二星，曰上台，爲司命，主壽；次二星，曰中台，爲司中，主宗室；東二星，曰下台，爲司禄，主兵。所以昭德塞違也。

〔四〕《詩·國風》：退食自公。楊齊賢曰：宓子賤爲單父宰，彈琴不下堂，而單父治。故後世以宰之室爲琴堂。

〔五〕張協詩：荒庭寂以閑，山岫峭且深。

〔六〕《晉書》：潘岳才名冠世，出爲河陽令。岳美姿儀，辭藻絶麗，尤善爲哀誄之文。盧照鄰詩：知君振奇藻。

〔七〕《晉書》：陶潛爲鎮軍建威參軍，謂親朋曰：「聊欲弦歌，以爲三徑之資，可乎？」執事者聞之，以爲彭澤令。在縣，公田悉令種秫穀，曰：「令吾常醉於酒足矣。」

〔八〕《詩·大雅》：倬彼雲漢，昭回於天。朱傳曰：雲漢，天河也。昭，光也。回，轉也。言其光隨天而轉也。

元惡昔（蕭本作「皆」）滔天，疲人散幽草。驚川無恬（蕭本作「活」）鱗〔一〕，舉邑罕遺老。誓雪會稽恥〔二〕，將奔宛陵道〔三〕。亞相素所重〔四〕，投刃應《桑林》〔五〕。獨坐傷激揚〔六〕，神融一開襟〔七〕。絃歌欣再理〔八〕，和樂醉人心〔九〕。蠹政除害馬〔一〇〕，傾巢有歸禽。壺漿候君來，聚舞共（蕭本作「若」）謳吟。農夫棄蓑笠，蠶女墮纓簪〔一一〕。歡笑相拜賀，則知惠愛深。

〔一〕《書·康誥》：元惡大憝。《晉書》：巨猾滔天，帝京危急。潘岳《西征賦》：牧疲人於西夏。殷仲文《解尚書表》：洪波振壑，川無恬鱗。「元惡滔天」二聯，指上元中宋州刺史劉展舉兵爲亂，連陷揚、潤、昇、蘇、湖、濠、楚、舒、和、徐、廬諸州，凡三月始平。其事詳後二十七卷注。常州與蘇、湖、揚、潤四州地界相接，其亂離不遑安處，概可知矣。

〔二〕《春秋繁露》：大夫蠡、大夫種、大夫庸、大夫睪、大夫車成，越王與此五大夫謀伐吴，遂滅之，雪會稽之恥。

〔三〕宛陵，即宣城也。唐時，宣州宣城郡，理宣城縣，本漢之宛陵縣地。

〔四〕太白原注：亞相李公重之以能政，中丞李公免罷以移官。蓋銘以劉展稱兵，避難奔走失官，因二公而復職者也。唐時御史臺有大夫一員，正三品；中丞二員，正四品。亞相，謂御史大夫，獨坐謂中丞。《海録碎事》：御史大夫謂之亞相，蓋御史大夫，漢時位爲宰相之副，故唐人謂之亞相。

〔五〕《莊子》：庖丁爲文惠君解牛，手之所觸，肩之所倚，足之所履，膝之所踦，砉然嚮然，奏刀騞然，莫不中音，合於《桑林》之舞，乃中《經首》之會。陸德明注：《桑林》，司馬云：湯樂名。崔云：宋舞樂名。「投刃應《桑林》」，言其治民之材，如投刃得法，綽然有餘地也。

〔六〕《後漢書》：光武特詔御史中丞與司隸校尉、尚書令會同，並專席而坐。故京師號曰三獨坐。激揚，激濁揚清也。

〔七〕潘岳《西征賦》：開襟乎清暑之館。

〔八〕絃歌，用子游宰武城事。因免罷移官，故曰「再理」也。《漢書・張禹傳》：後堂理絲竹管絃。如淳曰：今樂家五日一習樂爲理樂。

〔九〕《世説注》：《名士傳》曰：阮咸，字仲容，陳留人。太原郭奕見之心醉，不覺嘆服。

〔一〇〕《莊子》：牧馬小童曰：夫爲天下者，亦奚以異乎牧馬者哉？亦去其害馬者而已矣！

〔一一〕《曲禮》：女子許嫁，纓。孔穎達《正義》：婦人質弱，不能自固，必有繫屬，故恒繫纓。纓有二時：一是少時常佩香纓，二是許嫁時繫纓。何以知然者？《内則》云：男女未冠笄，紟纓。鄭以爲佩香纓，不云纓之形制。又《昏禮》：主人入，親説婦纓。鄭注云：婦人十五許嫁，笄而禮之，因著纓，明有繫也。蓋以五采爲之，其制未聞。又《内則》云：婦事舅姑，紟纓。鄭云：婦人有纓，示繫屬也。以此而言，故知有二纓也。

歷職吾所聞〔一〕，稱賢爾爲最〔二〕。化洽一邦上，名馳三江外〔三〕。峻節貫（繆本作「冠」）雲霄〔四〕，通方堪遠大〔五〕。能文變風俗，好客留軒蓋〔六〕。他日一來游，因之嚴光瀨〔七〕。

〔一〕《蜀志》：衛繼敏達夙成，學識通博，進仕州郡，歷職清顯。

〔二〕《後漢書》：牟融以司徒茂才爲豐令，視事三年，縣無獄訟，爲州郡最。《晉書》：鄭袤爲黎陽令，吏民悦服，太守班下屬城，特見甄異，爲諸縣之最。

〔三〕《史記索隱》：韋昭云：三江，謂松江、錢塘江、浦陽江。今按《地理志》，有南江、中江、北江，是爲三江。其南江從會稽吴縣南，東入海；中江從丹陽蕪湖縣東北，至會稽陽羡縣東入海；北江從會稽毘陵縣東北入海。《太平寰宇記》：《郡國志》云：《禹貢》三江，吴郡南松江、錢塘江、浦陽江是也。

〔四〕峻節，高節也。顔延年詩：峻節貫秋霜。李善注：貫，連也。

〔五〕《漢書》：通方之士，不可以文亂。顔師古注：方，道也。

〔六〕《梁書》：尚書令沈約，當朝顯貴，軒蓋盈門。

〔七〕《水經注》：自桐廬縣至於潛，凡十有六瀨。第二是嚴陵瀨，瀨帶山，山下有石室。漢光武時，嚴子陵之所居也。故山及瀨，皆即人姓名之。山下有盤石，周圍十數丈，交枕潭際，蓋陵所游也。

草創大還贈柳官迪

天地爲橐籥，周流行太易〔一〕。造化合元符〔二〕，交媾（音垢。繆本作「搆」）騰精魄〔三〕。自然成妙用〔四〕，孰（繆本作「熟」）知其指的？羅絡四季間〔五〕，綿微無一（繆本作「一無」）隙。日月更出没，雙光豈云隻。姹（丑雅切，嗏去聲）女乘河車〔六〕，黄金充轅軛〔七〕。執樞相管轄〔八〕，摧伏傷羽翮。朱鳥張炎威，白虎守本宅〔九〕。相煎成苦老〔一〇〕，消爍凝津液。髣髴周窗塵，死灰同至寂〔一一〕。擣（繆本作「鑄」，非）冶入赤色，十二周律曆。赫然稱大還，與道本無隔。白日可撫弄，清都在咫尺〔一二〕。北酆落死名〔一三〕，南斗上生籍〔一四〕。抑予是何者？身在方士格〔一五〕。才術信縱横，世途自輕擲。吾求仙棄俗，君曉損勝益。不向金闕游，思爲玉皇客〔一六〕。鸞車速風電〔一七〕，龍騎無鞭策。一舉上九天，相攜同所適。

〔一〕《老子》：天地之間，其猶橐籥乎？河上公注：天地空虚，和氣流行，萬物自生。其空虚，猶橐籥也。《參同契》：乾坤者，易之門户，衆卦之父母。坎離匡廓，運轂正軸，牝牡四卦，以爲橐籥，覆冒陰陽之道。又曰：易有周流，屈伸反覆。又曰：易謂坎離。坎離者，乾坤二用，二用無爻位，周流行六虚，往來既不定，上下亦無常。

〔二〕陸倕《新刻漏銘》：入神之制，與造化合符。吕延濟注：造化，謂陰陽也。符，同也。

〔三〕《參同契》：觀夫雌雄交媾之時，剛柔相結而不可解，得其節符，非有工巧以制御之，本在交媾，定制始先。陳子昂詩：精魄相交媾。

〔四〕《參同契》：自然之所爲兮，非有邪僞道。惟斯之妙術兮，審訂不誑語。

〔五〕又《參同契》曰：坎戊日精，離己月光。日月爲易，剛柔相當。土王四季，羅絡始終。天地媾其精，日月相撢持。蟾蜍與兔魄，日月氣雙明。

〔六〕又《參同契》曰：河上姹女，靈而最神，得火則飛，不見埃塵。彭曉注：河上姹女者，真汞也。見火則飛騰。

〔七〕《抱朴子》：丹砂可爲黄金，河車可作銀子，得其道可以仙身。軛，轅端横木，駕馬領者也。

〔八〕《龍虎經》：神室有所象，雞子爲形容。五岳峙潛洞，際會有樞轄。

〔九〕淳于叔通《大丹賦》：升熬於甑山兮，炎火張設下。白虎倡導前兮，蒼液和於後。朱雀翱翔戲兮，飛揚色五采。遭遇網羅施兮，壓止不得舉。嗷嗷聲悲泣兮，如嬰兒慕母。顛倒就湯鑊兮，摧折傷毛羽。俞琰注：朱雀，火也。

〔一〇〕蕭士贇曰：老者，煉丹火候之老嫩也。

〔一二〕《參同契》：形體爲灰土，狀若明窗塵。擣冶并合之，馳入赤色門。固塞其際會，務令致完堅。炎火張於下，晝夜聲正勤。始文使可修，終竟武乃陳。候視加謹慎，審察調寒温。周旋十二節，節盡更須親。氣索命將絶，休死亡魄魂。色轉更爲紫，赫然成還丹。

〔一三〕清都，見二卷注。

〔一三〕北酆，見本卷注。

〔一四〕《搜神記》：南斗注生，北斗注死。

〔一五〕《後漢書》：窮折方士黄白之術。章懷太子注：方士，有方術之士也。

〔一六〕闕，謂朝廷之門闕。金闕，猶金門也。《真靈位業圖》有玉皇道君。《太平廣記》：木公，亦云東王父，亦云東王公。蓋青陽之元氣，百物之先也。冠三維之冠，服九色雲霞之服，亦號玉皇君。居於雲房之間，以紫雲爲蓋，青雲爲城，仙童侍立，玉女散香。真僚仙官，巨億萬計，各有所職，皆稟其命，而朝奉翼衛。故男女得道者，名籍所隸焉。出《仙傳拾遺》。

〔一七〕《太平御覽》：《尺素訣》曰：太微天帝，登白鸞之車。

贈崔司户文昆季

唐時，州之屬吏，有司户參軍事，上州二人，從七品下；中州一人，正八品下；下州一人，從八品下。

雙珠出海底〔一〕，俱是連城珍〔二〕。明月兩特達〔三〕，餘輝傍照（繆本作「照旁」）人〔四〕。英聲振名都，高價動殊鄰〔五〕。豈伊箕山故〔六〕，特以風期親〔七〕。惟昔不自媒〔八〕，擔簦西入秦〔九〕。攀龍九天上，忝列（繆本作「别忝」）歲星臣〔一〇〕。布衣侍丹墀（音池）〔一一〕，密勿草絲綸〔一二〕。才微惠渥重〔一三〕，讒巧生緇（音支）磷（音鄰）。一去已十年，今來復盈旬〔一四〕。清霜入曉鬢，白露生衣巾。側見緑水亭，開門列華茵〔一五〕。千金散義士，四座無凡賓。欲折月中桂〔一六〕，持（蕭本作「特」）爲寒者薪。路傍已竊笑，天路將何因〔一七〕？垂恩儻丘山，報德有微身。

〔一〕《三國志注》：孔融與韋康父端書曰：前日元將來，淵才亮茂，雅度弘毅，偉世之器也。昨日仲將又來，懿性貞實，文敏篤誠，保家之主也。不意雙珠近出老蚌，甚珍貴之。

〔二〕魏文帝《與鍾繇書》：不損連城之價。事詳四卷注。

〔三〕《禮記》：圭璋特達。郭璞詩：圭璋雖特達。吕延濟注：特達，美貌。

〔四〕《古詩》：照乘有餘輝。

〔五〕《長楊賦》：遐方疏俗，殊鄰絶黨之域。顔師古注：鄰，邑也。

〔六〕《高士傳》：許由，字武仲，陽城槐里人也。隱於沛澤之中。堯讓天下於許由，由於是遁耕於中岳潁水之陽、箕山之下，終身無經天下色。許由没，葬箕山之巔，亦名許由山，在陽城之南十餘里。堯因就其墓號曰箕山公神，以配食五岳。

〔七〕風期，猶風度也。注見三卷。

〔八〕《列子》：魯有儒生，自媒能治之。《管子》：自媒之女，醜而不信。

〔九〕《史記》：虞卿攝蹻擔簦。徐廣曰：簦，長柄笠，音登。笠有柄者謂之簦。

〔一〇〕《列仙傳》：東方朔者，平原厭次人也。久在吴中，爲書師數十年。武帝時，上書説便宜，拜爲郎。至昭帝時，時人或謂聖人，或謂凡人，作深淺默顯之行。或忠言，或戲語，莫知其旨。至宣帝時初，棄郎以避世亂，置幘官舍，風飄之而去。後見於會稽，賣藥五湖，智者疑其歲星精也。

〔一一〕《漢書》：俯視兮丹墀。孟康注：丹墀，赤地也。《通典》：漢省中以朱漆地，故謂之丹墀。《宋書》：明光殿以胡粉塗壁，畫古賢烈士。以丹朱色地，謂之丹墀。

〔一二〕《漢書》：密勿從事，不敢告勞。顔師古注：密勿，猶黽勉。《禮記》：王言如絲，其出如綸。鄭玄注：言言出彌大也。綸，今有秩、嗇夫所佩也。孔穎達《正義》：王言初出，微細如絲，及其出行於外，言更漸大如綸也。言綸粗於絲。

〔一三〕潘岳《寡婦賦》：荷君子之惠渥。劉良注：荷恩惠之厚也。

〔一四〕任昉詩：經途不盈旬。

〔一五〕謝靈運詩：連榻設華茵。張銑注：茵，褥也。

〔一六〕《酉陽雜俎》：舊言月中有桂。

〔一七〕《西京賦》：要羨門乎天路。

贈溧陽宋少府陟

唐時，宣州有溧陽縣，屬江南西道。

李斯未相秦〔一〕，且逐東門兔。宋玉事襄王，能爲《高唐賦》〔二〕。嘗聞《緑水曲》〔三〕，忽此相逢遇。掃灑青天開，豁然披雲霧〔四〕。葳蕤紫鸞鳥〔五〕，巢在崑山樹。驚風西北吹，飛落南溟去〔六〕。早懷經濟策，特受龍顔顧。白玉棲青蠅〔七〕，君臣忽行路。人生感分義，貴欲呈丹素〔八〕。何日清中原〔九〕，相期廓天步〔一〇〕。

〔一〕李斯事，見一卷《擬恨賦》注。

〔二〕《高唐賦》，見二卷注。

〔三〕《緑水曲》，見四卷注。

〔四〕《晉書》：尚書令衞瓘，見樂廣而奇之，命諸子造焉。曰：「此人之水鏡，見之瑩然，若披雲霧而覩青天也。」

〔五〕《子虛賦》：錯翡翠之葳蕤。吕延濟注：葳蕤，羽毛貌。鸞鳥，見二卷注。

〔六〕南溟，南海也。見八卷注。

〔七〕青蠅，見九卷注。

〔八〕《北史·司馬子如傳》：子如初爲懷朔鎮省事，與齊神武相結託，分義甚深。《劉璠傳》：我與府侯，分義已定。楊齊賢曰：丹素，心也。

〔九〕《左傳》：晉、楚治兵，遇於中原。

〔一〇〕《詩·小雅》：天步艱難。沈約《法王寺碑》：因斯而運斗樞，自兹而廓天步。

戲贈鄭溧陽

鄭名晏，爲溧陽令，與上篇宋少府陟俱詳見二十九卷《溧陽瀨水貞義女碑銘序》。

陶令日日醉，不如五柳春。素琴本無絃，漉酒用葛巾。清風北窗下，自謂羲皇人〔一〕。何時到栗（一作「溧」）里〔二〕，一見平生親〔三〕。

〔一〕《宋書》：陶潛少有高趣，嘗著《五柳先生傳》以自況。曰：「先生不知何許人，不詳姓氏，宅邊有五柳樹，因以爲號焉。性嗜酒，而家貧不能恒得，親舊知其如此，或置酒招之，造飲輒盡，期在必醉。既醉而退，曾不吝情去留。」爲彭澤令，解印綬去職，賦《歸去來》。江州刺史王弘欲識之，不能致也。潛常往廬山，弘令潛故人龐通之齎酒具於半道栗里要之。潛有腳疾，使一門生、二兒轝籃輿。既至，欣然便共飲酌。俄頃弘至，亦無忤也。潛性不解音聲，而畜素琴一張，無絃，每有酒適，輒撫弄以寄其意。郡將候潛，值其酒熟，取頭上葛巾漉酒畢，還復著之。嘗言五六月北窗下卧，遇涼風暫至，自謂是羲皇上人。

〔二〕《太平寰宇記》：栗里，原在廬山南，當澗有陶公醉石。

〔三〕蘇武詩：願子留斟酌，叙此平生親。任昉詩：何由乘此竹，直見平生親。

贈僧崖公

昔在朗陵東〔一〕，學禪白眉空〔二〕。大地了鏡徹〔三〕，迴旋寄輪風〔四〕。攬彼造化力，持爲我神通〔五〕。晚謁太山君〔六〕，親見日没雲。中夜卧山月（一作「夜卧雪上月」），拂衣逃人群。授余金仙道〔七〕，曠劫未始聞〔八〕。冥機發天光〔九〕，獨朗謝垢氛〔一〇〕。虚舟不繫物〔一一〕，觀化游江濆〔一二〕。江濆遇同聲〔一三〕，道崖乃僧英〔一四〕。説法動海岳，游方化公卿〔一五〕。手秉玉麈尾〔一六〕，如登白樓亭〔一七〕。微言注百川〔一八〕，亹亹信可聽〔一九〕。一風鼓群有〔二〇〕，萬籟各自嗚〔二一〕。啟閉八（繆本作「開七」）窗牖，託宿掣雷霆。自言（繆本作「云」）歷天台，搏壁躡翠屏〔二二〕。凌兢石橋去〔二三〕，恍惚入青冥〔二四〕。昔往今來歸，絶景無不經。何日更攜手，乘杯向蓬瀛〔二五〕？

〔一〕《元和郡縣志》：朗陵山，在蔡州朗山縣西北三十里。《太平寰宇記》：朗陵故城，漢爲縣，所治在今蔡州朗山縣西南三十五里。晉武帝封何曾爲朗陵公，即此城也。

〔二〕白眉空疑是當時釋子之名，猶禪宗所稱南泉願、臨濟元、趙州諗之類。楊注引《蜀志》馬良白眉事，非矣。

〔三〕了者，了然分明之意。《楞嚴經》：觀諸世間，大地山河，如鏡鑑明，來無所粘，過無踪跡。

〔四〕《法苑珠林》：依《華嚴經》云：三千大千世界，以無量因緣乃成，且如大地依水輪，水依風輪，風依空輪。空無所依，然衆生業感，世界安住。故《智度論》云：三千大千世界，皆依風輪爲基。又新翻《菩薩藏經》云：諸佛如來，成就不思議智故，而能行知諸風雨相。知世有大風，名烏盧博迦，乃至衆生諸有覺受，皆由此風所摇動故。此風輪量高三拘盧舍。於此風上，虚空之中，復有風起，名風雲輪，此風輪量高五拘盧舍。於此風上，虚空之中，復有風起，名瞻薄迦，此風輪量高十踰繕那。如是次第輪上，六萬八千拘胝風輪之相，如來應正等覺，依止大慧，悉能了知。

〔五〕《維摩詰經》：維摩詰即入三昧，現神通力，示諸大衆。

〔六〕太山君，主太山之神也。《廣博物志》：東岳太山君，領群神五千九百人，主治死生，百鬼之主帥也。太山君服青袍，戴蒼璧七稱之冠，佩通陽太平之印，乘青龍。

〔七〕《金光明經》：如來之身，金色微妙。後世稱佛，有金仙之號，以此。

〔八〕《隋書》：天地之外，四維上下，更有天地，亦無終極。然皆有成有敗。一成一敗，謂之一劫。《楞嚴經》：我曠劫來，心得無礙。

〔九〕沈約《千佛頌》：千覺俯應，遞叩冥機。《莊子》：宇泰定者，發乎天光。

〔一〇〕謝靈運詩：兼抱濟物性，而不纓垢氛。李善注：垢，滓也。氛，氣也。

〔一一〕《莊子》：汎若不繫之舟，虛而遨游者也。《魏書》：獨浩然而任己，同虛舟之不繫。

〔一二〕鮑照詩：回風起江濆。《説文》：濆，水涯也。

〔一三〕《周易》：同聲相應，同氣相求。

〔一四〕沈約《爲齊竟陵王解講疏》：肅萃僧英，敬敷慧典。

〔一五〕傅亮《文殊師利菩薩贊》：業化游方，罔識厥津。

〔一六〕《晉書》：王衍妙善玄言，唯談《老》、《莊》爲事，每執玉柄麈尾，與手同色。

〔一七〕《世説》：孫興公、許玄度共在白樓亭，共商略先往名達。林公既非所關，聽訖云：「二賢故自有才情。」劉孝標注：《會稽記》曰：白樓亭，在山陰，臨流映壑也。《水經注》：浙江又東北徑重山西，山上有白樓亭，亭本在山下，縣令殷朗移置今處，升陟遠望，山湖滿目也。

〔一八〕微言，已見前《訪道安陵》詩注中。

〔一九〕《世説》：謝太傅未冠，始出，西詣王長史，清言良久。去後，苟子問曰：「向客何如尊？」長史曰：「向客亹亹，爲來逼人。」

〔二〇〕王屮《頭陀寺碑文》：行不捨之檀，而施洽群有。劉良注：群有，謂萬物。

〔二一〕《韻會》：凡孔竅機括，皆曰籟。《莊子》：人籟則比竹是已，地籟則衆竅是已，天籟則人心之自動者是已。

〔二二〕孫綽《天台山賦》：跨穹隆之懸磴，臨萬丈之絶冥。踐莓苔之滑石，搏壁立之翠屏。李善注：懸磴，石橋也。

〔二三〕顧愷之《啟蒙記》注曰：天台山石橋，路徑不盈尺，長數十步，步至滑，下臨絶冥之澗。翠屏，石橋之上石壁之名也。孔靈符《會稽記》曰：赤城山上有石橋懸渡，有石屏風横絶橋上，邊有過徑，裁容數人。《甘泉賦》：馳閶闔而入凌兢。服虔注：凌兢，恐懼貌。

〔二四〕王逸《九思》：增逝兮青冥。注云：青冥，太清也。

〔二五〕《法苑珠林》：宋京師有釋杯度者，不知族姓名氏。常乘木杯度水，因而爲目。初見在冀州，不修細行，神力卓越，世莫能測其由來。嘗於北方寄宿一家，家有一金像，度竊去。家主覺而追之，見度徐行，走馬逐而不及。至孟津河，浮木杯於水，憑之而渡，無假風棹，輕疾如飛，俄而渡岸，達於京師。

游溧陽北湖亭望瓦屋山懷古贈同旅 一作《贈孟浩然》

《景定建康志》：瓦屋山，在溧陽縣西北八十里，周迴二十里，高一百六十七丈。山形連亘，兩崖稍陡起，宛如屋狀。李白嘗游溧陽，望瓦屋山，懷古賦詩，即此地。

朝登北湖亭，遥望瓦屋山。天清白露下，始覺（一作「知」）秋風還。游子託主人〔一〕，仰觀眉睫間。目（一作「日」）色送飛鴻〔二〕，邈然不可攀。長吁相勸勉，何事來吴關？聞有貞義女，振窮溧水灣〔三〕。清光了在眼，白日如披顔。高墳五六墩，崒兀棲猛虎。遺跡翳九泉〔四〕，芳名動千古。子胥昔乞食，此女傾壺漿。運開展宿憤〔五〕，入楚鞭平王〔六〕。凜冽天地間〔七〕，聞名若懷霜〔八〕。壯夫或未達，十步九太行。與君拂衣去，萬里同翱翔。

〔一〕「游子」數句，言游客仰觀主人辭色，見其仰視飛鳥，意不在賓客，故長吁相勸，何事來至此地？

〔二〕目色送飛鴻，是暗用衛靈公仰視蜚雁，色不在孔子事，已見四卷注。

〔三〕《越絶書》：子胥至溧陽界中，見一女子擊絮於瀨水之中。子胥曰：「豈可得託食乎？」女子曰：「諾。」即發簞飯，清其壺漿而食之。子胥食已而去，謂女子曰：「掩爾壺漿，毋令之露。」女子曰：

「諸。」子胥行五步還顧，女子自縱於瀨水之中而死。《一統志》：溧水在應天府溧陽縣西北四十里，一名瀨水。蕭士贇曰：棲猛虎，謂墳如猛虎之狀，猶馬鬣封之謂也。琦謂墳勢崒兀，有若猛虎，是寫遥望中擬似之景耳。以馬鬣封爲比，恐未是。據此詩，貞義女之墳唐時尚存，當在瓦屋山下。今則不可考矣。

〔四〕木華《海賦》：吹炯九泉。李善注：地有九重，故曰九泉。

〔五〕謝靈運詩：道消結憤懣，運開申悲涼。

〔六〕《吴越春秋》：吴王入郢，伍胥乃掘平王之墓，出其尸，鞭之三百，左足踐腹，右手抉其目，誚之曰：「誰使汝用讒諛之口，殺我父兄，豈不冤哉！」

〔七〕傅咸《神泉賦》：六合蕭條，嚴霜凜冽。

〔八〕陸機《文賦》：心懍懍以懷霜。

醉後贈從甥高鎮

馬上相逢揖馬鞭，客中相見客中憐。欲邀擊筑悲歌飲〔一〕，正值傾家無酒錢〔二〕。江東風光不借人，枉殺落花空自春。黄金逐手快意盡，昨日破産今朝貧。丈夫何事空嘯傲？不如燒卻頭上巾。君爲進士不得進〔三〕，我被秋霜生旅鬢。時清不及英豪人，三尺童兒唾（蕭本作「重」）廉、藺〔四〕。匣中盤劍裝鮨（音鵲）魚〔五〕。閑在腰間未用渠。且將換酒與君醉，醉歸託宿吴專（繆本作「鱄」，與專同）諸〔六〕。

〔一〕《史記》：荆軻嗜酒，日與狗屠及高漸離飲於燕市，酒酣以往，高漸離擊筑，荆軻和而歌於市中，相樂也，已而相泣，旁若無人。

〔二〕《漢書·陳萬年傳》：傾家自盡。

〔三〕《文獻通考》：唐制取士之科，有秀才，有明經，有進士，有俊士。

〔四〕廉頗者，趙之良將，以勇氣聞於諸侯，將兵數有功，封安平君。藺相如亦趙人，趙王使奉和氏璧入秦，卒完璧歸趙，趙王以爲賢大夫，使不辱於諸侯，拜爲上大夫。又從趙王與秦王會澠池，歸國，以相如功大，拜爲上卿，位在廉頗之右。

〔五〕《太平御覽》：《南越志》曰：鮨魚，南越謂之環雷魚，長二丈，其鱗皮有珠文可以飾刀劍。琦按：鮨魚，古謂之鮫魚，今謂之沙魚。以其皮爲刀劍鞘者是也。

〔六〕《吴越春秋》：專諸，堂邑人也。伍胥之亡楚如吴時，遇之於塗，因相其貌，碓顙而深目，虎膺而熊背，戾於從難，知其勇士，陰而結之，欲以爲用。

贈秋浦柳少府

唐時，秋浦縣隸江南西道之池州。

秋浦舊蕭索，公庭人吏稀。因君樹桃李〔一〕，此地忽芳菲。摇筆望白雲，開簾當翠微〔二〕。時來引山月，縱酒酣清輝〔三〕。而我愛夫子，淹留未忍歸。

〔一〕樹桃李，用潘岳事，詳見後三首注中。

〔二〕《爾雅》：山未及上翠微。郭璞注：近上旁坡。邢昺疏：謂未及頂上，在旁陂陀之處，名翠微。一説山氣青縹色，故曰翠微也。《潛確居類書》：凡山遠望之則翠，近之則翠漸微，故山色曰翠微，亦曰山腰。

〔三〕《漢書》：乃罷歷下守備，縱酒。顔師古注：縱，放也。放意而飲酒。《説文》：酣，酒樂也。阮籍詩：明月耀清輝。

贈崔秋浦三首

吾愛崔秋浦，宛然陶令風〔一〕。門前（一作「栽」）五楊柳，井上（一作「夾」）二梧桐〔二〕。山鳥下聽（音汀）事〔三〕，簷花落酒中〔四〕。懷君未忍去，惆悵意無窮。

〔一〕陶令五柳事，已見本卷注。

〔二〕元行恭詩：惟餘一廢井，尚夾兩株桐。

〔三〕《鹽鐵論》：曾子倚山而吟，山鳥下翔。《北堂書鈔》：《益部耆舊傳》：景放爲益州太守，威恩洽暢，有鳩巢於聽事。胡三省《通鑑注》：聽，他經翻，聽受也。中庭曰聽事，言受事察訟於是也。漢、晉皆作聽事，六朝以後始加广作廳。

〔四〕何遜詩：燕子戲還飛，簷花落枕前。

其二

崔令學陶令（一作「君似陶彭澤」），北窗常晝眠。抱琴時弄（一作「待秋」）月，取意任無絃〔一〕。見客但傾酒，爲官不愛錢。東皐多種黍〔二〕，勸爾早耕田（一作「東皐春事起，種黍早歸田」）。

〔一〕北窗卧、無絃琴，俱陶潛事，已見本卷注。

〔二〕阮籍《奏記》：方將耕於東皐之陽，輸黍稷之税，以避當塗之路。張銑注：東皐，籍所居之東也。澤畔曰皐。

其三

河陽花作縣〔一〕，秋浦玉爲人〔二〕。地逐名賢好，風隨惠化春。水從天漢落〔三〕，山逼畫屏新。應念金門客，投沙弔楚臣〔四〕。

〔一〕《白帖》：潘岳爲河陽令，種桃李花，人號曰河陽一縣花。庾信《春賦》：河陽一縣併是花。

〔二〕《晉書》：裴楷風神高邁，容儀俊爽，博涉群書，特精義理，時人謂之玉人。

〔三〕又《晉書》：王藴爲竟陵太守，有惠化，百姓歌之。楊齊賢曰「水從天漢落」，指九華山之瀑布也。

〔四〕《漢書》：賈誼爲長沙王太傅，既以適去，意不自得，及渡湘水，爲賦以弔屈原。屈原，楚賢臣也。被讒放逐，作《離騷賦》，遂自投江而死。誼追傷之，因以自諭。謝靈運詩：投沙理既迫，如邛願亦愆。投，棄也。謂棄之於長沙，正用誼事。

望九華山蕭本缺「山」字贈青陽韋繆本作「韋青陽」仲堪

《太平寰宇記》：九華山在池州青陽縣南二十里，舊名九子山。李白以九峰有如蓮花削成，改爲九華山。因有詩曰：「天河挂緑水，秀出九芙蓉。」今山中有李白書堂基址存焉。又按顧野王《輿地志》云：其山上有九峰，千仞壁立，周圍二百里，高一千丈，出碧雞之類。劉禹錫曰：九華山，在池州青陽縣西南，九峰兢秀，神采奇異。昔予仰太華，以爲此外無奇；愛女几、荆山，以爲此外無秀。今見九華，始悼前言之容易也。《元和郡縣志》：青陽縣，西南至池州七十里，本漢涇縣地。天寶元年，洪州都督徐輝奏於吴所立臨城縣南置，屬宣州。在青山之陽，故名。永泰二年，隸池州。

昔在九江上〔一〕，遥望（一作「觀」）九華峰。天河挂緑水，秀出（一作「山」）九芙蓉。我欲一揮手，誰人可相從？君爲東道主〔二〕，於此卧雲松。

〔一〕郭璞《山海經注》：九江在潯陽南。江自潯陽而分爲九，皆東會於大江。《書》曰「九江孔殷」是也。《通典》：九江在潯陽郡之西北。此詩所謂九江，則指池州之江也。以其承九江之下流，故亦冒九江之稱。

〔二〕《左傳》：若舍鄭以爲東道主。

李太白全集卷之十一

錢塘王琦琢崖輯注
王熥葆光王復曾宗武較

古近體詩共三十二首

贈王判官時余歸隱居廬山屏風疊

《一統志》：屏風疊在廬山，自五老峰而下，九疊如屏。《游宧紀聞》：九疊屏風之下，舊有太白書堂。有詩曰：「吾非濟代人，且隱屏風疊。」

昔別黄鶴樓〔一〕，蹉跎淮海秋〔二〕。俱飄零落葉，各散洞庭流。中年不相見，蹭（音寸）蹬（音鄧）游吴越〔三〕。何處我思君？天台緑蘿月〔四〕。會稽風月好〔五〕，卻遶剡（音閃）溪回〔六〕。雲山海上出，人物鏡中來〔七〕。一度浙江北〔八〕，十年醉楚臺〔九〕。荆門倒屈、宋，梁苑傾鄒、枚〔一〇〕。苦笑我誇誕，知音安在哉？大盜割鴻溝〔一一〕，如風掃秋葉〔一二〕。吾非濟代人，且隱屏風疊。中夜天中望，憶君思見君。明朝拂衣去，永與海鷗群〔一三〕。

〔一〕黄鶴樓，見八卷注。

〔二〕《隋書》：揚州於《禹貢》爲淮海之地。

〔三〕《説文》：蹭蹬，失道也。

〔四〕《方輿勝覽》：天台山，在台州天台縣西一百十里。《藝文類聚》：《名山略記》曰：天台山在剡縣，即是衆聖所降葛仙公山也。

〔五〕《世説注》：《會稽郡記》曰：會稽郡多名山水，峰崿隆峻，吐納雲霧，松栝楓柏，擢幹竦條，潭壑鏡徹，清流瀉注。王子敬見之曰：「山水之美，使人應接不暇。」

〔六〕《太平寰宇記》：剡溪，在越州剡縣南一百五十步，一源出台州天台縣，一源出婺州武義縣，即王子猷雪夜訪戴逵之所也，一名戴溪。

〔七〕《初學記》：《輿地志》曰：山陰南湖，縈帶郊郭，白水翠巖，互相映發，若鏡若圖。故王逸少曰：「山陰路上行，如在鏡中游。」

〔八〕《夢粱録》：浙江，在杭州東南，謂之錢塘江，内有浙山，正居江中，潮水投山下，曲折而行。

〔九〕楚臺，楚地之臺，若章華、陽雲之類。

〔一〇〕荆門，謂荆州之地，唐時爲江陵郡，今湖廣之荆州府是也。其地有荆門山，故文士取以爲稱。

梁苑，古睢陽之地，唐時爲宋州睢陽郡之宋城縣。今河南歸德州是也。其地，漢梁孝王之苑囿在焉，故文士以梁苑稱之。屈原、宋玉皆生於荆州，鄒陽、枚乘皆客梁孝王，引此以喻當時兩州之文士。

〔一一〕大盜，指安禄山。《史記》：項羽乃與漢王約，中分天下，割鴻溝而西者爲漢，鴻溝而東者爲楚。應劭曰：在滎陽東南二十里。文潁曰：於滎陽下引河東南爲鴻溝，以通宋、鄭、陳、蔡、曹、衛，與濟、汝、淮、泗會於楚，即今官渡水也。

〔一二〕《十六國春秋》：盪平殘胡，如風掃葉。

〔一三〕海鷗，用《列子》事，見二卷注。

在水軍宴贈幕府諸侍御 永王軍中

《漢書》：莫府省文書。晉灼曰：將軍職在征行，無常處，所在爲治，故言莫府也。或曰衛青征匈奴，絶大莫，大克獲，帝就拜大將軍於幕府中，故曰莫府，莫府之名始於此也。顔師古曰：二説皆非也。幕府者，以軍幕爲義，古字通單用耳。軍旅無常居止，故以帳幕言之。廉頗、李牧市租皆入幕府，此則非因衛青始有其號。

月化五白（一作「百」，非）龍〔一〕，翻飛凌九天。胡沙驚北海，電掃洛陽川〔二〕。虜箭雨宫闕，皇輿成播遷〔三〕。英王受廟略〔四〕，秉鉞清南邊〔五〕。雲旗卷海雪〔六〕，金戟羅江烟。聚散百萬人，弛張在一賢〔七〕。霜臺降群彥〔八〕，水國奉戎旃〔九〕。繡服開宴語〔一〇〕，天人借樓船〔一一〕。如登黃金臺〔一二〕，遥謁紫霞仙。卷身編蓬下〔一三〕，冥機四十年。寧知草間人，腰下有龍泉〔一四〕。浮雲在一決〔一五〕，誓欲清幽燕。願與四座公，靜談金匱篇〔一六〕。齊心戴朝恩〔一七〕，不惜微軀捐〔一八〕。所冀旄頭滅〔一九〕，功成追魯連〔二〇〕。

〔一〕《十六國春秋》：慕容熙建始元年，太史丞梁延年夢月化爲五白龍。夢中占之曰：月，臣也。龍，君也。月化爲龍，當有臣爲君者。

〔二〕《後漢書》：電掃群孽，風行巴、梁。

〔三〕《楚辭》：恐皇輿之敗績。王逸注：皇，君也。輿，君之所乘。《十六國春秋》：華夏大亂，皇輿播遷。

〔四〕《梁書》：大齊聖主之恩規，上黨英王之然諾。《隋書》：親承廟略，遠振國威。趙次公《杜詩注》：兵謀謂之廟略，蓋謀於七廟之中也。

〔五〕《詩·商頌》：有虔秉鉞。

〔六〕《東京賦》：雲旗拂霓。薛綜注：熊虎爲旗，其高至雲，故曰雲旗也。

〔七〕《禮記》：一張一弛，文武之道也。《漢書》：百萬之衆，不如一賢。

〔八〕霜臺，御史臺也。御史爲風霜之任，故曰霜臺。

〔九〕顔延年詩：水國周地險。謝朓《辭隨王牋》：契闊戎旃，從容讌語。李周翰注：戎，兵也。旃，旌也。陳子昂詩：昔君事胡馬，予得奉戎旃。

〔一〇〕《國語》：飲酒宴語，相親也。

〔一一〕天人，邯鄲淳美曹植語，見五卷注。樓船，見四卷注。

〔一二〕《太平御覽》：燕昭王爲郭隗築臺，今在幽州燕王故城中，土人呼爲賢士臺，亦謂之招賢臺，又謂之黄金臺。

〔一三〕東方朔《非有先生論》：積土爲室，編蓬爲户。

〔一四〕《越絶書》：歐冶子、干將鑿茨山，洩其溪，取鐵英，作爲鐵劍三枚：一曰龍淵，二曰太阿，三曰工布。龍泉即龍淵也，唐人避高祖諱，改稱龍淵曰龍泉。

〔一五〕《莊子·説劍篇》：上決浮雲，下絶地紀。

〔一六〕《史記》：紬史記石室、金匱之書。《索隱》曰：石室、金匱，皆國家藏書之處。《隋書·經籍志》有《太公金匱》二卷。

〔一七〕《後漢書》：蒙被朝恩，負荷重任。

〔一八〕陸機詩：不惜微軀退。

〔一九〕《漢書》：昴曰髦頭，胡星也。

〔二〇〕追魯連，言將如魯連功成身退，不受爵賜而去也。詳見二卷注。

贈武十七諤并序

門人武諤，深於義（一作「詩」）者也。質木沉悍，慕要離之風，潛釣川海，不數數於世間事。聞中原作難，西來訪余。余愛子伯禽在魯，許將冒胡兵以致之。酒酣感激，援筆而贈。

馬如一匹練，明日過吳門〔一〕。乃是要離客〔二〕，西來欲報恩。笑開燕匕首〔三〕，拂拭竟無言。狄犬吠清洛〔四〕，天津成塞垣〔五〕。愛子隔東魯，空悲斷腸猿〔六〕。林回棄白璧〔七〕，千里阻同奔。君爲我致之，輕齎涉淮源〔八〕。精誠合天道，不媿遠游（一作「鄧攸」）魂〔九〕。

〔一〕《藝文類聚》：《韓詩外傳》曰：顏回望吳門馬，見一匹練。孔子曰：「馬也。」然則馬之光景一匹長耳，故後人呼馬爲一匹。

〔二〕要離事，見五卷注。

〔三〕《史記》：燕太子丹預求天下之利匕首。

〔四〕《説文》：赤狄，本犬種。《元和郡縣志》：洛水，在河南府洛陽縣西南三里，西自苑内上陽之南，彌漫東流，宇文愷作斜堤束令東北流。潘岳《籍田賦》：清洛濁渠，引流激水。

〔五〕天津，洛水浮橋名。已見二卷注。《後漢書》：天設山河，秦築長城，漢起塞垣，所以別内外、異殊俗也。鮑照詩：追虜窮塞垣。張銑注：塞垣，長城也。庾信《五張寺經藏碑》：昔爲畿服，今成塞垣。

〔六〕《世説》：桓公入蜀，至三峽中，部伍中有得猿子者，其母緣岸哀號，行百餘里不去，遂跳上船，至便即絶。破視其腹中，腸皆寸寸斷。公聞之怒，命黜其人。

〔七〕《莊子》：林回棄千金之璧，負赤子而趨。或曰：「爲其布歟？赤子之布寡矣。爲其累歟？赤子之累多矣。棄千金之璧，負赤子而趨，何也？」林回曰：「彼以利合，此以天屬也。」陸德明《音義》：林回，司馬云：殷之逃民之姓名。

〔八〕《廣韻》：齎，裝也。《玉篇》：齎，行道所用也。《通志·地理略》：淮水，源在唐州桐柏縣。《河南志》：淮瀆在南陽府桐柏縣西二十五里，源出胎簪山，流經息陽、確山、真陽、息縣、固始，會沂、泗，東入於海。

〔九〕《晉書》：鄧攸没於石勒，石勒過泗水，攸乃斫壞車，以牛馬負妻子而逃。又遇賊掠其牛馬，步走，擔其兒及其弟子綏。度不能兩全，乃謂其妻曰：「吾弟早亡，惟有一息，理不可絶，止應自棄我兒耳。幸而得存，我後當有子。」妻泣而從之。其後妻不復孕，卒以無嗣，時人義而哀之，爲之語曰：「天道無知，使鄧伯道無兒。」

贈閭丘宿松

唐時舒州有宿松縣，屬淮南道。

阮籍爲太守，乘驢上東平〔一〕。剖竹十日間〔二〕，一朝風化清。偶來拂衣去，誰測主人情？夫子理宿松，浮雲知古城。掃地物莽然，秋來百草生。飛鳥還舊巢，遷人返躬耕。何慚宓（當作「虙」，音服。讀作「密」音者，非）子賤〔三〕，不減陶淵明〔四〕。吾知千載後，卻掩二賢名。

〔一〕《世説注》：《文士傳》曰：阮籍放誕，有傲世情，不樂仕宦。晉文帝親愛籍，恒與談戲，任其所欲，不迫以職事。籍常從容言曰：「平生常游東平，樂其土風，願得爲東平太守。」文帝悦，從其意。籍便騎驢徑到郡。皆壞府舍諸壁鄣，使内外相望，教令清寧。十餘日，便復騎驢去。

〔二〕謝靈運詩：剖竹守滄海。李善注：《漢書》曰：初與郡守爲竹使符。《説文》曰：符，信，剖置以竹，分而復合。吕延濟注：凡爲太守，皆剖竹使符也。

〔三〕《家語》：宓不齊，字子賤，仕爲單父宰，有才智，仁愛，百姓不忍欺，孔子美之。

〔四〕《南史》：陶潛，字淵明，爲鎮軍、建威參軍，謂親朋曰：「聊欲絃歌，以爲三徑之資，可乎？」執事者聞之，以爲彭澤令。不以家累自隨，公田悉令吏種秫稻，妻子固請種粳，乃使二頃五十畝種秫，五十畝種粳。

獄中上崔相渙

《舊唐書·崔渙傳》：天寶十五載七月，玄宗幸蜀。渙迎謁於路，抗詞忠懇，皆究理體，玄宗嘉之，以爲得渙晚，即日拜黄門侍郎，同中書門下平章事，扈從成都。肅宗靈武即位，八月，與左相韋見素、同平章事房琯、崔圓，同賫册赴行在，時未復京師，舉選路絶，詔渙充江淮宣諭選補使，以收遺逸。惑於聽受，爲下吏所鬻，濫進者非一，以不稱職聞，乃罷知政事，除左散騎常侍兼餘杭太守、江東採訪防御使。

胡馬渡洛水，血流征戰場。千門閉秋景，萬姓危朝霜。賢相燮元氣〔一〕，再欣海縣康〔二〕。台庭有夔、龍，列宿粲成行〔三〕。羽翼三元聖〔四〕，發輝兩太陽〔五〕。應念覆盆下〔六〕，雪泣拜天光〔七〕。

〔一〕《説文》：燮，和也。《書·周官》：論道經邦，燮理陰陽。

〔二〕《十六國春秋》：海縣分裂，天光分耀。

〔三〕傅玄詩：繁星依青天，列宿自成行。李周翰注：列宿，二十八宿也。

〔四〕《六韜》：王者帥師，必有股肱羽翼，以成神威。元聖，大聖也。《書·湯誥》：聿求元聖。三元聖，謂玄宗、肅宗、廣平王也。

〔五〕兩太陽，亦謂玄宗、肅宗也。

〔六〕《抱朴子》：是責三光不照覆盆之内也。

〔七〕《吕氏春秋》：吴起雪泣而應之。高誘注：雪，拭也。《漢書》：夫日者，衆陽之宗，天光之貴。《東京賦》：登天光於扶桑。吕向注：天光，日也。

中丞宋公以吴兵三千赴河南軍次尋陽脱余之囚參謀幕府因贈之

《舊唐書》：天寶十五載六月，以監察御史宋若思爲御史中丞，即其人也。脱太白囚執事，詳見二十六卷及三十一卷中。唐時潯陽郡，又謂之江州，隸江南西道。

獨坐清天下〔一〕，專征出海隅〔二〕。九江皆渡虎〔三〕，三郡盡還珠〔四〕。組練明秋浦〔五〕，樓船入郢（音穎）都〔六〕。風高初選將〔七〕，月滿欲平胡〔八〕。殺氣横千里，軍聲動九區。白猿慚劍術〔九〕，黄石借兵符〔一〇〕。戎虜行當翦，鯨鯢立可誅。自憐非劇孟，何以佐良圖？

〔一〕獨坐，謂御史中丞與司隸校尉、尚書令會同，得專席而坐也。詳見十卷注。《後漢書》：范滂爲清詔使，登車攬轡，慨然有澄清天下之志。

〔二〕《春秋元命苞》：賜弓矢，得專征；賜斧鉞，得誅。《白虎通》：好惡無私，執意不傾。賜以弓矢，使得專征。

〔三〕《後漢書》：宋均遷九江太守，郡多虎暴，數爲民患，常募設檻穽而猶多傷害。均到，下記屬縣曰：「夫虎豹在山，黿鼉在水，各有所托。今爲民害，咎在殘吏，而勞勤張捕，非憂恤之本也。其務退奸貪，思進忠善，可一去檻穽，除削課制。」其後傳言虎相與東游渡江。

〔四〕孟嘗遷合浦太守，郡不産穀實，而海出珠寶，與交趾比境，常通商販，貿糴糧食。先時宰守並多貪穢，詭人採求，不知紀極，珠遂漸徙於交趾郡界。於是行旅不至，人物無資，貧者死餓於道。嘗到官，革易前弊，求民病利，曾未踰歲，去珠復還，百姓皆反其業，商貨流通，稱爲神明。

〔五〕《左傳》：使鄧廖帥組甲三百，被練三千，以侵吴。杜預注：組甲、被練，皆戰備也。組甲，漆甲成組文。被練，練袍。賈逵曰：組甲，以組綴甲，車士服之。被練，帛也，以帛綴甲，步卒服之。

〔六〕《史記》：江陵，故郢都，西通巫、巴，東有雲夢之饒。《漢書·地理志》：南郡江陵，故楚郢都，楚文王自丹陽徙此。

〔七〕《北史》：選將練兵，贏糧聚甲。

〔八〕《隋書》：突厥候月將滿，輒爲寇鈔。

〔九〕劉淵林《三都賦注》：《吴越春秋》：越有處女，出於南林之中，越王使使聘問以劍戟之事。處女將北見於越王，道逢老翁，自稱袁公，問處女：「吾聞子善爲劍術，願一觀之。」女曰：「妾不敢有所隱，惟公試之。」於是袁公即跳於林，竹槁折墮地，處女即接末，袁公操本以刺處女，女應節入，三入，因舉枝擊之，袁公即飛上樹，化爲白猿，遂引去。

〔一〇〕李嶠詩：絳營韜將略，黄石請兵符。《史記》：如姬盜晉鄙兵符與公子。孔穎達《左傳正義》：節爲兵符。秋浦、樓船、九區、黄石、鯨鯢、劇孟，俱已見前注。

流夜郎贈辛判官

昔在長安醉花柳，五侯七貴同杯酒〔一〕。氣岸遥凌豪士前〔二〕，風流肯落他（一作「誰」，一作「諸」）人後。夫子紅顔我少年，章臺走馬著金鞭〔三〕。文章獻納麒麟殿〔四〕，歌舞淹留玳瑁筵〔五〕。與君自謂長如此，寧知草動風塵起〔六〕。函谷忽驚胡馬來〔七〕，秦宫桃李向明（繆本作「胡」）開〔八〕。我愁遠謫夜郎去〔九〕，何日金雞放赦回〔一〇〕。

〔一〕《群輔録》：平阿侯王譚、成都侯王商、紅陽侯王音、曲陽侯王根、高平侯王逢時，並以元后弟同日受封，京師號曰五侯。並奢豪富侈，招賢下士，谷永、樓護皆爲貴客。潘岳《西征賦》：窺七貴於漢庭。李善注：七貴謂呂、霍、上官、趙、丁、傅、王也。

〔二〕《梁書》：氣岸疏凝，情途狷隔。

〔三〕《漢書》：張敞無威儀，時罷朝會，過走馬章臺街。孟康注：在長安中。臣瓚曰：章臺，下街也。

〔四〕《初學記》：《三輔黄圖》曰：未央宫東有麒麟殿，藏秘書，即揚雄校書之處也。

〔五〕宋之問詩：歌舞淹留景欲斜，石關猶駐五雲車。劉楨《瓜賦》：布象牙之席，薰玳瑁之筵。

〔六〕《後漢書》：設後北虜稍强，能爲風塵。章懷太子注：相侵擾則風塵起。張駿《薤露行》：三方風塵起，獫狁竊上京。

〔七〕函谷，見二卷、五卷注。

〔八〕蕭士贇曰：子見以「桃李向明開」爲公卿歸禄山，非也。是指同時儕類，因兵興之際，不次被用，爲人桃李，我獨遭謫也。向明者，向陽花木之義。

〔九〕《輿地廣記》：唐貞觀十六年，開山洞，置夜郎縣爲珍州治。李白流夜郎，即此。《唐書·地理志》：貞觀十六年，開山洞置珍州，并置夜郎、麗皋、樂源三縣，後爲夜郎郡，隸黔中道。元和二年，州廢，地改屬溱州。

〔一〇〕《舊唐書》：凡國有赦宥之事，先集囚徒於闕下，命衛尉樹金雞，待宣制訖，乃釋之。

贈劉都使

都使，未詳何官。詩中有「飲冰事戎幕」之句，蓋幕職也，當是兼銜，若都水監使者之類耳。

東平劉公幹〔一〕，南國秀餘芳。一鳴即朱紱（音拂）〔二〕，五十佩銀章〔三〕。飲冰事戎幕〔四〕，衣錦華水鄉〔五〕。銅官幾萬人〔六〕，諍訟清玉堂。吐言貴珠玉〔七〕，落筆迴風霜〔八〕。而我謝明主，銜哀投夜郎〔九〕。歸家酒債多，門客粲成行〔一〇〕。高談滿四座，一日傾千觴〔一一〕。所求竟無緒，裘馬欲摧藏〔一二〕。主人若不顧，明發釣滄浪〔一三〕。

〔一〕《三國志》：東平劉楨，字公幹，太祖辟爲丞相掾屬，著文賦數十篇。

〔二〕《史記》：不鳴則已，一鳴驚人。《易乾鑿度》：天子、三公、九卿朱紱，諸侯赤紱。《廣雅》：紱，綬也。《漢書·韋賢傳》：黼衣朱紱，四牡龍旂。顔師古注：朱紱，爲朱裳畫爲亞文也。亞，古弗字也，故因謂之紱。

〔三〕《漢書·百官公卿表》：凡吏秩比二千石以上，皆銀印青綬。顔師古注：《漢舊儀》云：銀印，背龜鈕，其文曰章，謂刻曰某官之章也。《宋書》：銀章青綬。

〔四〕《莊子》：今吾朝受命而夕飲冰。

〔五〕陸機詩：予固水鄉士。李善注：水鄉，謂吴也。

〔六〕《唐書·地理志》：宣州南陵縣，武德四年隸池州，州廢來屬。後析置義安縣，又廢義安爲銅官治。

〔七〕《孔叢子》：吐言則天下之士，莫不屬耳目。《世説注》：神猶淵鏡，言必珠玉。

〔八〕《西京雜記》：淮南王安著《鴻烈》二十一篇，自云字中皆挾風霜。

〔九〕《左傳》：投諸四裔，以禦螭魅。杜預注：投，棄也。

〔一〇〕孔融詩：歸家酒債多，門客粲成行。

〔一一〕《晉書》：肆一醉於崇朝，飛千觴於長夜。

〔一二〕成公綏《嘯賦》：悲傷摧藏。李善注：摧藏，自抑挫之貌。

〔一三〕明發，猶明晨也。詳見二卷注。

贈常侍御

安石在東山〔一〕，無心濟天下。一起振横流〔二〕，功成復瀟灑。大賢有卷舒（繆本作「舒卷」）〔三〕，季葉輕風雅〔四〕。匡復屬何人〔五〕？君爲知音者。傳聞武安將，氣振長平瓦〔六〕。

燕、趙期洗清〔七〕，周、秦保宗社〔八〕。登朝若有言，爲訪南遷賈〔九〕。

〔一〕安石東山事，詳見七卷注。

〔二〕傅亮《修張良廟教》：夷項定漢，大拯横流。吕向注：横流，謂亂也。

〔三〕《淮南子》：盈縮卷施，與時變化。

〔四〕蕭士贇曰：葉，世也。季葉，猶季世也。

〔五〕孔融《論盛孝章書》：惟公匡復漢室。

〔六〕《史記·趙奢傳》：秦軍軍武安西，秦軍鼓譟勒兵，武安屋瓦盡振。後奢子括長平之戰，無振瓦事。而庾信《哀江南賦》云：碎於長平之瓦。《周書》云：瓦震長平則趙分爲二，兵出函谷則韓裂爲三。未詳本何書。太白此句蓋承二書之説而云耳，不本《史記》也。又武安將似指白起，以起封武安君故也。取以喻時之將帥。

〔七〕燕、趙皆爲禄山所據，故期其洗清。

〔八〕周地謂洛陽，在唐爲東京。秦地謂長安，在唐爲西京，宗廟社稷在焉，故欲其保護。

〔九〕賈誼南遷事，詳見十卷注。

贈易秀才

少年解長劍，投贈即分離。何不斷犀象〔一〕，精光暗往時。蹉跎君自惜，竄逐我因誰？地遠虞翻老〔二〕，秋深宋玉悲〔三〕。空摧芳桂色，不屈古松姿。感激平生意，勞歌寄此辭。

〔一〕步光之劍，陸斷犀象，見四卷注。

〔二〕《吴志》：虞翻性疏直，數有酒失，孫權積怒非一，遂徙翻交州。雖處罪放而講學不倦，門徒常數百人。在南十餘年，年七十卒。

〔三〕宋玉《九辯》：悲哉，秋之爲氣也。

經亂離後天恩流夜郎憶舊游書懷贈江夏韋太守良宰

唐時，江夏郡乃鄂州也，屬江南西道。按：《方輿勝覽》以贈此詩之韋太守爲韋景駿，未知何據。

天上白玉京〔一〕，十二樓五城〔二〕。仙人撫我頂，結髮受長生。誤逐世間樂，頗窮理亂情。

九十六聖君〔三〕，浮雲挂空名。天地賭一擲，未能忘戰爭。試涉霸王略〔四〕，將期軒冕榮。時命乃大謬〔五〕，棄之海上行。學劍翻自哂，爲文竟何成。劍非萬人敵〔六〕，文竊四海聲。兒戲不足道，五噫出西京〔七〕。臨當欲去時，慷慨淚沾纓。嘆君倜儻才，標舉冠群英〔八〕。開筵引祖帳〔九〕，慰此遠徂征〔一〇〕。鞍馬若浮雲，送余驃騎亭〔一一〕。歌鐘不盡意〔一二〕，白日落昆明〔一三〕。

〔一〕《五星經》：天上白玉京，黄金闕。

〔二〕《抱朴子》：崑崙山上有五城十二樓。應劭《漢書注》：昆侖玄圃，五城十二樓，仙人之所常居。

〔三〕楊齊賢曰：自秦始皇至唐玄宗，中國傳緒之君，凡九十有六。

〔四〕《華陽國志》：陳登曰：「雄姿傑出，有霸王之略，吾敬劉玄德。」

〔五〕《莊子》：古之所謂隱士者，非伏其身而勿見也，非閉其言而不出也，非藏其知而不發也，時命大謬也。

〔六〕《史記》：項籍少時，學書不成，去學劍，又不成。項梁怒之，籍曰：「書足以記名姓而已，劍一人敵，不足學，學萬人敵。」

〔七〕《後漢書》：梁鴻因東出關，過京師，作《五噫之歌》曰：「陟彼北芒兮，噫。顧覽帝京兮，噫。宫室崔嵬兮，噫。人之劬勞兮，噫。遼遼未央兮，噫。」肅宗聞而非之，求鴻不得。乃易姓運期，名耀，字侯光，與妻子居齊、魯之間。

〔八〕《晉書》：彬彬藻思，綽冠群英。

〔九〕祖帳，祖席時所設之帳幕。杜審言詩：祖帳連河闕，軍麾動洛城。

〔一〇〕陸機詩：牽世纓時網，駕言遠徂征。

〔一一〕驃騎亭，玩詩意當在長安。楊注以驃騎亭爲謝安建者，恐誤。

〔一二〕《國語》：女樂二八，歌鐘二肆。

〔一三〕《三輔黄圖》：漢昆明池，武帝元狩四年穿，在長安西南，周圍四十里。《西南夷傳》曰：天子遣使求身毒國，而爲昆明所閉，天子欲伐之。越巂、昆明國有滇池，方三百里，故作昆明池以象之，以習水戰，因名曰昆明池。《三輔舊事》曰：昆明池，地三百三十二頃。圖曰上林苑有昆明池，周圍四十里。《陝西通志》：昆明池，在西安府城西南三十里。

十月到幽州，戈鋋若羅星〔一〕。君王棄北海，掃地借長鯨〔二〕。呼吸走百川，燕然可摧傾。心知不得語（一作「意」），卻欲棲蓬、瀛。彎弧懼天狼〔三〕，挾矢不敢張。攬涕黄金臺〔四〕，呼天哭昭王〔五〕。無人貴駿骨，緑耳空騰驤〔六〕。樂毅儻再生，于今亦奔亡。蹉跎（一作「蒼茫」）不得意，驅馬過（蕭本作「還」）貴鄉〔七〕。逢君聽絃歌，肅穆坐華堂〔八〕。百里獨太古〔九〕，陶然卧羲皇。徵樂昌樂館〔一〇〕，開筵列壺觴。賢豪間青娥，對燭儼成行〔一一〕。醉舞紛綺席〔一二〕，清歌繞飛梁〔一三〕。歡娱未終朝〔一四〕，秩滿（一作「解印」）歸咸陽〔一五〕。祖道擁萬人，供帳遥相望〔一六〕。一别隔千里，榮枯異炎涼〔一七〕。

〔一〕《東都賦》：元戎竟野，戈鋋彗雲。《説文》：鋋，小矛也。揚雄《羽獵賦》：焕若天星之羅。張銑注：言如天星之羅列也。陳琳《瑪瑙勒賦》：駢居列峙，焕若羅星。

〔二〕按《唐書·安禄山傳》：天寶元年，以禄山爲平盧節度使，押兩番、渤海、黑水四府經略使。三載，代裴寬爲范陽節度，仍領平盧軍，則經略威武、清夷、静塞、恒陽、北平、高陽、唐興、横海、平盧、盧龍十一軍，及榆關守捉、安東都護府，兵十三萬有奇，皆其所統，幽、薊、嬀、檀、易、恒、定、漠、滄、營、平十一州之地，皆其所治矣。幽州以北，盡與禄山。所謂「君王棄北海，掃地借長鯨」也。

〔三〕《宋書》：彎弧躍馬，務是畋游。《楚辭》：挾長矢兮射天狼。王逸注：天狼，星名，以喻貪殘。

〔四〕又《楚辭》：思美人兮擥涕而竚眙。

〔五〕《戰國策》：郭隗對燕昭王曰：古之人君，有以千金求千里馬者，三年不能得。涓人言於君曰：「請求之。」君遣之，三月，得千里馬。馬已死，買其骨五百金，反以報君。君大怒曰：「安事死馬，而捐五百金！」涓人對曰：「死馬且買五百金，況生馬乎？天下必以君能市馬，馬今至矣。」

於是不能期年，千里馬之至者三。今王誠欲致士，先從隗始。於是昭王爲隗築宫而師之。樂毅自魏往，騶衍自齊往，劇辛自趙往，士爭湊燕。

〔六〕《水經注》：桃林中多野馬，造父於此得驊騮、緑耳、盜驪之乘，以獻周穆王，使之馭，以見西王母。《荀子》：驊騮、騹驥、纖離、緑耳，此皆古之良馬也。《説文》：驤，馬之低昂也。《西京賦》：乃奮翅而騰驤。

〔七〕《元和郡縣志》：魏州有貴鄉縣。

〔八〕《太平御覽》：《陸績别傳》曰：太守王朗，命爲功曹，風化肅穆，郡内大治。嵇康《琴賦》：華堂曲宴。

〔九〕鄭玄《禮記注》：唐、虞以上曰太古。

〔一〇〕《元和郡縣志》：魏州有昌樂縣。《通典》：三十里置一驛，其非通途大路，則曰館。

〔一一〕薛道衡詩：佳麗儼成行。

〔一二〕江淹詩：綺席生浮埃。顔師古《漢書注》：綺，文繒也，即今之所謂細綾也。

〔一三〕《列子》：韓娥東之齊，匱糧，過雍門，鬻歌假食，既去，餘音繞梁欐，三日不絶。

〔一四〕高誘《淮南子注》：日旦至食時爲終朝。

〔一五〕秩滿，俸滿也。

〔一六〕《漢書》：公卿大夫，故人邑子，設祖道，供帳東都門外。顔師古注：祖道，餞行也。

〔一七〕駱賓王詩：一朝殊語默，千里異炎涼。

炎涼幾度改，九土中横潰〔一〕。漢甲連胡兵，沙塵暗雲海。草木摇殺氣，星辰無光彩。白骨成丘山〔二〕，蒼生竟何罪？函（蕭本作「幽」）關壯帝居〔三〕，國命懸哥舒〔四〕。長戟三十萬，開門納凶渠。公卿奴（蕭本作「如」）犬羊〔五〕，忠讜醢與菹〔六〕。二聖出游豫，兩京遂丘墟〔七〕。

〔一〕《國語》：能平九土。韋昭注：九土，九州之土也。謝靈運詩：天地中横潰。李善注：横潰，以水喻亂也。

〔二〕《抱朴子》：白骨成山，虚祭布野。

〔三〕《史記索隱》：顔師古曰：今桃林縣南有洪溜澗水，即古之函關。按山形如函，故稱函關。餘詳二卷、五卷注。陳後主詩：山河壯帝居。

〔四〕《唐書·哥舒翰傳》：天寶十四載，禄山反，封常清以王師敗，帝乃召見翰，拜太子先鋒兵馬元帥，以田良丘爲軍司馬，蕭昕爲判官，王思禮、鉗耳大福、李承光、高元蕩、蘇法鼎、管崇嗣爲屬將，火拔歸仁、李武定、渾萼、契苾寧以本部隸麾下。凡河隴、朔方、奴刺等十二部兵二十萬守潼關。師始東，先驅牙旗觸門墮注，旄竿折，衆惡之。天子御勤政樓，臨送，詔翰以軍行過門無下，百官郊餞，旌旗亘二百里。明年，禄山遣子慶緒攻關，翰擊走之。賊將崔乾祐守陜郡，仆旗鼓，羸師以誘戰，覘者曰：「賊無備，可圖也。」帝信之，使者趣戰，項背相望，翰窘不知所出。六月，引而東，慟哭出關，次靈寶西原，與乾祐戰，大敗。翰引數百騎，絶河還營，羸兵纔八千，至潼津，收散卒，復守關。乾祐進攻，於是火拔歸仁等紿翰出關，執以降賊，械送洛陽，京師震動。由是天子西幸。

〔五〕魏樂府：賊衆如犬羊。

〔六〕《北史》：讒諂甘心，忠讜息義。

〔七〕《三國志注》：遂集矢石於其宮殿，而二京爲之丘墟。

帝子許專征〔一〕，秉旄控强楚〔二〕。節制非桓、文〔三〕，軍師擁熊虎〔四〕。人心失去就，賊勢騰風雨〔五〕。惟君固房陵〔六〕，誠節冠終古〔七〕。僕卧香爐頂〔八〕，飡霞漱瑶泉〔九〕。門開九江轉，枕下五湖連。半夜水軍來，尋陽滿旌旃。空名適自誤，迫脅上樓船。徒賜五百金，棄之若浮烟〔一〇〕。辭官不受賞，翻謫夜郎天。夜郎萬里道，西上令人老〔一一〕。掃蕩六合清〔一二〕，仍爲負霜草。日月無偏照〔一三〕，何由訴蒼昊。良牧稱神明〔一四〕，深仁恤交道。

〔一〕王勃《龍懷寺碑》：蜀王秀，以文昭建國，帝子專征。《梁書》：授以上將，任以專征。

〔二〕《書·牧誓》：王左杖黄鉞，右秉白旄，以麾。庾信詩：置酒仍開幕，麾軍即秉旄。《説文》：控，引也。

〔三〕《荀子》：秦之鋭士，不可以敵桓、文之節制。《漢書》：至於齊桓、晉文之兵，可謂入其域而有節制矣。

〔四〕《尚書》：如虎如貔，如熊如羆。

〔五〕《後漢書·岑彭傳》：晨夜倍道兼行二千餘里，徑拔武陽。使精騎馳廣都，去成都數十里，勢若風雨，所至皆奔散。

〔六〕唐時，房陵郡屬山南東道，即房州也。

〔七〕劉孝標《世説注》：終古，往古也。

〔八〕遠法師《廬山記》：東南有香爐山，孤峰秀起，游氣籠其上，則氤氲若香烟，白雲映其外，則炳然與衆峰殊别。又記云：衆嶺中第三嶺極高峻，太史公東游，登其峰而遐觀，南眺五湖，北望九江，東西肆目，若陟天庭焉。

〔九〕嵇康詩：豈若翔區外，飡瓊漱朝霞。

〔一〇〕陶潛詩：於我若浮烟。

〔一一〕《元和郡縣志》：夜郎西北至上都，五千五百五十里。曰萬里者，甚言其遠也。徐幹詩：峨峨高山首，悠悠萬里道。君去日已遠，鬱結令人老。

〔一二〕《十六國春秋》：掃蕩萬里，今其時也。

〔一三〕《禮記》：日月無私照。

〔一四〕《北史》：崔士謙授江陵總管、荆州刺史，外禦强敵，内撫軍人，風化大行，號稱良牧。《漢書》：班伯爲定襄太守，郡中震慄，咸稱神明。

一忝青雲客，三登黄鶴樓〔一〕。顧慚禰（乃里切，音你，或作祢音讀者，誤）處士〔二〕，虚對鸚鵡洲〔三〕。樊（一作「焚」，誤）山霸氣盡〔四〕，寥落天地秋（一作「彤襜冠白筆，爽氣凌清秋」）。江帶峨眉雪〔五〕，川横（一作「横穿」）三峽流〔六〕。萬舸（音歌，又音哿）此中來，連帆過揚州〔七〕。送此萬里目，曠然散我（一作「煩」）愁。紗窗倚天開，水樹緑（一作「緑樹」）如髮。窺日（一作「光」）畏銜山，促酒喜得（一作「見」）月。吴娃（音蛙）與越豔〔八〕，窈窕誇鉛紅〔九〕。呼來上雲梯，含笑出簾櫳〔一〇〕。對客小垂手，羅衣舞春風〔一一〕。賓跪請休息〔一二〕，主人情未極。覽君荆山作，江、鮑堪動色〔一三〕。清水出芙蓉〔一四〕，天然去雕飾〔一五〕。逸興横素襟〔一六〕，無時不招尋。朱門（一作「旆」）擁虎士〔一七〕，列戟何森森〔一八〕。剪鑿竹石開，縈流漲清深。登樓（一作「臺」）坐（一作「入」）水閣，吐論多英（一作「奇」）音。片辭貴白璧，一諾輕黄金〔一九〕。謂我不愧君，青鳥（一作「鸞」）明（蕭本作「問」）丹心〔二〇〕。

〔一〕黄鶴樓，見八卷注。

〔二〕《昭明文選》：禰衡《鸚鵡賦序》：黄祖太子射，賓客大會，有獻鸚鵡者，舉酒於衡前，曰：「禰處士，今日無用娱賓，竊以此鳥自遠而至，明慧聰善，羽族之可貴，願先生爲之賦，使四座咸共榮觀，不亦可乎？」衡因爲賦，筆不停綴，文不加點。

〔三〕《太平寰宇記》：鸚鵡洲在大江東江夏縣西南二里，西過此洲，從北頭七十步，大江中流，與漢陽縣分界。《後漢書》云：黄祖爲江夏太守，時祖長子射大會賓客，有獻鸚鵡於此洲，故得名。

〔四〕《元和郡縣志》：樊山，在鄂州武昌縣西三里。謝玄暉詩曰：釣臺臨講閣，樊山開廣宴。謂此也。《太平御覽》：《江夏圖經》云：樊山西，陸路去州一百七十三里，出紫石英。山東數十步有岡，岡上甚平敞，青松緑竹，常自蔚然。其下有寒溪，夏時凜然常有寒氣，故謂之寒溪，有蟠龍石。王勃《江寧餞宴序》：霸氣盡而江山空，皇風清而市朝改。

〔五〕《三峽記》：峨嵋積雪，經時不散。峨嵋山，乃岷山之一支也。峰巒高峻，上極寒冷，冬春積雪，雖經風日不能消釋，入夏始得融泮，流入岷江，經三峽而下，清流爲之變色。

〔六〕胡三省《通鑑注》：江水自巴東至夷陵，其間有廣溪峽、巫峽、西陵峽，謂之三峽。一曰三峽：西峽、歸峽、巫峽。七百里中，兩岸連山，略無闕處，隱天蔽日，自非日中夜分，不見日月。

〔七〕《廣韻》：楚以大船曰舸。陸放翁《入蜀記》：至鄂州，泊税務亭，賈船客舫，不可勝計，銜尾不絶者數里，自京口以西，皆不及。李太白《贈江夏韋太守》詩曰：「萬舸此中來，連帆過揚州。」蓋此地自唐爲衝要之地。

〔八〕王勃《採蓮賦》：吴娃越豔，鄭婉秦妍。《説文》：吴、楚之間謂好曰娃。

〔九〕《後漢書》：入則亂髮壞形，出則窈窕作態。章懷太子注：窈窕，妖冶之貌也。《方言》：美心爲窈，美狀爲窕。鉛，粉也。紅，朱也。

〔一〇〕謝惠連詩：升月照簾櫳。李周翰注：櫳，窗也。《説文》：櫳，房室之疏也。

〔一一〕《樂府雜録》：舞者，樂之容也。有大垂手，小垂手，或如驚鴻，或如飛燕。《樂府詩集》：大垂手、小垂手，皆言舞而垂其手也。吴均曲云：垂手忽迢迢，飛燕掌中嬌。羅衫恣風引，輕帶任情摇。又云：舞女出西秦，躡影舞陽春。且復小垂手，廣袖拂紅塵。

〔一二〕《禮記》：客跪撫席而辭。

〔一三〕江、鮑，江淹、鮑照也。

〔一四〕鍾嶸《詩品》：謝詩如芙蓉出水。

〔一五〕江淹詩：敢不自雕飾。

〔一六〕王僧達詩：清氣溢素襟。

〔一七〕虎士，出《周禮》，已見八卷注。

〔一八〕《中華古今注》：戟以木爲之，後世刻爲無復典型。赤油韜之，亦謂之油戟，亦謂之棨戟，王公以下，通用以爲前驅。唐五品以上，皆施棨戟於門。《唐書·百官志》：凡戟，一品之門十六，二品及京兆、河南、太原尹、大都督、大都護之門十四，三品及上都督、中都督、上都護、上州之門十二，下都督、下都護、中州、下州之門各十。衣幡壞者五歲一易之，薨卒者既葬追還。

〔一九〕《漢紀》：季布立然諾之信，時人爲之語曰：「得黄金百鎰，不如季布一諾。」

〔二〇〕阮籍詩：誰言不可見，青鳥明我心。《宋書》：重披丹心，冒昧以請。

五色雲間鵲，飛鳴天上來。傳聞赦書至，卻放夜郎迴。暖氣變寒谷〔一〕，炎烟生死灰〔二〕。君登鳳池去〔三〕，勿（蕭本作「忽」）棄賈生才。桀犬尚吠堯〔四〕，匈奴笑千秋〔五〕。中夜四五嘆，常爲大國憂〔六〕。旌旆夾兩山〔七〕，黄河當中流。連雞不得進〔八〕，飲馬空夷猶〔九〕。安得羿善射，一箭落旄頭〔一〇〕。

〔一〕《歲華紀麗》：劉向《别録》曰：燕地寒谷，不生五穀。鄒衍吹律以暖之，温風至，五穀生，因名黍谷。

〔二〕《史記》：韓安國坐法抵罪，蒙獄吏田甲辱安國。安國曰：「死灰獨不復然乎？」田甲曰：「然即溺之。」居無何，梁内史闕，漢使使者拜安國爲梁内史，起徒中爲二千石。

〔三〕《通典》：魏、晉以來，中書監令掌贊詔命，記會時事，典作文書。以其地在樞近，多承寵任，是以人固其位，謂之鳳凰池焉。

〔四〕《史記》：桀之犬可使吠堯。桀犬，喻賊將若史思明輩。

〔五〕《漢書》：車千秋無他材能學術，又無伐閲功勞，特以一言悟主，旬月取宰相封侯，世未嘗有也。後漢使者至匈奴，單于問曰：「聞漢新拜丞相，何用得之？」使者曰：「以上書言事故。」單于曰：「苟如是，漢置丞相非用賢也，妄一男子上書，即得之矣。」千秋，喻宰相若苗晉卿、王璵輩。

〔六〕《左傳》：今王室實蠢蠢焉，吾小國懼矣，然大國之憂也。

〔七〕王逸注：兩山，太華山、首陽山，夾黄河之二山也。

〔八〕《戰國策》：諸侯不可一，猶連雞之不能俱止於棲，亦明矣。注：連，謂繩繫之。連雞，喻當時諸節度使輩。

〔九〕《左傳》：將飲馬於河而歸。《楚辭》：君不行兮夷猶。王逸注：夷猶，猶豫也。

〔一〇〕《漢書》：昴曰旄頭，胡星也。

江夏使君叔席上贈史郎中

鳳凰丹禁裏〔一〕，銜出紫泥書〔二〕。昔放三湘去〔三〕，今還萬死餘。仙郎久爲别，客舍問何如？涸轍思流水〔四〕，浮雲失舊居。多慚華省貴〔五〕，不以逐臣疏。復如竹林下〔六〕，而（蕭本作「叨」）陪芳宴初。希君生羽翼，一化北溟魚〔七〕。

〔一〕鳳皇銜詔事，已見五卷注。《潛確居類書》：天子所居曰禁，以丹塗壁，故曰丹禁，亦曰紫禁。

〔二〕《元和郡縣志》：武都有紫水，泥亦紫，漢朝封璽書用紫泥，即此水之泥也。

〔三〕三湘，詳見《悲清秋賦》注。

〔四〕《莊子》：周昨來，有中道而呼者，周顧視車轍，中有鮒魚焉。曰：「我東海之波臣也，君豈有升斗之水而活我哉！」

〔五〕潘岳《秋興賦》：獨展轉乎華省。

〔六〕《晉書》：阮咸任達不拘，與叔父籍爲竹林之游。

〔七〕北溟有魚，其名爲鯤，詳見《大鵬賦》注。

博平蕭本作「晉」鄭太守自廬山千里相尋入江夏北市門見訪卻之武陵立馬贈別

唐時，博平郡即博州也，隸河北道。武陵郡即朗州也，隸山南東道。《元和郡縣志》：廬山在江州潯陽縣東三十二里，本名鄣山。昔有匡俗，字子孝，隱淪潛景，廬於此山，漢武帝拜爲大明公，俗號盧君，故山取號。周環五百餘里。

大梁貴公子，氣蓋蒼梧雲〔一〕。若無三千客，誰道信陵君。救趙復存魏，英威天下聞。邯鄲能屈節，訪博從毛、薛。夷門得隱淪，而與侯生親。仍要鼓刀者，乃是袖鎚人〔二〕。好士不盡心，何能保其身。多君重然諾〔三〕，意氣遥相託。五馬入市門〔四〕，金鞍照城郭〔五〕。都忘虎竹貴〔六〕，且與荷衣樂〔七〕。去去桃花源〔八〕，何時見歸軒。相思無終極〔九〕，腸斷朗江（一作「陵」）猿〔一〇〕。

〔一〕《歸藏》曰：有白雲出自蒼梧，入於大梁。

〔二〕《史記・信陵君傳》：公子留趙，聞趙有處士毛公藏於博徒，薛公藏於賣漿家。公子欲見兩人，兩人自匿，不肯見。公子聞所在，乃閒步往，從此兩人游，甚歡。公子留趙，十年不歸，秦日夜出兵，東伐魏。魏王患之，使使往請公子，公子恐其怒之，誡門下：「有敢爲魏王使通者死。」毛公、薛公往見公子曰：「秦攻魏，魏急而公子不恤，使秦破大梁，而夷先王之宗廟，公子當何面目立天下乎？」語未及卒，公子立變色，告車趣駕歸救魏。魏王以上將軍印授公子，公子率五國之兵，破秦軍於河外，乘勝逐秦軍至函谷關，秦兵不敢出。當是時，公子威振天下。其用夷門隱士侯生策，使朱亥袖鐵椎，椎殺晉鄙，奪其軍，進擊秦兵，以救邯鄲存趙事，詳見三卷注。

〔三〕江淹詩：延陵輕寶劍，季布重然諾。

〔四〕五馬，見六卷注。

〔五〕梁簡文帝詩：金鞍照龍馬。

〔六〕虎竹，見五卷注。

〔七〕《楚辭》：荷衣兮蕙帶。

〔八〕桃花源在武陵，詳見二卷注。

〔九〕梁昭明太子詩：相思無終極，長夜起嘆息。

〔一〇〕《方輿勝覽》：朗水，在常德府武陵縣，其水西南自辰、錦州入郡界，經郡城入大江，謂之朗江。

江上贈竇長史

長史，已見七卷注。

漢求季布魯朱家〔一〕，楚逐伍胥去章華〔二〕。萬里南遷夜郎國〔三〕，三年歸及長風沙〔四〕。聞道青雲貴公子，錦帆游戲（繆本作「奕」）西江水〔五〕。人疑天上坐樓船〔六〕，水淨霞明兩重綺。相約相期何太深，棹歌搖艇月中尋〔七〕。不同珠履三千客〔八〕，别欲論交一片心。

〔一〕《史記》：季布爲氣任俠，有名於楚。項籍使將兵，數窘漢王。及項羽滅，高祖購求布千金，敢有舍匿，罪及三族。季布匿濮陽周氏。周氏曰：「漢購將軍急，迹且至臣家，將軍能聽臣，臣敢獻計，即不能，願先自剄。」季布許之，乃髡鉗季布，衣褐衣，置廣柳車中，并與其家僮數十人之魯朱家所，賣之。朱家心知是季布，乃買而置之田，誠其子曰：「田事聽此奴，必與同食。」朱家乃乘軺車之洛陽，見汝陰侯滕公。滕公心知朱家大俠，意季布匿其所，待間，果言如朱家指，上乃赦季布。

〔二〕又《史記》：楚平王囚伍奢，而召其二子，伍尚遂歸，伍胥彎弓屬矢，出見使者曰：「父有何罪以召其子爲？」將射，使者還走，遂出奔吴。章華臺，詳見一卷注。臺在楚地。伍胥自楚出奔，故曰去章華也。

〔三〕《華陽國志》：夜郎郡，夜郎國也，屬縣二千户。

〔四〕楊齊賢曰：池州雁汊下八十里有長風沙。《江南通志》：長風沙，在安慶府東六十里。李白泊此，作《長干行》。

〔五〕陰鏗詩：平湖錦帆張。《南史》：樊猛領青龍八十艘爲水軍，於白下游奕，以禦隋六合兵。《湖廣通志》：西江水，在安陸府景陵縣境，乃襄江之一派。

〔六〕沈佺期詩：人疑天上坐，魚似鏡中懸。

〔七〕《西京賦》：齊栧女，縱棹歌。李善注：棹歌，引棹而歌也。《説文》：艇，小舟也。

〔八〕《史記》：春申君客三千餘人，其上客皆躡珠履。

贈王漢陽

唐沔州漢陽郡有漢陽縣，屬江南西道。

天落白（一作「上墮」）玉棺，王喬辭葉（蕭本作「鄴」，誤）縣〔一〕。一去未千年，漢陽復相見。猶乘飛鳧舄，尚識仙人面。鬢髮何青青，童顔皎如練。吾曾弄海水，清淺嗟三變。果愜（音怯）麻姑言〔二〕，時光速流電〔三〕。與君數杯酒，可以窮歡宴。白雲歸去來，何事坐交戰〔四〕。

〔一〕《後漢書》：王喬者，河東人，顯宗世爲葉令。喬有神術，每月朔望，常自縣詣臺朝。帝怪其來數而不見車騎，密令太史伺望之。言其臨至，輒有雙鳧從東南飛來。於是候鳧至，舉羅張之，但得一雙舄焉。乃詔上方診視，則四年中所賜尚書官屬履也。後天下玉棺於堂前，吏人推排，終不動搖。喬曰：「天帝獨召我耶？」乃沐浴服飾，寢其中，蓋便立覆。宿昔葬於城東，土自成墳。其夕，縣中牛皆流汗喘乏，而人無知者，百姓乃爲立廟，號葉君祠。

〔二〕《神仙傳》：麻姑云：接待以來，見東海三爲桑田，向到蓬萊，水又淺於往日。

〔三〕陶潛詩：一生復能幾，倏如飛電驚。

〔四〕又：貧富常交戰，道勝無戚顔。

贈漢陽輔録事二首

唐時，刺史屬官司馬之下，有録事參軍事，上州者從七品，中州者正八品，下州者從八品。有録事，皆從九品。每縣亦有録事，在丞尉之下，則流外官也。

聞君罷官意，我抱漢川湄。借問久疏索，何如聽訟時？天清江月白，心静海鷗知。應念投沙客〔一〕，空餘弔屈悲〔二〕。

〔一〕投沙，詳見十卷《贈崔秋浦》第三首注。

〔二〕《風俗通》：賈誼爲長沙太傅，既之官，内不自得，及渡湘水，投弔書曰：「闒茸尊顯，佞諛得志。」以哀屈原離讒邪之咎，亦因自傷爲鄧通等所愬也。

其二

鸚鵡洲横漢陽渡〔一〕，水引寒烟没江樹。南浦登樓不見君，君今罷官在何處？漢口雙魚白錦鱗，令傳尺素報情人〔二〕。其中字數無（蕭本作「何」）多少，祇是相思秋復春。

〔一〕《潛確居類書》：鸚鵡洲，在湖廣漢陽渡之上。禰衡嘗作《鸚鵡賦》，後埋玉於此，故名洲。雖跨漢江，而尾連黄鶴磯，故圖經屬武昌郡云。秋水漲盛時，隱没不見，至水落乃出。《一統志》：漢陽渡，在漢陽府城東南，浦在武昌府城南三里。

〔二〕漢口在大别山北，即漢水與涓水合流入江處。胡三省《通鑑注》：漢口，漢水入江之口，其地在鄂州漢陽縣東大别山下。楊升庵曰：古樂府：「尺素如殘雪，結成雙鯉魚。要知心裏事，看取腹中書。」據此詩，古人尺素結爲鯉魚形，即緘也。《文選》：「客從遠方來，遺我雙鯉魚。」即此事也。下云：「呼兒烹鯉魚，中有尺素書。」亦譬況之言，非真烹也。五臣及劉履謂古人多於魚腹寄書，引陳涉罩魚倡禍事證之，何異痴人説夢。

江夏贈韋南陵冰

唐宣城郡有南陵縣，隸江南西道。

胡驕馬驚沙塵起〔一〕，胡雛（繆本作「騶」）飲馬天津水〔二〕。君爲張掖近酒泉〔三〕，我竄三巴九千里〔四〕。天地再新法令寬，夜郎遷客帶霜寒〔五〕。西憶故人不可見，東風吹夢到長安。寧期此地忽相遇，驚喜茫如墮烟霧。玉簫金管喧四筵，苦心不得申長（一作「一」）句。昨日繡衣傾緑樽〔六〕，病如桃李竟何言〔七〕！ 昔騎天子大宛馬〔八〕，今乘款段諸侯門〔九〕。賴遇南平豁方寸〔一〇〕，復兼夫子持清論。有似山開萬里雲，四望青天解人悶〔一一〕。人悶還心悶，苦辛長苦辛。愁來飲酒二千石，寒灰重暖生陽春〔一二〕。山公醉後能騎馬〔一三〕，别是風流賢主人。頭陀雲月多僧氣〔一四〕，山水何曾稱人意。不然（一作「能」）鳴笳按鼓戲滄流〔一五〕，呼取江南女兒歌棹謳〔一六〕。我且爲君搥碎黄鶴樓〔一七〕，君亦爲吾倒卻鸚鵡洲〔一八〕。赤壁爭雄如夢裏〔一九〕，且須歌舞寬離憂。

〔一〕《漢書》：孝惠、高后時，冒頓寖驕。驕，矜傲之意。

〔二〕《晉書》：石勒年十四，隨邑人行販洛陽，倚嘯上東門。王衍見而異之，顧謂左右曰：「向者胡雛，吾觀其聲視有奇志，恐將爲天下之患。」馳遣收之，會勒已去。《漢書》：狂夫鳴譟於東崖，匈奴飲馬於渭水。

〔三〕唐時，張掖郡，甘州也；酒泉郡，肅州也。俱屬隴右道。《通典》：張掖郡西到酒泉郡四百二十里。

〔四〕三巴，詳見四卷注。太白雖流夜郎，然甫至三巴而遇赦，故曰「我竄三巴九千里」。

〔五〕江淹《恨賦》：遷客海上。

〔六〕《漢書·百官公卿表》：侍御史有繡衣直指，出討奸猾，治大獄。顔師古注：衣以繡者，尊寵之也。沈約詩：憂來命緑樽。

〔七〕《漢書》：桃李不言，下自成蹊。

〔八〕《史記》：大宛多善馬，馬汗血，言其先天馬子也。

〔九〕《後漢書》：乘下澤車，御款段馬。章懷太子注：款，猶緩也。言形段遲緩也。

〔一〇〕南平，謂南平太守李之遥也。

〔一一〕開雲望青天，用衛瓘美樂廣語，已見八卷注。

〔一二〕寒灰重暖，用韓安國語，已見本卷注。

〔一三〕山公醉後騎馬事，見五卷注。

〔一四〕楊齊賢曰：頭陀寺在鄂州，宋大明五年建。天竺言頭陀，此言抖擻。抖擻，煩惱也。《元和郡縣志》：頭陀寺，在鄂州江夏縣東南二里。陸放翁《入蜀記》：頭陀寺，在鄂州城之東隅石城山。《方輿勝覽》：頭陀寺在黄鶴山上，自南齊王屮作碑，遂爲古今名刹。

〔一五〕謝靈運詩：鳴笳發春渚。李周翰注：笳，簫也。《楚辭》：陳鐘按鼓，造新歌些。劉良注：按，猶擊也。

〔一六〕《蜀都賦》：吹洞簫，發棹謳。劉淵林注：棹謳，鼓棹而歌也。

〔一七〕黄鶴樓，見八卷注。

〔一八〕鸚鵡洲，見前首注。

〔一九〕《華陽國志》：孫權遣周瑜、程普水軍三萬，助先主拒曹公，大破公軍於赤壁，焚其舟船，曹公引歸。楊齊賢曰：赤壁磯，與百人山對峙，在今鄂州上流八十里。

贈盧司户

秋色無遠近，出門盡寒山。白雲遥相識，待我蒼梧間。借問盧耽鶴〔一〕，西飛幾歲還。

〔一〕《水經注》：鄧德明《南康記》曰：昔有盧耽，仕州爲治中。少棲仙術，善解雲飛，每夕輒凌虚歸家，曉則還州。嘗於元會至朝，不及朝列，化爲白鶴，至閣前回翔欲下。威儀以石擲之，得一隻履，耽驚還就列，内外左右莫不駭異。

贈從弟南平太守之遥二首

唐時，南平郡即渝州也。先名巴郡，天寶元年更名，隸劍南道。

少年不得（繆本作「作」）意，落魄（繆本作「拓」）無安居〔一〕。願隨任公子，欲釣吞舟魚〔二〕。常時飲酒逐風景，壯心遂與功名疏。蘭生谷底人不鋤〔三〕，雲在高山空卷舒。漢家天子馳駟馬，赤車蜀道迎相如〔四〕。天門九重謁聖人〔五〕，龍顔一解四海春〔六〕。彤庭左右呼萬歲〔七〕，拜賀明主收沉淪。翰林秉筆迴英盼〔八〕，麟閣崢嶸誰可見〔九〕？承恩初入銀臺門（一作「侍從甘泉宫」），著書獨在金鑾殿〔一〇〕。龍駒雕鐙（丁鄧切，登上聲）白玉鞍〔一一〕，象牀綺席（一作「食」）黄金盤〔一二〕。當時笑我微賤者，卻來請謁爲交歡。一朝謝病游江海，疇昔相知幾人在〔一三〕？前門長揖後門關，今日結交明日改。愛君山嶽心不移〔一四〕，隨君雲霧迷所爲。夢得池塘生春草，使我長價登樓詩〔一五〕。别後遥傳臨海作〔一六〕，可見羊、何共和之〔一七〕。

〔一〕《史記》：酈生家貧落魄，無以爲衣食業。

〔二〕《莊子》：任公子投竿東海，釣得大魚。見《大鵬賦》注。

〔三〕《三國志》：芳蘭生門，不得不鋤。

〔四〕司馬相如赤車駟馬事，見四卷注。

〔五〕鄭玄《禮記注》：天子九門：路門也，應門也，雉門也，庫門也，皋門也，城門也，近郊門也，遠郊門也，關門也。

〔六〕《列子》：夫子始一解顔而笑。

〔七〕彤庭，天子之庭，以朱漆飾之也，詳見《明堂賦》注。

〔八〕《夢溪筆談》：唐翰林院在禁中，乃人主燕居之所，玉堂、承明、金鑾殿，皆在其間。應供奉之人，自學士以下，工伎、群官、司隸籍其間，皆稱翰林。如今之翰林醫官、翰林待詔之類是也。《石林燕語》：唐翰林院在銀臺門之北。謝朓詩：俯仰流英盼。

〔九〕《初學記》：漢西京未央宫中有麟閣，亦藏秘書，即揚雄校書之處也。

〔一〇〕《玉海》：《兩京記》：大明宫、紫宸殿北曰蓬萊殿，其西曰還周殿，還周西北曰金鑾殿，殿旁坡名金鑾坡。又云：金鑾殿在蓬萊正西微南。

〔一一〕徐陵詩：白馬號龍駒。吴均詩：白玉鏤衢鞍。

〔一二〕綺席，見十一卷注。

〔一三〕疇昔，前日也。見九卷注。

〔一四〕《三國志》：由、夷逸操，山嶽不移。

〔一五〕《南史》：謝惠連年十歲，能屬文，族兄靈運嘉賞之，云：「每有篇章，對惠連輒得佳語。」嘗於永嘉西堂思詩，竟日不就，忽夢見惠連，即得「池塘生春草」，大以爲工。嘗曰：「此語有神助，非吾語也。」按「池塘生春草」句，乃靈運《登池上樓詩》，故曰「長價登樓詩」。

〔一六〕靈運又有《登臨海嶠初發强中作與從弟惠連可見羊何共和之》詩一首。臨海，晉時郡名，即今台州也。

〔一七〕羊、何，謂泰山羊璿之、東海何長瑜，與靈運、惠連以文章賞會，共爲山澤之游。

其二

東平與南平，今古兩步兵〔一〕。素心愛美酒〔二〕，不是顧專城〔三〕。謫官桃源去〔四〕，尋花幾處行。秦人如舊識，出户笑相迎。

〔一〕太白自注：南平時因飲酒過度，貶武陵。李善《文選注》：臧榮緒《晉書》曰：阮籍拜東平相，不以政事爲務，沉醉日多。《晉書》：阮籍聞步兵厨人善釀，有貯酒三百斛，乃求爲步兵校尉。

〔二〕江淹詩：素心正如此。李善注：素，本也。

〔三〕專城，謂縣令，得專主一城政事者也。古《陌上桑》詞：三十侍中郎，四十專城居。

〔四〕桃源，在武陵，詳見二卷注。

贈潘侍御論錢少陽

繡衣柱史何昂藏〔一〕，鐵冠白筆横秋霜〔二〕。三軍論事多引納，堦前虎士羅干將〔三〕。雖無二十五老者〔四〕，且有一翁錢少陽。眉如松雪齊四皓〔五〕，調笑可以安儲皇〔六〕。君能禮此最下士，九州拭目瞻清光〔七〕。

〔一〕《漢書》：王賀爲武帝繡衣御史，逐捕魏郡群盜堅盧等黨與。《通典》：漢武帝時侍御史，又有繡衣直指者，出討奸猾，理大獄，而不常置。《初學記》：《漢官儀》曰：侍御史，周官也，爲柱下史，冠法冠，一名柱後，以鐵爲柱，言其審固不撓，常清峻也。陸機《孝侯周處碑》：汪洋延闕之旁，昂藏寮采之上。

〔二〕《魏略》曰：帝嘗大會殿中，御史簪白筆，側階而坐，上問左右：「此爲何官何主？」左右不對，辛毗曰：「此爲御史，舊時簪筆，以奏不法。今者直備官，但珥筆耳。」

〔三〕虎士，出《周禮》，見八卷注。《吴越春秋》：吴闔閭請干將作名劍二枚，干將妻斷髮剪爪，投於爐，遂以成劍。陽曰干將，陰曰莫耶。陽作龜文，陰作漫理。又《子虚賦》：建干將之雄戟。張揖注：干將，韓王劍師。雄戟，胡矛有鮔者，干將所造，則戟亦可稱干將矣。

〔四〕《説苑》：公子推行年十五而相荆。仲尼聞之，使人往視，還曰：「廊下有二十五俊士，堂上有二十五老人。」仲尼曰：「合二十五人之智，智於湯武，并二十五人之力，力於彭祖，以治天下，其固免矣乎？」

〔五〕《史記》四皓保護太子事，見四卷注。

〔六〕謝瞻詩：定都護儲皇。

〔七〕《三國志》：四海延頸，八方拭目。

贈柳圓

竹實滿秋浦（蕭本作「圃」），鳳來何苦飢〔一〕？還同月下鵲，三繞未安枝〔二〕。夫子即瓊樹〔三〕，傾柯拂羽儀〔四〕。懷君戀明德，歸去日相思。

〔一〕陸璣《詩疏》：鳳凰，一名鷗，非梧桐不棲，非竹實不食，非醴泉不飲。

〔二〕魏武帝《短歌行》：月明星稀，烏鵲南飛，繞樹三匝，何枝可依？

〔三〕瓊樹，即瓊枝也。以璆琳琅玕爲實，鳳凰食之，詳見二卷注中。

〔四〕謝靈運詩：傾柯引弱枝，攀條摘蕙草。

流夜郎半道承恩放還兼欣剋復之美書懷示息秀才

黄口爲人羅〔一〕，白龍乃魚服〔二〕。得罪豈怨天，以愚陷網目〔三〕。鯨鯢未翦滅〔四〕，豺狼屢翻覆〔五〕。悲作楚地囚，何由（蕭本作「日」）秦庭哭〔六〕！遭逢二明主〔七〕，前後兩遷逐〔八〕。

去國愁夜郎，投身竄荒谷〔九〕。半道雪屯蒙〔一〇〕，曠如鳥出籠〔一一〕。遥欣剋復美，光武安可同。天子巡劍閣〔一二〕，儲皇守扶風〔一三〕。揚袂正北辰〔一四〕，開襟攬群雄〔一五〕。胡兵出月窟，雷破關之東。左掃因右拂，旋收洛陽宫。迴輿入咸京，席卷六合通〔一六〕。叱咤開帝業（一作「宇」）〔一七〕，手成天地功〔一八〕。大駕還長安〔一九〕，兩日忽再中〔二〇〕。一朝讓寶位，劍璽傳無窮〔二一〕。媿無秋毫力，誰念矍鑠翁〔二二〕？弋者何所慕，高飛仰冥鴻〔二三〕。棄劍學丹砂，臨爐雙玉童。寄言息夫子，歲晚陟方、蓬〔二四〕。

〔一〕《家語》：孔子見羅雀者，所得皆黄口小雀。問之曰：「大雀獨不得何也？」羅者曰：「大雀善驚而難得，黄口貪食而易得。」黄口，雀之初生，其吻尚帶黄色者也。

〔二〕《東京賦》：白龍魚服，見困豫且。事詳六卷注。

〔三〕王融《策秀才文》：爲網羅之目尚簡。李周翰注：目，網孔也。

〔四〕《梁書》：宗社綴旒，鯨鯢未翦。曹冏《六代論》：掃除兇逆，翦滅鯨鯢。李周翰注：鯨鯢，大魚，吞食小魚者，以喻不義人也。

〔五〕鮑照詩：邊塵屢翻覆。

〔六〕《吴越春秋》：申包胥乃之於秦，求救楚，晝馳夜趨，足踵蹠劈，裂裳裹膝，鶴倚哭於秦庭，七日七夜，口不絶聲。

〔七〕二明主，謂玄宗、肅宗。

〔八〕太白前事明皇，被讒遭逐，後值肅宗，坐累遠流，所謂兩遷逐也。

〔九〕庾信《哀江南賦序》：予乃竄身荒谷，公私塗炭。

〔一〇〕楊素詩：在昔天地閉，品物屬屯蒙。屯蒙者，艱難蒙晦之義。

〔一一〕《楞嚴經》：遠離三有，如鳥出籠。

〔一二〕劍閣，入蜀之險道，已見前注。時明皇幸蜀，故曰「天子巡劍閣」。

〔一三〕至德元載七月，改扶風爲鳳翔郡。二載二月，肅宗幸鳳翔。至十月，兩京克復，始自鳳翔還長安。駐兵扶風者凡十月，故曰「儲皇守扶風」。

〔一四〕《初學記》：《荆州星占》曰：北辰，一名天關，一名北極。北極者，紫宫太一座也。此以喻天子之位。

〔一五〕《晉書》：張賓謙虚敬慎，開襟下士，士無賢不肖，造之者莫不得盡其情。《後漢書·鄧禹傳》：於今之計，莫如延攬英雄。

〔一六〕《舊唐書·郭子儀傳》：二年九月，從元帥廣平王率蕃漢之師十五萬，進收長安。迴紇遣葉護太子領四千騎，助國討賊。子儀與葉護宴狎修好，誓平國難，相得甚歡。子儀與賊將安守忠、李歸仁戰於京西香積寺之北。王師結陣，横亘三十里，賊衆十萬陣於北，迴紇以奇兵出賊陣之後，夾攻之，賊軍大潰，自午至酉，斬首六萬級。賊將張通儒守長安，聞歸仁等敗，夜奔陝郡。

翌日，廣平王入京師，老幼百萬，夾道歡叫，涕泣而言曰：「不圖今日復見官軍。」廣平王休士三日，率師東趣。十月，安慶緒遣嚴莊悉其衆十萬來赴，與張通儒同抗官軍，屯於陜西，負山爲陣。子儀以大軍擊其前，迴紇登山乘其背，遇賊潛師於山中，與鬭過期，大軍稍卻。賊分兵三千人，絶我歸路，子儀麾迴紇令進，盡殺之。師馳至其後，於黄埃中發十餘矢，賊驚顧曰：「迴紇來。」即時大敗，僵尸遍山澤。嚴莊、張通儒走歸洛陽，遂與安慶緒渡河保相州。子儀奉廣平王入東都，陳兵於天津橋，士庶歡呼於路。《史記》：席卷天下，包舉宇内。

〔一七〕《字林》：叱咤，發怒也。《漢書》：五載而成帝業。

〔一八〕《國語》：夫成天地之大功者，其子孫未嘗不章，虞、夏、商、周是也。

〔一九〕蔡邕《獨斷》：大駕則公卿奉引，大將軍參乘，太僕御，屬車八十一乘，備千乘萬騎在長安，出祀天於甘泉，備之。《西京賦》云：大駕幸乎平樂之館。吕延濟注：大駕，天子駕也。蓋後人泛指天子之駕爲大駕。

〔二〇〕《易解終備》：日再中，烏連嬉。仁聖出，握知時。《封禪書》：新垣平言：「臣候日再中。」居頃之，日卻復中。

〔二一〕《周易》：聖人之大寶曰位。《西京雜記》：漢帝相傳以秦王子嬰所奉白玉璽，高帝斬白蛇劍。《肅宗紀》：至德二載十月癸亥，上自鳳翔還京，遣太子太師韋見素入蜀迎上皇。丙寅至望賢宫，得東京捷書，上大喜。丁卯入長安，士庶涕泣拜忭曰：「不圖復見吾君。」十二月丙午，上皇至自蜀，上至望賢宫奉迎。上皇御宫南樓，上望樓辟易，下馬趨進，再拜蹈舞稱慶。上皇下樓，上匍匐奉上皇足，涕泗嗚咽，不能自勝。遂扶侍上皇御殿，親自進食。自御馬以進，上皇上馬，又躬攬轡而行，止之後退。上皇曰：「吾享國長久，吾不知貴。見吾兒爲天子，吾知貴矣。」上乘馬前導，自開遠門至丹鳳門，旗幟燭天，綵棚夾道，士庶抃舞路側，皆曰：「不圖今日再見二聖。」百僚班於含元殿庭，上皇御殿，左相苗晉卿率百辟稱賀。上皇詣長樂殿，謁九廟神主，即日幸興慶宫。上請歸東宫，上皇遣高力士再三慰譬而止。十二月甲子，上皇御宣政殿，授上傳國璽，上於殿下涕泣而受之。

〔二二〕《後漢書》：武威將軍劉尚，擊武陵五溪蠻夷，深入，軍没。馬援因復請行，時年六十二，帝愍其老，未許之。援自請曰：「臣尚能披甲上馬。」帝令試之，援據鞍顧眄，以示可用。帝笑曰：「矍鑠哉，是翁也！」章懷太子注：矍鑠，勇貌。

〔二三〕又《逸民傳》：揚雄曰：「鴻飛冥冥，弋者何篡焉！」言其違患之遠也。章懷太子注：「篡」字，諸本或作「慕」，《法言》作「篡」。宋衷曰：篡，取也。鴻高飛冥冥薄天，雖有弋人，何所施巧而取焉。喻賢者隱處，不羅暴亂之害也。

〔二四〕方、蓬，方丈、蓬萊，海中二神山也。

贈張相鎬二首

時逃難，病在宿松山作。蕭本缺「病」字。《舊唐書》：張鎬，博州人，風儀魁岸，廓落有大志，涉獵經史，好談王霸大略。天寶末，自褐衣拜左拾遺。玄宗幸蜀，鎬自山谷徒步扈從。肅宗即位，玄宗遣鎬赴行在所。鎬至鳳翔，奏議多有弘益，拜諫議大夫，尋遷中書侍郎、同中書門下平章事。時方興軍戎，帝注意將帥，以鎬有文武才業，命兼河南節度使，持節都統淮南等道諸軍事。及收復兩京，加鎬銀青光禄大夫，封南陽郡公，以本軍駐汴州，招討殘孽。

神器難竊弄〔一〕，天狼窺紫宸〔二〕。六龍遷（一作「駕」）白日〔三〕，四海（一作「九落」）暗胡塵〔四〕。昊穹降元宰〔五〕，君子方經綸〔六〕。澹然養浩氣，欻（音忽）起持大（繆本作「天」）鈞〔七〕。秀骨象山岳，英謀合鬼神〔八〕。佐漢解鴻門〔九〕，生唐爲後身（一作「興唐思退身」，一作「功成思退身」）〔一〇〕。擁旄秉金鉞，伐鼓乘朱輪〔一一〕。虎將如雷霆（一作「電」）〔一二〕，總戎向東巡〔一三〕。諸侯拜馬首，猛士騎鯨鱗〔一四〕。澤被魚鳥悦，令行草木春。聖智（一作「逢聖」）不失時〔一五〕，建功及良辰。醜虜安足紀〔一六〕？可貽幗與巾〔一七〕。倒瀉溟海珠，盡爲入幕珍〔一八〕。馮異獻赤伏〔一九〕，鄧生欻（蕭本作「倏」）來臻〔二〇〕。庶同昆陽舉，再覩漢儀新〔二一〕。

〔一〕《東京賦》：巨猾間舋，竊弄神器。薛綜注：神器，帝位也。

〔二〕天狼，謂狼星也，見十一卷注。曹植《卞太后誄》：龍飛紫宸，奄有九土。《蠡海集》：天子之居曰紫宸。

〔三〕六龍，駕日車者也，詳見三卷注。

〔四〕《晉書》：昔者幽后不綱，胡塵暗於戲水。

〔五〕司馬相如《封禪書》：肇自昊穹生民。顔師古曰：昊、穹，皆謂天也。顥言氣顥汗也，穹言形穹隆也。王融《曲水詩序》：元宰比肩於尚父，中鉉繼踵於周南。李善注：元宰，冢宰也。

〔六〕《周易》：雲雷屯，君子以經綸。

〔七〕《北史》：陛下不以劉裕欻起，納其使貢。

〔八〕《周書》：英謀電發，神旆風馳。

〔九〕《漢書》：項羽至戲西鴻門，聞沛公欲王關中，獨有秦府庫珍寶。亞父范增勸羽擊沛公，饗士，旦日合戰。羽季父項伯素善張良，良時從沛公，項伯夜以語良，良與俱見沛公，因伯自解於羽。明日，沛公從百餘騎至鴻門，謝羽。自陳封秦府庫，還軍霸上，以待大王。閉關以備他盜，不敢背德。羽意已解，范增欲害沛公，賴張良、樊噲得免。

〔一〇〕《唐書·肅宗本紀》：至德二載五月丁巳，諫議大夫張鎬爲中書侍郎、同中書門下平章事。八月甲申，張鎬兼河南節度使，都統淮南諸軍事。十一月，張鎬率四鎮伊西北庭行營兵馬使李嗣業、陝西節度使來瑱、河南都知兵馬使嗣吴王祗，克河南郡縣。《唐書》：張鎬興布衣，不數年位將相。獨孤及《唐故洪州刺史張公鎬遺愛碑》：隱居南山，蓋三十期。天寶十四年，始褐衣召見。由是一命左拾遺，再命右補闕，修國史，三命侍御史，四命諫議大夫，五命中書侍郎、同中書門下平章事。起布衣二年，綰相印，佐王業，明歟之盛，耀動古今，於時至德二載也。

〔一一〕班固《涿邪山祝文》：杖節擁旄，征人伐鼓。任昉《宣德皇后令》：擁旄司部。李周翰注：擁，持也。旄，旌旗之屬，以麾衆者也。《古今注》：大將軍出征，特加黄鉞者，以銅爲之，黄金塗刃及柄，不得純金，得賜黄鉞，則斬持節將。陸雲《吴故丞相陸公誄》：金鉞鏡日，雲旗絳天。《册府元龜》：天寶元年正月一日，改元，詔曰：「文宣垂訓，事必正名。」黄鉞，古者以金爲飾，金者應五行之數，布肅殺之威，去金稱黄，理或未當。其黄鉞宜改爲金鉞，符威武之意焉。《詩·小雅》：伐鼓淵淵。

〔一二〕又《大雅》：如雷如霆，徐方震驚。

〔一三〕《魏書》：奉律總戎，廓寧淮右。

〔一四〕《羽獵賦》：乘巨鱗，騎鯨魚。

〔一五〕《史記》：智者不失時，王者不絶世。

〔一六〕《詩·大雅》：仍執醜虜。

〔一七〕《通鑑》：司馬懿與諸葛亮相守百餘日，亮數挑戰，懿不出，亮乃遺懿巾幗婦人之服。懿怒，上表請戰。亮曰：「彼本無戰情，所以固請戰者，以示武於其衆耳。」胡三省注：劉昭注《補輿服志》：公卿、列侯夫人紺繒幗，蓋婦人首飾之稱。

〔一八〕獨孤及《張公鎬遺愛碑》：慎選乃僚，必國之良。有若博陵崔責、昌黎韓洄、趙郡李惟岳、北海王士華、河間邢宙、河東裴孝智、隴西李道，皆卿材也。以嘉言碩畫，參公軍事。《晉書》：謝安與王坦之嘗詣桓温論事，温令郗超帳中卧聽之。風動帳開，安笑曰：「郗生可謂入幕之賓矣。」

〔一九〕《後漢紀》：蕭王至中山，群臣上尊號，王不聽，諸將固請。王召馮異，問以群臣之議，異曰：「三王背叛，更始敗亡，天下無主，宗廟之憂，在於大王，宜從衆議，上以安社稷，下以濟百姓。」王曰：「我昨夢乘赤龍上天，覺悟，心中悸動，此何祥也？」異再拜賀曰：「此天命發於精神，心中悸動，大王重慎之至也。」會諸生彊華自長安奉赤伏符詣鄗，群臣復請曰：「受命之符，人應爲大，今萬里合信，周之白魚，焉足比乎！符瑞昭晰，宜答天神，以光上帝。」六月己未，即皇帝位於鄗。

〔二〇〕《後漢書·鄧禹傳》：禹聞光武安集河北，即杖策北渡，追及於鄴，光武見之甚歡。

〔二一〕《漢書·王莽傳》：莽遣大司空王邑馳傳之洛陽，與司徒王尋發衆郡兵百萬，平定山東。邑至洛陽，州郡各選精兵，牧守自將，定會者四十二萬人，餘在道不絶，車甲士馬之盛，自古出師未嘗有也。六月，邑與尋發洛陽，欲至宛，道出潁川，過昆陽。昆陽時已降漢，漢兵守之。二公縱兵圍昆陽。世祖悉發郾、定陵兵數千人來救昆陽，尋、邑易之，自將萬餘人行陣，勅諸營，皆按部毋得動，獨迎與漢兵戰，不利。大軍不敢擅相救，漢兵乘勝殺尋。昆陽中兵出並戰，邑走，軍亂。大風蜚瓦，雨如注水，大衆崩壞號謼，虎豹股慄，士卒奔走，各還歸其郡。《後漢書·光武帝紀》：時三輔吏士東迎更始，見諸將過，皆冠幘，而衣婦人衣諸于繡镼，莫不笑之，或有畏而走者。及見司隸僚屬，皆歡喜不自勝，老吏或垂涕曰：「不圖今日復見漢官威儀。」

昔爲管將鮑〔一〕，中奔吴隔秦。一生欲報主，百代期榮親〔二〕。其事竟不就，哀哉難重陳。卧病宿松山（繆本作「古松滋」）〔三〕，蒼茫（繆本作「山」）空四鄰。風雲激壯志，枯槁驚常倫。聞君自天來，目張氣益振〔四〕。亞夫得劇孟〔五〕，敵（一作「七」）國空（一作「定」）無人。捫虱對桓公〔六〕，願得論悲辛。大塊方噫氣〔七〕，何辭鼓青蘋〔八〕。斯言儻不合，歸老漢江濱。

〔一〕《韻會》：將，與也。管、鮑事，見三卷注。

〔二〕曹植《求自試表》：事父尚於榮親。吕向注：榮親，謂爵禄名譽。

〔三〕《太平寰宇記》：舒州宿松縣，本漢皖縣地。元始中爲松滋縣，屬廬江。晉武平吴，以荆州有松滋縣，遂改爲宿松縣。

〔四〕左思詩：荆軻飲燕市，酒酣氣益振。

〔五〕《史記》：條侯時乘六乘傳，會兵滎陽。至洛陽見劇孟，喜曰：「七國反，吾乘傳至此，不自意全。

又以爲諸侯已得劇孟。劇孟今無動，吾據滎陽以東，無足憂者。」

〔六〕《晉書》：桓温入關，王猛披褐詣之，一面談當世之事，捫虱而言，旁若無人。

〔七〕《莊子》：大塊噫氣，其名爲風。

〔八〕宋玉《風賦》：風生於地，起於青蘋之末。

其二 一作《書懷重寄張相公》

本家（一作「家本」）隴西人，先爲漢邊將〔一〕。功略蓋天地〔二〕，名飛青雲上〔三〕。苦戰竟不侯〔四〕，當（蕭本作「富」）年頗惆悵。世傳崆峒勇〔五〕，氣激金風壯〔六〕。英烈遺厥孫〔七〕，百代神猶王〔八〕。十五觀奇書，作賦凌相如〔九〕。龍顔惠殊寵〔一〇〕，麟閣憑天居（一作「侍從承明廬」）〔一一〕。晚途未云已，蹭蹬遭讒毁。想像晉末時，崩騰胡塵起〔一二〕。衣冠陷鋒鏑〔一三〕，戎虜盈（一作「荆棘生」）朝市。石勒窺神州，劉聰（一作「曜」）劫（一作「役」）天子〔一四〕。撫劍夜吟嘯〔一五〕，雄心日千里〔一六〕。誓欲斬鯨鯢〔一七〕，澄清洛陽水〔一八〕。六合（一作「三台」）灑霖雨，萬物（一作「六合」）無凋枯〔一九〕。我揮一杯水，自笑何區區（繆本作「驅驅」）〔二〇〕。因人恥成事〔二一〕，貴欲決良圖〔二二〕。滅虜不言功，飄然陟（一作「向」）方壺〔二三〕。惟有安期舄〔二四〕，留之滄海隅。

〔一〕《唐書·宗室世系表》：李氏出自嬴姓。其後有仲翔，爲河東太守、征西將軍，討叛羌於素昌，戰沒，葬隴西狄道東川，因家焉。仲翔生伯考，隴西、河東二郡太守。伯考生尚，成紀令。尚生廣，前將軍。廣二子：長曰當户；次曰敢，郎中令、關内侯。敢生禹。禹生丞公，河南太守。丞公生先，蜀郡、北平太守。先生長宗，漁陽丞。長宗生君況，博士、議郎、太中大夫。況生本，郎中、侍御史。本生次公，巴郡太守、西夷校尉。次公生軌，魏臨淮太守、司農卿。軌生隆，長安令、積弩將軍。隆生艾，晉驍騎將軍、魏郡太守。艾生雍，濟北、東莞二郡太守。雍生二子：長曰倫；次曰柔，北地太守。柔生弇，前涼天水太守、武衞將軍、安西亭侯。弇生昶，涼太子侍講。昶生暠，西涼武昭王興聖皇帝云云。太白爲興聖皇帝九世孫，故以廣爲祖。

〔二〕李陵《報蘇武書》：陵先將軍，功略蓋天地，義勇冠三軍。劉良注：先將軍，廣也。功績謀略甚大，可蓋於天地。

〔三〕《道德指歸論》：名在青雲之上。

〔四〕《史記》：李廣嘗與望氣王朔燕語曰：「自漢擊匈奴，廣未嘗不在其中，而諸部校尉以下，材能不及中人，然以擊胡軍功取侯者數十人。廣不爲後人，然無尺寸之功以得封邑者，何也？豈吾相不當侯耶？且固命也？」

〔五〕《爾雅》：太平之人，仁；丹穴之人，智；大蒙之人，信；空桐之人，武。郭璞注：地氣使之然也。《史記正義》：《括地志》云：崆峒山在肅州福禄縣東南六十里。又云：筓頭山，一名崆峒山，在原州高平縣西百里。按《通典》：原州平高縣有崆峒山，岷州溢樂縣有崆峒山，肅州福禄縣有崆峒山，是有三崆峒山也，惟岷州漢時屬隴西郡。

〔六〕張景陽詩：金風扇素節。李善注：西方爲秋，秋主金，故秋風曰金風也。

〔七〕《詩·大雅》：貽厥孫謀。

〔八〕《世説》：見子嵩在其中，常自神王。

〔九〕《漢書》：蜀有司馬相如，作賦甚弘麗温雅。

〔一〇〕楊齊賢曰：「龍顔惠殊寵」，言召見之時，御手調羹，步輦降迎事也。劉琨表：猥蒙天恩，光授殊寵。

〔一一〕鮑照詩：層閣肅天居。劉良注：高閣肅然，天子之居。

〔一二〕謝靈運詩：崩騰永嘉末，逼迫太元始。吕延濟注：崩騰，破壞貌。

〔一三〕《梁書》：衣冠弊鋒鏑之下，老幼粉戎馬之足。

〔一四〕《晉書·孝懷帝紀》：永嘉五年六月癸未，劉曜、王彌、石勒同寇洛川，王師頻爲所敗，死者甚衆。丁酉，劉曜、王彌入京師，帝開華林園門，出河陰藕池，欲幸長安，爲曜等所追及。曜等遂焚燒宫廟，逼辱妃后，百官、士庶，死者三萬餘人。帝蒙塵於平陽，劉聰以帝爲會稽公。

〔一五〕《左傳》：右撫劍，左援帶。

〔一六〕《後漢書》：斯誠雄心尚武之幾，先志翫兵之日。

〔一七〕徐陵《册陳王九錫文》：屠猰㺄於中原，斬鯨鯢於濛汜。

〔一八〕《後漢書》：時冀州飢荒，盜賊群起。乃以范滂爲清詔使，按察之。滂登車攬轡，有澄清天下之志。

〔一九〕左思詩：俯仰生容華，咄嗟復凋枯。

〔二〇〕《廣雅》：區區，小也。

〔二一〕《史記》：毛遂曰：「公等録録，所謂因人成事者也。」

〔二二〕《十六國春秋》：勉思良圖，自求多福。

〔二三〕方壺：方丈，蓬壺。蓬壺，蓬萊也，見《明堂賦》注。

〔二四〕安期舄，已見二卷注。又《南方草木狀》：番禺東有澗，澗中生菖蒲，皆一寸九節，安期生採服仙去，但留玉舄焉。

聞謝楊兒吟猛虎詞因有此贈

《猛虎詞》，見卷六《猛虎行》。

同州隔秋浦〔一〕，聞吟《猛虎詞》。晨朝來借問，知是謝楊兒。

〔一〕同州隔秋浦，謂同在池州，而所隔者衹一秋浦之水也。秋浦水，在池州府城西南八十里，見八卷注。

宿清溪主人

清溪在池州，詳見二卷注。

夜到清溪宿，主人碧巖裏。簷楹挂星斗，枕席響風水。月落西山時，啾啾夜猿起〔一〕。

〔一〕《楚辭》：猿啾啾兮狖夜鳴。吕延濟注：啾啾，猿聲。

繫尋陽上崔相渙三首

邯鄲四十萬，同日陷長平〔一〕。能迴造化筆，或冀一人生〔二〕。

〔一〕《史記》：白起越韓、魏而攻强趙，北坑馬服，誅屠四十餘萬之衆，盡之於長平之下，流血成川，沸聲若雷，遂入圍邯鄲。《論衡》：秦將白起，坑趙降卒於長平之下，四十萬衆同時皆死。

〔二〕沈炯《自長安還至方山愴然自傷》詩：秦軍坑趙卒，遂有一人生。

其二

毛遂不墮井〔一〕，曾參寧（一作「不」）殺人〔二〕。虛言誤公子，投杼（音紵）惑慈親〔三〕。白璧雙明月，方知一玉真。

〔一〕《西京雜記》：趙有兩毛遂，野人毛遂墮井而死，客以告平原君。平原君曰：「嗟乎！天喪予矣。」既而知野人毛遂，非平原君客也。

〔二〕《戰國策》：曾子處費，費人有與曾子同名族者而殺人，人告曾子母曰：「曾參殺人。」曾子之母曰：「吾子不殺人。」織自若。有頃焉，人又曰：「曾參殺人。」其母織尚自若也。頃之，一人又告之曰：「曾參殺人。」其母懼，投杼踰牆而走。

〔三〕《說文》：杼，機之持緯者也。

蕭士贇注：太白引此自況其遭誣耳。

其三

虛傳一片雨，枉作陽臺神〔一〕。縱爲夢裏相隨去，不是襄王傾國人。

〔一〕庾信詩：何勞一片雨，喚作陽臺神。

舊注：此一首，恐非上崔相，亦恐非太白之作。

巴陵贈賈舍人

唐時，巴陵郡即岳州也，隸江南西道。《唐書》：賈至，字幼隣，擢明經第，解褐單父尉，從玄宗幸蜀，拜起居舍人，知制誥，歷中書舍人。至德中，坐小法，貶岳州司馬。寶應初，召復故官。

賈生西望憶京華，湘浦南遷莫怨嗟〔一〕。聖主恩深漢文帝，憐君不遣到長沙〔二〕。

〔一〕《史記》：賈生年少，通諸子百家之書。文帝召以爲博士，超遷，一歲中至太中大夫。後亦疏之，不用其議，乃以爲長沙王太傅。賈生既辭往行，聞長沙卑濕，自以壽不得長，又以謫去，意不自得，及渡湘水爲賦以弔屈原。

〔二〕長沙在洞庭湖之南，去巴陵又遠五百五十里。

李太白全集卷之十二

錢塘王琦琢崖輯注
趙樹元石堂較

古近體詩共二十五首

贈别舍人弟臺卿之江南

按《舊唐書·永王璘傳》云：璘以薛繆、李臺卿、蔡坰爲謀主，其即此臺卿歟？太白之見辟於永王璘，想斯人爲之累也。

去國客行遠，還山秋夢長。梧桐落金井，一葉飛銀牀〔一〕。覺罷攬明（繆本作「把朝」）鏡，鬢毛颯已霜。良圖委蔓草，古貌成枯桑。欲道心下事，時人疑夜光〔二〕。因爲洞庭葉〔三〕，飄落之（一作「流浪至」）瀟湘。令弟經濟士（一作「才」）〔四〕，謫居我何傷（一作「出門見我傷」）。潛虬隱尺（一作「斗」）水〔五〕，著論談興亡。客（一作「玄」）遇王子喬〔六〕，口傳不死方〔七〕。入洞過天地，登真朝玉皇。吾將撫爾背，揮手遂翱翔（一作「攜手凌蒼蒼」）。

〔一〕《淮南王篇》：後園鑿井銀作牀，金瓶素綆汲寒漿。庾肩吾詩：銀牀落井桐。《韻會》：井幹，井上木欄也，其形四角或八角。又謂之銀牀，皆井欄也。

〔二〕《史記》：明月之珠，夜光之璧，以闇投人於道路，人無不按劍相眄者，何則？無因而至前也。

〔三〕《楚辭》：洞庭波兮木葉下。

〔四〕謝靈運詩：末路值令弟。

〔五〕又詩：潛虯媚幽姿。《説文》：虯，龍子有角者。

〔六〕《水經注》：《仙人王子喬碑》曰：王子喬者，蓋上世之真人，聞其仙，不知興何代也。博聞道家，或言潁川，或言產蒙。

〔七〕《抱朴子》：李少君有不死之方。

醉後贈王歷陽

淮南道有歷陽縣，隸和州歷陽郡。

書禿千兔毫〔一〕，詩裁兩牛腰〔二〕。筆蹤（蕭本作「縱」）起龍虎〔三〕，舞袖拂雲霄。雙歌（一作寄」）二胡姬，更奏（一作「唱」）遠清朝〔四〕。舉酒挑朔雪，從君不相饒〔五〕。

〔一〕《晉書》：雖禿千兔之翰，聚無一毫之筋。

〔二〕蘇頌曰：詩裁兩牛腰，言其卷大如牛腰也。

〔三〕梁武帝《書評》：王右軍書，字勢雄强，如龍跳天門，虎卧鳳闕，故歷代寶之，永以爲訓。

〔四〕《甯戚歌》：清朝飯牛至夜半。清朝，猶清晨也。

〔五〕鮑照詩：日月流邁不相饒。

贈歷陽褚司馬時此公爲稚子舞故作是詩也繆本缺此五字

北堂千萬壽，侍奉有光輝。先同稚子舞，更著老萊衣。因爲小兒啼〔一〕，醉倒月下歸。人間無此樂，此樂世中稀。

〔一〕《藝文類聚》：《列士傳》曰：老萊子孝養二親，行年七十，嬰兒自娱，著五色采衣。嘗取漿上堂，跌仆，因卧地爲小兒啼，或弄烏鳥於親側。

對雪醉後贈王歷陽

有身莫犯飛龍鱗，有手莫辮猛虎鬚〔一〕。君看昔日汝南市，白頭仙人隱玉壺〔二〕。子猷聞風動窗竹〔三〕，相邀共醉杯中緑〔四〕。歷陽何異山陰時，白雪飛花亂人目。君家有酒我何愁，客多樂酣秉燭游〔五〕。謝尚自能鸜鵒（音育）舞〔六〕，相如免脱鷫鸘裘〔七〕。清晨鼓棹（一作「興罷」）過江去〔八〕，千里相思明月樓（一作「他日西看卻月樓」）〔九〕。

〔一〕《莊子》：疾走料虎頭，編虎鬚，幾不免虎口哉！

〔二〕《神仙傳》：壺公者，不知其姓名。汝南費長房爲市掾，忽見公從遠方來，入市賣藥，常懸一空壺於屋上。日入之後，公跳入壺中，人莫能見，惟長房樓上見之，知非常人。乃日日自掃公座前地，及供饌物，公受而不辭。積久，長房猶不懈，亦不敢有所求。公知長房篤信，謂長房曰：「至暮無人時更來。」長房如其言，即往。公語房曰：「見我跳入壺中時，卿便可效我跳，自當得入。」長房依言，果不覺已入。入後不復是壺，惟見仙宫世界，樓觀、重門、閣道，公左右侍者數十人。公語房曰：「我，仙人也。昔處天曹，以公事不勤見責，因謫人間耳。卿可教，故得見我。」

〔三〕王子猷居山陰，夜大雪，眠覺開室，命酌酒，詳見九卷注。

〔四〕王僧孺詩：半飲杯中緑。

〔五〕《古詩》：晝短苦夜長，何不秉燭游？

〔六〕《晉書》：王導辟謝尚爲掾，始到府，通謁，導以其有勝會，謂曰：「聞君能作鸜鵒舞，一坐傾想，寧有此理否？」尚曰：「佳。」便著衣幘而舞。導令坐者撫掌擊節，尚俯仰在中，旁若無人。

〔七〕《西京雜記》：司馬相如以所著鷫鸘裘，就市人楊昌貰酒。

〔八〕陶潛詩：鼓棹路崎曲。

〔九〕吴均詩：相思自有處，春風明月樓。《太平寰宇記》：江陵縣湘東苑有明月樓，顔之推詩云：「屢陪明月宴。」將軍扈羲所造。又鮑照《吴歌》：夏口樊城岸，曹公卻月樓。

贈宣城宇文太守兼呈崔侍御

唐時，宣州亦謂之宣城郡，隸江南西道，今之寧國府也。

白若白鷺鮮〔一〕，清如清唳（音例）蟬。受氣有本性，不爲外物遷。飲水箕山上〔二〕，食雪首陽巔〔三〕。迴車避朝歌〔四〕，掩口去盜泉〔五〕。岧嶤廣成子，倜儻魯仲連〔六〕。卓絶二公外〔七〕，丹心無間然。

〔一〕《隋書·食貨志》：是歲，翟雉尾一值十縑，白鷺鮮半之。

〔二〕《登封縣志》：箕山，在縣東南二十五里，高大四絶，其形如箕。山北爲黄城，許由隱處也，又名許由山。潁水自山陰東流而去，世稱箕潁。虚巖幽壑，茂草平林，即當盛暑，亦無炎蒸之氣。旁爲棄瓢巖，昔許由隱箕潁間，以手掬水飲之，人遺一瓢，得以操飲，飲訖挂木上，風吹歷歷有聲，由以爲煩，棄之巖下，故名棄瓢巖。洗耳泉在其西。

〔三〕《元和郡縣志》：首陽山，在河南府偃師縣西北二十五里。《太平寰宇記》：首陽山，在偃師縣西北三十五里。阮籍詩云：步出上東門，北望首陽岑。下有採薇士，上有嘉樹林。山上有夷、齊祠。《詩·國風》：采苓采苓，首陽之巔。食雪事，無考。

〔四〕《漢書》：邑號朝歌，墨子迴車。晉灼曰：紂作朝歌之音。朝歌者，不時也。顔師古曰：朝歌，殷之邑名也。《淮南子》云：墨子非樂，不入朝歌。

〔五〕《水經注》：盗泉，出卞城東北卞山之陰。《尸子》曰：孔子至於勝母，暮矣而不宿，於盗泉，渴矣而不飲，惡其名也。故《論語撰考讖》曰：水名盗泉，仲尼不嗽，即斯泉矣。《淮南子》：曾子立廉，不飲盗泉。

〔六〕廣成子、魯仲連，俱見二卷注。岧嶤，喻其品之高邁。倜儻，美其才之不羈。

〔七〕《三國志》：管寧德行卓絶，海内無偶。

昔攀六龍飛〔一〕，今作百鍊鉛〔二〕。懷恩欲報主，投佩向北燕〔三〕。彎弓緑弦開〔四〕，滿月不憚堅。閒騎駿馬獵，一射兩虎穿。回旋若流光〔五〕，轉背落雙鳶〔六〕。胡虜三嘆息，兼知五兵權〔七〕。鎗鎗突雲將，卻掩我之妍。多逢勦絶兒，先著祖生鞭〔八〕。據鞍空矍鑠〔九〕，壯志竟誰宣。蹉跎復來歸，憂恨坐相煎。無風難破浪〔一〇〕，失計長江邊。危苦惜頽光〔一一〕，金波忽三圓〔一二〕。時游敬亭上〔一三〕，閒聽松風眠〔一四〕。或弄宛溪月〔一五〕，虚舟信洄沿〔一六〕。顔公二（繆本作「三」）十萬，盡付酒家錢〔一七〕。興發每取之，聊向醉中仙。過此無一事，靜談《秋水篇》〔一八〕。

〔一〕六龍，已詳八卷注。

〔二〕百鍊鉛，言其柔。鉛性不能剛，經百鍊則益柔矣。

〔三〕袁淑詩：投佩出甘泉。吕延濟注：投佩，謂去官也。

〔四〕虞世南詩：緑沉明月弦。

〔五〕張華詩：騰超如激電，回旋如流光。

〔六〕《白帖》：後魏托跋翰從太宗游白登東北，有雙鳶飛鳴於上，太宗命左右射之，莫能中。鳶旋飛稍高，翰因而自射之，一箭下雙鳶，太宗嘉之，賜御弓矢以旌之，號曰射鳶都尉。

〔七〕鄭康成《周禮注》：鄭司農云：五兵者，戈、殳、戟、酋矛、夷矛。又云：車之五兵，鄭司農所云者是也。步卒之五兵，則無夷矛，而有弓矢。

〔八〕《晉書》：劉琨與祖逖爲友，聞逖被用，與親舊書曰：「吾枕戈待旦，志梟逆虜，常恐祖生先吾著鞭。」其意氣相期如此。

〔九〕《後漢書》：馬援披甲上馬，據鞍顧盼，以示可用。帝笑曰：「矍鑠哉，是翁也！」

〔一〇〕《宋書》：宗慤曰：「願乘長風破萬里浪。」

〔一一〕李嶠詩：窮紀送頹光。

〔一二〕《漢書》：月穆穆以金波。顔師古注：言月光穆穆，若金之波流也。

〔一三〕李善《文選注》：《宣城郡圖經》曰：敬亭山在宣城縣北十里。

〔一四〕《南史》：陶弘景特愛松風，庭院皆植松，每聞其響，欣然爲樂。

〔一五〕《一統志》：宛溪在寧國府城東，源出嶧陽山，其流清澈。

〔一六〕陶潛詩：虚舟縱逸棹。謝靈運詩：水涉盡洄沿。洄，逆水而上也。沿，順水而下也。

〔一七〕《宋書》：顔延之在尋陽，與陶潛情款，後爲始安郡，經過，日日造潛。每往必酣飲至醉。臨去，留二萬錢與潛。潛悉送酒家，稍就取酒。

〔一八〕《莊子》有《秋水篇》。

君從九卿來〔一〕，水國有豐年〔二〕。魚鹽滿市井，布帛如雲烟〔三〕。下馬不作威，冰壺照清川〔四〕。霜眉邑中叟，皆美太守賢。時時慰風俗，往往出東田〔五〕。竹馬數小兒〔六〕，拜迎白鹿前〔七〕。含笑問使君，日（一作「早」）晚可迴旋？遂（一作「還」）歸池上酌，掩抑清風絃〔八〕。曾標橫浮雲（一作「游云端」）〔九〕，下撫謝脁肩。樓高碧海出，樹古青蘿懸。

〔一〕唐以太常、光禄、衞尉、宗正、太僕、大理、鴻臚、司農、太府爲九卿，見《通典》。

〔二〕顏延年詩：水國周地險。

〔三〕雲烟，多貌。曹植詩：文錢百億萬，采帛若烟雲。

〔四〕鮑照詩：清如玉壺冰。陸機詩：清川含藻影。

〔五〕謝脁爲宣城太守，有游東田詩。

〔六〕《後漢書》：郭伋爲并州牧，始至行部，到西河美稷，有童兒數百，各騎竹馬，道次迎拜。伋問：「兒曹何自遠來？」對曰：「聞使君到，喜，故迎。」伋辭謝之。及事訖，諸兒復送至郭外，問：「使君何日當還？」伋謂別駕從事，計日當告之，行部既還，先期一日，伋爲違信於諸兒，遂止於野亭，須期乃入。

〔七〕《藝文類聚》：謝承《後漢書》曰：鄭弘爲臨淮太守，行春，有兩白鹿隨車，夾轂而行。弘怪問主簿黄國，鹿爲吉凶，國拜賀曰：「聞三公車轓畫作鹿，明府當爲宰相。」後弘果爲太尉。

〔八〕謝脁詩：已有池上酌，復此風中琴。李周翰注：池上酌，謂酌酒池上也。

〔九〕蕭士贇曰：曾標，言其標致之高也。

光禄紫霞杯，伊昔忝相傳。良圖掃沙漠，别夢繞旌旃。富貴日成疏，願言杳無緣。登龍有直道〔一〕，倚玉阻芳筵〔二〕。敢獻繞朝策〔三〕，思同郭泰船〔四〕。何言一水淺，似隔九重天〔五〕。崔生何傲岸〔六〕，縱酒復談玄〔七〕。身爲名公子，英才苦迍邅〔八〕。鳴鳳托高梧〔九〕，凌風何翩翩。安知慕群客〔一〇〕，彈劍拂秋（一作「青」）蓮。

〔一〕《後漢書》：李膺獨持風裁，以聲名自高，士有被其容接者，名爲登龍門。章懷太子注：以魚爲喻也。龍門，河水所下之口，在今絳州龍門縣。辛氏《三秦記》曰：河津，一名龍門，水險不通，魚鼈之屬莫能上，江海大魚，薄集龍門下數千，不得上，上則爲龍也。

〔二〕《世説》：魏明帝使后弟毛曾與夏侯玄共坐，時人謂蒹葭倚玉樹。

〔三〕《左傳》：士會乃行，繞朝贈之以策。杜預注：策，馬撾。臨别授之馬撾，並示己所策以展情。

〔四〕《後漢書》：郭泰，字林宗，游於洛陽。始見河南尹李膺，膺大奇之，遂相友善，於是名震京師。後歸鄉里，衣冠諸儒，送至河上，車數千兩，林宗唯與李膺同舟而濟，衆賓望之，以爲神仙。

〔五〕《楚辭》：圜則九重，孰營度之。王逸注：言天圓而九重，孰營度而知之乎？

〔六〕《十六國春秋》：子陵頡頏於光武，君平傲岸於蜀肆。

〔七〕縱酒，縱適而飲酒也。《史記》：田廣與酈生日縱酒。《晉書》：苻融談玄論道，雖道安無以出之。

〔八〕左思詩：英雄有迍邅，由來自古昔。《韻會》：迍邅，難行不進之貌。

〔九〕馬融《廣成頌》：棲鳳凰於高梧。

〔一〇〕鮑照詩：豈念慕群客，咨嗟戀景沉。

贈宣城趙太守悦

趙得寶符盛〔一〕，山河功業存。三千堂上客，出入擁平原〔二〕。六國揚清風，英聲何喧喧！大賢茂遠業，虎竹光南藩〔三〕。錯落千丈松〔四〕，虬龍盤古根。枝下無俗草，所植唯蘭蓀〔五〕。

〔一〕《史記·趙世家》：簡子告諸子曰：「吾藏寶符於常山上，先得者賞。」諸子馳之常山上，求無所得。毋卹還，曰：「已得符矣。」簡子曰：「奏之。」毋卹曰：「從常山上臨代，代可取也。」簡子於是知毋卹賢，以爲太子。簡子卒，毋卹代立，是爲襄子，遂興兵平代地。

〔二〕《平原君傳》：平原君趙勝者，趙之諸公子也。諸子中勝最賢，喜賓客。賓客蓋至者數千人。相趙惠文王及孝成王，三去相，三復位，封於東武城。

〔三〕虎竹，謂銅虎符、竹使符，漢時郡守分其半與之，詳見五卷《塞下曲》注。東方朔《七諫》：聞南藩樂而欲往。王逸注：南國諸侯，爲天子藩蔽，故稱藩也。此用其字，以稱宣城，宣城在南方，故曰南藩。

〔四〕《世説》：庾子嵩目和嶠，森森如千丈松，雖磊砢有節目，施之大廈，有棟梁之用。

〔五〕沈約詩：今守馥蘭蓀。劉良注：蘭蓀，香草也。詩意以千丈松喻平原君，蘭蓀喻趙太守。謂英豪之後，其子孫自多俊異也。

憶在南陽時〔一〕，始承國士恩〔二〕。公爲柱下史〔三〕，脱繡歸田園。伊昔簪白筆〔四〕，幽都逐游魂〔五〕。持斧佐（蕭本作「冠」）三軍〔六〕，霜清天北門。差池宰兩邑〔七〕，鶚立重飛翻〔八〕。焚香入蘭臺〔九〕，起草多芳言。夔、龍一顧重〔一〇〕，矯翼凌翔鵷。赤縣揚雷聲〔一一〕，强項聞至尊〔一二〕。驚飇摧（蕭本作「頹」）秀木〔一三〕，跡屈道彌敦〔一四〕。出牧歷三郡，所居猛獸奔〔一五〕。

〔一〕唐時之南陽郡，即鄧州也，屬山南東道。

〔二〕《戰國策》：豫讓曰：「智伯以國士遇臣，臣故以國士報之。」

〔三〕《史記》：張蒼，秦時爲御史，主柱下方書。《索隱》曰：周、秦皆有柱下史，謂御史也。所掌及侍立，恒在殿柱之下。故老聃爲周柱下史。《漢書》：蒼自秦時爲柱下御史。《通典》：侍御史，於周爲柱下史，老聃嘗爲之。秦時，張蒼爲御史，主柱下方書，亦其任也。

〔四〕章懷太子《後漢書注》：武帝置繡衣御史。《通典》：魏置御史八人，當大會殿中，御史簪白筆，側陛而坐。帝問左右：「此何官？何主？」辛毗曰：「此爲御史，舊時簪筆以奏不法，當如今者，直備位，但珥筆耳。」

〔五〕《淮南子》：南至交趾，北至幽都。《漢書》：天兵四臨，幽都先加。顔師古注：幽都，北方，謂匈奴。《太平寰宇記》：《晉地道記》曰：幽州，因幽都以爲名。《山海經》有幽都之山，今列於北荒矣。鄭樵《爾雅注》：幽都，即幽州，在今燕。《北史》：勍寇游魂於北，狡賊負險於南。

〔六〕《漢書》：武帝末，軍旅數發，郡國盜賊群起，繡衣御史暴勝之，使持斧逐捕盜賊，以軍興從事，誅二千石以下。

〔七〕潘岳詩：驅役宰兩邑，政績竟無施。

〔八〕《埤雅》：鶚性好跱，故每立更不移處，所謂鶚立，義取諸此。

〔九〕《漢書》：御史中丞，在殿中蘭臺，掌圖籍秘書，外督部刺史，内領侍御史。《通典》：御史所居之署，後漢以來謂之御史臺，亦謂之蘭臺寺。

〔一〇〕謝朓詩：平生一顧重。

〔一一〕《通典》：大唐縣有赤、畿、望、緊、上、中、下七等之差，京都所治爲赤縣，京之旁邑爲畿縣，其餘則以户口多少、資地美惡爲差。胡三省《通鑑注》：唐制，凡置都，其郭下縣爲赤縣，餘縣爲畿縣。《通鑑辯誤》：唐之西京，以長安、萬年爲赤縣，東都以河南、洛陽爲赤縣。

〔一二〕《後漢書》：董宣爲洛陽令，時湖陽公主蒼頭白日殺人，因匿主家，吏不能得。及主出行，而以奴驂乘，宣於夏門亭候之，叱奴下車，因格殺之。主即還宫訴帝，帝使宣叩頭謝主。宣不從，强使頓之。宣兩手據地，終不肯俯，帝因勑强項令出。《荀子》：天子者，勢位至尊，無敵於天下。

〔一三〕陸機詩：驚飈褰反信。李康《運命論》：木秀於林，風必摧之。

〔一四〕陳子昂詩：清淨道彌敦。

〔一五〕《後漢書》：劉昆遷弘農太守，先是崤、黽驛道多虎災，行旅不通。昆爲政三年，仁化大行，虎皆負子渡河。庾信詩：昆陽猛獸奔。

遷人同衛鶴，謬上懿公軒〔一〕。自笑東郭履〔二〕，側慚狐白温〔三〕。閒吟步竹石，精義忘朝昏。顦顇成醜士〔四〕，風雲何足論。獮猴騎土牛〔五〕，羸馬夾雙轅。願借羲和（蕭本作「皇」）景〔六〕，爲人照覆盆〔七〕。溟海不震（蕭本作「振」）蕩，何由縱鵬鯤〔八〕。所期要津日（蕭本作「玄津白」）〔九〕，倜儻假騰騫〔一〇〕。

〔一〕《左傳》：衛懿公好鶴，鶴有乘軒者。杜預注：軒，大夫車也。孔穎達《正義》：服虔曰：車有藩曰軒。

〔二〕《史記》：東郭先生久待詔公車，貧困飢寒，衣敝，履不完。行雪中，履有上無下，足盡踐地，道中人笑之，東郭先生應之曰：「誰能履行雪中，令人視之，其上履也，其履下處乃似人足者乎！」

〔三〕王微詩：詎憶無衣苦，但知狐白温。吕向注：狐白，謂狐腋之白毛以爲裘也。

〔四〕陸機詩：玄冕無醜士。

〔五〕《三國志注》：《世語》曰：司馬宣王辟州泰，泰頻喪考、妣、祖，九年居喪。宣王留缺待之，至三十六日，擢爲新城太守。宣王爲泰會，使尚書鍾繇調泰：「君釋褐登宰府，三十六日擢麾蓋，守兵馬郡，乞兒乘小車，一何駛乎？」泰曰：「誠有此。君，名公之子，少有文采，故守吏職，獼猴騎土牛，又何遲也。」

〔六〕《廣雅》：日御謂之羲和。

〔七〕《抱朴子》：是責三光不照覆盆之内也。

〔八〕《列子》：終髮之北有溟海者，天池也。有魚焉，其廣數千里，其長稱焉，其名爲鯤。有鳥焉，其名爲鵬，翼若垂天之雲，其體稱焉。世豈知有此物哉？大禹行而見之，伯益知而名之，夷堅聞而識之。

〔九〕《古詩》：何不策高足，先據要路津。吕向注：要路津，謂仕宦居要職者，亦如進高足，居於要津，則人出入由之。

〔一〇〕《廣韻》：騫，飛舉貌。

贈從弟宣州長史昭

按宣州，在唐爲上州，上州之長史，爲從五品官。

淮南（一作「北」）望江南〔一〕，千里碧山對。我行倦（一作「盡」）過之，半落青天外。宗英佐雄郡〔二〕，水陸相控帶。長川豁中流，千里瀉吴會（古外切，音膾）〔三〕。君心亦如此，包納無小大。摇筆起風霜，推誠結仁愛。訟庭垂桃李，賓館羅軒蓋。何意蒼梧雲，飄然忽相會（本音）〔四〕。才將聖不偶，命與時俱背。獨立山海間，空老聖明代。知音不易得，撫劍增感慨（繆本作「概」）。當結九萬期〔五〕，中途莫先退。

〔一〕唐時之淮南道、江南道，皆古揚州之境。中隔一江，江之北爲淮南，江之南爲江南。

〔二〕《漢書》：河間賢明，禮樂是修，爲漢宗英。

〔三〕《三國志・孫賁傳》：時策已平吴、會二郡。又《朱桓傳》：使部伍吴、會二郡。知吴、會者，是吴郡與會稽也。然此詩所稱吴會，專指吴地而言。蓋在春秋、戰國時爲吴國，在秦、漢爲會稽郡，後又分爲吴郡，合而言之曰吴會也。

〔四〕《歸藏啟筮》曰：有白雲出自蒼梧，入於大梁。

〔五〕《莊子》：摶扶搖羊角而上者九萬里。

於五松山贈南陵常贊府

南陵縣，唐時隸江南西道之宣州。《一統志》：五松山，在池州銅陵縣南五里。銅陵，在唐爲南陵縣之銅官治，南唐時始分置銅陵縣，隸昇州，宋改隸池州。《容齋隨筆》：唐人呼縣丞爲贊府。

爲草當作蘭，爲木當作松。蘭幽（繆本作「秋」）香風遠，松寒不改容。松蘭相因依〔一〕，蕭艾徒丰茸（音戎）〔二〕。雞與雞並食，鸞與鸞同枝。揀珠去沙礫（音力）〔三〕，但有珠相隨。遠客投名賢，真堪寫懷抱〔四〕。若惜方寸心，待誰可傾倒？虞卿棄趙相，便與魏齊行〔五〕。海上五百人，同日死田橫〔六〕。當時不好賢，豈傳千古名！願君同心人，於我少留情。寂寂還寂寂，出門迷所適。長鋏歸來乎（繆本作「長劍歸乎來」，一作「長劍歌歸來」）〔七〕，秋風思歸客。

〔一〕謝靈運詩：蒲稗相因依。

〔二〕《長門賦》：羅丰茸之游樹。李善注：丰茸，衆飾貌。

〔三〕《説文》：礫，小石也。

〔四〕謝靈運詩：歡娱寫懷抱。

〔五〕《史記・范雎傳》：秦昭王遺趙王書曰：「范君之仇魏齊在平原君之家，王使人疾持其頭來，不然吾舉兵而伐趙。」趙孝成王乃發卒圍平原君家，急，魏齊夜亡出，見趙相虞卿。虞卿度趙王終不可説，乃解其相印，與魏齊亡。

〔六〕又《田儋傳》：漢滅項籍，立爲皇帝。田横與其徒屬五百餘人入海，居島中。高帝聞之，以爲田横兄弟本定齊，齊人賢者多附焉。今在海中不收，恐後爲亂，乃使使赦田横罪而召之。横乃與其客二人乘傳詣洛陽，未至三十里，至尸鄉廄置，自剄，令客奉其頭，從使者馳奏之。高帝爲之流涕，拜其二客爲都尉，發卒二千人，以王者禮葬田横。既葬，二客穿其冢旁孔，皆自剄，下從之。高帝聞之，乃大驚，以田横之客皆賢，吾聞其餘尚五百人在海中，使使召之。至則聞田横死，亦皆自殺，於是乃知田横能得士也。

〔七〕《戰國策》：齊人有馮諼者，貧乏不能自存，使人屬孟嘗君，願寄食門下，左右以君賤之也，食以草具。居有頃，倚柱彈其劍，歌曰：「長鋏歸來乎，食無魚！」孟嘗君曰：「食之，比門下之客。」居有頃，復彈其鋏，歌曰：「長鋏歸來乎，出無車！」孟嘗君曰：「爲之駕，比門下之車客。」後有頃，復彈其劍鋏，歌曰：「長鋏歸來乎，無以爲家！」孟嘗君使人給其食用，無使乏。

自梁園至敬亭山見會公談陵陽山水兼期同游因有此贈

《一統志》：梁園，在開封府城東南，一名梁苑，漢梁孝王游賞之地。敬亭山，在寧國府城北十里。《江南通志》：陵陽山，自石埭縣西北迤邐而來，三峰連亘，東接宣州，西二峰下有黄鶴池，昔竇子明跨鶴飛昇於此。有丹池，即子明鍊丹處。

我隨秋風來，瑶草恐衰歇〔一〕。中途寡名山，安得弄雲月？渡江如昨日〔二〕，黄葉向人飛。敬亭愜素尚，弭棹流清輝〔三〕。冰谷明且秀，陵巒抱江城。粲粲吴與史，衣冠耀天京。水國饒英奇〔四〕，潛光卧幽草〔五〕。會公真名僧，所在即爲寶〔六〕。開堂振白拂〔七〕，高論横青雲。雪山掃粉壁，墨客多新文〔八〕。爲余話幽棲〔九〕，且述陵陽美。天開白龍潭〔一〇〕，月映清秋水。黄山望石柱〔一一〕，突兀誰開張（一作「白柱插星漢，西崖誰開張」）？黄鶴久不來，子安在蒼茫〔一二〕。東南焉可窮，山鳥飛絶處（繆本作「山鳥絶飛處」，一作「猿狖絶行處」）。稠疊千萬峰，相連入雲去。聞此期振策〔一三〕，歸來空閉關。相思如明月，可望不可攀。何當移白足〔一四〕，早晚凌蒼山。且寄一書札〔一五〕，令予解愁顔。

〔一〕江淹詩：瑶草正翕艴。

〔二〕張載詩：下車如昨日。

〔三〕江淹詩：弭棹阻風雪。李善注：弭，止也。

〔四〕范雲詩：岱山饒靈異，水國富英奇。

〔五〕《後漢書》：商山四皓有東園公、夏黄公，潛光隱耀，世嘉其高。

〔六〕《十六國春秋》：佛圖澄，天竺人也。本姓帛氏，少出家，清真務學，誦經數百萬言。石虎傾心事澄，乃下書曰：「和尚國之大寶，榮爵不加，高禄不受，榮禄匪顧，何以旌德？」

〔七〕《法華經》：手執白拂，侍立左右。

〔八〕雪山掃粉壁，謂畫雪山於粉壁之上。墨客多新文，謂文墨之客，多以新文贊美之。會公蓋工於繪事者也。

〔九〕《宋書》：幽棲穹谷，外緣兩絶。

〔一〇〕楊齊賢曰：白龍潭，在宣州。世傳竇子明棄官學道，釣得白龍，放之於此，因名白龍潭。

〔一一〕《江南通志》：黄山，在徽州歙縣西北二百八十里，寧國府太平縣南三十里。山當二郡之界，高一千三百七十丈，盤亘三百里，舊名黟山。唐天寶間，敕改今名，以圖經稱爲「軒轅棲真之所」故也。上多古木靈藥，其泉香美清温，冬夏不變，沐浴飲之，百疾皆愈。有三十六峰，三十六泉。石柱山，在寧國府旌德縣西六十里，雙石挺立，而一巨石承之，名豹子尖。

〔一二〕《列仙傳》：陵陽子明者，銍鄉人也。好釣魚，於旋溪釣得白龍，子明懼，解鉤拜而放之。後得白魚，腹中有書，教子明服食之法。子明遂上黄山採五石脂，沸水而服之。三年，龍來迎去，止陵陽山上。百餘年，山去地千餘丈，大呼山下人，令上山半，告言：「溪中子安當來，問子明釣車在否？」後二十餘年，子安死，人取葬石山下，有黄鶴來棲其塚邊樹，鳴呼子安云。

〔一三〕陸機詩：振策涉崇丘，安轡遵平莽。張銑注：振，舉也。策，鞭也。

〔一四〕《法苑珠林》：前魏太武時，沙門曇始甚有神異，常坐不臥五十餘年，足不躡履，跣行泥穢中，奮足便淨，色白如面，俗呼曰「白足阿練」。

〔一五〕《古詩》：客從遠方來，遺我一書札。張銑注：札，筆也。琦按：顔師古《漢書注》：札，木簡之薄小者也。古時未有紙，故書於札。以爲筆者，恐未是。

贈友人三首

蘭生不當户，别是閑庭草。夙被霜露欺，紅榮已先老〔一〕。謬接瑶華枝〔二〕，結根君王池〔三〕。顧無馨香美，叨沐清風吹。餘芳若可佩，卒歲長相隨〔四〕。

〔一〕陳琳詩：嘉木凋緑葉，芳草殲紅榮。

〔二〕《楚辭》：折疏麻兮瑶華。王逸注：瑶華，玉華也。

〔三〕《古詩》：冉冉孤生竹，結根泰山阿。

〔四〕《史記》：優哉游哉，維以卒歲！

其二

袖中趙匕首，買自徐夫人〔一〕。玉匣閉霜雪〔二〕，經燕復歷秦。其事竟不捷，淪落歸沙塵。持此願投贈，與君同急難（一作「歲寒」）。荆卿一去後，壯士多摧殘。長號易水上，爲我揚波瀾。鑿井當及泉，張帆當濟川。廉夫惟重義，駿馬不勞鞭。人生貴相知，何必金與錢。

〔一〕《史記》：太子豫求天下之利匕首，得趙人徐夫人匕首，取之百金，乃裝爲遣荆卿。《索隱》曰：徐姓，夫人名，謂男子也。餘詳四卷《結客少年場》注。

〔二〕《西京雜記》：高祖斬白蛇劍，刃上常如霜雪。

其三

慢世薄功業〔一〕，非無胸中畫。謔浪萬古賢〔二〕，以爲兒童劇。立産如廣費，匡君懷長策。

但苦山北寒，誰知道南宅〔三〕。歲酒上逐風〔四〕，霜鬢兩邊白。蜀主思孔明，晉家望安石〔五〕。時來（蕭本作「人」）列五鼎〔六〕，談笑期一擲。虎伏避胡塵，漁歌游海濱。弊裘恥妻嫂〔七〕，長劍託交親〔八〕。夫子秉家義，群公難與鄰。莫持西江水，空許東溟臣〔九〕。他日青雲去，黄金報主人。

〔一〕嵇康《司馬相如贊》：長卿慢世，越禮自放。

〔二〕《詩·國風》：謔浪笑敖。

〔三〕《三國志》：孫策與周瑜同年，獨相友善，瑜推道南大宅以舍策，升堂拜母，有無通共。

〔四〕梁元帝詩：灘聲下濺石，猿鳴上逐風。又云：長條垂拂地，輕花上逐風。

〔五〕諸葛孔明，詳見九卷注。謝安石，詳見七卷注。

〔六〕劉孝標《辨命論》：開東閣，列五鼎。《漢書音義》：張晏曰：五鼎食，牛、羊、豕、魚、麋也。諸侯五，卿大夫三。

〔七〕《戰國策》：蘇秦説秦王，書十上而説不行。黑貂之裘敝，去秦而歸。至家，妻不下紝，嫂不爲炊，父母不與言。

〔八〕長劍託交親，用馮諼事，詳見本卷注。

〔九〕《莊子》：莊周家貧，往貸粟於監河侯。監河侯曰：「諾，我將得邑金，將貸子三百金，可乎？」莊周曰：「周昨來，有中道而呼者，周顧視車轍，中有鮒魚焉。周問之曰：『鮒魚來，子何爲者耶？』對曰：『我東海之波臣也，君豈有升斗之水而活我哉？』周曰：『諾，我且南游吴、越之王，激西江之水而迎子可乎？』鮒魚忿然作色曰：『吾失我常與，我無所處，吾得升斗之水然活耳！君乃言此，曾不如早索我於枯魚之肆。』」

陳情贈友人

延陵有寶劍，價重千黄金。觀風歷上國，暗許故人深。歸來挂墳松，萬古知其心〔一〕。懦夫感達節，壯士激青衿（繆本作「壯氣激素衿」）〔二〕。鮑生薦夷吾，一舉致齊相。斯人無良朋，豈有青雲望？臨財不苟取，推分固辭讓〔三〕。後世稱其賢，英風邈難尚。論交但若此，有（當作「友」）道孰云喪。多君騁逸藻〔四〕，掩映當時人。舒文振頽波〔五〕，秉德冠彝倫。卜居乃此地，共井爲比鄰〔六〕。清琴弄雲月，美酒娱冬春。薄德中見捐，忽之如遺塵。英豪未豹變〔七〕，自古多艱辛。他人縱以疏，君意宜獨親。奈何成離居〔八〕，相去復幾許。飄風吹雲霓〔九〕，蔽目不得語。投珠冀有（蕭本作「相」）報，按劍恐相拒〔一〇〕。所思采芳蘭，欲贈隔荆（一作「修」）渚。沉憂心若醉〔一一〕，積恨淚如雨〔一二〕。願假東壁輝，餘光照貧女〔一三〕。

〔一〕《新序》：延陵季子將西聘晉，帶寶劍以過徐君。徐君觀劍，不言而色欲之。季子爲有上國之使，未獻也，然其心許之矣。致使於晉。顧反，則徐君死於楚，於是脱劍致之嗣君。從者止之曰：「此吴國之寶，非所以贈也。」延陵季子曰：「先日吾來，徐君觀吾劍，不言而其色欲之，吾爲有上國之使，未獻也，雖然，吾心許之矣。今死而不進，是欺心也。愛劍僞心，廉者不爲也。」遂脱劍致之嗣君。嗣君曰：「先君無命，孤不敢受劍。」於是季子以劍帶徐君墓樹而去，徐人嘉而歌之曰：「延陵季子兮不忘故，脱千金之劍兮挂墳墓。」鮑照詩：我方歷上國。

〔二〕《詩・國風》：青青子衿。毛傳曰：青衿，青領也，學子之所服。

〔三〕《史記》：管仲夷吾者，潁上人也。少時嘗與鮑叔牙游，鮑叔知其賢。管仲貧困，常欺鮑叔，鮑叔終善遇之，不以爲言。已而鮑叔事齊公子小白，管仲事公子糾。及小白立爲桓公，公子糾死，管仲囚焉。鮑叔進管仲，管仲既用，任政於齊，齊桓公以霸，九合諸侯，一匡天下。管仲曰：「吾始困時，常與鮑叔賈，分財利多自與，鮑叔不以我爲貪，知我貧也。」

〔四〕徐勉詩：壯思如泉湧，逸藻似雲翔。

〔五〕顔延年詩：舒文廣國華。張銑注：舒其文章。

〔六〕《周禮・大司徒》職云：五家爲比。《遂人》職云：五家爲鄰。鄭玄注：鄭司農云：田野之居，其比伍之名，與國中異制，故五家爲鄰。玄謂異其名者，示相變耳。《釋名》：五家爲伍，以五爲名也。又謂之鄰，鄰，連也，相連接也。又曰：比，相親比也。《漢書》：徙入舍祭竈，請比鄰。

〔七〕《周易》：君子豹變。

〔八〕《古詩》：同心而離居。

〔九〕《離騷》：飄風屯其相離兮，帥雲霓而來御。王逸注：回風爲飄。飄風，無常之風，以興邪惡之象也。雲霓，惡氣也，以喻佞人。

〔一〇〕《史記》：明月之珠，夜光之璧，以闇投人於道，路人無不按劍相眄者，何則？無因而至前也。

〔一一〕陸機詩：沉憂萃我心。張銑注：沉，深也。《詩·國風》：行邁靡靡，中心如醉。

〔一二〕魏武帝詩：惋嘆淚如雨。

〔一三〕《列女傳》：齊女徐吾者，齊東海上貧婦人也，與鄰婦李吾之屬，會燭相從夜績。徐吾最貧而燭數不屬，李吾謂其屬曰：「徐吾燭數不屬，請無與夜。」徐吾曰：「一室之中，益一人燭不爲暗，損一人燭不爲明，何愛東壁之餘光，不使貧女得蒙見愛之恩，長爲妾役之事，使諸君常有惠施於妾，不亦可乎？」李吾莫能應，遂復與夜，終無後言。

贈從弟冽

楚人不識鳳，重（一作「高」）價求山雞。獻主昔云是〔一〕，今來方覺迷。自居漆園北（蕭本作「地」）〔二〕，久别（蕭本作「識」）咸陽西。風飄落日去，節變流鶯啼。桃李寒未開，幽關豈來蹊〔三〕。逢君發花萼〔四〕，若與青雲齊。及此桑葉緑，春蠶起中閨。日出布（繆本作「撥」）穀鳴〔五〕，田家擁鋤犁〔六〕。顧余乏尺土，東作誰相攜〔七〕。傅説降霖雨〔八〕，公輸造雲梯〔九〕。羌、戎事未息，君子悲塗泥〔一〇〕。報國有長策，成功羞執珪〔一一〕。無由謁明主，杖策還蓬藜〔一二〕。他年爾相訪，知我在磻（音盤）溪〔一三〕。

〔一〕《太平廣記》：楚人有擔山雞者，路人問曰：「何鳥也？」擔者欺之曰：「鳳凰也。」路人曰：「我聞鳳凰久矣，今真見之，汝賣之乎？」曰：「然。」乃酬十金，弗與，請加倍，乃與之。方將獻楚王，經宿而鳥死，路人不遑恤其金，惟恨不得以獻王。國人傳之，咸以爲真鳳而貴，宜欲獻之，遂聞於楚王。王感其欲獻己也，召而厚賜之，過買鳳之價十倍。出《笑林》。

〔二〕《太平寰宇記》：漆園城，在曹州冤句縣北五十里，莊周爲吏之所，城北有莊周釣臺。又濠州定遠縣有漆園，在縣東三十里，其地東西南北約方三百步，唐天寶中尚有漆樹一二十株，野火燔燒。其樹在故縣村西一百步，即楚國莊周爲吏之處，今爲隴畝。《一統志》：漆園在鳳翔府定遠縣東三十里，即莊生爲吏之處。又云：漆園城，在山東曹縣西北五十里。莊生爲漆園吏，即此。又云：漆園城，在大名府東明廢縣東北二十里，今名漆園村，内有莊子廟，蓋莊周爲吏之所。據二書，漆園有三，此所云者，當指曹州漆園也。

〔三〕《史記》：桃李不言，下自成蹊。何遜詩：伊我念幽關，夫君思贊務。

〔四〕謝瞻詩：花蕚相光飾。吕延濟注：花蕚，喻兄弟也。

〔五〕《禽經》：鳴鳩戴勝，布穀也。張華注：揚雄曰：鳲鳩戴勝，生樹穴中，不巢生。《爾雅》曰：鵖鴔戴鵀，即首上勝也。頭上尾起，故曰戴勝。農事方起，此鳥飛鳴於桑間，云五穀可布種也，故曰布穀。又云：此鳥鳴時，耕事方作，農人以爲候。

〔六〕《廣韻》：鋤，田器也。犂，墾田器也。

〔七〕《尚書》：平秩東作。孔安國傳：歲起於東而始就耕，謂之東作。《漢書》：方東作時。應劭注：東作，耕也。顔師古注：春位在東，耕者始作，故曰東作。

〔八〕《尚書·説命》：若歲大旱，用汝作霖雨。

〔九〕《淮南子》：公輸，天下之巧士，作雲梯之械，設以攻宋。高誘注：雲梯，攻城具，高長上與雲齊，故曰雲梯。

〔一〇〕《左傳》：使吾子辱在泥塗久矣。

〔一一〕《吕氏春秋》：得伍員者爵執圭。高誘注：《周禮》：侯執信圭，言爵之爲侯也。又高誘《淮南子注》：楚爵功臣賜以圭，謂之執圭，比附庸之君也。《漢書》：遷爲執珪。張晏注：侯伯執珪以朝，位比之。

〔一二〕《後漢書》：遂杖策歸鄉里。

〔一三〕《水經注》：磻溪中有泉，謂之兹泉，泉水潭積，自成淵渚，即《吕氏春秋》所謂太公釣兹泉也。今人謂之凡谷。石壁深高，幽篁邃密，林障秀阻，人迹罕及。東南隅有石室，蓋太公所居也。水流次平石釣處，即太公垂釣之所。其投竿跪餌，兩膝遺跡猶存，是有磻溪之稱也。其水清泠神異，北流十二里，注於渭。《通典》：扶風郡虢縣有磻溪，太公釣魚於此。

贈閭丘處士

賢人有素業，乃在沙塘陂〔一〕。竹影掃秋月，荷衣（霏玉本作「花」）落古池。閒讀《山海經》〔二〕，散帙（音姪）卧遥帷〔三〕。且耽田家樂，遂曠（一作「廣」）林中期。野酌勸芳酒，園蔬烹露葵〔四〕。如能樹桃李，爲我結茅茨〔五〕。

〔一〕《江南通志》：沙塘陂，在宿松城外。唐閭丘處士築别業於此，李太白有詩贈之云云。

〔二〕《吴越春秋》：禹巡行四瀆，與益、夔共謀，行到名山大澤，召其神而問之，山川脈理，金玉所有，鳥獸昆蟲之類，及八方之民俗，殊國異域，土地里數，使益疏而記之，名之曰《山海經》。

〔三〕謝靈運詩：散帙問所知。劉良注：散帙，謂開書帙也。《説文》：帙，書衣也。按：古時書卷，必有帙包之，如裹袱之類。或以細竹爲簾，襲以薄繒，藏古書畫家尚存此製。江淹詩：汎瑟卧遥帷。

〔四〕宋玉《諷賦》：炊彫胡之飯，烹露葵之羹。《爾雅翼》：古者，葵稱露葵，今摘葵必待露解，語曰：「觸露不掐葵，日中不剪韭。」各有宜也。按《本草》：葵，一名露葵，今謂之滑菜，古人以爲常饌，四時皆可食。六七月種者爲秋葵，八九月種者爲冬葵，正二月種者爲春葵。有紫莖、白莖二種，大葉小花，花紫黄色，其實大如指頭，皮薄而扁。今人不復食，種者亦鮮。

〔五〕《漢書》：茅茨不翦。顔師古注：屋蓋曰茨。茅茨，以茅覆屋也。《釋名》：屋以草蓋曰茨。茨，次也，次草爲之也。

贈錢徵君少陽 一作《送趙雲卿》

白玉一杯酒，緑楊三月時。春風餘幾日，兩鬢各成絲。秉燭唯須飲〔一〕，投竿也未遲〔二〕。如逢渭水（許本作「川」）獵，猶可帝王師〔三〕。

〔一〕《古詩》：晝短苦夜長，何不秉燭游？

〔二〕投竿，謂投竿於水而釣也。

〔三〕周文王獵於渭水之陽，遇太公望，載與俱歸，立爲師，見四卷注。楊齊賢曰：少陽年八十餘，故方之太公。

贈宣州靈源寺仲繆本作「冲」濬音峻公

敬亭白雲氣，秀色連蒼梧〔一〕。下映雙溪水〔二〕，如天落鏡湖。此中積龍象〔三〕，獨許濬公殊。風韻逸江左〔四〕，文章動海隅〔五〕。觀（一作「了」）心同水月，解領得明珠〔六〕。今日逢支遁〔七〕，高談出有無〔八〕。

〔一〕敬亭山、蒼梧、白雲，已見本卷注。

〔二〕《一統志》：雙溪在寧國府城下，二水合流。

〔三〕釋子中能負荷大法者，謂之龍象。《翻譯名義・大論》云：那伽或名龍，或名象，是五千阿羅漢諸羅漢中最大力，以是故言如龍如象，水行中龍力最大，陸行中象力最大。《中阿含經》：佛告鄔陀夷，若沙門等，從人至天，不以身口意害我，説彼是龍象。

〔四〕胡三省《通鑑注》：江、郢、揚、南徐之地，爲江左。豫、南兖、南豫之地爲江右。《通雅》：金陵居長江下流，前朝有江南者，皆都之。據金陵而言，則江南居左。

〔五〕《尚書》：海隅日出，罔不率俾。

〔六〕水月，謂水中月影，非有非無，了不可執，慧者觀心，亦復如是。解領，解悟也。明珠，喻菩提大道也。

〔七〕《晉書》：沙門支遁以清談著名於時，風流勝貴，莫不崇敬，以爲造微之功，足參諸正始。

〔八〕僧肇《維摩詰經注》：不可得而有，不可得而無者，其唯大乘行乎！欲言其有，無相無名；欲言其無，萬德斯行。萬德斯行，故雖無而有；無相無名，故雖有而無。然則言有不乖無，言無不乖有。或説有行，或説無行，有無雖殊，其致一也。

贈僧朝美

水客凌洪波，長鯨湧溟海〔一〕。百川隨龍舟〔二〕，嘘吸（繆本作「噏」）竟安在？中有不死者，探得明月珠。高價傾宇宙，餘輝照江湖。苞卷金縷褐〔三〕，蕭然若空無。誰人識此寶，竊笑有狂夫。了心何言説〔四〕，各勉黄金軀〔五〕。

〔一〕《吴都賦》：長鯨吞航，修鯢吐浪。劉淵林注：《異物志》曰：鯨魚，長者數千里，小者數十丈。雄曰鯨，雌曰鯢。或死於沙上，得之者皆無目，俗言其目化爲明月珠。《水經注》：北眺巨海，杳冥無極，天際兩分，白黑方别，所謂溟海者也。

〔二〕《海賦》：魚則横海之鯨，突兀孤游。茹鱗甲，吞龍舟。噏波則洪漣踧蹜，吹澇則百川倒流。《淮南子》：龍舟鷁首，浮吹以娛。高誘注：龍舟，大舟也。刻爲龍文以爲飾也。

〔三〕《隋書》：波斯多金縷織成。

〔四〕《楞嚴經》：汝之心靈，一切明了。若汝現成所明了心，實在身内。

〔五〕謝朓詩：遂鑠黄金軀。陳子昂詩：之子黄金軀，如何此荒域。

詩言水客泛舟大海，舟爲長鯨所嘘吸，遂遭溺没。其中乃有不死者，反於海中得明月之珠，卷而藏之，不自眩耀，人亦不識。以喻人在煩惱海中，爲一切嗜慾所汩没，醉生夢死，飄流無極。乃其中有不昧本來者，反於煩惱海中悟得如來法寶，其價則傾乎宇宙，其光則照乎江湖，卷而懷之，不自以爲有，而若空無者。然人皆不能識此寶，而唯我能識之。夫心既明了，更無言説可以酬對，唯有勸勉珍重此軀而已。蓋人身難得，六道之中，以人道爲最。是此軀之重，等於黄金，未可輕忽，故曰「各勉黄金軀」也。又按《後漢書》：西方有神，名曰佛，其形長丈六尺，而黄金色。「各勉黄金軀」者，是勉以修道成佛之意。

贈僧行融

梁有（繆本作「日」）湯惠休，常從鮑照游〔一〕。峨眉史懷一，獨映陳公出〔二〕。卓絶二道人〔三〕，結交鳳與麟。行融亦俊發，吾知有英骨。海若不隱珠，驪（音離）龍吐明月〔四〕。大海乘虛舟〔五〕，隨波任安流。賦詩旃檀閣，縱酒鸚鵡洲〔六〕。待我適東越，相攜上白樓〔七〕。

〔一〕《宋書》：時有沙門釋惠休，善屬文，辭采綺豔。徐湛之與之厚善。世祖命使還俗。本姓湯，位至揚州從事史。鮑照有《秋日示休上人》及《答休上人》諸詩。

〔二〕盧藏用《陳子昂别傳》：友人趙貞固、鳳閣舍人陸餘慶、殿中侍御史畢構、監察御史王無兢、亳州長史房融、右史崔泰之、處士郭襲微、道人史懷一，皆篤歲寒之交。崔顥《贈懷一上人》詩：法師東南秀，世實豪家子，削髮十二年，誦經峨嵋裏。是史懷一爲峨嵋僧也。

〔三〕《三國志》：管寧德行卓絶，海内無偶。

〔四〕《西京賦》：海若游乎玄渚。薛綜注：海若，海神也。《莊子》：夫千金之珠，必在九重之淵而驪龍頷下。陸德明注：驪龍，黑龍也。

〔五〕謝靈運詩：溟漲無端倪，虛舟有超越。李周翰注：輕舟而進曰虛舟。

〔六〕沈佺期《香山寺》詩：旃檀曉閣金輿度，鸚鵡晴林綵仗分。《元和郡縣志》：鸚鵡洲，在鄂州江夏縣西南二里。

〔七〕東越，即會稽也。施宿《會稽志》：府城卧龍山南，舊傳有白樓亭，今遺址無所考。詩用支道林事，詳見十卷《贈僧崖公》注。

贈黄山胡公求白鷴并序

張華《禽經注》：白鷴，似山雞而色白，行止閑暇。《黄山志》：白鷴性耿介難畜，雄采而文，素角玄英，二角壯時，隆起出英上，有時靡縮，蓋因氣鼓而後壯也。觜爪皆赤，其羽末黑文如洒，戢若緣裂，又如界地錦，惟尾妥二莖無緇文，班如也。志中亦載李白向黄山胡公求白鷴事，以胡公名暉，未詳何據，存之以廣異聞。

聞黄山胡公有雙白鷴，蓋是家雞所伏，自小馴狎，了無驚猜，以其名呼之，皆就掌取食。然此鳥耿介，尤難畜之，予平生酷好，竟莫能致。而胡公輟贈於我，唯求一詩，聞之欣然，適會宿意，因援筆三叫，文不加點以贈之〔一〕。

〔一〕郭璞《爾雅注》：以筆滅字爲點。《南史》：劉儒嘗在御座爲《李賦》，受詔便成，文不加點。

請以雙白璧，買君雙白鷴。白鷴白如錦〔二〕，白雪恥容顔。照影玉潭裏〔三〕，刷毛琪樹間〔三〕。夜棲寒月静，朝步落花閑。我願得此鳥，翫之坐碧山。胡公能輟贈，籠寄野人還。

〔一〕孔穎達《禮記正義》：素錦，白錦也。白鷳毛羽白質黑邊，有似錦文，故曰白如錦。

〔二〕虞騫詩：泠泠玉潭水。

〔三〕《山海經》：崑崙之墟，北有琪樹。

登敬亭山南望懷古贈竇主簿

《元和郡縣志》：敬亭山，在宣州宣城縣北十二里，即謝脁賦詩之所。

敬亭一迴首，目盡天南端。仙者五六人，常聞此游盤〔一〕。谿流琴高水〔二〕，石聳麻姑壇〔三〕。白龍降陵陽，黄鶴呼子安〔四〕。羽化騎日月〔五〕，雲行翼鴛鸞。下視宇宙間，四溟皆波瀾〔六〕。汰（繆本作「決」）絶目下事，從之復何難。百歲落半途，前期浩漫漫。强食不成味，清晨起長歎〔七〕。願隨子明去，鍊火燒金丹〔八〕。

〔一〕阮籍詩：仙者四五人，逍遥宴蘭房。

〔二〕《江南通志》：琴高山，在寧國府涇縣北二十里。昔琴高於此山修煉得道，故名。有隱雨巖，是其控鯉上昇之所。巖下有煉丹洞，洞旁有釣臺，臺下流水，即琴溪也。每歲上巳前後數日，溪中出小魚，謂之琴魚，傳爲仙人藥渣所化。

〔三〕《九域志》：宣州宣城郡有花姑山，亦謂之麻姑山，昔麻姑修道於此上昇，有仙壇在焉。《江南通志》：麻姑山，在寧國府城東三十五里，峰巒奇秀，作鎮郡東。昔麻姑修道，於此飈舉。有仙壇、丹竈、劍池、石棋枰、釣魚臺、天游亭諸跡。

〔四〕《水經注》：水出陵陽山，下徑陵陽縣，西爲旋溪水。昔縣人陽子明釣得白龍處。後三年，龍迎子明上陵陽山，山去地千餘丈。後百餘年，呼山下人，令上山半與語，谿中子安問子明釣車所在。後二十年，子安死山下，有黄鶴栖其冢樹，常鳴呼子安。

〔五〕《莊子》：乘雲氣，騎日月，而游乎四海之外。

〔六〕張協詩：雨足洒四溟。李善注：四溟，四海也。

〔七〕曹植詩：盛年處房室，中夜起長嘆。

〔八〕《抱朴子》：夫金丹之爲物，燒之愈久，變化愈妙，黄金入火，百錬不消，埋之畢天不朽。服此二藥，錬人身體，故能令人不老不死。《一統志》：丹臺，在陵陽山中峰之半，平夷可容數人，相傳竇子明嘗煉丹其上。

經亂後將避地剡中留贈崔宣城

剡中，即剡縣，唐時爲越州會稽郡之屬邑，隸江南東道。宣城縣爲宣州宣城郡之屬邑，隸江南西道。

雙鵝飛洛陽，五馬渡江徼（音教）〔一〕。何意上東門，胡雛更長嘯〔二〕。中原走豺虎〔三〕，烈火焚宗廟〔四〕。太白晝經天〔五〕，頽陽掩餘照〔六〕。王城皆蕩覆，世路成奔峭。四海望長安，嚬眉寡西笑〔七〕。蒼生疑落葉，白骨空相弔。連兵似雪山〔八〕，破敵誰能料。我垂北溟翼，且學南山豹〔九〕。崔子賢主人〔一〇〕，歡娱每相召。胡牀紫玉笛〔一一〕，卻坐青雲叫。楊花滿州城，置酒同臨眺。忽思剡溪去〔一二〕，水石遠清妙。雪晝天地明，風開湖山貌。悶爲洛生詠〔一三〕，醉發吴、越調。赤霞動金光，日足森海嶠〔一四〕。獨散萬古意，閑垂一溪釣。猿近天上啼，人移月邊棹。無以墨綬苦〔一五〕，來求丹砂要。華髮長折腰，將貽陶公誚〔一六〕。

〔一〕《晉書·五行志》：孝懷帝永嘉元年二月，洛陽東北步廣里地陷，有蒼白二色鵝出，蒼者飛翔冲天，白者止焉。陳留董養曰：「步廣，周之狄泉盟會地也。白者，金色，國之行也。蒼爲胡象，其可盡言乎！」是後劉元海、石勒相繼亂華。太安中童謡曰：「五馬游渡江，一馬化爲龍。」後中原大亂，宗藩多絶，惟琅琊、汝南、西陽、南頓、彭城同至江東，而元帝嗣統矣。《史記索隱》：張揖云：徼，塞也。以木栅水，爲蠻夷界。顔師古《漢書注》：徼，猶塞也。東北謂之塞，西南謂之徼。塞者，以障塞爲名。徼者，取徼遮之義。

〔二〕《晉書》：石勒年十四，隨邑人行販洛陽，倚嘯上東門。王衍見而異之，顧謂左右曰：「向者胡雛，吾觀其聲視有奇志，恐將爲天下之患。」

〔三〕張載詩：季葉喪亂起，盜賊如豺虎。

〔四〕《唐書》：安禄山陷兩京，宗廟皆焚毀。

〔五〕《漢書》：太白經天，天下革政。孟康注：謂出東入西、出西入東也。太白，陰星，出東當伏東，出西當伏西，過午爲經天。晉灼注：日，陽也。日出則星亡，晝見午上爲經天。《文獻通考》：肅宗至德二載七月己酉，太白晝見經天，至於十一月戊午不見，歷秦、周、楚、鄭、宋、燕之分。

〔六〕謝瞻詩：頹陽照通津，夕陰曖平陸。頹陽，落日也。

〔七〕《藝文類聚》：桓譚《新論》曰：關東鄙語曰：人聞長安樂，出門向西笑。《後漢書》：舉首嚬眉之感。

〔八〕《漢書》：欲令久連兵無決。

〔九〕《列女傳》：南山有玄豹，霧雨七日而不下食者，何也？欲以澤其毛而成文章也，故藏而遠害。

〔一〇〕王粲詩：願我賢主人，與天享巍巍。

〔一一〕胡三省《通鑑注》：胡牀，今謂之交牀，其制本自虜來，隋惡胡字，改曰交牀，唐猶謂之胡牀，今之交椅是也。《十六國春秋》：涼州人胡據，盜發張駿墓，得赤玉簫紫玉笛。

〔一二〕薛方山《浙江通志》：剡溪，在紹興府嵊縣南，一名戴溪。溪有二源：一出天台，一出武義。西南流至東陽人剡，南北流入上虞界，以達於江。晉王徽之雪夜由此溪訪戴逵。

〔一三〕《世説》：人問顧長康：「何以不作洛生咏？」答曰：「何至作老婢聲？」劉孝標注：洛下書生，咏音重濁，故云老婢聲。

〔一四〕《釋名》：山鋭而長曰嶠。

〔一五〕賈公彦《周禮疏》：漢法：丞相、中二千石，金印紫綬；御史大夫、二千石，銀印黄綬；縣令、六百石，銅印墨綬。

〔一六〕《南史》：陶潛爲彭澤令，郡遣督郵至，縣吏白應束帶見之，潛嘆曰：「我不能爲五斗米，折腰向鄉里小人。」即日解印綬去職，賦《歸去來》以遂其志。

獻從叔當塗宰陽冰

唐江南西道宣州有當塗縣。《宣和書譜》：李陽冰，字少温，趙郡人，官至將作少監。善詞章，留心小篆迨三十年，初見李斯《嶧山碑》與仲尼、延陵季子字，遂得其法，乃能變化開合，自名一家。推原字學，作《筆法論》以别其點畫。又嘗立説，謂於天地山川，得其方員流峙之形，於日月星辰，得其經緯昭回之度；近取諸身，遠取萬類，幽至鬼神情狀，細至於喜怒之舒慘，莫不畢載。後人不足以明此，於是誤謬滋多，義理掃地。雖李斯之博雅，以束爲朿；蔡邕之知書，以豊作豐。故孔壁之餘文，汲冢之舊簡，所存無幾，幸天未喪斯文，宗旨在己。其自許慎至是，作《刊定説文》三十卷，以紀其學，人指以爲蒼頡後身。方時顔真卿以書名世，真卿書碑，必得陽冰題其額，欲以擅連璧之美，蓋其篆法妙天下如此。議者以蟲蝕鳥跡語其形，風行雨集語其勢，太阿、龍泉語其利，嵩高、華岳語其峻，實不爲過論。有唐三百年，以篆稱者，唯陽冰獨步。

金鏡霾（音埋）六國〔一〕，亡新亂天經〔二〕。焉知高、光起，自有羽翼生。蕭、曹安峴屼，耿、賈摧欃（初銜切，插平聲，音同攙）槍（音撑）〔三〕。吾家有季父，傑出聖代英。雖無三台位〔四〕，不借（蕭本作「惜」）四豪名〔五〕。激昂風雲氣，終協龍虎精〔六〕。弱冠燕、趙來〔七〕，賢彦多逢迎。魯連善（繆本作「擅」）談笑〔八〕，季布折公卿〔九〕。

〔一〕《北堂書鈔》：《尚書考靈曜》云：秦失金鏡，魚目入珠。注曰：金鏡，喻明道也。

〔二〕《漢書》：王莽以戊辰直定即真天子位，定有天下之號曰新。《後漢書》：亡新侈僭，漸以即真。《莊子》：亂天之經，逆物之情。

〔三〕蕭何、曹參，佐漢高以平天下。耿弇、賈復，輔光武以定亂離。峴屼，不安也，詳三卷注中。《爾雅》：彗星爲欃槍。郭璞注：亦謂之孛，言其形孛孛如帚彗。

〔四〕《春秋含漢孳》：三公，在天法三台，九卿法北斗。

〔五〕《漢書》：列國公子，魏有信陵，趙有平原，齊有孟嘗，楚有春申，皆藉王公之勢，競爲游俠，雞鳴狗盜，無不賓禮，皆以取重諸侯，顯名天下，搤掔而游談者，以四豪爲稱首。

〔六〕《周易》：雲從龍，風從虎。孔穎達《正義》：龍是水畜，雲是水氣，故龍吟則景雲出，是雲從龍也。虎是威猛之獸，風是震動之氣，亦是同類相感，故虎嘯則谷風生，是風從虎也。

〔七〕《禮記》：二十曰弱冠。孔穎達《正義》：二十成人，初加冠禮，體猶未壯，故曰弱也。

〔八〕左太沖詩：吾慕魯仲連，談笑卻秦軍。詳見二卷注。

〔九〕《史記》：單于嘗爲書嫚吕后，吕后大怒，召諸將議之。上將軍樊噲曰：「臣願得十萬衆，横行匈奴中。」諸將皆阿吕后意，曰：「然。」季布曰：「樊噲可斬也！夫高帝將兵四十餘萬衆，困於平城，今噲奈何以十萬衆横行匈奴中？面欺！且秦以事於胡，陳勝等起。今瘡痍未瘳，噲又面諛，欲動摇天下。」是時殿上皆恐，太后罷朝，遂不復議擊匈奴事。

遥知禮數絶〔一〕，常恐不合并〔二〕。惕想結宵夢，素心久已冥。顧慙青雲器〔三〕，謬奉玉樽傾〔四〕。山陽五百年〔五〕，緑竹忽再榮。高歌振林木〔六〕，大笑喧雷霆。落筆灑篆文，崩雲使人驚〔七〕。吐辭又炳焕，五色羅華星〔八〕。秀句滿江國，高才掞（舒贍切，閃去聲）天庭〔九〕。

〔一〕任昉詩：平生禮數絶，式瞻在國楨。李周翰注：禮數絶，謂交道相得，雖品命有異，不爲禮數。

〔二〕王粲詩：何懼不合并。

〔三〕顔延年詩：仲容青雲器。

〔四〕江淹詩：共惜玉樽暮。

〔五〕《三國志注》：《魏氏春秋》曰：嵇康寓居河内之山陽縣，與陳留阮籍、河内山濤、河南向秀、籍兄子咸、琅邪王戎、沛人劉伶，相與友善，游於竹林，號爲七賢。按阮籍叔姪與嵇康爲竹林之游，不知是何年，而康之死，在魏景元二年以後，順數而下，至唐肅宗上元二年，共得五百年。竹林之游，相去亦不過在此時。

〔六〕《博物志》：薛譚學謳於秦青，未窮青之旨，遂辭歸。秦青乃餞於郊衢，撫節悲歌，聲振林木，響遏行雲。

〔七〕鮑照《飛白書勢銘》：輕如游霧，重似崩雲。昭明太子《錦帶書》：筆陣引崩雲之勢。

〔八〕魏文帝詩：丹霞夾明月，華星出雲間。上天垂光彩，五色一何鮮。

〔九〕《蜀都賦》：擒藻掞天庭。吕向注：掞，猶蓋也。

宰邑艱難時，浮雲空古城。居人若薙（音雉，又音替）草〔一〕，掃地無纖莖〔二〕。惠澤及飛走〔三〕，農夫盡歸耕。廣漢水萬里，長流玉琴聲〔四〕。《雅》、《頌》播吴、越，還如太階平〔五〕。

〔一〕《説文》：薙，除草也。

〔二〕《陳書》：兩藩甿庶，掃地無遺。

〔三〕《宋書》：政事修理，惠澤沾被。《後漢書》：恩信寬澤，仁及飛走。

〔四〕《詩·國風》：漢之廣矣，不可泳思。稱漢水曰廣漢，本此，而非隴西之廣漢郡也。當塗之江，與漢水殊遠，然漢水之下流，亦由當塗而過。詩意取子賤彈琴而單父治之意，謂玉琴之聲，與長流萬里漢水之聲相應，蓋亦倒裝句法也。

〔五〕太階平，詳見一卷《明堂賦》注。

小子别金陵，來時白下亭〔一〕。群鳳憐客鳥，差池相哀（霏玉本作「愛」）鳴〔二〕。各拔五色毛，意重太山輕。贈微所費廣，斗水澆長鯨。彈劍歌《苦寒》〔三〕，嚴風起前楹。月銜天門曉，霜落牛渚清〔四〕。長嘆即歸路，臨川空屏（府盈切，音并）營〔五〕。

〔一〕《圖經》：白下亭，在上元縣北。《景定建康志》：舊志：白下亭，驛亭也。舊在城東門外。李白《獻從叔當塗宰陽冰》詩曰「小子别金陵，來時白下亭」，《留别金陵諸公》詩曰「五月金陵西，祖予白下亭」，又云「驛亭三楊樹，正當白下門」。按此亭在府西，蓋新舊各在一處。舊志所指，是其新者耳。

〔二〕《詩·國風》：燕燕於飛，差池其羽。鄭箋曰：差池其羽，謂張舒其尾翼也。

〔三〕《苦寒行》，古清商曲也，因行役遇寒而作。

〔四〕《元和郡縣志》：博望山，在宣州當塗縣西三十五里，與和州對岸。江西岸山曰梁山，兩山相望如門，俗謂之天門山。山上皆有卻月城，宋車騎將軍王玄謨所築。牛渚山，在宣州當塗縣北三十五里，山突出江中，謂之牛渚圻，古津渡處也。《舊唐書》：牛渚山，一名采石，在當塗縣北四十五里大江中。

〔五〕《後漢書》：夙夜屏營。章懷太子注：屏營，彷徨也。

書懷贈南陵常贊府

南陵贊府，已見本卷注。

歲星入漢年，方朔見明主〔一〕。調笑當時人，中天謝雲雨。一去麒麟閣，遂將朝市乖。故交不過門，秋草日上階。當時何特達，獨與我心諧。置酒凌歊（音囂）臺，歡娱未曾歇，歌動白紵山，舞迴天門月〔二〕。問我心中事，爲君前致辭。君看我才能，何似魯仲尼？大聖猶不遇，小儒安足悲〔三〕。雲南五月中，頻喪渡瀘師。毒草殺漢馬，張兵奪秦（蕭本作「雲」）旗。至今西二（當作「洱」）河，流血擁僵屍〔四〕。將無七擒略〔五〕，魯女惜園葵〔六〕。咸陽天下（繆本作「地」）樞〔七〕，累歲人不足。雖有數斗玉，不如一盤粟。賴得契宰衡〔八〕，持釣慰風俗。自顧無所用，辭家方未（蕭本作「來」）歸。霜驚壯士髮，淚滿逐臣衣。以此不安席，蹉跎身（蕭本作「因」）世違。終當滅衞謗，不受魯人譏。

〔一〕《太平廣記》：東方朔未死時，謂同舍郎曰：「天下人無能知朔，知朔者惟太王公耳。」朔卒後，武帝得此語，召太王公問之曰：「爾知東方朔乎？」公對曰：「不知。」「公何所能？」曰：「頗善星曆。」帝問：「諸星皆具在否？」曰：「諸星具在，獨不見歲星十八年，今復見耳。」帝仰天嘆曰：「東方朔生在朕旁十八年，而不知是歲星哉！」

〔二〕《圖經》：凌歊臺，在當塗縣城北黄山上。宋武帝南游，嘗登此臺，因建離宫焉。《太平寰宇記》：黄山，在太平州當塗縣西北五里，上有宋凌歊臺，周圍五里一百步，高四十丈，石碑見存。白苧山，在當塗縣東五里，本名楚山，桓温領妓游此山，奏樂，好爲《白苧歌》，因改爲白苧山。天門山，已見上首注。

〔三〕江淹詩：小儒安足爲？

〔四〕關中之地，古秦地也，故謂關中兵旗曰秦旗。《唐書》：天寶十載四月壬午，劍南節度使鮮于仲通及雲南蠻戰于西洱河，敗績，大將王天運死之。十三載六月，劍南節度留後李宓及雲南蠻戰於西洱河，死之。按：西洱河，即葉榆河也。出雲南大理府之點蒼山，匯爲巨湖，周三百里，亦曰西洱海。傳云以形如人耳，故名。

〔五〕《三國志注》：《漢晉春秋》曰：諸葛亮至南中，所在戰捷，聞孟獲者爲夷漢所服，募生致之。既得，使觀於營陣之間，問曰：「此軍何如？」獲對曰：「向者不知虚實，故敗。今蒙賜觀營陣，若祇如此，即定易勝耳。」亮笑，縱使更戰，七縱七擒，亮猶遣獲。獲止不去，曰：「公天威也，南人不復反矣。」

〔六〕《列女傳》：魯漆室邑之女，過時未適人。當穆公時，君老，太子幼，女倚柱而嘯。其鄰人婦從之游，謂曰：「何嘯之悲也，子欲嫁耶？吾爲子求偶。」漆室女曰：「嗟乎！吾豈爲不嫁不樂而悲哉！吾憂魯君老，太子幼。」鄰女笑曰：「此乃魯大夫之憂，婦人何與焉？」漆室女曰：「不然，昔晉客舍吾家，繫馬園中，馬逸馳走，踐吾葵，使我終歲不食葵。今魯君老悖，太子少愚，奸僞日起。夫魯國有患者，君臣父子皆被其辱，禍及衆庶，婦人獨安所避乎？吾甚憂之，子乃曰『婦人無與者』，何哉？」鄰婦謝曰：「子之所慮，非妾所及。」三年，魯果亂，齊、楚攻之，魯連有寇，男子戰鬪，婦人轉輸，不得休息。

〔七〕袁淑詩：秦地天下樞。李善注：樞，要也。

〔八〕《漢書》：加安漢公號曰宰衡。應劭注：周公爲太宰，伊尹爲阿衡，采伊、周之尊以加莽也。後人稱宰相爲宰衡，本此。《舊唐書》：天寶十二載八月，京城霖雨，米貴，令出太倉米十萬五，減價糶與貧人。十三載秋，霖雨積六十餘日，京城垣屋頹壞殆盡，物價暴貴，人多乏食，令出太倉米一百萬石，開場賤糶，以濟貧民。

贈汪倫

楊齊賢曰：白游涇縣桃花潭，村人汪倫常醞美酒以待白。倫之裔孫至今寶其詩。

李白乘舟將欲行，忽聞岸上踏歌聲〔一〕。桃花潭水深千尺〔二〕，不及汪倫送我情。

〔一〕按《通鑑·唐紀》：閻知微爲虜踏歌。胡三省注：踏歌者，連手而歌，踏地以爲節也。

〔二〕《一統志》：桃花潭，在寧國府涇縣西南一百里，深不可測。

唐汝詢曰：倫，一村人耳，何親於白？既醞酒以候之，復臨行以祖之，情固超俗矣。太白於景切情真處，信手拈出，所以調絶千古。後人效之，如「欲問江深淺，應如遠別情」，語非不佳，終是杞柳杯棬。

李太白全集卷之十三

錢塘王琦琢崖輯注
王縉端臣王思謙藴山較

古近體詩共二十五首

安陸白兆山桃花巖寄劉侍御綰烏板切，彎上聲。一作《春歸桃花巖貽許侍御》

《太平寰宇記》：白兆山，在安州安陸縣西三十里。《一統志》：白兆山，在德安府城西三十里，下有桃花巖及李太白讀書堂。

雲卧三十年〔一〕，好閑復愛仙。蓬壺雖冥絶〔二〕，鸞鳳心悠然。歸來桃花巖，得憩雲窗眠（一作「幼采紫房談，早愛滄溟仙。心跡頗相誤，世事空徂遷。歸來丹巖曲，得憩青霞眠」）。對嶺人共語，飲潭猿相連〔三〕。時昇翠微上〔四〕，邈若羅浮巔〔五〕。兩岑抱東壑〔六〕，一嶂横西天〔七〕。樹雜日易隱，崖傾月難圓。芳草换野色，飛蘿摇春烟。入遠搆石室，選幽開山田。獨此林下意，杳無區中緣〔八〕。永辭霜臺（一作「繡衣」）客〔九〕，千載方來旋。

〔一〕鮑照詩：雲臥恣天行。

〔二〕《拾遺記》：蓬壺，蓬萊也。

〔三〕《埤雅》：猿不踐土，好上茂木，渴則接臂而飲。《爾雅翼》：猿好攀援，其飲水輒自高崖或大木上纍纍相接下飲，飲畢復相收而上。

〔四〕翠微者，山未及頂上，而在旁坡陀之處。詳見十卷注。

〔五〕《太平寰宇記》：廣州增城縣東有羅浮山，浮水出焉，是爲浮山。與羅山並體，故曰羅浮。非羽化莫有登其極者。嶮尖之峰，四百四十有二，同歸於羅山。上則三峰爭竦，各五六千仞。其穴冥然，莫測其極。北通句曲之山。

〔六〕《茅君内傳》云：第七洞，名朱明耀真之天，璿房瑶室，七十有二。峎崿穹窿，自然雲竦。《爾雅》：山小而高，岑。邢昺疏：山形雖小而高嶔崟者，名岑也。

〔七〕《韻會》：嶂，山峰如屏障者。

〔八〕謝靈運詩：緬邈區中緣。張鳳翼注：區中，世間也。緣，塵緣也。

〔九〕霜臺，御史臺也。詳十一卷注。

淮南卧病書懷寄蜀中趙徵君蕤

《唐書·地理志》：淮南道壽州壽春郡，本淮南郡，天寶元年更名。《唐書·藝文志》：趙蕤，字太賓，梓州人。開元中召之不赴，有《長短要術》十卷。《北夢瑣言》：趙蕤者，梓州鹽亭人。博學鈐韜，長於經世。夫妻俱有節操，不受交辟。撰《長短經》十卷，王霸之道，見行於世。《四川志》：趙蕤，鹽亭人，隱於梓州郪縣長平山安昌巖。博考六經諸家同異，著《長短經》十卷，明王霸大略，其文亦《申鑒》、《論衡》之流，凡六十三篇。又注《關朗易傳》。明皇屢徵之，不就。李白嘗造其廬訪焉。

吴會一浮雲〔一〕，飄如遠行客（一作「萬里無主人，一身獨爲客」）〔二〕。功業莫從就，歲光屢奔迫。良圖俄棄捐，衰疾乃綿劇。古琴藏虚匣，長劍挂空壁。楚懷奏鍾儀〔三〕，越吟比莊舄（二句一作「卧來恨已久，興發思逾積」）。又蕭本上句作「楚冠懷鍾儀」）〔四〕。國門遥天外，鄉路遠山隔。朝憶相如臺〔五〕，夜夢子雲宅〔六〕。旅情初結緝（一作「如結骨」），秋氣方寂歷〔七〕。風入松下清，露出草間白。故人不可見，幽夢誰與適（一作「故人不在此，而我誰與適」）。寄書西飛鴻，贈爾慰離析〔八〕。

〔一〕魏文帝詩：西北有浮雲，亭亭如車蓋。惜哉時不遇，適與飄風會。吹我東南行，行行至吴會。

〔二〕潘岳詩：人居天地間，飄若遠行客。

〔三〕《左傳》：晉侯觀於軍府，見鍾儀，問之，曰：「南冠而縶者誰也？」有司對曰：「鄭人所獻楚囚也。」使税之，問其族，對曰：「伶人也。」公曰：「能樂乎？」對曰：「先父之職官也，敢有二事。」使與之琴，操南音。范文子曰：「樂操土風，不忘舊也。」杜預注：南音，楚聲。

〔四〕王粲《登樓賦》：莊舄顯而越吟。詳見九卷《贈崔侍御》詩注。

〔五〕《初學記》：王褒《益州記》曰：司馬相如宅在州西笮橋北百步許。李膺云：市橋西二百步得相如舊宅。今海安寺南有琴臺故墟。《太平寰宇記》：《益部耆舊傳》云：相如宅，在少城中笮橋下北百餘步，是也。有琴臺在焉，今爲金花寺。《成都志》：相如琴臺，在城外浣花溪之海安寺南，今爲金花寺。元魏伐蜀，下營於此，掘塹得大甕二十餘口，蓋所以響琴也。

〔六〕《太平御覽》：《成都記》曰：成都縣南百步有揚雄宅，今草玄亭遺跡尚存。《太平寰宇記》：子雲宅，在益州少城西南角，一名草玄堂。《一統志》：揚雄宅，在成都府城内西南，内有草玄堂及墨池。今成都縣治即其地也。

〔七〕江淹詩：寂歷百草晦。李善注：寂歷，凋疏貌。

〔八〕謝靈運詩：路阻莫贈問，云何慰離析。何晏《論語注》：不可聚會曰離析。

寄弄月溪吴山人

嘗聞龐德公〔一〕，家住洞（蕭本作「洞」）湖水〔二〕。終身棲鹿門，不入襄陽市。夫君弄明月，滅影清淮裏〔三〕。高蹤邈難追〔四〕，可與古人比。清揚杳莫覩〔五〕，白雲空望美。待號辭人間，攜手訪松子〔六〕。

〔一〕《後漢書》：龐公者，南郡襄陽人也。居峴山之南，未嘗入城府。夫妻相敬如賓。荆州刺史劉表數延請，不能屈，乃就候之。後攜其妻子登鹿門山，因採藥不反。章懷太子注：《襄陽記》曰：司馬德操，年小德公十歲，兄事之，呼作龐公，故俗人謂龐公是德公名，非也。鹿門山舊名蘇嶺山，建武中，襄陽侯習郁立神祠於山，刻二石鹿夾神道口，俗因謂之鹿門廟，遂以廟名山也。

〔二〕洞湖事無所考證。孟浩然詩亦有「聞就龐公隱，移居近洞湖」之句。按酈道元《水經注》：蔡洲大岸西有洄湖，停水數十畝，長數里，廣減百步，水色常緑。楊儀居上洄，楊顒居下洄，與蔡洲相對，在峴山南廣昌里，云云。與《後漢書》「峴山之南」相合，豈洞湖即洄湖之訛與？然道元不言洄湖爲德公所居，而以魚梁洲爲德公所居，則又未敢據也。

〔三〕謝靈運《山居賦》：廣滅影於崆峒，許遁音於箕山。

〔四〕傅咸詩：豈不企高蹤，麟趾邈難追。
〔五〕《詩・國風》：有美一人，清揚婉兮。毛萇傳：清揚，眉目之間。
〔六〕松子，赤松子也，詳見六卷注。又《抱朴子》：赤松子以玄蟲血漬玉爲水而服之，能乘烟上下。《真誥》：我之所師，南岳松子。松子爲太虚真人左仙公。

秋山寄衛尉張卿及王徵君

何以折相贈，白花青桂枝。月華若夜雪〔一〕，見此令人思。雖然剡溪興〔二〕，才異山陰時。明發懷二子〔三〕，空吟《招隱》詩。

衛尉卿，見九卷注。

〔一〕沈約詩：月華臨靜夜，夜靜滅氛埃。
〔二〕《晉書》：王徽之嘗居山陰，夜雪初霽，月色清朗，四望浩然。獨酌酒，咏左思《招隱》詩。忽憶戴逵，逵時在剡，便夜乘小船詣之，經宿方至，造門不前而反。人問其故，徽之曰：「本乘興而來，興盡而返，何必見安道耶？」
〔三〕明發，猶明早也。詳見二卷注。

望終南山寄紫閣隱者

《史記正義》:《括地志》云:終南山,一名中南山,一名太乙山,一名南山,一名橘山,一名楚山,一名秦山,一名周南山,一名地肺山。在雍州萬年縣南五十里。《圖書編》:終南乃關中南山,西起隴、鳳,東踰商、洛,綿亘千里有餘。其南北亦然。隨地異名,總言之則曰南山耳。《西安志》:紫閣峰乃終南山之一峰也。詳見五卷注。

出門見南山,引領意無限。秀色難爲名,蒼翠日在眼。有時白雲起,天際自舒卷。心中與之然,託興每不淺。何當造幽人,滅跡棲絶巘(語蹇切,年上聲)〔一〕。

〔一〕《後漢書》:昔人之隱,遭時則放聲滅跡,巢棲茹薇。張協《七命》:登絶巘,遡長風。張銑注:絶巘,高峰也。

夕霽杜陵登樓寄韋繇

《元和郡縣志》:杜陵,在京兆府萬年縣東南二十里。胡三省《通鑑注》:自漢宣帝起杜陵邑,至後漢爲縣，屬京兆。隋遷京城，并杜陵入大興縣，唐改大興曰萬年。

浮陽滅霽景〔一〕，萬物生秋容。登樓送遠目，伏檻觀群峰〔二〕。原野曠超緬，關河紛錯（蕭本作「雜」）重〔三〕。清暉映竹日（一作「水竹」），翠色明雲松。蹈海寄遐想，還山迷舊蹤。徒然迫晚暮，未果諧心胸。結桂空佇立〔四〕，折麻恨莫從（一作「採菊竟誰舉，游蘭恨莫從」）〔五〕。思君達永夜〔六〕，長樂聞疏鐘〔七〕。

〔一〕張協詩：浮陽映翠林。吕向注：浮陽，日光也。謝靈運詩：浮陽滅清暉。

〔二〕《楚辭》：坐堂伏檻，臨曲池些。王逸注：檻，楯也。

〔三〕鮑照詩：綺肴紛錯重。

〔四〕《楚辭》：結桂枝兮延佇。王逸注：延，長也。佇，立也。結木爲誓，長立而望也。

〔五〕《楚辭》：折疏麻兮瑶花，將以遺兮離居。

〔六〕謝靈運詩：行觴奏悲歌，永夜繼白日。

〔七〕徐陵《玉臺新咏序》：厭長樂之疏鐘。《三輔黄圖》：長樂宫，本秦之興樂宫也。高皇帝始居櫟陽，七年，長樂宫成，徙居長安城。《三輔舊事》、《宫殿疏》皆云，興樂宫，秦始皇造，漢修飾之，周迴二十里。

秋夜宿龍門香山寺奉寄王方城十七丈奉國瑩蕭本作「營」上人從弟幼成令問

《河南通志》：龍門山，在河南府城西南三十里。兩山對峙，東曰香山，西曰龍門，石壁峭立。伊水出其間，故又名伊闕。《左氏傳》：晉趙鞅納王，使女寬守闕塞。服虔謂南山伊闕是也。杜預注：洛陽西南伊闕口也，而今謂龍門矣。壁間石佛大小數百，皆後魏及唐時所鑿。香山寺在龍門山上，後魏時建。白居易《修香山寺記》：洛陽四郊山水之勝，龍門首焉。龍門十寺，游觀之勝，香山首焉。唐山南東道之唐州，有方城縣。

朝發汝海東，暮棲龍門中〔一〕。水寒夕波急〔二〕，木落秋山空。望極九霄迥〔三〕，賞幽萬壑通。目皓沙上月，心清松下（一作「裏」）風。玉斗橫（一作「生」）網户〔四〕，銀河耿花宫〔五〕。興在趣方逸，歡餘情未終（一作「咫尺世喧隔，微冥真理融」）。鳳駕憶王子，虎溪懷遠公。桂枝坐蕭瑟（一作「銷歇」），棣華不復同〔六〕。流恨（一作「浪」）寄伊水〔七〕，盈盈焉可窮〔八〕。

〔一〕劉琨詩：朝發廣莫門，暮宿丹水山。枚乘《七發》：南望荆山，北望汝海。李善注：汝稱海，大言之也。郭璞《山海經注》：汝水出南陽魯陽縣大盂山東北，至河南梁縣東南，經襄城、潁川、汝南，至汝陰褒信縣入淮。

〔二〕梁簡文帝詩：夕波照孤月。

〔三〕九霄，即九天也，詳見《明堂賦》注。

〔四〕玉斗即北斗，色明朗如玉，故曰玉斗。綱户，門扉上刻爲方目，如羅綱狀，若今之隔亮也。《楚辭》：綱户朱綴，刻方連些。詳見《明堂賦》注。

〔五〕《初學記》：天河亦曰銀河。謝朓詩：秋河曙耿耿。吕延濟注：耿耿，明淨也。花宫，佛寺也。佛説法處，天雨衆花，故詩人以佛寺爲花宫。

〔六〕何遜詩：鳳駕啟千群。王子，謂仙人王子喬。《一統志》：虎溪，在九江府城南，晉僧惠遠送客過此，虎輒鳴號，因名。道書以虎溪山爲七十二福地之一。鮑照詩：容華坐消歇。棣華，詳見七卷注。王子以喻王方城，遠公以比國瑩上人。棣華，謂幼成、令問二弟。

〔七〕《水經注》：伊水出南陽縣西蔓渠山，東北過伊闕中，又東北至洛陽縣南，北入於洛。《元和郡縣志》：伊闕山，在河南府伊闕縣北四十五里，兩山相對，望之若闕，伊水流其間，故名。

〔八〕《古詩》：盈盈一水間，脈脈不得語。

春日獨坐寄鄭明府

燕麥青青游子悲〔一〕，河堤弱柳鬱金枝〔二〕。長條一拂春風去，盡日飄揚無定時。我在河南別離久，那堪對此當（蕭本作「坐此對」）窗牖。情人道來竟不來，何人共醉新豐酒〔三〕。

〔一〕邢昺《爾雅疏》：蘥，一名雀麥，一名燕麥。《本草》云：生故墟野林下，苗似小麥而弱，實似穬麥而細，在處有之。《本草綱目》：燕麥，野麥也，燕雀所食，故名。宗奭曰：苗與麥同，但穗細長而疏，唐劉夢得所謂「菟葵燕麥，摇蕩春風」者也。

〔二〕河堤弱柳鬱金枝，言弱柳之枝似鬱金之黄也。《本草》：鬱金生蜀地及西戎，苗似薑黄，花白質紅。末秋出莖心而無實，其根黄赤。

〔三〕梁元帝詩：試酌新豐酒，遥勸陽臺人。

寄淮南友人

紅顔悲舊國，青歲歇芳洲〔一〕。不待金門詔〔二〕，空持寶劍游。海雲迷驛道，江月隱鄉樓。

復作淮南客，因逢桂樹留〔三〕。

〔一〕陳子昂《春臺引》：遲美人兮不見，恐青歲之還遒。楊齊賢曰：青歲，猶青春也。

〔二〕《漢書·東方朔傳》：待詔金門，稍得親近。《三輔黄圖》：東方朔、主父偃、嚴安、徐樂，皆待詔金馬門。

〔三〕淮南王《招隱士詞》：桂樹叢生兮山之幽，攀援桂枝兮聊淹留。

沙丘城下寄杜甫

楊齊賢曰：趙有沙丘宫，在鉅鹿。此沙丘當在魯。琦按：在鉅鹿者乃沙丘臺，趙於其地作宫，故有沙丘宫，非沙丘城也。《太平寰宇記》：萊州掖縣有沙丘城，殷紂所築，始皇崩處。夫紂所築，始皇崩處，古今皆指在鉅鹿者是，不云在萊州。樂史所證亦誤。據此詩而約其地，當與汶水相近。《唐書》：杜甫，字子美，襄陽人。少貧不自振，客吴、越、齊、趙間，李邕奇其才，先往見之。舉進士，不中第，困長安。天寶十三載，玄宗朝獻太清宫，饗廟及郊，甫奏賦三篇，帝奇之，使待制集賢院，擢河西尉，不拜，改右衛率府胄曹參軍。至德二年，拜右拾遺，出爲華州司户參軍。嚴武節度劍南東西川，表爲參謀、檢校工部員外郎。

我來竟何事，高卧沙丘城。城邊有古樹，日夕連秋聲。魯酒不可醉〔一〕，齊歌空復情〔二〕。思君若汶水〔三〕，浩蕩寄南征。

〔一〕《莊子》：魯酒薄而邯鄲圍。

〔二〕謝朓詩：嬋娟空復情。

〔三〕《一統志》：汶水，其源有三，一發泰山之旁仙臺嶺，一發萊蕪縣原山之陽，一發萊蕪縣寨子村，至泰安州静封鎮合焉，名曰墊汶。西南流，與徂徠山之陽小汶河合，又西南流注洸河入濟。按《水經》有五汶，北汶、嬴汶、柴汶、浯汶、牟汶，名雖有五，而其流則同。

聞丹丘子於城北山蕭本缺「山」字營石門幽居中有高鳳遺跡僕離群遠懷亦有棲遁之志因敘舊以寄之

春華（一作「弄」）滄江月，秋色碧海雲。離居盈寒暑〔一〕，對此長思君。思君楚水南，望君淮山北。夢魂雖飛來，會面不可得。疇昔在嵩陽〔二〕，同衾卧羲皇〔三〕。緑蘿笑簪紱，丹壑賤巖廊〔四〕。晚塗各分析，乘興任所適。僕在雁門關〔五〕，君爲峨嵋客〔六〕。心懸萬里外，影滯兩鄉隔。長劍復歸來，相逢洛陽陌。陌上何喧喧〔七〕，都令心意煩。迷津覺路失，託勢隨風翻。以兹謝朝列〔八〕，長嘯歸故園〔九〕。

〔一〕《古詩》：同心而離居，憂傷以終老。

〔二〕《禮記》：予疇昔之夜。鄭玄注：疇，發聲也。昔，猶前也。嵩陽，嵩山之陽。

〔三〕羲皇，猶云「自謂是羲皇上人」。

〔四〕鮑照詩：妍容逐丹壑。《漢書》：游於巖廊之上。文穎曰：巖廊，殿下小屋也。晉灼曰：廊，堂邊廡。巖廊，謂巖峻之廊也。《韻會》：巖廊，殿旁高廡也。

〔五〕《太平寰宇記》：雁門關，在憲州東南六十里，屬天池縣雁門鄉。其關，東臨汾水，西倚高山，接嵐、朔州。《一統志》：雁門關，在山西馬邑縣東南七十里，東西山巖峭拔，中有路，盤旋崎嶇。絶頂置關，南通代州。

〔六〕《元和郡縣志》：峨眉山，在嘉州峨眉縣西七里。《蜀都賦》云：抗峨眉於重阻，兩山相對，望之如蛾眉，故名。此山亦有洞天石室，高七十六里。

〔七〕吴均詩：陌上何喧喧，匈奴圍塞垣。

〔八〕謝靈運詩：脱冠謝朝列。

〔九〕潘岳詩：長嘯歸東山。

故園恣閑逸，求古散縹帙〔一〕。久欲入（一作「尋」）名山，婚娶殊未畢〔二〕。人生信多故，世事豈惟一。念此憂如焚，悵然若有失〔三〕。聞君卧石門，宿昔契彌敦。方從桂樹隱〔四〕，不羨桃花源〔五〕。高風（繆本作「鳳」）起遐曠，幽人跡復存。松風清瑶瑟，溪月湛（牀減切，嵁上聲，澄也。又直禁切，沈去聲，投物水中也。又子禁切，音浸，浸也）芳樽〔六〕。安居偶佳賞，丹心期此論。

〔一〕徐陵《玉臺新詠序》：開兹縹帙，散此緗編。

〔二〕《後漢書》：向長，字子平，隱居不仕。建武中，男女娶嫁既畢，敕斷家事勿相關，當如我死。於是遂肆意與同好北海禽慶俱游五岳名山，不知所終。沈約詩：早欲尋名山，期待婚嫁畢。

〔三〕謝靈運詩：中飲顧宿心，悵焉若有失。

〔四〕淮南王《招隱士》：桂樹叢生兮山之幽。

〔五〕桃花源，見二卷注。

〔六〕劉孝綽詩：華茵藉初卉，芳樽散緒寒。

淮陰書懷寄王宋城 一作「宗城」，繆本作「宗成」

《唐書·地理志》：淮南道楚州淮陰郡有淮陰縣，河南道宋州睢陽郡有宋城縣。

沙墩至梁苑〔一〕，二十五長亭〔二〕。大舶（音白）夾雙艣〔三〕，中流鵝鸛鳴〔四〕。雲天掃空碧，川岳涵餘清。飛鳧從西來，適與佳興并。眷言王喬舄〔五〕，婉孌（音戀）故人情〔六〕。復此親懿會〔七〕，而增交道榮。沿洄且不定〔八〕，飄忽悵徂征〔九〕。暝投淮陰宿，欣得漂母迎〔一〇〕。斗酒烹黃雞，一餐感素誠。予爲楚壯士〔一一〕，不是魯諸生〔一二〕。有德必報之，千金恥爲輕。緬書羈孤意〔一三〕，遠寄棹歌聲〔一四〕。

〔一〕按《通典》，宋城縣即漢睢陽縣，其地有漢梁孝王兔園、平臺、雁鶩池。

〔二〕長亭，即斥堠也。古制十里一長亭，二十五長亭則二百五十里矣。

〔三〕《唐書釋音》：舶，大舟。艣與櫓同。

〔四〕鵝鸛鳴，謂舟人喧聒有似鵝鸛之聲耳。

〔五〕王喬舄，詳見十一卷注。

〔六〕《後漢書》：婉孌龍姿。章懷太子注：婉孌，猶親愛也。

〔七〕謝莊《月賦》：親懿莫從。李善注：親懿，懿親也。《左氏傳》：富辰曰：兄弟雖有小忿，不廢懿親。杜預曰：懿，美也。

〔八〕沿，逆流而上也。洄，順流而下也。

〔九〕陸機詩：駕言遠徂征。

〔一〇〕漂母事已見六卷注。

〔一一〕琦按：太白因在淮陰，故用淮陰古事爲喻，所謂楚壯士者，正指韓信而言。楊氏以《淮陰侯傳》中辱信少年當之，未是。

〔一二〕《史記》：叔孫通使徵魯諸生三十餘人。

〔一三〕謝莊《月賦》：羈孤遞進。李善注：羈孤，羈客孤子也。

〔一四〕《西京賦》：縱棹歌。李善注：棹歌，引棹而歌也。

聞王昌齡左遷龍標遥有此寄

《唐書》：王昌齡，字少伯，江寧人。第進士，補校書郎。又中宏辭，遷汜水尉。不護細行，貶龍標尉，以世亂還鄉里，爲刺史閭丘曉所殺。昌齡工詩，緒密而思清，時謂王江寧云。《漢書·周昌傳》：吾極知其左遷。顔師古注：是時尊右而卑左，故謂貶秩位爲左遷。《唐書·地理志》：黔中道敘州潭陽郡有龍標縣。

楊花落盡（一作「揚州花落」）子規啼，聞道龍標過五溪〔一〕。我寄愁心與明月，隨風（繆本作「君」）直到夜郎西。

〔一〕《通典》：五溪，一辰溪，二酉溪，三巫溪，四武溪，五沅溪。今黔中道謂之五溪。又云：五溪中地歸漢以後，列代開拓，今播州、涪川、夜郎、義泉、龍溪、溱溪等郡地。

寄王屋山人孟大融

《河南通志》：王屋山，在懷慶府濟源縣西北九十里，接山西平陽府垣曲縣及澤州陽城縣界。山有三重，其狀如屋，或曰以其山形如王者車蓋，故名。或曰，山空其中，列仙居之，其内廣闊，如王者之宮也。其絶頂曰天壇，山峰突兀，即濟水發源處。常有雲氣覆之，輪囷紛郁，雷雨在其下，相傳古仙靈朝會之所。其東峰曰日精，其西峰曰月華，道書謂之清虚小有洞天。唐司馬承禎修道於此。

我昔東海上，勞山飡紫霞〔一〕。親見安期公，食棗大如瓜〔二〕。中年謁漢主，不愜還歸家。朱顏謝春暉，白髮見生涯。所期就金液〔三〕，飛步登雲車〔四〕。願隨夫子天壇上，閑與仙人掃落花。

〔一〕《太平寰宇記》：萊州即墨縣有大勞山、小勞山。按《郡國志》云：吴王夫差登之，得《靈寶度人經》。晏謨《齊記》云：太山雖言高，不如東海勞。昔鄭康成領徒於此。山高二十五里，周迴八十里，在縣東南三十八里。《山東通志》：勞山在萊州府即墨縣東南六十里海濱。山有二，其一高大，曰大勞山，其一差小，曰小勞山。二山相聯，又名牢盛山。秦始皇登牢盛山望蓬萊，即此處。顔延年詩：本自餐霞人。李周翰注：餐霞，仙者之流。《真誥》：九華真妃曰：日者霞之實，霞者日之精。君惟聞服日之法，未知餐霞之精也。夫餐霞之經甚秘，致霞之道甚易，此謂體生玉光，霞映上清之法也。

〔二〕《史記》：李少君曰：臣常游海上，見安期生，安期生食巨棗大如瓜。

〔三〕《抱朴子》：金液，太乙所服而仙者也。合之，用古秤黄金一斤，并用玄明龍膏、太乙旬首中石、冰石、紫游女玄水液、金化石，丹砂封之，百日成水。真經云，金液入口，則其身皆金色。

〔四〕郭璞詩：翹手攀金梯，飛步登玉闕。《洛神賦》：載雲車之容裔。劉良注：神以雲爲車。

憶舊游寄譙郡元參軍

唐時所稱譙郡，即亳州也，隸河南道。

憶昔洛陽董糟丘，爲余天津橋南造酒樓〔一〕。黄金白璧買歌笑，一醉累月輕王侯〔二〕。海内賢豪青雲客，就中與君（一作「與君一見」）心莫逆〔三〕。迴山轉海不作難，傾情倒意無所惜。

〔一〕天津橋，在河南縣北洛水上。詳見二卷注。

〔二〕《蜀都賦》：樂飲今夕，一醉累月。

〔三〕《莊子》：子桑户、孟子反、子琴張三人相與爲友。曰：「孰能相與於無相與，相爲於無相爲？孰能登天游霧，撓挑無極，相忘以生，無所終窮？」三人相視而笑，莫逆於心，遂相與友。

我向淮南攀桂枝〔一〕，君留洛北愁夢思。不忍别，還相隨。相隨迢迢訪仙城，三十六曲水迴縈。一溪初入千花明〔二〕，萬壑度盡松風聲。銀鞍金絡到（蕭本作「倒」）平地〔三〕，漢東太守來相迎〔四〕。紫陽之真人，邀我吹玉笙。飡霞樓上動仙樂〔五〕，嘈然宛似鸞鳳鳴。袖長管催欲輕舉，漢中太守醉起舞（一作「漢東太守酣歌舞」）〔六〕。手持錦袍覆我身，我醉横眠枕其股。當筵意氣凌九霄，星離雨散不終朝〔七〕，分飛楚關山水遥。余既還山尋故巢，君亦歸家度渭橋〔八〕。

〔一〕淮南王《招隱士》：攀援桂枝兮聊淹留。

〔二〕李善《文選注》：凡草木，花實榮茂謂之明，枝葉凋傷謂之晦。

〔三〕辛延年詩：銀鞍何煜爚。《陌上桑》古辭：驄馬金絡頭。

〔四〕唐時漢東郡，即隨州也，隸山南東道。

〔五〕紫陽先生於隨州苦竹院置飡霞樓，詳見三十卷《紫陽碑銘》。

〔六〕漢中郡，即梁州也，本名漢川，天寶元年始更名漢中，隸山南西道。

〔七〕毛萇《詩傳》：自旦及食時爲終朝。

〔八〕《史記索隱》：渭橋有三所，一在城西北咸陽路，曰西渭橋；一在東北高陵路，曰東渭橋；其中渭橋在故城之北。

君家嚴君勇貔（音近皮）虎〔一〕，作尹并州遏戎虜〔二〕。五月相呼渡太行，摧輪不道羊腸苦〔三〕。行來北涼（當作「京」）歲月深〔四〕，感君貴義輕黄金。瓊杯綺食青玉案〔五〕，使我醉飽無歸心。時時出向城西曲，晉祠流水如碧玉〔六〕。浮舟弄水簫鼓鳴〔七〕，微波龍鱗莎草緑〔八〕。興來攜妓恣經過，其若楊花似雪何。紅（一作「鮮」）妝欲醉宜斜日（一作「如花落」），百尺清潭寫翠娥。翠娥嬋娟初月輝〔九〕，美人更唱舞羅衣〔一〇〕。清風吹歌入空去，歌曲自繞行雲飛〔一一〕。

〔一〕《周易》：家人有嚴君焉，父母之謂也。《書·牧誓》：勗哉夫子，尚桓桓，如虎如貔，如熊如羆，於商郊。陸璣《詩疏》：貔似虎，或曰似熊。一名執夷，一名白狐，其子爲豰，遼東人謂之白羆。

〔二〕《唐書·百官志》：開元十一年，太原府置尹及少尹，以尹爲留守，少尹爲副留守。《舊唐書》：開元十一年改并州爲太原府。

〔三〕《史記正義》：《括地志》云：太行山在懷州河内縣北二十五里，有羊腸坂。又云：羊腸坂道在太行山上，南口懷州，北口潞州。李善《文選注》：羊腸，其山盤紆如羊腸。魏武帝詩：北上太行山，艱哉何巍巍。羊腸坂詰屈，車輪爲之摧。

〔四〕北涼，即張掖郡。按漢武帝始置張掖郡，魏晉時隸涼州。及沮渠蒙遜立國於此，號爲北涼，以涼州五郡，張掖在其北也。唐時爲甘州，又謂之張掖郡。然上文言并州太行，下文言晉祠，中間忽言北涼，不合。當是北京之訛耳。蓋天寶之初，號太原爲北京也。

〔五〕張衡詩：何以報之青玉案。李善注：玉案，君所憑依。劉良注：玉案美器，可以致食。楊升菴曰：古詩青玉案，即盤也。今以爲桌，非矣。孟光舉案，即舉盤也。若桌，安事舉乎？琦案：《周禮·玉人》：案有十二寸。《史記》高祖過趙，趙王自持案進食，萬石君對案不食，皆指棜禁之類而言，不謂几案也。

〔六〕《元和郡縣志》：晉祠一名王祠，周唐叔虞祠也。在太原府晉陽縣西南十二里。《山西通志》：唐叔虞祠，在太原府太原縣西南十里懸甕山之麓，乃晉水發源處，今謂之晉祠。叔虞始受封爲唐侯，後改國號曰晉，祠亦以名。《魏地形志》云：晉陽有晉王祠，即此。《水經注》：《山海經》曰：懸甕之山，晉水出焉。今在縣之西南。昔智伯之遏晉水以灌晉陽，其川上溯，後人踵其遺跡，蓄以爲沼。沼西際山枕水，有唐叔虞祠。水側有涼堂，結飛梁於水上。左右雜樹交蔭，希見曦景，至有淫朋密友，羈游宦子，莫不尋梁契集，用相娱慰，於晉川之中，最爲勝處。

〔七〕漢武帝《秋風辭》：簫鼓鳴兮發棹歌。

〔八〕潘岳詩：濫泉龍鱗瀾。《埤雅》：夫須，莎草也。可以爲笠，又可以爲蓑。疏而無温，故字從沙。

〔九〕《廣韻》：嬋娟，好姿態貌。

〔一〇〕《高唐賦》：更唱迭和，赴曲隨流。

〔一一〕《列子》：秦青撫節悲歌，聲振林木，響遏行雲。

此時行（一作「歡」）樂難再遇，西游因獻《長楊賦》〔一〕。北闕青雲不可期〔二〕，東山白首（一作「髮」）還歸去。渭橋南頭（一作「渭水橋南」，一作「渦水橋南」）一遇君，酇臺之北又離群〔三〕。問余别恨今（蕭本作「知」）多少，落花春暮爭紛紛（一作「鶯飛求友滿芳樹，落花送客何紛紛」）。言（一作「情」）亦不可盡，情（一作「言」）亦不可及。呼兒長跪緘此辭，寄君千里遥相憶。

〔一〕揚雄從成帝至射熊館還，上《長楊賦》。詳見一卷《大獵賦》注。

〔二〕《漢書》：蕭何治未央宫，立東闕、北闕。顔師古注：未央殿雖南嚮，而上書奏事謁見之徒，皆詣北闕。公車司馬，亦在北焉。是以北闕爲正門。陶潛詩：帝鄉不可期。

〔三〕《太平寰宇記》：酇縣，漢縣，屬沛郡。《古今地名》：即酇亭是也。《輿地志》云：魏以酇縣屬譙郡。漢封蕭何爲酇侯。《茂陵書》云：何封國在南陽。姚察曰：兩縣同作酇字，南陽酇音贊，沛郡酇音嵯。班固《泗水亭高祖碑》云：文昌四友，漢有蕭何，序功第一，受封於酇。以韻而言，則非南陽者音贊也。《錦繡萬花谷》：酇有二縣，音字多亂。其屬沛郡者音嵯，屬南陽者音贊。此所云酇臺者，屬於譙郡，當作嵯音讀。

唐仲言曰：歷叙舊游之事，凡合而離者四焉。在洛則我就君游，適淮則君隨我往，并州戎馬之地，而攜妓相過，西游落魄之餘，而不忘晤對。叙事四轉，語若貫珠，絶非初唐牽合之比。

月夜江行寄崔員外宗之

崔宗之事，見十卷注。

飄颻（蕭本作「飄飄」）江風起，蕭颯海樹秋〔一〕。登艫美清夜〔二〕，挂席移輕舟〔三〕。月隨碧山轉，水合青天流。杳如（一作「然」）星河上，但覺雲林幽。歸路方浩浩，徂川去悠悠。徒悲蕙草歇，復聽菱歌愁。岸曲迷後浦，沙明瞰（音勘）前洲〔四〕。懷君不可見，望遠增離憂〔五〕。

〔一〕江總詩：海樹一邊出。

〔二〕鮑照詩：登艫眺淮甸。李善注：李斐曰：艫，船前頭刺櫂處也。

〔三〕謝靈運詩：挂席拾海月。

〔四〕《廣韻》：瞰，視也。

〔五〕《楚辭》：思公子兮徒離憂。

宿白鷺洲寄楊江寧

《太平御覽》：《丹陽記》曰：白鷺洲，在縣西三里，隔江中心。南邊新林浦，西邊白鷺洲。洲上多聚白鷺，因名之。《唐書·地理志》，江南東道有上元縣，本江寧縣，肅宗上元二年更名上元，隸昇州江寧郡。

朝别朱雀門〔一〕，暮棲白鷺洲。波（一作「沙」）光摇海月，星影入城樓。望美金陵宰，如思瓊樹憂〔二〕。徒令魂作（蕭本作「入」）夢，翻覺夜成秋。緑水解人意，爲余西北流。因聲玉琴裏，蕩漾寄君愁。

〔一〕《六朝事跡》：晉咸康二年，作朱雀門，新立朱雀浮航，在縣城東南四里，對朱雀門。南渡淮水，亦名朱雀橋。地志云：朱雀門北對吴都城宣陽門，相去六里。又云：朱雀門，晉都城南門也。按晉作新宫，立三門於南面。正中曰宣陽，與朱雀門相對。

〔二〕吴均詩：思君甚瓊樹，不見方離憂。

新林浦阻風寄友人 一作《金陵阻風雪書懷寄楊江寧》

《景定建康志》：新林浦，在城西南二十里。闊三丈，深一丈，長十二里。源出牛頭山，西七里入大江。秋、夏勝五十石舟，春、冬涸。《一統志》：新林浦，在應天府西南二十里，一名新林港。

潮水定可信〔一〕，天風難與期。清晨西北轉，薄暮東南吹〔二〕。以此難挂席〔三〕，佳期益相思（一本作「洄沿頗淹遲」，其下又多「使索金陵書，又叨賢宰知。絃歌止過客，惠化聞京師」四句）〔四〕。海月破圓（一作「團」）景〔五〕，菰蔣生綠池〔六〕。昨日北湖梅〔七〕，開花已滿枝（一作「昨日北湖花，初開未滿枝」）。今朝（一作「看」）白（蕭本作「東」）門柳〔八〕，夾道垂青絲〔九〕。歲物忽如此，我來定（一作「復」）幾時。紛紛江上雪，草草客中悲〔一〇〕。明發新林（一作「板橋」）浦，空吟謝朓詩〔一一〕。

〔一〕潮水晝夜再來，其大小早晏，依期而至，不爽時刻，故人謂之潮信。

〔二〕《藝文類聚》：日將暮曰薄暮。

〔三〕謝靈運詩：挂席拾海月。

〔四〕《楚辭》：與佳期兮夕張。

〔五〕謝靈運詩：圓景早已滿。

〔六〕《梁書》：瀆中並饒菰蔣。《爾雅翼》：菰者，蔣草也。生水中，葉如蔗荻，江東人呼爲茭草，刈以飼馬，甚肥。其苗有莖梗者，謂之菰蔣，至秋則爲菰米。

〔七〕徐爰《釋問》：晉大興三年，始創北湖，築長堤，以壅北山之水，東自覆舟山，西至宣武城六里。宋元嘉中，有黑龍見，因改名玄武湖。《江南通志》：玄武湖在江寧府太平門外，一名蔣陵湖。晉元帝始名北湖，宋文帝改名習武湖，元嘉中又名玄武湖。

〔八〕白門柳，詳見四卷《楊叛兒》注。

〔九〕庾信詩：岸柳被青絲。

〔一〇〕《詩·小雅》：勞人草草。毛傳云：草草，勞心也。

〔一一〕謝朓有《之宣城出新林浦向板橋》詩。

寄韋南陵冰余江上乘興訪之遇尋顔尚書笑有此贈

唐時，江南西道有南陵縣，隸宣州宣城郡。《唐書》：肅宗即位，顔真卿拜工部尚書，兼御史大夫。乾元二年，拜浙西節度使。

南船正東風，北船來自緩。江上相逢借問君，語笑（一作「聲」）未了風吹斷。聞君攜妓訪情人，應爲尚書不顧身〔一〕。堂上三千珠履客〔二〕，甕中百斛金陵春〔三〕。恨我阻此樂，淹留楚（一作「此」）江濱。月色醉遠客，山花開欲燃。春風狂殺人，一日劇三年〔四〕。乘興嫌太遲，焚卻子猷船。夢見五柳枝，已堪挂馬鞭。何日到彭澤，長（一作「狂」）歌陶令前〔五〕。

〔一〕身，猶我也。魏、晉後多自稱曰身。

〔二〕《史記》：春申君客三千餘人，其上客皆躡珠履。

〔三〕金陵春，酒名也。唐人名酒多以春，杜子美詩云「聞道雲安麴米春」，韓退之詩「且須勤買抛青春」，劉夢得詩「鸚鵡杯中若下春」。白樂天詩注云：杭州釀酒趁梨花時熟，號爲梨花春。《國史補》云：酒則有滎陽之土窟春，富平之石凍春，劍南之燒春，裴鉶《傳奇》有松醪春之類。

〔四〕《詩·國風》：一日不見，如三歲兮。

〔五〕王子猷乘船訪戴安道，陶淵明宅邊有五柳樹，及爲彭澤令，俱已見前注。

題情深樹寄象公

腸斷枝上猿〔一〕，淚添山下樽。白雲（蕭本作「虎」，誤）見我去，亦爲我飛翻。

〔一〕《格物論》：猿性急而腸狹，哀鳴則腸俱斷而死。

北山獨酌寄韋六

巢父將許由〔一〕，未聞買山隱〔二〕。道存跡自高，何憚去人近〔三〕。紛吾下兹嶺，地閑諠亦泯。門横群岫（音就）開〔四〕，水鑿衆泉引。屏高而在雲，竇深莫能準。川光晝昏凝，林氣夕凄緊〔五〕。於焉摘朱果〔六〕，兼得養玄牝〔七〕。坐月觀寶書〔八〕，拂霜弄瑶軫〔九〕。傾壺事幽酌〔一〇〕，顧影還獨盡〔一一〕。念君風塵游，傲爾令自哂（一作「安知世上人，名利空蠢蠢」）。

〔一〕《韻會》：將，與也，偕也。

〔二〕《世説》：支道林就深公買印山，深公曰：「未聞巢、由買山而隱。」

〔三〕《南史》：劉虯以江陵西沙洲去人遠，乃徙居之。

〔四〕《説文》：岫，山穴也。

〔五〕殷仲文詩：風物自凄緊。

〔六〕朱果，謂果中之朱色者耳。蕭注以爲火棗異名，未是。

〔七〕《老子》：谷神不死，是謂玄牝，玄牝之門，是爲天地根。河上公注：玄，天也，在人爲鼻。牝，地也，於人爲口。夫五炁從鼻歸五臟，出入於口也。

〔八〕江淹詩：寶書爲君掩。李善注：《道學傳》曰：夏禹撰真靈之玄要，集天官之寶書。李周翰注：寶書，真經也。

〔九〕琴下繫絃之柱，謂之軫，或以玉之故曰瑶軫。

〔一〇〕陶潛詩：傾壺絶餘瀝。

〔一一〕又《飲酒詩序》：偶有名酒，無夕不歡。顧影獨盡，忽焉復醉。

寄當塗趙少府炎

當塗，少府，俱見八卷注。

晚登高樓望，木落雙江清。寒山饒積翠，秀色連州城。目送楚雲盡，心悲胡雁聲。相思不可見，迴首故人情。

寄東魯二稚子在金陵作

吴地桑葉緑，吴蠶已三眠〔一〕。我家寄東魯，誰種龜陰田〔二〕。春事已不及，江行復茫然。

南風吹歸心，飛墮酒樓前〔三〕。樓東一株桃，枝葉拂青烟。此樹我所種，别來向三年。桃今與樓齊，我行尚未旋。嬌女字平陽，折花倚桃邊。折花不見我，淚下如流泉〔四〕。小兒名伯禽，與姐亦齊肩。雙行桃樹下，撫背復誰憐。念此失次第〔五〕，肝腸日憂煎。裂素寫遠意〔六〕，因之汶陽川〔七〕。

〔一〕蠶將蜕，輒卧不食，古人謂之俯。荀卿《蠶賦》「三俯三起，事乃大已」是也。後人謂之眠。《本草》「蠶三眠三起，二十七日而老」是也。

〔二〕《水經注》：龜山北即龜陰之田也。《春秋》「定公十年，齊人來歸龜陰之田」是也。

〔三〕《太平廣記》：李白自幼好酒，於兖州習業，平居多飲。又於任城縣搆酒樓，日與同志荒晏，客至少有醒時。邑人皆以白重名，望其里而加敬焉。

〔四〕劉琨詩：據鞍長嘆息，淚下如流泉。

〔五〕劉楨詩：起坐失次第，一日三四遷。

〔六〕鄭康成《禮記注》：素，生帛也。顔師古《急就篇注》：素，謂絹之精白者，即所用寫書之素也。

〔七〕汶水，已見本卷注。

獨酌清溪江似缺一「祖」字石上寄權昭夷

清溪、江祖石，俱在池州。注見八卷《秋浦歌》下。

我攜一樽酒〔一〕，獨上江祖石。自從天地開，更長幾千尺。舉杯向天笑，天迴日西照。永願（蕭本作「賴」）坐此石，長垂嚴陵釣〔二〕。寄謝山中人，可與爾同調。

〔一〕蘇武詩：我有一尊酒，欲以贈遠人。

〔二〕嚴陵釣臺，詳見二卷注。

禪房懷友人岑倫太白自注：時南游羅浮，兼泛桂海，自春徂秋不返。僕旅江外，書情寄之。

《一統志》：羅浮山，在廣東惠州府博羅縣西北三十里，即道書十大洞天之一。昔有山浮海而來，傅於羅山，合而爲一，故曰羅浮，又曰博羅。《南越志》：山高三千六百丈，周迴三百餘里，嶺十五，峰三十二。其峰之秀者，曰飛雲、玉鵝、麻姑、仙女、會真、會仙、錦繡、玳瑁。洞之幽者，曰金沙、石臼、朱明、黄龍、朱陵、黄猿、水簾、蝴蝶。大小二石樓，登之可望滄海。樓前一石門，方廣可容几席。二山相接處，有石磴，狀如橋梁，名曰鐵橋。橋端兩石柱，亦曰鐵柱，人跡罕到。又有跳魚石、伏虎石、阿耨池、夜樂池、桌錫泉，皆兹山之奇勝。《唐六典注》：桂水出桂州臨源縣，歷昭、富、梧三州界，入鬱水。江淹詩：文軫薄桂海。李善注：南海有桂，故曰桂海。是以南海爲桂海。太白所云桂海，雖襲其文，而實則指桂州之桂水也，亦猶枚乘《七發》稱汝水爲汝海，其義一也。

嬋娟羅浮月〔一〕，摇豔桂水雲。美人竟獨往，而我安能群。一朝語笑隔，萬里歡情分。沉吟綵霞没，夢寐群（繆本作「瓊」）芳歇。歸鴻度三湘〔二〕，游子在百越（蕭本作「粤」）〔三〕。邊塵染衣劍，白日凋華髮。春氣（蕭本作「風」）變楚關，秋聲落吴山。草木結悲緒〔四〕，風沙淒苦顔。朅（丘謁切，音近揭）來已永久〔五〕，頽思如循環〔六〕。飄飄（一作「飄颻」）限江裔〔七〕，想像空留滯〔八〕。離憂每醉心〔九〕，別淚徒盈袂。坐愁青天末〔一〇〕，出望黄雲蔽。目極何悠悠，梅花南嶺頭〔一一〕。空長滅征鳥，水闊無還舟。寶劍終難託，金囊非易求〔一二〕。歸來儻有問，桂樹山之幽〔一三〕。

〔一〕《廣韻》：嬋娟，好姿態貌。

〔二〕三湘，見一卷《悲清秋賦》注。

〔三〕《通典》：自嶺而南，當唐虞三代，爲蠻夷之國，是百越之地，亦謂之南越，古謂之雕題。《漢書·

高帝紀》：從百粵之兵。服虔注：非一種，若今言百蠻也。

〔四〕謝靈運詩：覽物起悲緒。

〔五〕何遜《行經孫氏陵》詩：朅來已永久，年代曖微微。《蜀都賦》：殆而朅來相與。劉淵林注：朅，去也。《韻會》：朅，去也。又發語辭。

〔六〕《長門賦》：遂頹思而就牀。李善注：頹，懷也。

〔七〕《淮南子》：注喙江裔。高誘注：裔，邊也。

〔八〕《漢書》：太史公留滯周南，不得與從事。

〔九〕《楚辭》：思公子兮徒離憂。《詩·國風》：行邁靡靡，中心如醉。

〔一〇〕鮑照詩：安能行嘆復坐愁。

〔一一〕《楚辭》：目極千里兮傷春心。南嶺，即大庾嶺，在廣東南雄府。其上多梅，亦曰梅嶺。

〔一二〕《史記》：高祖使陸賈賜尉陀印爲南越王，尉陀賜陸生橐中裝直千金。宋之問詩：不求漢使金囊贈。蓋用其事也。

〔一三〕淮南王《招隱士》：桂樹叢生兮山之幽。